U0524937

本书的出版，得到中山大学重点发展项目"2019年教学质量工程及教学改革工程项目"的资助支持，特此鸣谢！

世界文学理论导论

Introduction to World Literature in Theory

姚达兑 著

中国社会科学出版社

图书在版编目（CIP）数据

世界文学理论导论／姚达兑著. —北京：中国社会科学出版社，2021.6
ISBN 978 – 7 – 5203 – 7208 – 4

Ⅰ.①世… Ⅱ.①姚… Ⅲ.①世界文学—文学理论 Ⅳ.①I1

中国版本图书馆 CIP 数据核字（2020）第 175305 号

出 版 人	赵剑英	
责任编辑	刘　芳	
责任校对	郭若男	
责任印制	李寡寡	
出　　版	中国社会科学出版社	
社　　址	北京鼓楼西大街甲 158 号	
邮　　编	100720	
网　　址	http://www.csspw.cn	
发 行 部	010 – 84083685	
门 市 部	010 – 84029450	
经　　销	新华书店及其他书店	
印　　刷	北京君升印刷有限公司	
装　　订	廊坊市广阳区广增装订厂	
版　　次	2021 年 6 月第 1 版	
印　　次	2021 年 6 月第 1 次印刷	
开　　本	710×1000　1/16	
印　　张	18.5	
字　　数	238 千字	
定　　价	68.00 元	

凡购买中国社会科学出版社图书，如有质量问题请与本社营销中心联系调换
电话：010 – 84083683
版权所有　侵权必究

目 录

第一章　什么是世界文学？ ……………………………………（1）
　　一　肇始：一个事件、许多问题 …………………………（1）
　　二　歌德与世界文学 ………………………………………（21）
　　三　作为思想观念的世界文学 ……………………………（36）

第二章　世界文学与翻译研究 …………………………………（44）
　　一　翻译转向与学科的重心 ………………………………（44）
　　二　世界文学与翻译研究 …………………………………（48）
　　三　本雅明《译作者的任务》及其启发 …………………（51）
　　四　什么样的世界，什么样的文学？ ……………………（67）

第三章　诺贝尔文学奖与制造世界文学 ………………………（78）
　　一　诺贝尔文学奖现象 ……………………………………（78）
　　二　诺贝尔文学奖悖论 ……………………………………（87）
　　三　制造并维持一套诗学标准 ……………………………（94）
　　四　纳入西方体系：普遍性与本土性 ……………………（100）

五　小结 …………………………………………………（107）
附录　诺奖获奖作家使用的语言及其国籍
　　　统计（1901—2019）………………………………（108）

第四章　东方主义、汉学主义与世界文学 ………………（111）
一　引言：拜伦在中国 ……………………………………（111）
二　东方主义：从拜伦到萨义德 …………………………（117）
三　萨义德的东方主义 ……………………………………（120）
四　毛姆的《面纱》及其东方主义想象 …………………（128）
五　《东方学》的洞见与不见 ……………………………（139）
六　汉学主义：一种替代性理论 …………………………（144）
七　小结：旅行中的理论与文本 …………………………（150）

第五章　全球化与本土焦虑：什么是世界诗歌？ ………（157）
一　"世界诗歌"事件 ……………………………………（157）
二　事件所涉的各项议题 …………………………………（164）
三　全球化时代的世界性与民族性 ………………………（178）
四　世界文学的"美食广场"之喻 ………………………（184）

第六章　进化论与世界体系：世界文学大猜想 …………（189）
一　谁是莫莱蒂？ …………………………………………（189）
二　问题而非对象：世界文学大猜想 ……………………（192）
三　两种文化史隐喻：树和波浪 …………………………（195）
四　小结 ……………………………………………………（217）

第七章　大数据与世界文学 …………………………（219）
　　一　大数据时代的文学写作和研究 …………………（219）
　　二　细读、大量未读、远读与不读 …………………（235）
　　三　小结 ………………………………………………（242）

第八章　数字人文与世界文学：
　　　　　重释"歌德与世界文学"一案 ………………（245）
　　一　引言 ………………………………………………（245）
　　二　"歌德与世界文学"事件重探 …………………（246）
　　三　莫莱蒂的图表和分析结果 ………………………（250）
　　四　小结 ………………………………………………（260）

参考文献 …………………………………………………（262）

后　记 ……………………………………………………（287）

第一章

什么是世界文学？

> 诗是人类的共同财产。
> ——歌德

一　肇始：一个事件、许多问题

（一）引言

本书预设的读者，是对全球化时代的文学现象和文学研究，以及对所谓"世界文学"有兴趣的一般读者，无论对方有没有修读过相关的文学课程。故而，本书的行文中对每个具体现象的讨论会不吝笔墨，剖析入微，尽量给一般的读者提供一种入门的途径。笔者的建议是，读者在阅读的过程中，若是遇到较为熟悉的、已掌握的知识点，便不妨跳过，跳读的过程中若发现有难以理解的地方，则请再回头寻找相关答案。当然，若有不足之处，责任在于笔者。

第一章讨论的问题是"什么是世界文学"，涉及"世界文学"概念的形成，其历史和影响，以及对我们理解和研究世界文学理论的启发。在进入讨论之前，我们有必要为一般读者廓清迷雾，解释一下与"世界文学"这个概念相关的一系列知识背景。在开篇前，笔者还将不厌其烦地对相关概念做一番解释，希望引导一般读者来到我们讨论的出发点。在这个基础上，我们一起奔向同一个思考方向，去探索共同关心的问题。

一般意义上，按范围大小和领域分类来看，我们所讲的文学研究有如下三类，即：国族文学/民族文学（national literature）、比较文学（Littérature comparée/comparative literature）和总体文学（general literature）。这三大类别的简要区分，有助于我们理解一些文学现象和具体文学作品的情况。

第一种类别是"国族文学"（national literature），这是以单个民族国家为单位来把握的国别文学。比如，"中国文学"或"英国文学"，便属于国族文学。请注意，"国族文学"中的"国"是现代的民族国家，而非古代世界帝国或任何王朝。我们现在处于民族国家的时代，习惯使用的是民族国家的逻辑和思维模式，因而看待文学也常常沾染上所谓"时代的特色"。这也导致了我们在看待民族文学时会难以将其与所建构起来的民族历史做清楚的区分。民族国家的文学史书写方式，有时隐含着某些进化论和民族主义式的自满和偏见——这是应当警惕的。"国族文学"这个概念，随着17世纪以来民族国家产生到今天已经被普遍接受。① 然而，与这个概念并行的另一个可能更为适应文学研究的概念是：某种语言的文学——比如汉语文学或日语文学。国族文学的概念，在一定程度上固然有其合理性，清晰的国别疆域有益于看到写作和阅读的主体所受的政治与社会观念的影响，也能突显出文学作品的民族特色和时代特色。国族文学研究尤其适合针对单个民族的国家，或者民族特色比较独特的区域。然而，很多时

---

① 与民族国家密切相关的种种思想观念，来自于民族国家体系。1618年至1648年，欧洲爆发了大规模的国际战争。1648年战争结束，各国签订了一系列的和约，即为《威斯特伐利亚和约》（The Treaty of Westphalia）——现代民族国家体系源起于此。

候，讲国族文学，还不如讲某种语言的文学更为妥当，毕竟文学始终是语言写成的，而语言才是最接近于文学内在价值的层面——当然这并不能说是唯一的层面。

第二种类别是"比较文学"。这也是一个学科。让我们引用前辈对于"比较文学"的定义来简单说明这个领域。曹顺庆曾给出如下定义："比较文学是以世界性眼光和胸怀来从事不同国家、不同文明和不同学科之间的跨越式文学比较研究。它主要研究各种跨越中文学的同源性、类同性、异质性和互补性。以影响研究、平行研究、跨学科研究和跨文明研究为基本方法论，其目的在于以世界性眼光来总结文学规律和文学特性，加强世界文学的相互了解与整合，推动世界文学的发展。"[①] 再简明扼要的解释便如张隆溪如下的高度概括："不同语言而又可以互相沟通的文学作品之比较。换句话说，相对于民族文学而言，比较文学是跨越民族和语言的界限来研究文学。"[②]

在中国教育体系内，自 1997 年学科调整之后，"比较文学"与"世界文学"两个方向合并，成为一个二级学科"比较文学与世界文学"，隶属于"中国语言文学"这个一级学科之下。[③] 这样的设置是为了适合 21 世纪的学科发展需要，迎合全球化时代的比较文学发展的新趋势。当然，其不妥之处也较为明显。最主要的一点是，这个学科放在中国语言文学系这个一级学科之下并不合理，更合理的做法是要像"世界史"调整成历史学领域的一级学科一样，将"比较文学"调整成文学方面的一级学科，并为其成立独立的研究院系。比较文学作为一个研究领域，作为一个学科，要远远大于国族文学研究。从理

---

① 曹顺庆：《比较文学论》，四川教育出版社 2002 年版，第 47 页。
② 张隆溪：《比较文学研究入门》，复旦大学出版社 2009 年版，第 2 页。
③ 2015 年，国务院学位委员会批准外国语言文学一级学科下设"比较文学与跨文化研究"二级学科。

念上说，比较文学应当包含了各种国族文学的跨界研究，支持这种说法的最简单理由便来自比较文学学科的自身要求，即要求相关研究应当有"四大跨越"——跨国族、跨语言、跨学科、跨文化或跨文明。本书讨论的"世界文学"，其实也是在比较文学的范畴之内，可看作是比较文学理论新近二十年的新发展。

有的读者（甚至是文史专业的相关学者）可能会对"比较文学与世界文学"这个领域抱有两种态度，其一是质疑专业定位，其二则是质疑相关研究和研究者的水平。

（1）关于专业定位。笔者所在的院系专业是中国语言文学系下属的专业"比较文学与世界文学"。比较文学与世界文学是一个综合的学科，把这个专业放在"中国语言文学系"，不知情者，都很容易误将其等同于"外国文学"专业方向，即作为中文系中国文学方向的陪衬专业。有些学者可能会觉得这真的很奇怪——一个"外国文学"相关的专业，为何会被放在"中国语言文学系"呢？这种质疑是有一定道理的，但也存在着一定的误解。尽管"比较文学与世界文学"专业的教师一般会给学生提供"外国文学史""外国文学作品选"等方面的课程，但是这个专业领域绝不是只研究外国文学，也不只是研究中国文学。当然，此外还必须澄清的是"比较文学不等于文学比较"。正如法国比较文学学者伽列（J. M. Carré）所说，"我们必须把作为一门人文学科的比较文学与纯属臆断、东拉西扯的牵强比附区别开来"①。

（2）关于相关研究和研究者的水平。中文系出身或身在中文系的学者，在具备了中国文学素养的同时去研究西方文学，有一定优势，当然也有其短板，即对外语的掌握和对其他文学传统的不够熟悉。反过来，外文系出身的学者，虽然外文能力较好，也精熟某一个或多个

---

① 张隆溪：《钱锺书谈比较文学与"文学比较"》，《读书》1981年第10期，第137页。

外国文学传统，但是在研究中外比较文学时也应该需要补足中国文学相关时段的研究状况。也即是说，研究者必须具备深厚的中外文学功底，中外传统必须兼通，内外必须兼修。所以学者在精通中国文学的同时，也须精通研究的外国对象，这样做出来的比较文学研究成果才更靠谱一些。普遍调查一下，就会发现这样的一种有趣的现象：在当下北美的学术圈，有许多研究中国文学的学者，其本科学术训练是外语系或其他非中文学科的，而且长期在东亚系和比较文学系任教，所以即使他们研究的是中国文学，他们的知识生产领域还是应当天然地归类进比较文学。另外，现下的所谓"海外汉学"涉及文学的部分，也是一样应归类入比较文学。又，在中国大学院校中文系里的比较文学学者如果受限于语言能力、学科视野，使用的仅是汉译作品，又或涉及的仅是中国或者仅是外国的内容，那样的研究恐怕也难以称为"比较文学"。当然，比较文学从学科创始之时，对相关的从业学者素质的要求非常之高，比如要求研究者熟练使用多种学术语言、掌握多个学科的知识、具备较为广阔的视野，并具有深切的人文关怀。学术研究早已经是全球共享的事业，不再受地域的区隔，也不应受民族主义的限制。中国的比较文学学者（无论是身在中文系还是外语系），无论是研究法语文学、日语文学、西班牙语文学或者古罗马拉丁语文学，都必须努力做到与国内外第一流的同行对话交流，要做到你的研究对象涉及的外国学者都不能忽略你的研究成果，那样才算是达到基本的要求。

第三种类别是所谓的"总体文学"（general literature）。在这里"总体"对应英文是"general"（一般的），故而又称"一般文学"。这里的"一般"，是哲学上的"一般"，即与"个别"相对的某种普遍性、抽象性。这也不难理解，总体文学的研究，是为了研究多种国族文学的一般规律，即所谓"文学的共性"或"人类文学发展的共通规律"。在过去很长的一段时间，比较文学这个领域的发展目标是走向世界文学，走向总体文学。中国第一部比较文学学科理论著作《比较文学导论》曾提出，"比较文学是跨越国界和语言界限的文学研究……通过对文学现象相同与殊异的比较分析，来探讨其相互作用的过程以及文学与其他艺术形式和社会意识形态的关系，寻求并认识文学的共同规律，目的在于认识民族文学自己的独创特点（特殊规律），更好地发展本民族文学乃至世界文学……"① 这里提及的"共同的规律"便是总体文学，其作用便在于用来反观和比较民族文学的特殊样式。

假如以"墙"为喻，国族文学就是墙内的文学研究，比较文学则是跨墙的文学研究，而总体文学则是临空鸟瞰，即是墙垣上面的文学研究。请注意，这里的譬喻，既非优劣对比，也不包含任何褒贬或价值评判。在这三种类别之外，还有与三者密切相关的第四种类别"世界文学"。那么，什么是"世界文学"（weltliteratur / world literature）？

在讨论"世界文学"的概念之前，这里有两个问题先供大家思考。

问题一：非经典的、没有或尚未进入经典序列的文学作品，比如当代文学作品（比如《哈利·波特》），可被当作世界文学吗？

问题二：非外国文学作品，比如中国文学作品（比如《西游记》），可以当作世界文学吗？

第一个问题，试析如下。评论界尤其是当代文学方面的学者，有时会有意无意地使用、误用一个词组"当代文学经典"。这明显是一种错误的表达，究其原因在于内部词义的相互悖反。"经典"，必须具备一个时间的维度，即一部作品需要经过多代读者的相继确认，需要经过时间的考验，方能被接受视为经典。而"当代"则是一个变

---

① 卢康华、孙景尧：《比较文学导论》，黑龙江人民出版社1984年版，第76页。

化的概念，不断向过去告别，不断向未来增益。所以"当代文学经典"这个内在自我悖反的词组是没有意义的。换言之，即有以下的两种"凡是"：（1）凡是经典的作品，便不可能是当代的作品；（2）凡是当代的作品，便不可称为经典。这些判断隐含的问题是，在一般读者的印象里，"世界文学"可能就是指一个序列的经典文学作品，比如人民文学出版社出版的"名著名译"丛书或其他世界文学名著。然而，"世界文学"是不是一定就是经典文学？如果是的话，谁决定这个经典作品的序列？它是各民族文学经典的汇总吗？我们似乎并不能很好地解答这个问题。那么，《哈利·波特》这样的当代文学作品，可以被当作世界文学吗？如果答案是肯定的，那么世界文学就不必然与"经典"或"经典性"挂钩。

在中国的大学学科体系内，"世界文学"容易让人联想到的往往是与外国文学相关的科系，然而却隶属于"中国语言文学"这一个一级学科，那么问题是：中国文学也可以被当作世界文学吗？最为理所当然的回应是：中国是世界的一部分，所以中国文学肯定也就包含在"世界文学"这个总体当中。这个说法中的"世界文学"指的是一种所有国族、所有语言写成的文学作品的总和。在这里，我们暂且举两个小例子简要地作一个回答。为何像《哈利·波特》这一类影响巨大的文学作品，可以被当作世界文学？最根本的原因在于"世界文学"并不一定就是指经典文学，而更多的是指有世界性影响（最低意义上便是跨国影响）的文学。两者的区别在于，文学经典尤其是超级经典在"文学的万神殿"中所占据的地位一般变化不会很大，而世界潮流则有涨有退，"三十年河东，三十年河西"，流行的东西则较容易很快地变成"明日黄花"。

关于第二个问题，我们不妨借《西游记》的外译为例，作一种引申解释。《西游记》毫无疑问是中国文学经典，然而在何等意义上它可以被当成世界文学？中国读者在中国境内阅读和研究的《西游记》，我们并不能将其称为世界文学，而当这一部作品跨越了其原有的语境（汉语、中国）而在其他文化语境当中（无论是以原文还是翻译的形式存在）被其他国族的读者阅读和研究时，我们才能将这部作品称为"世界文学"。同样地，在最泛化的意义上讲，美国文学，对中国读者来说可以看作是世界文学的一部分；中国文学，无论是哪一部作品，无论是经典与否，对阅读该书的美国读者来说也应当属于世界文学。因而可以说，世界文学具有三种基本的特性：相对性、流通性、跨界性。这一个例子与上面《哈利·波特》的例子并不冲突，假如《哈利·波特》仅在英语世界流通，不产生跨国、跨语言、跨文化的大影响，那么也就不能将其称为世界文学。因而同理，在中国境内被阅读的《西游记》，也同样不能称为世界文学。在世界文学的范畴内，我们是以流通的、变化的、跨越的视角来看待文学作品的消费、阅读、生产与再生产，以及这些方面的文化活动带来的文学方面的增益。下面我们便正式进入讨论"什么是世界文学"这个问题。

以上我们讨论了国族文学、比较文学与总体文学三种文学研究，在此引入并简要介绍另一个概念："世界文学"。世界文学是一个难题，是一个含混不清的概念，这里整整的一本书便是结合当代文论和比较文学的案例来讨论这个概念所涉及的各个层次内容。

较笼统地讲，我们至少可以从以下三方面——"量""质"和"观念"，去观察、理解"世界文学"。

（1）量：世界各国各族、以各种语言写就的所有文学的总和。

（2）质：享有世界性声誉的经典文学作品。

（3）观念（ideas）：一种思想观念、研究方法或视角。

第一，从"量"的层面来看，"世界文学"可以是包含了世界上所有语言写就的所有的文学作品，即所有文学的总和。然而，一个包含了所有的概念是一个无效的概念，一个没有边界的范畴是不能把握的范畴。在未有合适的分析工具之前，我们只好暂且存而不论。

第二，从"质"的方面考量，"世界文学"可以是指各个国族各种语言文学系统中的经典文学作品的大合集。不过，这个合集要有多大，要容纳多少文本，才算是合适的？如果说是"质"的集合，那么经典的序列肯定不会非常长，而且在不同的时代，这个名单上的人物和作品的次序可能还会有所调整。也就是说，这是一个核心基本固定，但又会不断调整的清单。另一个难以解答的问题是：如何做到公平公正？在这样一个政治和文化格局无法均衡的世界，由谁（哪一个群体）来决定经典，是一个非常严肃的问题。一部作品，在一个国家里家喻户晓，被奉为"超级经典"，但是在另外一个完全是异质文化传统的国度里则有可能没有什么地位，甚至不为其国读者所知晓。比如，在中国，一个受过高等教育的读者，或许没有读过莎士比亚的大部分剧作，但他/她至少也会知道莎翁名剧《罗密欧与朱莉叶》（*Romeo and Juliet*），又或者《哈姆莱特》（*Hamlet*）。但若是一位中国学者到欧洲或美洲去，问一个当地的大学生或受过高等教育的读者，是否知道中国的《红楼梦》或《西游记》，答案很可能是否定的。这种不平等的情况，体现了经典的相对性，体现了维持公正的难度，也同时证明了一个不平等的世界体系的存在。如果世界体系的不均衡架构仍然一直存在，某种文化霸权肯定会在择选经典的过程中起到作用，这样选出来的世界文学作品则难免受人质疑。所以说，"经典"（尤其是民族文学经典）还具有一定的相对性。

经典是一个有限的清单，一般有较为稳定的结构，同时随着时间的推移也会有增益或变动。达姆罗什（David Damrosch）有一种理论可用来解释"经典系统"内部秩序的变化。他从三个层面来理解"经典"（canon）及其系统。①

---

① ［美］达姆罗什：《后经典、超经典时代的世界文学》，载［美］达姆罗什、刘洪涛、尹星主编《世界文学理论读本》，北京大学出版社2013年版，第159—170页，尤其是第162页。David Damrosch的姓氏，也译为"丹穆若什"，本书正文采用"达姆罗什"这一译名，引文则据所引书的版权页。

（1）超级经典（hyper-canon）：地位一直稳固，甚至越来越显要。比如荷马史诗和莎士比亚剧作。

（2）反经典（counter-canon）：在大传统之外、有争议的、被低估的、用非主流语言创作的作家，但是有朝一日会反转，并进入了主流圈，终被奉为经典。

（3）影子经典（shadow canon）：曾经一代或几代人的经典，后来越来越被忽略，隐身退去，消失在超经典的背景里，成为影子经典。

伟大作家在万神殿里肯定有其非常显要的位置。超级经典无须再多举例，那些重要的名字一般读者都能耳熟能详，而且他们备受一代又一代读者的膜拜。"反经典"和"影子经典"则可用以描述经典的流动性——两者其实是以相反的方向向经典的中心发生位移，反经典越来越靠近中心，而影子经典则逐渐远离中心。在这里达姆罗什预设了一种体系或者结构，在这个体系或结构当中有边缘和中心之分。我们用一些简单的例子来解释反经典和影子经典：拉丁美洲的文学爆炸中，出现的一系列作家，从边缘进入了中心，被世界文学史接受。马尔克斯（Gabriel García Márquez, 1927—2014）因获得 1982 年诺贝尔文学奖，其作品也就迅速由边缘的国度、边缘的语言进入了世界文学的中心。印度的泰戈尔（Rabindranath Tagore, 1861—1941）① 在 1913 年获得诺贝尔文学奖，也是一个显见的例子。泰戈尔在语言、

---

① 泰戈尔（Rabindranath Tagore, 1861—1941），孟加拉族人（Bangal），是一位印度诗人、哲学家和反现代民族主义者。在西方国家，泰戈尔一般被看作诗人，而很少被看作哲学家，但在印度这两者往往是相同的。他的诗中含有深刻的宗教和哲学的见解。对泰戈尔来说，他的诗是他奉献给神的礼物——如"吉檀迦利"的意思即为"献给神的诗"。他的诗在印度享有史诗的地位。他本人被许多印度教徒尊崇为圣人。有两点需要强调的是：首先，他的父亲是一位本地的印度教宗教领袖，接触过基督教神学和传教士（这一点在诺贝尔文学奖授奖词和当时的评论中有特别的强调）。其次，他的诗歌主要是以孟加拉语写成（2000 多首诗），而非英语。但是他获得诺贝尔文学奖主要是因为如下两点，即其思想受到基督教的影响（这是西方评论者的东方主义误读）和其英文诗作乃是英语文学的一部分（然而，孟加拉语的原作或许更佳）。

文化和地理上，都属于世界文学体系中的边缘，但是瑞典文学院的授奖词特地表明：他被接纳了，属于"西方文学的一部分"，变成西方文学经典的一个重要部分。中国文学史中的例子则有：东晋的陶渊明要到宋代才被追认为一代大诗人。陶渊明等了五百多年，才进入了经典的中心，而且越来越重要。这就是"反经典"的案例。关于影子经典，达姆罗什还举了这样的例子：1932 年获得诺贝尔文学奖的英国作家高尔斯华绥（John Galsworthy，1867—1933）在当年大红大紫，而在今日却几乎成为除了专业学者研究之外，一般读者都不会问津的"影子作家"。与高尔斯华绥同时代的乔伊斯（James Joyce，1882—1941）则相反，虽然在 20 世纪 30 年代乔伊斯更应当、更配得上获得诺奖（或任何重要的文学奖），但是他并没有获得该奖。而随着岁月的流逝，人们发现乔伊斯的两部史诗式的长篇小说——《尤利西斯》（*Ulysses*，1922）和《芬尼根守灵夜》（*Finnegans Wake*，1939），足以使其跻身于世界文学万神殿现代一侧的显赫位置。

第三，作为一种思想观念、研究方法或观察视角的世界文学，自 20 世纪 90 年代以来，已经变成了国内外学界热门讨论的话题。当然，这是一个非常笼统的概念。

总之，本书对 20 世纪末以来的世界文学理论，作一番梳理，以求让一般读者和学生熟悉。同时，笔者会援引许多与中国文学相关的案例来证明这些理论，或者反证并提出纠偏的意见。

（二）一个事件和许多问题

1827 年 1 月 31 日，年轻的诗人爱克曼（Johann Peter Eckermann，1792—1854）作为歌德晚年的秘书，记录下了他与歌德的一段谈话。这段谈话只是两人无数次文艺对谈中的一次，却因为触及了"世界文学"这个概念及其相关的方方面面而具备了独特的意义。在那段谈话里，歌德首次提及了"世界文学"（weltliteratur）一词。尽管歌德并非是第一个使用该词的人，他在随后的谈话中却赋予了其独特的意义。甚至不过分地说，这等同于宣告"世界文学"这个学科的开始。歌德的"世界文学"概念，并非清晰而成系统的，故而引来了许多延伸的阐释，甚至有许多讨论早已超出了歌德的话语所涵盖的范围。迄今一百多年过去了，许多国族文学史家、比较文学学者、历史学家、翻译学学者、思想史学者，甚至是社会学的学者，都在不同程度、不同方面，在这一领域做出了各自的贡献。在20世纪60—90年代的后现代思潮中，世界文学领域的学者借机开始重思或重构（西方中心的）经典序列，将焦点转移至非西方的文学作品，并强调文学作品的世界性，尤其是文化生产、流通、翻译和阅读等方面。当代国外、境外学者如巴斯奈特（Susan Bassnett）、卡萨诺瓦（Pascal Casanova，1959—2018）、达姆罗什、阿普特（Emily Apter）、莫莱蒂（Franco Moretti，1950— ）、普伦德加斯特（Christopher Prendergast）、提哈诺夫（Galin Tihanov）和张隆溪等，从不同的角度参与了世界文学理论的大讨论。在21世纪全球文学、文化研究圈内，"世界文学"已是一个充满活力的领域，许多教学、会议、论文和著作都围绕着它展开。哈佛世界文学研究所每年召开的暑期学校（Institute for World Literature）和2016年新创办的《世界文学杂志》（*The Journal of World Literature*），是促进这一领域快速发展的两大阵营。世界文学这一领域在国外学界极为热闹，而在中国近年才逐渐发展起来。方维规2015年在北京师范大学召开世界文学方面的会议，最终在2017年结集成书《思想与方法：地方性与普世性之间的世界文学》便是对这一思潮的回应。① 这是一个令人兴奋的竞技场，现已有许多著名学者

---

① 方维规主编：《思想与方法：地方性与普世性之间的世界文学》，北京大学出版社2017年。Weigui Fang, *Tensions in World Literature, Between the Local and the Universal*, Singapore: Palgrave Macmillan, 2018.

加入了讨论。这本书正是对这一方兴未艾的潮流作一种回顾和暂时的总结。当然,这也是对古老问题的一个遥远的回应,因为从民族国家和国族文学自 15 世纪在欧洲产生至今,类似的问题早已存在。

方维规曾指出,"歌德没有关于世界文学的理论"①。然而后世关于世界文学的诸多讨论却从此而来,这让我们有必要回到歌德的语境,去理解他谈及的内容。我们追问的问题是:歌德是在什么情况下提及这个概念,又有何独特的意义?歌德的"世界文学"是指什么?爱克曼对这一事件的记录是否可信?爱克曼或歌德所处的历史语境是怎么样的情况?在歌德之后,"世界文学"概念的发展已经超出了歌德所讨论的范畴,那么,这个概念经历了哪些变化,有哪些代表性的论述?为什么会产生这些论述?

1827 年 1 月 31 日,青年诗人爱克曼记录了当天他们谈论的一部译成法语(一说英语)的中国小说,将其与当时流行的法国小说作了对比,歌德进而确认中国小说所寓寄的道德标准远远高于当时在欧洲流行的法国小说。此时,歌德用了一种先知式的口吻说道(此前他早已感觉到了这种苗头):

> 我愈来愈深信,诗是人类的共同财产。诗随时随地由成百上千的人创作出来。……所以我喜欢环视四周的外国民族的情况,我也劝每个人都这么办。民族文学在现代算不了很大的一回事,世界文学的时代已快来临了。现在每个人都应该出力促使它早日来临。②

这可能是每一部世界文学史都必须提及的一段话。在过去的一百多年,读者经常能看到对它书面或口头的引用。它几乎变成一句老生

---

① 方维规:《何谓世界文学》,《文艺研究》2017 年第 1 期,第 15 页。
② [德] 爱克曼辑录:《歌德谈话录》,朱光潜译,人民文学出版社 1978 年版,第 113 页。

常谈，以至于人们都忽略了它原有的语境和涉及的问题。

关于这一段话，我们有多少种阐释？我们能提出什么问题？笔者若是一位提问者，肯定会追问如下的这些问题：

（1）歌德读到的这部小说是哪一部？或可能是哪几部？

（2）同一时段，他读到的中国作品，甚至是东方作品有哪些？

（3）这些作品对他产生了什么样的影响？

（4）当他将这部译成法语的"中国小说"（或者他笼统意义上的中国小说）与当时的法国小说（或者笼统意义上的法国文学）作比较时，这种比较说明了什么问题？

（5）为什么歌德需要用这部小说，或一个他者文明中的文学作品，来对抗法语小说或法语文学？

（6）歌德说的"世界文学"，具体是指什么？

（7）为何歌德要在德国爱国作家和浪漫主义作家正在大力推广"民族文学"的时刻，却呼吁迎接"世界文学"的时代？这两个概念，是否自相矛盾？

（8）歌德提到这个概念时，他说他喜欢环顾四周看看其他外国民族的文学发展情况，是什么样的历史背景给予了歌德这样的视野？

（9）他为何要劝"每个人"这么做？"每个人"是泛指，还是特指？

（10）此前他讨论的是小说的情节，为何在紧接着的总结中，论及的却是"诗"？他所说的"诗"，又是指什么？

（11）所谓的"诗是人类的共同财产"，是指共同的精神文明财富吗？

（12）当歌德对比其读到的法译中国小说和法语小说时，这可看作是中国小说与法国小说的对比吗？

（13）当我们问及上一个问题时，涉及的问题可能还有：翻译的文本与原文是否可看作是同质同类的？如果不行，两者在何种程度上有哪些方面的差异？这种差异反映了什么样的社会文化内容，甚至是译者的心理？

…………

以上这些问题，仅是笔者联想到的问题（还能提出更多的问题），这些问题从不同的视角、不同的前提，去进入并思考歌德"世界文学"概念的相关内容，对关于世界文学的思考或许不无裨益。下文试着从历史语境进入讨论，并以《歌德谈话录》作为一个案例来讨论世界文学涉及的方方面面。

（三）向全球化前进：后拿破仑时代的欧洲

歌德为何能够在1827年的德国提起"世界文学"的概念？换言之，是什么样的文化环境，给予了歌德这样的动力，是什么样的知识背景给予了他那样的"奇思异想"，去想象一种将要出现的新的文学世界。有一个容易被人忽略的答案是：后拿破仑时代的欧洲为他和爱克曼创造了可能。

在歌德的时代，德国还不能算是统一的现代民族国家。在他之前，德语文学在欧洲各国的市场上毫无地位可言。在此时的欧洲，从影响方面而论，用法语和英语写成、译就的文学才是占统治地位的文学。普鲁士国王腓特烈二世（1712—1786）使用当时的通用语法语来写作，在巴黎被视为一位法国作家，而他本人对此没有反对意见，反而有点沾沾自喜。① 只有在歌德出现之后德语在世界文坛上才有了占据重要位置的作家。1774年，年轻的歌德出版了其第一部小说《少年维特之烦恼》。该书为其获得了巨大的声誉和可观的财富。一位评论家说："歌德的《少年维特之烦恼》席卷了英国和法国之后，

---

① ［德］赫尔曼·格林：《歌德——在柏林大学所做的讲座（第一次讲座）》（1874年），载叶隽编选《歌德研究文集》，译林出版社2014年版，第52页。

又向意大利挺进，从此以后，德国文学才有机会获得外界的承认并享有更高的地位。"①《少年维特之烦恼》在欧洲各国的翻译和流通，正是歌德所描绘的世界文学的现象，也正是他期望看到的事情：德语文学在世界文学这个平台上扮演了重要的角色。晚年的歌德驰誉欧洲，各国名人、政要和作家，都来德国魏玛拜访他。这时，歌德在魏玛的居所，便成了当时世界文学的中心之一。让我们再往前回溯追问，是什么样的时代，造就了歌德，以及歌德为何可能在那时讨论到世界文学？

1815年6月18日，法军在比利时小镇滑铁卢的战败，标志着拿破仑法国称霸欧洲的结束，也标志着欧洲封建时代的结束，随后相继建立了一些现代的民族国家。延续了十几年之久的"拿破仑战争"②，可看作一种全局性的战争，在造成欧洲生灵涂炭的同时，也促进了各地区、民族的文化交融。后拿破仑时代的欧洲，传统向现代跨越，封建君主国家向现代民族国家转型，更重要的是一个国际市场已是稍具模型，而各国的文化产品（书籍）也在这个市场中流通——尽管有时是以翻译的方式。欧洲各国轰轰烈烈的浪漫主义运动，也给歌德的思想观念带来了前所未有的冲击，也呼唤他有所回应。德国狂飙突进运动③中的旗手赫尔德（Johann Gottfried von Herder，1744—1803）与

---

① ［德］赫尔曼·格林：《歌德——在柏林大学所做的讲座（第一次讲座）》（1874年），载叶隽编选《歌德研究文集》，译林出版社2014年版，第52页。

② 拿破仑战争（法语：Guerres Napoléoniennes），是发生于1803—1815年欧洲的一系列战事。历史学家认为，拿破仑战争由1789年法国大革命引发，此后拿破仑上台，法国迅速崛起，称雄于欧洲，但在1812年侵俄失败之后又迅速败落。1815年6月，拿破仑率领的法军在滑铁卢战败，随后欧洲各参战国签订了巴黎和平条约。1815年11月20日拿破仑战争结束。

③ 狂飙突进运动（德语：Sturm und Drang）是指18世纪60年代晚期到80年代早期在德国文学和音乐创作领域的变革，是文艺形式从古典主义向浪漫主义过渡时的阶段。其名称来源于剧作家克林格（Friedrich Maximilian Klinger，1752—1831）的同名剧作《狂飙与突进》（*Sturm und Drang*），其中心代表人物是歌德和席勒。歌德的《少年维特之烦恼》是其典型代表作品。该书表达的是人类内心感情的冲突和奋进精神。余匡复：《德国文学史》上册，上海外语教育出版社2013年版，第107—110页。

歌德亦师亦友。我们讨论歌德的世界文学思想和世界主义理想，都不能忽略了赫尔德的思想对歌德的重大影响。

赫尔德的许多文艺观念，直接地影响到了歌德。赫尔德对于他国文学的兴趣，特别是收集和研究各地民歌，并认为民族文学是民族精神的一种最为明显的体现等观念，直接影响到了歌德对其他国族文学的态度，促使歌德也开始研习欧洲之外的文学作品。此外，赫尔德喜欢创造新词，用德语前缀"welt-"创造了一些词汇，受其影响，歌德也创造性地使用起"weltliteratur"（世界文学）一词。尽管早在歌德提及这个词汇的三十年前，另一位德国作家维兰德（Christoph Martin Wieland，1733—1813）在其手稿中已经使用了该词，① 但是唯有在歌德这里这个词才有了学科史的独特意义。

尽管"民族"（nation）一词的历史非常长远，民族语言的勃兴也早在15世纪就已开始，但是现代的民族主义则是在像拿破仑战争这样的全局性战争之后才勃发起来。概要而言，法国大革命后拿破仑战争波及欧洲的一些王国，但也促使了欧洲各民族和各区域的人民联合起来，一起对抗法军的入侵。后来在这种基础上，逐渐形成了我们现在最为常见的民族国家体制。欧洲民族主义思潮最先兴起的当属德国。此时浪漫主义作家参与了德国民族精神的建构。正因为拿破仑的兴起，法国在欧洲的势力迅速崛起，很快便达到了几乎雄霸欧洲的状

---

① 德国作家维兰德在其翻译的贺拉斯《书札》（1790年修订版）的手记中使用了"weltliteratur"（世界文学）一词。维兰德提及，"世界知识和世界文学以及成熟的性格培养和良好品行的高雅趣味"。贺骥指出，"维兰德在此所说的'世界文学'指的是奥古斯都时期的一流作家（贺拉斯、维吉尔和普罗佩提乌斯等人）博览了古今各民族的文学杰作，掌握了世界文化文献，他们具有广博的学识、丰富的阅历和高度的文学艺术修养，他们所创造的文学乃是一种世界主义的高雅文学。"详细讨论请见：Weitz, Hans-Joachim, "'Weltliteratur' zuerst bei Wieland," in *Arcadia* 22, Berlin: De Gruyter, 1987, s. 207. 贺骥：《"世界文学"概念：维兰德首创》，《社会科学》2014年第7期。

态，法语也顺着这股潮流攀上了世界文学/世界文学圈的高位。① 此后拿破仑军队虽然溃败，但法国在欧洲文化的战场上并没有那么轻易便退军。战争带来了频繁的人口流动和各种文化知识的积极交流。而在这种思潮中，赫尔德代表了德国的文化民族主义，大力地鼓吹种种浪漫主义论说，同时也促进了德国民族精神的成形。因而德国的民族主义与浪漫主义是一种共生的关系。

根据现存的材料可知，1813—1815 年，二十出头的青年诗人爱克曼曾以志愿者的身份加入了德国军队以抗击拿破仑军队的入侵。战争和政治的动荡带来了满目疮痍的世界，也带动了不同区域的人们非常频繁的交流，而交流的结果有时反而是使各自陷入某种偏执或自我中心。不同的意识形态阵营固守着各自的利益，许多作家和组织也被卷入其中，在德国的这边则是民族主义思潮的勃兴，因而歌德在此时平静而温和地提出他的"异见"——世界文学的时代要来临了。"民族文学"的兴起，也可如此看。在 1827 年 1 月 31 日，歌德提出的世界文学，其实并不是特别受欢迎。因为同时代还有一些浪漫主义者——比如卡尔·施莱格尔（Karl W. F. Schlegel，1772 – 1829）等人利用民族主义情绪召唤民族精神，批判法国凭借其文化优势而催毁其他民族的民族性，呼唤德意志人参与建设德国的民族性和反对外国文化侵略的"圣战"。② 最不能被歌德或后人认同的一点是他们不愿提及德国文学所受到的外来影响（将本国文学受到他国文学的影响，称为国际文学关系中所负的"外债"）。有一种奇怪的现象是，民族

---

① 法语作为西方世界的一种"通用语言"，最早可追溯至 17 世纪，在此后两百多年间，被广泛地使用于政治、外交和文化等领域。第二次世界大战结束之后，英语取代法语，成为新的国际通用语言。在歌德的时代，法语是欧洲的通用语言，法语文学在欧洲的所有语言文学中影响最大。

② Hans Kohn, "Romanticism and the Rise of German Nationalism," *The Review of Politics*, Volume 12, Issue 4, October 1950, p. 460.

主义作家在提倡民族文学、民族精神之时,不大愿意承认本国文学所受的外国影响,而认为本土的文学传统自成体系,似乎用这种"自足性""纯洁性"来证明本国的传统、祖先的文化更为伟大。这种情况其实也不少见。年轻一代的浪漫主义者这种狭隘的做法,本意是"正本清源",还原德国文学的纯粹性,要将德国文学所欠的"外债"目录完全勾销。此时的德国浪漫主义者和爱国者在提倡"国族文学"时,企图整理出本国文学的发展脉络以证明其是一个自足完满的体系。民族主义情感遮蔽了他们的视野,使他们没能看到更广阔的风景。歌德则不同于此,其视野更为宏阔,更有前瞻性。

早在1808年,歌德在编选《德国诗选》时,便清楚地意识到德国诗歌从其他国家的诗歌(或原作或翻译)中获益甚多。可以说,歌德在谈及"世界文学"概念时,有特别针对的对象,尤其是当时德国的浪漫主义者、爱国作家,也针对代表着当时流行的法语文学,尤其是那种带有色情的、堕落的、恶趣味的作品。歌德坚持的是一种放诸四海而皆准的艺术真理,一种他称为真善美的标准,但这种理念源头不是来自东方,而是来自古希腊文学和哲学。这也难怪歌德对比了中国小说与法国小说之后,紧接着说:"如果需要模范,我们就要经常回到古希腊人那里去找……"①

拿破仑战争结束之后,欧洲还延续着各种大小战乱。而此时的德国仍是公国林立、尚未完成统一。德语文学还不能算是具有大影响的文学,伟大的作家(歌德)虽然已经出现,但德语文学还未像英语或法语文学那样得到世界性的承认。所以当狭隘的浪漫主义作家在推动德语民族文学时,歌德一下子便看到了他们的弊端。他说他自己也得益于德语之外的其他文学,比如他热衷称道英国戏剧作家莎士比亚

---

① [德]爱克曼辑录:《歌德谈话录》,朱光潜译,人民文学出版社1978年版,第114页。

的剧作。所以他认为，一个好的作家必须得懂外语，或者至少得多读读翻译的文学作品，以便从中获取某种滋养，进而壮大本国的文学。有趣的是，这一点直到20世纪仍为一些德国评论家所继承而奉为圭臬。比如，德国汉学家顾彬认为许多中国当代作家外语不好，成就不高，这是因为无法从外文原文或翻译中获取滋养。[①] 在这里，我们应该看到歌德的迥异时流，他在民族主义文学兴起的时代推动文学的"普世主义""世界主义"，有其前瞻远见。

自1770—1771年的那个冬天歌德结识赫尔德后，他的许多观念都受到了后者的影响。赫尔德在18世纪德国文学复兴过程中扮演了一个非常重要的角色。甚至可以说，正是赫尔德促使了德国狂飙突进运动和浪漫主义文学的兴起，而其史学思想，尤其是那种世界历史的意识则影响了现当代的许多历史学家，比如斯宾格勒（Oswald Spengler，1880—1936）。[②] 歌德的"世界主义"观念，也来自赫尔德。除此之外，歌德至少还受到赫尔德两方面的影响。一是对欧洲（或欧洲主流文学）之外的文学，尤其是对民歌的喜欢。赫尔德曾收集了世界各地的民歌，而歌德在其影响之下也对世界各地的民歌有着极为深厚的兴趣。"歌德完全接受了赫尔德的观点。他采集并且仿作民歌，分享了赫尔德对莪相和荷马这些古典风格的诗人所怀有的热情……"[③] 即使是

[①] ［德］顾彬：《从语言角度看中国当代文学》，《南京大学学报》2009年第2期，第74页。朱安博、［德］顾彬：《中国文学的"世界化"愿景——德国汉学家顾彬访谈录》，《吉首大学学报》（社会科学版）2017年第3期，第120页。

[②] 王岩等编：《西方史学之路》，黑龙江人民出版社2009年版，第101页。［德］奥斯瓦尔德·斯宾格勒：《西方的没落》，齐世荣等译，商务印书馆2001年版。

[③] ［美］雷纳·韦勒克：《歌德》，载叶隽编选《歌德研究文集》，译林出版社2014年版，第367页。［美］韦勒克：《近代文学批评史》第1卷，杨自伍译，上海译文出版社1997年版，第265—298页。莪相（Ossian），又译奥伊辛，是凯尔特神话中的古爱尔兰著名的英雄人物、优秀的史诗诗人。荷马，古希腊盲诗人，伟大的只诗《伊利亚特》和《奥德赛》是其根据民间流传的诗歌编写而成。荷马史诗在很长时间里直接塑造了西方的宗教、文化和伦理等方面的观念。

在其生命的后期,歌德仍会热烈地讨论塞尔维亚的民歌和中国的诗歌。歌德《浮士德》(*Faust*)第一部的序言之一,便是以他曾仔细阅读过的、产生于公元前 5 世纪的印度戏剧《沙恭达罗》(*Sakuntala*)为基础的重新创作。从模仿外国作品而创作这一点看,歌德绝不是"世界文学"的空头理论家,而是其实践者。他也将他读到的法语或英语译本的中国文学作品,重新改写成德语的诗歌。再者,赫尔德和歌德开始使用一些以德文词根"welt-"(世界的)组成的词汇,并赋予了它们独特的意义,这一点也与他们观念中的"普世主义"(universalism)密切相关。他们创造出了一些新的词汇,除"weltliteratur"(世界文学)一词之外,还有"weltbürgertum"(世界主义)、"weltbürgerschaft"(世界公民)、"weltmarkt"(世界市场)、"世界信仰"(weltfrömmigkeit)和"世界灵魂"(weltseele)等等词汇。这还令人联想起康德的"世界和平论"。在德国的现代学者和哲学家的著述中,也常见这种世界主义的追求。在这里,"世界性"(普世性)和"民族性"(本土性)并非冲突的,而是相互包容的。换言之,民族性在"世界"这个更大的体系中存在,而不丧失其特性。也唯有保持这样相对的共性和特性,才能保证"世界"是一个充满活力的共同体。在歌德看来,个人不仅仅是一个民族国家中的一名公民,还必须首先是人类的一员。这也同出一理。

二 歌德与世界文学

(一)"我愈来愈深信……"

爱克曼辑录的《歌德谈话录》一书,记录了歌德极为著名的一段话:

> 我愈来愈深信,诗是人类的共同财产。诗随时随地由成百上

千的人创作出来。……所以我喜欢环视四周的外国民族的情况，我也劝每个人都这么办。民族文学在现代算不了很大的一回事，世界文学的时代已快来临了。现在每个人都应该出力促使它早日来临。①

在这里，歌德所讲的"诗"（poesie）很明显不是指我们一般意义上的"诗歌"（韵体或自由体诗歌），而是有其他的意思。② 对于当时的德国浪漫主义者而言，"小说变成了一种延伸表达诗意的工具"③。当时的浪漫主义文论家席勒④也曾表达了类似的意思，即小说这种文类便是浪漫主义式的，而"浪漫的"（romantic）对席勒来说则意味着"诗意的"（poetic）。而且，歌德的《威廉·迈斯特的学习时代》（*Wilhelm Meisters Lehrjahre*，1795—1796）是引起这种小说观念变化的主要诱因。⑤ 此外，歌德还曾认为，"艺术家是天生的，诗就是灵感和天才"⑥。在另一些场合，他也反对将"诗"当成科学和艺术，而认为"它是在灵魂中孕育出来的，因而应当叫做天才"⑦。我们如果从这方面去理解的话，这里歌德所讲的"诗"便是指那种创作的灵感或天才，这是人类所共同拥有的。也正是通过这类灵感或天才的书写，才能打动我们共通的情感，即普遍的人性。当歌德说，

---

① ［德］爱克曼辑录：《歌德谈话录》，朱光潜译，人民文学出版社1978年版，第113页。

② 歌德在提及这一句时，他借助的是他刚读到的叙事诗体英译本《花笺记》，所以既是表面的"诗"的实指，同时也指向更大的范畴、更多的内容。关于《花笺记》英译等情况，请参第六章和第八章的讨论。

③ Eric A. Blackall, *Goethe and the Novel*, Ithaca: Cornell University Press, 1976, p. 137.

④ 弗里德里希·席勒（Friedrich von Schiller, 1759—1805），德国18世纪著名诗人、哲学家、历史学家和剧作家，德国启蒙文学的代表人物之一。

⑤ Eric A. Blackall, *Goethe and the Novel*, Ithaca: Cornell University Press, 1976, p. 137.

⑥ ［美］雷纳·韦勒克：《歌德》，载叶隽编选《歌德研究文集》，译林出版社2014年版，第372页。

⑦ 同上书，第377页。

"所以我喜欢环视四周的外国民族的情况，我也劝每个人都这么办。"这一句中的"每个人"有特别的所指，如上论及，尤其是针对那些年轻的爱国诗人、年轻的浪漫主义诗人。所以他说，"民族文学在现在算不了很大的一回事，世界文学的时代已快来临了"。那么，我们如何理解歌德的话语中"世界性"和"民族性"的关系呢？自民族国家兴起至今，文学史家其实无时无刻不面对着解析这两者的辩证关系。中国学者会因为代表他们传统民族小说最高巅峰之一的《红楼梦》被外国的读者忽略无视，不被纳入"世界文学"的世界，而深感愤愤不平。仿佛"民族性"，唯有在他者的世界才能得以彰显，才能显示其价值一样。我们可以看到在歌德的世界文学图景里，"世界性"与"民族性"两者并非相互排斥的概念，而是合二为一的概念，民族文学必借世界文学而得到发扬光大，流播更远，影响更深，而世界文学脱离了民族文学则只会是无根的空谈。也即是，没有各国文学的相互叠加或相互映衬，也就没有所谓的世界文学。最后，歌德天真地期望："现在每个人都应该出力促使它早日来临。"

在这一段话里，歌德用了一种先知式的语气，来作一种乌托邦式展望。对他而言，"世界文学"是一种世界主义的理想，一种将要完成的未来。从这一段话可以看出老年歌德的期望——希望借助这种世界文学的愿景，来推动各民族文学逐渐打破孤立的、割裂的状态，以免狭隘的民族主义、爱国主义妨碍民族文学的繁荣发展。现在我们可以说，歌德的世界文学观念是一种合乎世界潮流的未来主义理想。歌德看到了一种在后拿破仑时代已经存在的文学现象：文学作品如同商品，以原文或翻译的形式在跨越国界而流通。所以，"世界文学"又可以看作一个无形的平台，给各民族人民提供了相互交流、取长补短的机会。歌德渴望推动世界文学的形成，在这样的过程中，德国文学将扮演着"光荣的""美好的"角色。因而世界文学是彰显民族文学价值的场所。歌德希望在这种世界文学的世界中，德语文学逐渐壮大，如同其时的法国文学一样有重要的地位。

这个案例还证明了一个不平衡的世界体系的存在。歌德的世界文学与翻译的世界市场极为相关。这个市场是极为不平衡的，受全球化的资本流动和文化政治所影响。以下几例便可为证。

（1）法语和英语是当时欧洲主要的通用语言。歌德正是通过法语和英语译本的中国/东方文学来了解中国/东方。

（2）1827年1月29日，歌德从魏玛公共图书馆借出汤姆斯（Peter P. Thoms）英译《花笺记》（*Chinese Courtship*）一书，1月31日、2月2日两天的日记里都记录了他在研读和讨论一首中国诗。①

（3）法国启蒙思想家伏尔泰的《老实人》（*Candide*）一开始出版，是伪造为一位德国作者作品的法译本。后来由法语原著译为英文出版时，才开始改署伏尔泰的名字。这说明了世界市场对于他者文学的需求。

---

① 笔者认为这首诗便是汤姆斯英译《花笺记》，请参第八章讨论。汤姆斯（Peter Perring Thoms，1790—1855），英国人，印刷工出身，后来自学成长，成为汉学家。汤姆斯1814年来华，主要是在广州和澳门活动，任职于英国东印度公司，在该公司的澳门印刷所里负责中文铅活字的研制和应用。汤姆斯曾帮助排版早期传教士马礼逊（Robert Morrison，1782—1834）的《华英字典》（*A Dictionary of the Chinese Language*, Macao, China: Printed at the Honorable East India Company's Press, 1812—1822）。在第一次鸦片战争期间，汤姆斯受命于英国官方全权代表义律（Charles Elliot，1801—1875），出任翻译官。汤姆斯著译有：（1）Peter Perring Thoms, *The Emperor of China vs. the Queen of England*. London: Warwick-Square, 1853. （2）Peter Perring Thoms, *A Dissertation on the Ancient Chinese Vases of the Shang Dynasty, from B. C. 1743 to 1496*, London, 1851. 此书内容是关于中国的"博古图"。（3）译著《花笺记》：Peter Perring Thoms, *Chinese Courtship*, London: Published by Parbury, Allen and Kingsbury, 1824. 关于《花笺记》的整理本、外译和汤姆斯英译的相关研究请见：（1）梁培炽辑校、标点：《花笺记 会校会评本》，暨南大学出版社1998年版。（2）王燕：《〈花笺记〉：第一部中国"史诗"的西行之旅》，《文学评论》2014年第5期。（3）美国学者夏颂（Patricia Sieber）运用达姆罗什的世界文学的概念来理解《花笺记》的外译，并指出，"毕竟《花笺记》不仅传至欧洲，在越南和东南亚也有流行，这使得汤姆斯的译文成为某些中国纯文学作品的'世界文学'性质的一部分"。［美］夏颂《汤姆斯、粤语地域主义与中国文化外译的肇始》，陈胤全译，载王宏志主编《翻译史研究2016》，复旦大学出版社2017年版，第270—294、293页。

（4）易卜生的戏剧出版后，默默无闻，由英国剧作家萧伯纳等人译成英文和法文后，才具备了其世界性。最后，还来到了五四时期的中国，在中国的影响可能超过了在其母国的影响。①

（5）歌德甚至说，当他读到法语译本的《浮士德》时，他甚至认为法语版更像是原版，而德语版反而像是翻译本。

…………

为了更好地解释翻译、世界文学和世界市场的关系，下文我们将以爱克曼辑录的《歌德谈话录》为例，来作进一步的讨论。

（二）一个世界文学的案例

晚年歌德与年轻诗人爱克曼之间的关系颇不平常。换言之，爱克曼对歌德的感情，远不止是助手对作家、学生对老师或者学徒对大师的感情。他用一种崇高的感情，在书写中神圣化了歌德，同时也崇高化了自己。这种崇高化，经爱克曼个人发起，充满了其异乎寻常的情感。②

1823年5月，爱克曼带着他的诗集从德国北部城市汉诺威（Hanover）出发，步行了一周多，长途跋涉，忍受着炎热的天气和糟糕的路况，经哥廷根（Göttingen）、维拉塔尔（Werratal），到达了魏玛（Weimar），来到歌德家门口扣门拜谒。在出发之前，他已经寄了"一束诗"给歌德。他最初的想法是请歌德推荐，帮其在耶拿（Jena，德国中部城市）出版个人诗集。同时，他在诗集中，还加入了一篇评论文章《论诗：以歌德为例》（Beiträge zur Poesie, mit besonderer Hinweisung auf Goethe）。他没想到歌德那么爽快，初次见面便答应

---

① 具体可参第六章的案例分析。
② 这种神圣化、崇高化，还经由该书的翻译（重译）和出版等环节来完成。请参［美］丹穆若什：《什么是世界文学？》，查明建等译，北京大学出版社2015年版，第39—40页。此外，这一小节的写作受启于达姆罗什（丹穆若什）的精彩分析，对其论述有概括总结和细节补充。

了，而且赞扬他的诗写得很好，"它本身就是极好的自我推荐"。歌德还给了他许多写作的建议，帮助他向出版社推荐诗集，还将他留下作为自己的秘书。1823年，74岁的歌德刚刚经历了一次痛苦的失恋。当时他托了一位伯爵向一位刚满十八岁的乌克兰少女求婚，然而遭到对方家长的严词拒绝。他带着伤心的心情回到了魏玛，大病了一场。颓唐之中的歌德意识到了自己的年迈，他需要一位稍有才华的年轻人作为助手，来帮自己整理一生的文字事业。此时，31岁的诗人爱克曼寄来了表达对他崇拜的诗歌，而歌德将失恋的悲伤转化为工作的动力，设计了许多写作的计划。这种高强度的工作，使其更加疲惫不堪。所以，当爱克曼出现时，歌德便满怀感情地说：我想要你在魏玛留下来……爱克曼的出现，正好满足了他要招聘一位助手帮助整理文稿的需求。就这样，爱克曼进入了歌德的文学圈，也进入了当时最重要的一个世界文学交流的平台，一个以歌德为中心的世界文学的世界。此时年迈的歌德已经意识到，一方面，他高强度的、高效率的工作，需要一个助手相助；另一方面，他已经出版的书，需要整理、结集重版，爱克曼具有一定的文学才能，是较为合适的人选。对照两人各自所记的日记和《歌德谈话录》便可以发现，此后九年（1823—1832），两人经常见面，有时朝夕相伴。

  1832年歌德逝世，其生前曾立遗嘱请爱克曼编辑其一生的著作。爱克曼的后半生，一度贫病交加，无人照应，再后来陷入了长年的忧郁状态。自1823年始爱克曼花了十二年才将《歌德谈话录》（前两部）编成，于1835年年底1836年年初在当时欧洲的一个出版中心莱比锡出版。虽然此书的编辑在歌德生前就已经开始了，有许多日记的条目表明，歌德是知晓其记录的，许多内容也征得了歌德的肯定或受其监督完成。然而，我们还是不应否定爱克曼的高超才能，不能仅仅将其当成一部录音机——忠实地记录下真实，而无添加修饰的成分。

那么，对于爱克曼而言，歌德和这一部书，意味着什么？《歌德谈话录》的前两卷出版之后的另一个十二年，爱克曼与他人一起合作出版了该书的第三卷。前两卷呈现出了一个接近于真实的歌德的形象，后一卷不可信的地方不少。他在《歌德谈话录》的第三卷前序说："我与他的关系是如此独特、如此亲近。这就像是学者与大师、儿子与父亲，浅陋的后学与博学鸿儒的关系。他将我带进了他自己的圈子，让我参与其中，让我得以享受到更高层次的身心愉悦。"① 达姆罗什曾调侃地指出，在两人的合作关系中，歌德更像是一个年长的富有经验的恋人，而爱克曼则像个情窦初开的少女，而《谈话录》则像是用恋爱中少女的语气所记录下来的爱情的证明。② 1820—1823 年，爱克曼在他的日记和文章中处处透露出他心里只有歌德。"我只想着他，读书无味，无法思考。无论我走到哪里，无论我身处何方，也无论我是在散步，还是在处理日常事务，他都在我脑海中挥之不去，甚至夜里还进入了我的梦乡。"③ 这种爱，当时被他的未婚妻发现了。他的未婚妻有时会不耐烦地嘲讽他说"你那伟大的歌德"（your great Goethe）④。诗人爱克曼对歌德真是一种"爱人的态度"，但又是一种出于崇拜而超越一切标准的无限度的爱。进入歌德的圈

---

① J. P. Eckermann, *Conversations with Goethe*, John Oxenford trans., London: J. M. Dent & Son Ltd, 1935, p. xxiv. 第三卷前序有，"My relation to him was peculiar, and very intimate: it was that of the scholar to the master; of the son to the father; of the poor in culture to the rich in culture. He drew me into his own circle, and let me participate in the mental and bodily enjoyments of a higher state of existence."

② [美]丹穆若什:《什么是世界文学?》，查明建等译，北京大学出版社 2015 年版，第 34 页。

③ J. P. Eckermann, *Conversations with Goethe*, John Oxenford trans., London: J. M. Dent & Son Ltd, 1935, pp. ix – x. "I read of nothing and thought of nothing but only of him, wherever I went, wherever I remained: in my walks and in my daily affairs, he was in my thoughts, even at night he entered into my dreams."

④ 爱克曼对未婚妻 Houben 有点若即若离，关系并不是一直都好。爱克曼还爱上了他作为家庭老师指导的学生。他的未婚妻 Houben 甚至调侃他说：但丁（Dante）找到了他的碧翠丝。但丁作品《神曲》中，碧翠丝为引导但丁进入天堂的完美女性。

子、进入世界文学的世界、其文学的才能得以充分地发挥,以及得到歌德惺惺相惜的爱护……这些对于像爱克曼这种出身贫穷、缺乏机会的文学青年来说,已是超乎其所希望,可以说是实现了其人生的主要目标了,而男女欢爱和婚姻反而退居其次了。①

《歌德谈话录》第三卷中,爱克曼的序言写得非常之抒情,远甚于前两卷。

> 我们谈着一些伟大的和美好的事物。他向我展示出他性格中最高贵的品质,他的精神点燃了我的精神。两人心心相印,他伸手到桌子这边来给我握。我就举起放在身旁的满满的一杯酒向他祝福,默然无语,只是我的眼光透过酒杯盯住他的眼睛。②

我们看到的《谈话录》中的歌德,虽是源自现实中的歌德,但更是爱克曼记忆中的歌德,一个被崇高化了的完美形象。这里的问题是:爱克曼的口述史与真实是否存在着差距?爱克曼过度的爱恋、明显的神圣化笔法,常常让人深深怀疑他所说的"这里所显现的是我的歌德"的真实性。其实,爱克曼在书中一再地使用了"我的歌德"这样的表述,这不正是说明了他的记录掺杂着某些主观性么?

爱克曼在《歌德谈话录》全书最后一段用一种极为伤感的笔调写了他在歌德逝世次日去瞻仰逝者遗容。

> 歌德仰面躺着,安详得如同睡熟了似的:高贵威严的面容神情坚毅,笼罩着深沉的宁静,饱满的额头似乎还在进行思考。我想得到他的一缕卷发,然而敬畏之情制止我去剪它。……我对遗体那天神一般的伟岸美丽惊叹不已。……面对这样一位完美、魁

---

① J. P. Eckermann, *Conversations with Goethe*, John Oxenford trans., London: J. M. Dent & Son Ltd, 1935, Introduction, p. x.

② [德]爱克曼辑录:《歌德谈话录》,朱光潜译,人民文学出版社1978年版,第266—267页。

梧的男子我无比惊讶，一时间竟忘记了不朽的精神已经离开了他的躯体。我把手扣在他心口上，四处寂静无声，我转身往外走，以便让噙在眼里的泪水痛痛快快地流淌。①

在这一段里，爱克曼看到的不只是眼前歌德的遗体如生前一般完美而伟岸，还极为痛苦地看到人类世界刚刚逝去一个伟大的天才，一个如"天神"一样的、完美的、不朽的歌德。

《歌德谈话录》可看作一种"爱之纪念"：爱克曼用一种抒情的笔调写作，暗寓了对逝去爱人的怀念。② 奥克森福德（John Oxenford，1812—1877）在将《谈话录》头两卷翻译成英语时便已发现，爱克曼使用了一种过度抒情的笔调。③ 奥克森福德在翻译过程中，被爱克

---

① ［德］歌德：《歌德谈话录》，杨武能译，河北教育出版社2015年版，第500页。奥克森福德（John Oxenford）英译本在这一段中，用了一系列词汇来描述歌德的崇高伟岸和爱克曼对歌德的忠诚和爱戴。"Stretched upon his back, he reposed as if asleep; profound peace and security reigned in the features of his sublimely noble countenance. The mighty brow seemed yet to harbour thoughts. I wished for a lock of his hair, but reverence prevented me from cutting it off... I was astonished at the divine magnificence of the limbs. The breast was powerful, broad, and arched; the arms and thighs were full, and softly muscular; the feet were elegant, and of the most perfect shape; nowhere, on the whole body, was there a trace either of fat or of leanness and decay. A perfect man lay in great beauty before me; and the rapture which the sight caused made me forget for a moment that the immortal spirit had left such an abode. I laid my hand on his heart—there was a deep silence—and I turned away to give free vent to my suppressed tears." J. P. Eckermann, *Conversations of Goethe with Eckermann and Soret*, vol. II, John Oxenford trans., London: Smith, Elder & Co., 1850, pp. 429–430.

② "整部《谈话录》里，爱克曼在歌德英雄般的威权面前，扮演着满心崇拜却害羞的少女角色。……爱克曼少女般的含蓄使他在歌德富有表情的巨大威力面前保持沉默，这种表情的威力甚至印入他的肌理之中。一年后，爱克曼仍在使用恋爱中的少女的语气，记述他的爱情。"［美］丹穆若什：《什么是世界文学？》，查明建等译，北京大学出版社2015年版，第34页。

③ 奥克森福德，是英国的剧作家、批评家和翻译家。他自学成才，除英语外，还精通法语、德语、意大利语和西班牙语等语言。著有68部剧本，译作也颇丰。1846年，将歌德的《诗与真：歌德自传》（*The Autobiography of Goethe: Truth and Poetry from My Own Life*）译成英文出版。1850年，他将爱克曼德文原著的《歌德谈话录》译成英文出版。1853年，他将加勒尔（J. M. Callery, 1810—1862）等用法语编著的有关太平天国的历史著作《中国叛乱史》（*History of the Insurrection in China*）译成英文出版。1853年后，德国哲学家叔本华（Arthur Schopenhauer, 1788—1860）因为奥克森福德在杂志上撰文大力推荐，方得到英国和国际哲学界的认可，并最终奠定了其哲学家的声誉。

曼的过度自恋和过度抒情折磨得厌烦不已，于是凡遇到令人生疑的、过度抒情的地方，都一律删去。这方面达姆罗什已指出了，"奥克森福德系统性地在全书范围内削减爱克曼的分量，大幅删减他的自叙、引论，在正文中则悄悄剔除了那些看起来太过情感外露或自我标榜的语汇。"① 爱克曼像对待爱人一样对待歌德，然而这种爱又是超越了一般感情的崇拜之爱。他对歌德敬若神明，即便是在结婚之后也没有变化。爱克曼每天到歌德家中服务，像个神职人员每日到庙里，但歌德从来不曾邀请过其妻子，这多少让她有点失望。在歌德逝后，歌德对爱克曼仍有很大的影响，这具体反映在爱克曼的写作风格上。可以说，他几乎一直都将歌德当成一个完美的榜样，试图模仿歌德，向其学习。然而，多少年过去了，爱克曼生前逝后，都是声名寂寂。

达姆罗什对爱克曼的这种过度爱恋、过度神圣化的分析表明，在某些章节中，爱克曼自己化身为"圣母"，而"歌德"无疑便是一位救世的"圣子"。② 他借助《歌德谈话录》创造了一个歌德，然而在多年后的翻译版本中，他的名字反而不存在了，此书有时变成了歌德著《与爱克曼的对话》。爱克曼是谁，对于一般读者而言，似乎并不重要。爱克曼的地位和成就，迄今还是未能得到应有的承认，因为他活在歌德这尊光芒四射的神像的阴影中。他不可能被认为是一位创作者，一位写了《对话录》、描摹出了苏格拉底的柏拉图，而仅仅是一只学舌的鹦鹉，或者一个录音机罢了。德国哲学家尼采（Friedrich Wilhelm Nietzsche，1844—1900）曾在其著《人性的，太人性的》中认为《歌德谈话录》是一部"智者之书"，是"打开歌德创作之门的

---

① [美] 丹穆若什：《什么是世界文学？》，查明建等译，北京大学出版社2015年版，第39页。

② 同上书，第39—41页。这几页中，达姆罗什（丹穆若什）对爱克曼的态度和《歌德谈话录》的经典化过程有精彩的分析。

一把钥匙",是一部"最好的德语作品"①。还有一些人赞颂如是,"这部书是歌德思想和智慧的宝库。""它给了世界一尊栩栩如生的歌德'全身塑像'。"然而事实上,这部作品一开始并不被时人接受。

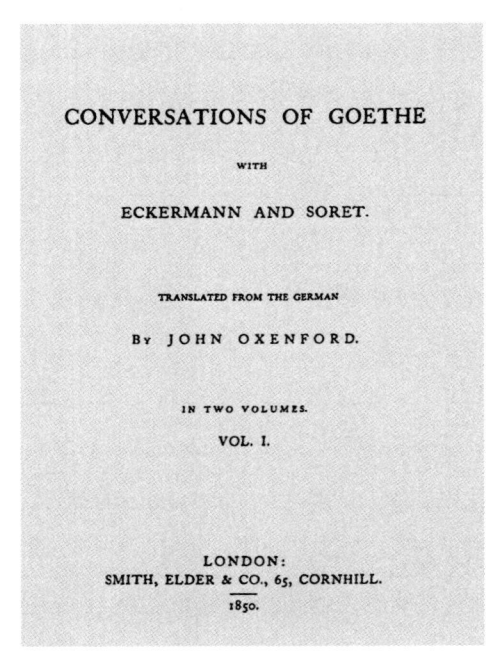

图 1-1　奥克森福德英译本《歌德谈话录》(两卷) 第一卷封面②

爱克曼《歌德谈话录》的"重生"和经典化,是在这个文本经由翻译旅行到异域完成的。③ 其中,该书奥克森福德的英译本扮演了

---

① 转引自 J. P. Eckermann, *Conversations with Goethe*, Gisela C. O'Brien trans., New York: Frederick Ungar Publishing Co., 1964, Introduction, p. v. 尼采的话,请参英译文: Friedrich Nietzsche, *Human, All too Human*, R. J. Hollingdale trans., Cambridge: Cambridge University Press, 1986, p. 336。

② J. P. Eckermann, *Conversations of Goethe with Eckermann and Soret*, John Oxenford trans., London: Smith, Elder & Co., 1850. 该译本并未在封面标明爱克曼为辑录者(参图1-1)。

③ 这一个案例,有一大部分的内容来自于达姆罗什的精彩分析,参见[美]丹穆若什《什么是世界文学?》,查明建等译,北京大学出版社2015年版,第1—41页。

关键的角色。1836 年,《歌德谈话录》刚出版时,并不受人注意。一方面是因为当时歌德还未被完全经典化,其经典性地位还未稳固,还遭受到年轻一代的爱国者、民族主义者的挑战。另一方面是因为作者爱克曼此时不过是一位二流诗人,贫困潦倒、声名不彰。他是那么的"不重要",以至于差不多被时人和后人完全遗忘。《歌德谈话录》最早的一个英译本是由北美的女学者福勒(Sarah Margaret Fuller)于 1839 年在波士顿译成出版。① 这其实是一个节译本,也没有像后来第二个译本那样引起很多读者的注意。在这个译本中,福勒多数时忽略了爱克曼的存在,有时也对其冷嘲热讽。福勒说:"他(爱克曼)只不过是大师手上演奏的各种音符的发声板。无论是出于何种意图和目的来看,在这里我们发现的是:这不是谈话(conversation),而是独白(monologue)。"② 福勒的译本是删节本。奥克森福德译本篇幅更长但也有删节,而且将原书名"Conversations with Goethe"反转改为了"Conversations of Goethe with Eckermann"。③ 爱克曼的原文《歌德谈话录》第三部(1848)出版之时,第一、二部赢得的很少的读者或是已经故去,或是对第三部没有兴趣。第一、二部虽然并不受欢迎,但仍有一些读者,第三部的读者则更少得可怜,在最初两年里仅

---

① J. P. Eckermann, *Conversation with Goethe, in the Last Years of his Life*, S. M. Fuller trans., Boston: Hilliard, Gray, and Co., 1839. 1852 年在波士顿有重印本(Boston and Cambridge: James Munroe and Company, 1852)。

② J. P. Eckermann, *Conversation with Goethe, in the Last Years of his Life*, S. M. Fuller trans., Boston: Hilliard, Gray, and Co., 1839, p. viii. "He is merely the sounding-board to various notes played by the master's hand; and what we find here is, to all intents and purposes, not conversation, but monologue."

③ 这一点人人文库版《歌德谈话录》的编者前言已经提及,而丹穆若什(达姆罗什)在其《什么是世界文学?》的第一章也有详论如是:"《谈话录》因翻译而获益,但爱克曼本人却损失不小。这本原名《歌德谈话录》的书,后来却变成了《与爱克曼的对话》。奥克森福德把歌德而不是爱克曼,定为该书的真实作者。"[美]丹穆若什:《什么是世界文学?》,查明建等译,北京大学出版社 2015 年版,第 38 页。

卖出了几百本，而直到1867年，销量也只达到一千五百本。①

到了1883年，奥克森福德的英译本首次并入了第三部，而且译者依编年体的方式重排了所有的条目，让这本书读起来如同一部非常详细的日记。② 福勒译本在1852年之后便没再重版，而奥克森福德的版本则由于译者本人在批评界和译界的大名而逐渐流行开来，后来随着时间的推移，歌德经典地位已经稳固，像尼采这样的后辈也一再追认其重要性，并承认其在德国文学中的地位。这一部作品《歌德谈话录》，也就顺利地进入了经典的序列。奥克森福德译本后来被收入了非常著名的"人人文库"（Everyman's Library, No. 851），流传至今。这也就是我们今天读到的最常见的英译本。

歌德晚年对年轻一代的浪漫主义者、对爱国的诗人，持怀疑和疏远的态度，故而备受年轻一代作家诗人的攻击。这种情况，一直延续到歌德的逝世（1832）。甚至到了歌德百年诞辰时（1849），也几乎没有作家为其庆祝或表达纪念。爱克曼生不逢时，《歌德谈话录》第一、二部（1836）和第三部（1848）也同样没有受到应有的重视。当时的世界动荡不安，充满政治骚动，而比歌德更年轻的一代作家已成熟，集体起来反对歌德的种种观念。③ 爱克曼最终在艰难困苦之中度过了最后的几年，直到1854年去世也几乎没人知晓。④ 他自此被人遗忘，直到奥克森福德的译本大为流行之后，德国读者，甚至魏玛的居民才惊觉本国本地曾有这么一位诗人爱克曼，他是歌德晚年的秘

---

① J. P. Eckermann, *Conversations with Goethe*, John Oxenford trans., London: J. M. Dent & Son Ltd, 1935, Introduction, p. xviii.

② 重印本见 J. P. Eckermann, *Conversations with Goethe*, Gisela C. O'Brien trans., New York: Frederick Ungar Publishing Co., 1964, Introduction, p. xv。

③ J. P. Eckermann, *Conversations with Goethe*, John Oxenford trans., London: J. M. Dent & Son Ltd, 1935, p. xvii.

④ J. P. Eckermann, *Conversations with Goethe*, Gisela C. O'Brien trans., New York: Frederick Ungar Publishing Co., 1964, Introduction, p. xiv.

书，记录下了伟大歌德关于文艺、人生和世界的种种洞见。

（三）歌德与世界文学

在世界文学方面，歌德并不是一位空头理论家，事实证明他在其时代已经充分地参与了世界文学的发展，可谓"积极地促使其早日来临"。歌德积极地参与"世界文学"的最突出证明是他的两本诗集《西东诗集》（*West-östlicher Divan. erschienen*，1819；erweitert，1827）和《中德四季晨昏杂咏》（*Chinesisch-deutsche Jahres-und Tageszeiten*，1829）。前者受波斯诗人哈菲兹①影响，后者受中国戏剧和小说影响。

据德国学者卫礼贤②的调查，歌德是通过阅读中国文学作品的英文、法文、德文和意大利文译本来接触中国和中国文化的。③ 歌德对中国的兴趣，最早可以推溯到 1781 年，当时他读到一篇法国人写的中国游记，便开始对儒家产生了浓厚的兴趣。1796 年，他第一次读到中国的作品《好逑传》，是帕西（Thomas Percy，1729—1811）的英译本。④ 在 1815 年，他重读了《好逑传》，并与其好友席勒和威廉·格林⑤讨论此书。1817 年，歌德读到德庇时（John F. Davis）英

---

① 哈菲兹（原名 Shams al-Dīn Muhammad Shīrāzī，简称 Hāfiz，约 1320—1389），14 世纪波斯伟大的抒情诗人。哈菲兹幼年就能写诗和背诵《古兰经》，他名字的含义是"熟背古兰经的人"。哈菲兹一生共留下五百多首诗，被称为"诗人的诗人"。

② 卫礼贤（Richard Wilhelm，1873—1930），德国来华传教士，博学的、杰出的汉学家。1899 年，他受魏玛差会所派，来中国青岛传教。后在中国传教达 20 年之久，同时投身于办教育、办医院、翻译和研究中国传统典籍，可谓是近代中西文化交流史上"中学西传"的一位大功臣。他曾将《大学》《论语》《孟子》《老子》《庄子》《易经》等经典作品译为德文并附注出版。

③ ［德］卫礼贤：《歌德与中国文化》，载叶隽编选《歌德研究文集》，译林出版社 2014 年版，第 170—183 页。

④ Thomas Percy trans. & ed., *Hao Kiou Choaan or The Pleasing History*, 4 vols, London：Dodsley, 1761. 更详细讨论请参第八章。

⑤ 威廉·格林（Wilhelm Grimm，1786—1859），德国人类学家、作家。格林兄弟中的弟弟。格林兄弟编译有《格林童话》。

译本中国戏剧《老生儿》。① 1827 年，他读了汤姆斯英译本《花笺记》（1824）及其附录《百美新咏》。② 同年，他还读了法译本的中国故事选集和雷慕莎（Jean Pierre Abel Rémusat，1788—1832）的法译中国小说《玉娇梨》。③（请参表 1-1）歌德接触到的这些（翻译的）中国文学作品，促使了他在其文章中进行讨论，也促使他将某些重要的诗文重写成优美的抒情诗。早在 1823 年 9 月，爱克曼便对歌德说，"我想写一部大部头的诗作，用一年四季做题材，把各种行业和娱乐都编织进去"④。爱克曼并未完成该作品，但是歌德在 1827 年读了翻译的中国小说之后，写了一组十四首的诗作，名曰《中德四季晨昏杂咏》。这一组诗作，被公认是歌德后期最好的抒情诗。

卫礼贤对这组诗的评论非常有意思，在此不嫌烦琐引述如下："总体来看，歌德的这组诗只是从《花笺记》中吸收了一些很不确定、极为一般的启发，然后他完全独立地按照自己的理解对其进行了进一步加工。不过，他越是自由地深入到这种自我理解中，便愈加直接地接触到中国原本的思想。"⑤ 这种自由翻译或改写，反而更为接近中国原本的思想，这无异于是说，歌德的翻译或改写使得原作得以更好地留存和传播。换言之，在这里，译作在译文环境中读上去如同原作在原文环境中一样，而且两者在思想上趋同相近。这恐怕会令人怀疑并非事实。然而，卫礼贤这种较为诗意化地理解歌德的改写，一方面证明了歌德所说的"诗是人类的共同财产……"（即文学创作的才能以及共

---

① John Francis Davis trans., *Laou-seng-urh, or "An Heir in His Old Age"*, London: John Murray, Albemarle-Street, 1817.
② Peter Perring Thoms, *Chinese Courtship*, London: Parbury, Allen, and Kingsbury, 1824.
③ Jean Pierre Abel Rémusat, *Iu-Kiao-Li, ou Les Deux Cousines*, Paris: Libraireie Moutardier, 1826.
④ ［德］爱克曼辑录:《歌德谈话录》，朱光潜译，人民文学出版社 1978 年版，第 7 页。
⑤ ［德］卫礼贤:《歌德与中国文化》，载叶隽编选《歌德研究文集》，译林出版社 2014 年版，第 182 页。

同理解的可能),另一方面也从侧面印证了歌德非凡的写作才能——即便是改写,也证明了其充沛的写作动力和极为罕见的文学才能。

简言之,歌德既是"世界文学"口号的提出者,也是当时世界文学的践行者,在阅读、翻译和改写世界文学方面,他也做出了一些贡献。同时,他为德国文学在世界文学中争取到了一定的地位,使其"扮演了光荣的角色"。

表1-1　　1827年之前歌德阅读的外语译本的中国文学作品情况

阅读时间	著作名	著译者	备注
1781	"中国游记"	法国作者	引起了歌德的兴趣
	《赵氏孤儿》	马若瑟	收入杜赫德著《中华帝国全志》(1735年)
1796、1815	《好逑传》	帕西	1761年英译本
1817	《老生儿》	德庇时	1817年英译本
1827年1—2月、6月	《花笺记》	汤姆斯	1824年英译本。附有《百美新咏》
1827年2月、5月	《玉娇梨》	雷慕莎	1826年法译本《玉娇梨:两位表姐妹》(*Iu-Kiao-Li, ou les deux cousines*)

* 歌德阅读的与中国相关的作品,除了耶稣会士用意大利文所撰的儒家经典著作的译本之外,还有以上列表中翻译成欧洲语言的中国文学作品。①

三　作为思想观念的世界文学

概要而言,歌德的"世界文学"就是指跨国界、跨语言文化的

---

① [德]爱克曼辑录:《歌德谈话录》,朱光潜译,人民文学出版社1978年版,第175—176页。在华耶稣会传教士马若瑟(Joseph De Prémare, 1666—1736)的法语译本《赵氏孤儿》,收入杜赫德的《中华帝国全志》,见 Jean Baptiste Du Halde, *Description Géographique, Historique, Chronologique, Politique, et Physique de l'Empire de la Chine et de la Tartarie Chinoise*, Paris: Chez P. G. le Mercier, Imprimeur-Libraire, Rue Saint Jacques, au Livre d'Or, 1735。该书1738年有英语转译本。

文学交流。这是指在全球化的语境当中，一系列文化的、文学的对话、交流，乃至于重组和创新。难能可贵的一点是，歌德的概念中所指涉的双方或多方的对话和交流是平等的。唯有在这种大前提之下，双方（或各方）的个性（或民族性）才不至于被抹杀，也才有可能发现了不同文化的共性（也即普遍性）。我们也可以将"世界文学"看作一个交流的平台、一个互动的空间，提供来自不同文化、不同身份的读者、作家、艺术家，通过翻译、评论、辩论等种种合理而有效的方式，相互研究学习，最终目的在于促进世界文化的多元共生。这或许是一种天真的期待，但是我们不应忽略歌德的心路历程。在后拿破仑战争时代，民族主义盛嚣尘上的德国，歌德希望借助文学的交流，来促进世界各地区各民族的相互认识，从而更加和谐地相处，避免民族主义和种族主义等偏见带来的世界性灾难，企求全球文明对话、共融和重生。

让我们对歌德"世界文学"事件的讨论来作一总结如下。

第一，"世界文学"，是一种世界主义理想，一种乌托邦式的、天启式的愿景、一种未来完成式的瞻望。

这里包含了几个层面。第一个层面"世界主义的理想"，是指人们应当抛却民族主义的偏见，拥抱更为广阔多元的世界。需要注意的是，歌德的"世界主义"观念的产生，有明显的拿破仑战争后欧洲格局的时代特征，当然这种观点也应归功于赫尔德的影响。第二个层面是歌德的世界文学愿景是一种乌托邦，多少有点受基督教的千禧年主义（Millennialism）的影响，也可说是一种天启式的愿景，因而这是一种未来完成式瞻望。在歌德看来，"世界文学"是一种合乎世界主义的理想，一种能够推动各民族文学逐渐打破孤立、割裂状态的力量，一种相互影响融合而形成的一个有机的统一体。歌德的世界文学观念，指向是一种不断朝向未来的可能，也是一种充满活力的号召。

然而，歌德个人的言论前后有矛盾之处，显示出其时代的局限。比如，他的普遍主义和乌托邦有时也彰显出相反的特征，而当他论及东西文明优劣时，他又有着明显的他所处时代的人所具有的帝国主义腔调和东方主义想象。

第二，一种全球化时代的文学跨国流通现象。

歌德的"世界文学"，并非是指一系列的欧洲的乃至人类的经典文学（作为质的世界文学），也不是美国大学中出现的新一代修正过的世界经典，当然也不是所有语言写就的文学作品的总集（作为量的世界文学）。歌德所提及的法译或英译中国文学，其实在中国文学传统之中都不算是经典。换言之，歌德的"世界文学"是描述一种文学的跨国流通现象——这在全球化的今天已经成为一种常见的事实。歌德强调翻译的重要作用，尤其是通过翻译更好地理解原作。在歌德的时代或者更早的时代，这种跨国的文学交流已初现端倪。比如，意大利耶稣会教士利玛窦（Matteo Ricci，1552—1610）来华后，用意大利语写有一部《中国札记》，后来被他的后辈传教士金尼阁（Nicolas Trigault，1577—1629）翻译为拉丁语，并作了一些增补，很快便在欧洲流通开，不久便又有了法语、德语、西班牙语、意大利语转译本，到了19世纪又被东印度公司的译者转译成英语。① 这便是当时世界文学流通的一个非常重要的案例。

第三，世界文学是彰显民族文学独特价值的场所，在这里世界性（普遍性）与本土性（民族性）并存共在。

民族文学在世界文学中的角色是怎么样的呢？"民族的"与"世界的"，这两个词汇似乎是对立的意思，但其实并非如此。歌德所处的德语文学世界，还没有一个非常悠久的传统，在他之前还没

---

① ［意］利玛窦：《耶稣会与天主教进入中国史》，文铮译，商务印书馆2014年版，"前言"。

有举世闻名的作家和作品。当歌德提到"世界文学"这个概念时，他非常敏感地看到法语文学在欧洲近乎独尊的地位。他渴望德语也能够享受这样的尊崇。他渴望德语文学在世界文学形成的过程中，扮演"光荣的""美好的"角色。这一点正如瓦尔策尔指出的，"歌德习惯从世界史进程的承载者——伟大人物的立场出发来把握世界史的过程"①。歌德的世界文学观念中，民族性与世界性两者是相互成全、相互补足对方的，而不是相互排斥的。世界文学中的"文学"，"既是民族的，也是世界的"，而且往往"越是民族的，越是世界的"。

哈佛大学达姆罗什教授曾对世界文学和歌德的案例有独到的分析，并在此基础上，提出了关于"世界文学"的三层定义。

（1）世界文学是民族文学间的椭圆形折射。

（2）世界文学是从翻译中获益的文学。

（3）世界文学不是指一套经典文本，而是指一种阅读模式——一种以超然的态度进入与我们自身时空不同的世界的形式。②

第二三层我们上文已经提及，其创见在于第一层定义。第一层定义，很明显是受萨义德（Edward Said，1935—2003）的"旅行的理论"观念的影响。也可以说，在达姆罗什的概念里指的正是文学文本或思想观念旅行。达姆罗什借用了光学上的"椭圆形折射"（elliptical reflection）概念来形容世界文学，即在一个椭圆形的空间里，一个焦点上的光源通过反射作用重新聚焦到第二个焦点之上从

---

① ［德］瓦尔策尔：《歌德与当代艺术》，载叶隽编选《歌德研究文集》，译林出版社2014年版，第166页。
② ［美］丹穆若什：《什么是世界文学?》，查明建等译，北京大学出版社2015年版，第309页。

而形成了双焦点。"源文化和主体文化提供了两个焦点,生成了这个椭圆空间,其中,任何一部作为世界文学而存在的文学作品,都与两种不同的文化紧密联系,而不是由任何一方单独决定。"① 萨义德的文本旅行理论,解释了文本从原语境(original context)到流通过程,遭遇到新语境,被有条件地接受或抵抗,并最终在新语境中本土化的过程。这种过程,涉及了源点和原语境,也涉及翻译或流通的过程(如何移植、传递、流通和交换)的复杂情况,以及文本到了新语境的种种复杂反应,最终的接受和重生。这种描述,也如同本雅明(Walter Benjamin,1892—1940)在《译作者的任务》中对译本的定位一样,译作是原作的继起的生命,是其来世,应当被看作一个新的生命。② 与以上观念相似,达姆罗什看到了评价世界文学的双重标准,即既是而非的"双焦点",这一方面看到了文本承载的民族内涵,另一方面也更看到了文本旅行的过程和到新语境中的变形或再生。

关于"椭圆形的折射",达姆罗什还有这样的解释:"文学作品通过被他国的文化空间所接受而成为世界文学的一部分,对该空间的界定有多种方式,既包括接受一方文化的民族传统,也包括它自己的

---

① [美]丹穆若什:《什么是世界文学?》,查明建等译,北京大学出版社2015年版,第311页。
② 《译作者任务》一文见[德]阿伦特编《启迪:本雅明文选》,张旭东、王斑译,生活·读书·新知三联书店2014年版。具体讨论请参本书第三章。本雅明是20世纪非常重要的一位思想家、学者、译者,德国犹太人。著有《发达资本主义时代的抒情诗人》《启迪》《单向街》《摄影小史 机械复制时代的艺术作品》等作品。本雅明的部分著作请参哈佛大学出版社Belknap分社出版的《本雅明作品选辑》(*Walter Benjamin*: *Selected Writings*)全四卷。Walter Benjamin, *Walter Benjamin*: *Selected Writings*, Volume 1 – 4, H. Eiland, M. W. Jennings eds., Cambridge: Mass: the Belknap Press, 2006. 其生平请参其传记,Howard Eiland, Michael W. Jennings, *Walter Benjamin*: *A Critical Life*, Cambridge, Mass: Belknap Press, 2014. 其作品中译可参北京师范大学出版社自2014年始出版"本雅明作品系列"丛书,包括《评歌德的〈亲合力〉》《德意志人》《莫斯科日记》《无法扼杀的愉悦》《德国浪漫派的艺术批评概念》《德意志悲苦剧的起源》等作品。另,部分文章可参[德]瓦尔特·本雅明:《本雅明文选》,陈永国等译,中国社会科学出版社1999年版。

作家们的当下需要。即使是世界文学中的一部单一作品，都是两种不同文化进行协商交流的核心……世界文学总是既与主体文化的价值取向和需求相关，又与作品的源文化相关，因而是一个双重折射的过程。"①

最后，"世界文学"这个概念给我们建设和发展"比较文学与世界文学"学科什么样的启示呢？1886年爱尔兰学者波斯奈特（Hutcheson M. Posnett，1855—1927）出版了《比较文学》（*Comparative Literature*）一书，"比较文学"作为一门专门学科才正式确立。② 这是第一部以"比较文学"（Comparative Literature）命名的专著，是这一领域的第一部理论著作。波斯奈特有其独特的文学史观念，具体表现在他如何描绘人类文学发展的过程——从"氏族文学"（Clan Literature）、"城邦文学"（The City Commonwealth Literature）、"世界文学"（World-Literature）到"民族文学"（National Literature）的发展过程。在这里，"世界文学"比"民族文学"更早发生。波氏使用了全书五分之一的篇幅来讨论"世界文学"。波氏认为世界文学产生的基础是"政治上的世界大同主义"（political cosmopolitanism。这里"大同主义"也可译为"普遍主义"或"世界主义"）。他指出，部落共同体大举扩张之后，共同体成员有了共同的信念（比如希伯来的宗教）。同样，"雅典和罗马等城市共同体的类似扩张，促生了一种政治的世界主义，也因而在共同文化圈内出现了人类联合的理想——这需要中央势力保障整个疆域的和平，也呈现出了高度个性化

---

① ［美］丹穆若什：《什么是世界文学?》，查明建等译，北京大学出版社2015年版，第311页。
② Hutcheson Macaulay Posnett, *Comparative Literature*, London: Kegan Paul, Trench & Co., 1886. 汉译本请参［爱尔兰］波斯奈特《比较文学》，姚建彬译，中国社会科学出版社2015年版。

的特征。"① 在波氏这里，世界文学的产生至少有如下三种关键的原因：一是部落共同体的大幅度扩张，形成了一个更大的、更有势力的政治共同体（比如罗马帝国）；二是随后产生了一种人类联合的理想——这是他一再强调的一种高度社会性的观念；三是呈现出了高度个性化的文化特征。在波氏看来，西方文学传统中的罗马帝国时代的拉丁语文学，便是世界文学，其立论的基础是罗马帝国是一个世界性帝国，而拉丁语文学是有世界性影响的高雅文学。波氏看到了文学的世界性或普遍性的一面。受十九世纪的进化论所影响，波氏认为随着人类聚合的不断扩大——从氏族部落到城邦共同体，再到更大的世界（比如罗马帝国），文学也越来越普遍化，最终产生了具有普遍主义的世界文学。波氏似乎完全忽略了歌德的世界文学概念，也没有回应到马克思和恩格斯在《共产党宣言》（1848）里所讲及的在世界市场中存在的一种同质性的"世界文学"。②

歌德和马克思等人的"世界文学"观念，与后来发展起来的欧洲比较文学稍为不同之处便在于，前两者有更大的抱负，包含了更大的范畴，有更宏阔的前瞻远景。19世纪下半叶比较文学学科的发展史，尤其是"法国学派"的研究，反而看起来像是放弃了宏伟的目标，而聚焦在欧洲各国族文学的"借贷关系史"。也即是说，由世界文学向比较文学影响研究的窄化。到了20世纪上半叶，走向比较文

---

① Hutcheson Macaulay Posnett, *Comparative Literature*, London: Kegan Paul, Trench & Co., 1886, pp. 235 – 236. 汉译本请参 [爱尔兰] 波斯奈特《比较文学》，姚建彬译，中国社会科学出版社2015年版，第235—236页。
② 《马克思恩格斯文集》第2卷，人民出版社2009年版，第35页。英文版见，Karl Marx and Friedrich Engels, *The Communist Manifesto*, With an Introduction and Notes by Gareth Stedman Jones, London: Penguin Books, 2002, pp. 223 – 224. "In place of the old local and national seclusion and self-sufficiency, we have intercourse in every direction, universal inter-dependence of nations. And as in material, so also in intellectual production. The intellectual creations of individual nations become common property. National one-sidedness and narrow-mindedness become more and more impossible, and from the numerous national and local literatures, there arises a world literature."

学（比较诗学）则变成民族国家时代的文学研究者的一种普遍呼声。伴随着对于比较文学学科和性质的界定和重新界定，对其种种危机和消亡的深入讨论，比较文学一直是人文学科中最具争议的一个领域。无可争议的是"比较文学"一直是人文学科这组交响乐的第一把小提琴（苏源熙语），引领着人文学科向前探索。到了20世纪末，甚至有学者宣告了这个学科的死亡［如斯皮瓦克（Gayatri C. Spivak，1942— ）所著的《一门学科的死亡》］，或者呼吁重建一种新的比较文学（如爱普特的《翻译地带：一种新的比较文学》），这些论调却有意无意地促进了学科的向前迈进。① 20世纪最后二十年，比较文学经历了文化研究的挑战和翻译研究的转向，其后又在2000年有了新的变化，即走向了"世界文学"。这一方面，以莫莱蒂的《世界文学猜想》（及其续编）为代表论著，打开了世界文学（及其理论反思）的新局面。在此之前，"世界文学"是一个众多学者提及，但一直是语焉不详或讨论未定的范畴。在此之后，更是争议蜂起，可以说当今比较文学学界所讨论的"世界文学"，虽是源于歌德的概念，但是经过了两百年的发展，已经是一个全新的领域，发展出许多新的子方向。

---

① Gayatri C. Spivak, *The Death of A Discipline*, New York: Columbia University Press, 2005. 汉译见［美］斯皮瓦克：《一门学科之死》，张旭译，北京大学出版社2014年。Emily Apter, *The Translation Zone: A New Comparative Literature*, Princeton, N. J.: Princeton University Press, 2006.

第二章

世界文学与翻译研究

> 要去翻译，但翻译不等于去确保某种透明的交流。翻译应当是去书写具有另一种命运的其他文本。……
> 即便最忠实原作的翻译也是无限地远离原著、无限地区别于原著的。而这很妙。
> 因为，翻译在一种新的躯体、新的文化中打开了文本的崭新的历史。
>
> ——德里达①

一　翻译转向与学科的重心

阿拉姆语（Aramaic）所表示的"翻译"一词，传达的是"将包袱扔过河去"的面画，而且事实是：在翻译的过程中，这个包袱从来就不会准确地到达河的另一边，像翻译开始之前它在河的这边所处的位置那样。②

---

① ［法］雅克·德里达：《书写与差异》，张宁译，生活·读书·新知三联书店 2001 年版，《访谈代序》，第 24—25 页。德里达（Jacques Derrida, 1930—2004），法国哲学家，20 世纪下半期最重要的西方思想家之一，西方解构主义的代表人物，著有《论文字学》《声音与现象》《书写与差异》《马克思的幽灵》等作品。

② ［爱尔兰］波斯奈特：《比较文学》，姚建彬译，中国社会科学出版社 2015 年版，第 43—44 页。

最早的一部以"比较文学"为题的专著是 1886 年波斯奈特所著的《比较文学》，上引文便出自该书，此处是波斯奈特论及比较文学中翻译研究的重要性时举了这样的一个"扔包袱之喻"。翻译的"扔包袱之喻"极为形象地解释了翻译的性质：两种语言的河岸中间隔着或宽或窄的河面，我们或许可以想象中间的水流是文化的、历史的元素或诗意的表达方式。这种翻译行为在实施时——即便是成功地将包袱抛掷至对岸，对岸相对应的位置也与此岸的位置绝不可能等同。也就是说，原作与译本之间始终隔着语言或文化的河面，即便是平行的对应，也绝不可能完全地等同。正因为如此，比较文学与世界文学研究要面临的翻译问题，通常较为复杂，因为涉及翻译背后文化的、历史的、政治的内涵。大多数的翻译个案中，其问题很有可能有其独特的呈现方式，也会引出令人意想不到的解答。波斯奈特在《比较文学》中还曾追问："翻译的准确性，究竟在多大程度上是可能的？"① 这个简单的问题引发的是一系列相关的复杂问题：翻译（或者说理解）是否可能？译文与原文的对等关系是如何被假设成立，并被接受为合法的？译者是否忠于原文，还是翻译行为可以允许有一定程度上的"创造性叛逆"？忠于原文，是最为重要的衡量标准吗？严复所论的信、达、雅，三者是否能够兼具？……可以肯定地说，与翻译相关的问题，是比较文学与世界文学领域的学者无法绕开的问题。

1931 年，法国比较文学学者梵·第根（Paul van Tieghem，1871—1948）在其著作《比较文学论》中也讨论了译本和译者的种种相关问题，并提醒研究者要关注译本中的增删问题，以及比较研究

---

① ［爱尔兰］波斯奈特：《比较文学》，姚建彬译，中国社会科学出版社 2015 年版，第 47 页。

译作与原作的具体细则。① 此后，许多学者也一再地论及比较文学与翻译研究的主题。那么，在比较文学的新时代——世界文学的时代呢？所谓比较文学的新时代，或者说，新的比较文学时代，是阿普特（Emily Apter）在其名著《翻译地带：一种新的比较文学》一书中所提出的说法。② 她认为，比较文学研究不应以国别为中心，即研究的重点不应是跨国别的比较，而应是跨语言的比较，不应以民族国家为单位，而应以翻译为中心，即"一种基于翻译的新的比较文学"③。翻译研究变成比较文学与世界文学研究的中心，与20世纪的理论热、20世纪八九十年代的文化研究热颇有关系。

  20世纪八九十年代翻译研究经历了一种文化转向，反过来说也成立——文化研究经历了一次翻译研究的转向。这两个领域出现了许多相互交叠的地方。在翻译研究领域则是出现了所谓的文化学派，以勒弗菲尔（André Lefevere，1945—1996）、巴斯奈特（Susan Bassnett，1945—）和韦努蒂（Lawrence Venuti，1953—）等学者作为代表人物。勒弗菲尔在其名著《翻译、重写和文学声名的操控》中指出，任何翻译都是一种重写（rewriting），其背后受到诗学形态和意识形态的操控（manipulation），从而影响到译文的书写和作者的声名。④ 这种操控涉及了诸如赞助者、编辑（editing）、编辑文选（anthologising）等方面。传统的翻译研究，大多仅仅停留在两种语言功能对等这种表层，即原文与译文在语义方面的对等，但是忽略了与译文或译

---

  ① ［法］梵·第根：《比较文学论》，戴望舒译，吉林出版集团有限责任公司2010年版，第128—134页。
  ② Emily Apter, *The Translation Zone: A New Comparative Literature*, Princeton, N. J.: Princeton University Press, 2006.
  ③ ［美］艾米丽·阿普特：《一种新的比较文学》，载［美］大卫·达姆罗什、陈永国等编《新方向：比较文学与世界文学读本》，北京大学出版社2010年版，第206页。
  ④ André Lefevere, *Translation, Rewriting and the Manipulation of Literary Fame*, London: Routledge, 1992.

者相关的文化的、历史的、意识形态的、诗学的种种因素，更忽略了改写或接受等层面及其背后在起决定性作用的种种权力关系。翻译过程中的每一个步骤——从一部外国文本的选择到翻译策略的实现，到编辑、评论和译本的阅读——都由目标语（target language，或译"目的语""译入语"）中通行的不同文化价值观调和产生，而这些价值观总是处于某种等级秩序当中。

翻译绝非对原文的复制，也非原文的衍生物，故而翻译并非简单的文化交流，而是一种文化的改写。勒弗菲尔指出："当然，翻译是对原文文本的改写，改写即操纵，所有改写者不管出于什么目的，都反映了某种意识形态和诗学。通过操纵文学，'改写'在特定的社会以一种特殊的方式发挥作用。从积极的方面来看，改写有助于某种文学和社会的进化，即可以引进新的概念、新的风格、新的手法。翻译的历史，就是文学革新的历史，是一种文化对另一文化施加影响的历史。"① 正因为翻译多数时候是有意识的操控，而且有各种权力因素的参与，所以韦努蒂反对译文通顺的策略，主张以一种差异性的翻译策略来对抗异质文化的霸权，以彰显文化差异性和混杂性，在翻译中保留甚至突出边缘文化。文化学派的翻译理论，对处于全球化和后殖民时代的现当代文学及其翻译有许多警示作用，也有助于我们思考翻译与世界文学的种种关系。

关于翻译与世界文学的讨论，另一位重要学者巴斯奈特认为：翻译是最为有效的改写方式。从世界文学的视角看，译者作为一个中介在参与文学的流通和再生产的过程中扮演了举足轻重的角色。在世界文学作品流通和接受的过程中，翻译起了极为关键的作用。在全球化的时代，翻译被看作是两种或多种文化系统之间的协商，翻译和译本

---

① André Lefevere, *Translation, Rewriting and the Manipulation of Literary Fame*, London: Routledge, 1992., p. xi.

流通的过程也是跨越文化的过程。20世纪末，翻译研究在经历了文化研究之后，几乎有取代比较文学研究的趋势，但是到了21世纪又转变成世界文学研究中的一个重要方向。① 简言之，翻译研究在21世纪的今天已经居于世界文学研究领域的核心。2003年，达姆罗什在其后来产生巨大影响的专著《什么是世界文学？》一书里，便重新界定了世界文学的概念，其中有一项关于世界文学的解释是"从翻译中获益的文学"。这一层概念特别强调了世界文学文本的翻译和跨界流通，将世界文学看作一种现象而非一个序列的经典，同时将翻译研究当作阅读、教学、研究世界文学的一种行之有效的方式。

二 世界文学与翻译研究

关于"世界文学和翻译研究"这个话题，有哪些方面值得我们特别注意？

第一，从概念和范畴上看，没有翻译，世界文学便无法进行概念的界定。从歌德到达姆罗什，众多学者都强调了翻译在世界文学流通和再生产的过程中的重要作用。从质的方面看，翻译无疑有助于读者更好地、更深刻地理解什么是世界文学经典。从量的方面看，世界上的语言和文学是无限的，人的精力和时间是有限的，一个人穷尽一生，再怎么博学也不可能精通所有的语言和文学，故而我们在研究世界文学时，必须要借助译文来进行阅读和研究。

第二，从系统性方面看，现代世界是一个不均衡发展的世界，相

---

① Susan Bassnett, "From the Cultural Turn to Translational Turn: A Translational Journey," David Damrosch, ed., *World Literature in Theory*, Chichester, West Sussex: Wiley Blackwell, 2014, pp. 234–246. [英] 苏珊·巴斯奈特：《文化研究的翻译转向》，载谢天振主编《当代国外翻译理论导读》，南开大学出版社2008年版，第282—303页。王宁：《翻译研究的文化转向》，清华大学出版社2009年版。陈琳：《翻译学文化转向的研究》，湖南人民出版社2008年版。

应地发展出一个不均衡的"文学世界体系",而翻译及其背后的文化、话语和语言等元素是影响这种体系的有效因素。在这个不均衡发展的世界体系中,有主流文学和边缘文学之分,而翻译则是一种中介,调和或加深主流与边缘文学之间的矛盾。

第三,从现象上看,翻译确实促进了文学文本的国际流通和接受——尽管有时是以被误解、改写和重新创造的方式。从歌德时代便已经出现了类似的现象(请参第一章的讨论)。在 20 世纪,相似的情况比比皆是。例如,德国剧作家布莱希特①之所以在美国声名鹊起,并产生世界性影响,其中有一个原因便是布莱希特的好几种剧作是由美国著名戏剧批评家本特利②所翻译。本特利为布莱希特的剧作撰写了一系列影响极大的评论,并对其不遗余力地推广,使得布莱希特在美国获得认可,在世界各国的名声则更加显著。

第四,在阅读态度上,读者不应仅将翻译文本当成原文的复制,翻译文本应该被当成独立的文本。译文虽源于原文,却独立于原文,是原文的来生后世,或继起延续的新生命。那些认为译文次等于原文的观念,是一种常见的错误。与此类似的是,那些在中国语境里阅读和研究外国文学的读者或学者,认为自己只读原文、更接近原文,则无异犯下了双重的错误:一方面是看轻了译文,另一方面忽略了其理解原文这一行为本身(由于跨越了文化和语言)也是一种翻译和阐释。因而,我们可以说,翻译和翻译研究,对比较文学与世界文学研

---

① 布莱希特(Bertolt Brecht,1898—1956),德国剧作家、诗人,代表剧作有《四川好人》《高加索灰阑记》《大胆妈妈和她的孩子们》。布莱希特热衷于先锋戏剧实验,并有其独特的戏剧理论作为支撑。他提出了戏剧"陌生化"(间离方法)的理论,在世界戏剧领域产生很大的影响,甚至产生了"布莱希特学派"。

② 本特利(Eric Bently,1916—2020)是 20 世纪中期地位崇高的戏剧批评家,同时也是剧作家、译者和大学教授。本特利曾任哥伦比亚大学教授,后来曾出任哈佛大学诺顿讲座教授(Charles Eliot Norton Professor),在学术界地位也同样显赫,有很大的影响力。

究是至关重要的。

上文中，我们从世界文学的概念/范畴、世界文学总量、世界文学的系统性、世界文学的文本流通和改写的现象，以及读者对译文的接受态度等方面，探究了与世界文学和翻译研究相关的话题。也可以说，翻译文本的世界及其秩序构成世界文学的世界。

在韦努蒂看来，翻译在理想状态下可以看作把本土意义赋予外语文本的一种活动。翻译过程中，译者征用了本土的符号，将外语文本的意义移植到了本土的语境。这其实便是一种文本和意义的跨界旅行。译文在另一种语言和文化中的传播，通过借助目标语语境的价值观念和认识体系而被再次呈现出来。换言之，无论译者采取的是归化还是异化①的策略，译文必定寓含了目标语语境中的种种价值观念和本土元素。

因而有如下几点必须注意。

（1）难以免除本土的影响。翻译本质上是一种本土化的实践过程，无论译者采取归化还是异化的策略。这其实与采取哪种策略的关系并不是很大，关键的是译者选用了哪一种语言文字来进行翻译，而这种语言及其承载的文学中必定有其传统的元素，它们在翻译过程中肯定会持续地产生影响。

（2）必须仔细考察翻译的过程。翻译过程中的每一个步骤，从

---

① 韦努蒂在《译者的隐形》（1995）中提出了"归化"（domestication）和"异化"（foreignization/alienation）这两种基本的翻译策略。归化，是指翻译中采用透明、流畅的风格，最大限度地淡化原文陌生感的翻译策略。使用归化策略的译者应尽可能使源语文本所反映的世界接近于目的语文化读者的世界，从而达到源语文化与目的语文化之间的"文化对等"。异化，则是指偏离本土主流价值观，保留原文的语言和文化差异的翻译策略。或指在一定程度上保留原文的异域性，故意打破目标语言常规的翻译策略。使用异化策略的译者应在译文中保留源语文化，丰富目的语文化和目的语语言的表达方式。换言之，归化法要求译者向译语读者靠拢，采取译语读者习惯的译语表达方式来传达原文的内容；异化法则要求译者向作者靠拢，采取相应于作者在源语文本中所使用的表达方式来传达原文的内容。Lawrence Venuti, *The Translator's Invisibility*, London: Routledge, 1995, p. 19.

选择原文文本开始，到翻译过程中所采取的话语策略，甚至具体词汇、语调、语法的选择，全程都是一种非常挑剔的、带有浓厚动机的行为。

（3）传播和接受过程也是意义生成的过程。译文在另一种语言、文化或语境中的传播，都是通过译文文化环境中的价值观、信仰以及其他观念而间接地得以表达。这种传播的过程中，充满了各种各样的干扰因素，使其难以中立无偏。再者，读者接受或理解译文之时，还会进一步参与译文意义的加工，使其更具有本土意义，服务于本土语境。

三 本雅明《译作者的任务》及其启发

翻译研究的蓬勃发展，得益于文化转向和各种"后学"理论的长足发展，而在这一股潮流当中有一篇文章影响较大——这便是本雅明的文章《译作者的任务》。① 1923 年，本雅明将波德莱尔②的诗集《巴黎风光》（*Tableaux Parisiens*）翻译成德文，并撰写了《译作者的任务》一文作为该书的导言。奇怪的是，此文却丝毫不曾提及波德莱尔及其诗集，因而完全可以抽出来当成一篇独立的文章。后来此文被追认为解构学派、文化研究派的翻译理论之代表作品。此后，与世界文学研究相关的许多论述都或多或少与这篇文章的相关观点若合符节。这篇文章在 20 世纪七八十年代被重新发现，得到了非常充分的讨论，甚至是过度的阐释（在德里达那里便是）。这与当时的潮流相

---

① 该文见［德］阿伦特编：《启迪：本雅明文选》，张旭东、王斑译，生活·读书·新知三联书店 2014 年版，第 81—94 页。

② 波德莱尔（Charles Pierre Baudelaire, 1821—1867），20 世纪法国诗人，西方现代派最重要的诗人之一，象征派诗歌的先驱，著有诗集《恶之花》和散文诗集《巴黎的忧郁》等。其诗作极为精美，但主题和意象却是颓废的，故而可谓"颓废"是其作品的最主要标签。

关：解构主义理论方兴未艾，伽达默尔、保罗·利科、德里达、保罗·德曼等阐释学或解构主义大师风行一时。① 本雅明被"挖掘出土"，被重新发现，树立为一位翻译研究、文化批评理论和阐释学领域的先知。汉娜·阿伦特②、德曼、德里达等学者，一再回应他那些隐晦而深刻的观点。也因为后续研究者的进一步阐释，翻译研究被引入到阐释学研究之中，而阐释学也不得不面对《圣经》翻译的相关问题。

本雅明《译作者的任务》这一篇文章之所以极为重要，对作者而言则在于其直接讨论了翻译背后的终极问题：人类语言的神圣性的一面。本雅明生前最重要的好友之一舍勒姆③曾指出：本雅明借《译作者的任务》一文在语言哲学方面公开讨论起神学。因为其表述方式极为隐晦，充满了犹太哲学的神秘主义色彩。本雅明本人也极为重视这几页文字——因为这里面贯穿了某种相当于他座右铭的东西，或者说有一种信念寓含在里面。简言之，本雅明隐晦地赋予了译者以崇高的任务，即通过翻译找到多种语言的亲缘关系，弥合纯语言（德语"die Reine Sprache"，或译"元语言"，即英语"the pure language"）的碎片，重新找回失落的上帝语言。这无疑是一种类似于"返归巴别

---

① 伽达默尔（Hans-Georg Gadamer，1900—2002），20世纪德国哲学家，诠释学领域最重要学者之一，著有《真理与方法》（1960）等作品。利科（Paul Ricoeur，1913—2005），20世纪法国哲学家，诠释学领域重要学者，其重要功绩在于全面地论述了诠释学的现象学方法论基础，著有《历史与真理》《活生生的隐喻》等作品。保罗·德曼（Paul de Man，1919—1983），比利时人，1960年获哈佛大学博士学位，先后在康奈尔、哈佛、耶鲁、约翰·霍普金斯等大学任教，其重要功绩在于将法国和德国的解构思想引入美国的文学批评和文学理论研究，著有《审美意识形态》《阅读的寓言》《浪漫主义的修辞》等作品。

② 汉娜·阿伦特（Hannah Arendt，1906—1975），德国犹太人，后移居美国，是20世纪重要思想家、政治理论家，著有《极权主义的起源》《人的境况》《反抗平庸之恶》等作品。

③ 舍勒姆（Gershom Scholem，1897—1982），德国犹太人，生于柏林，1923年移民英属巴勒斯坦托管地（今以色列），历史学家、犹太神学家、诗人。舍勒姆在20世纪是犹太教神学方面的最顶尖学者之一。他本人受到本雅明的语言哲学观念的影响，也一样认同人类的语言有其神圣的来源（divine origin）。

塔"的隐喻。①

本雅明的论点有犹太哲学的神秘主义作为支撑点，所涉下面几点与我们讨论的世界文学理论密切相关，分别是原作与译作的关系，纯语言或语言的神圣性，可译性或不可译性。

（一）原作与译作的关系

与此平行对应的问题是：译者与作者的关系。本雅明认为，译作并不能帮助读者看见原作，因为阅读译文只能看出原作的基本信息，却无法传达最实质性的内容。文学作品的内容包括基本的陈述和信息（statement or information），而这并不是文学作品的本质，所以即使译作准确地向读者传递了原文所表达的基本信息，读者也无法了解原文的"本质"内容。而"本质"内容，本雅明将其解释为难以捕捉的、神秘的、"诗学"的内容，本身是无法传递的。本雅明认为，低劣的翻译传递的是文学作品中"非本质"的东西。值得注意的是，"译者

---

① 巴别塔，或译通天塔。巴别塔的隐喻，来自《圣经》中《创世纪》（11：1—9）中的巴别塔故事。其经文（和合本）如下："那时，天下人的口音、言语都是一样。他们往东边迁移的时候，在示拿地遇见一片平原，就住在那里。他们彼此商量说：'来吧！我们要做砖，把砖烧透了。'他们就拿砖当石头，又拿石漆当灰泥。他们说：'来吧！我们要建造一座城和一座塔，塔顶通天，为要传扬我们的名，免得我们分散在全地上。'耶和华降临，要看看世人所建造的城和塔。耶和华说：'看哪，他们成为一样的人民，都是一样的言语，如今既做起这事来，以后他们所要做的事就没有不成就的了。我们下去，在那里变乱他们的口音，使他们的言语彼此不通。'于是耶和华使他们从那里分散在全地上；他们就停工，不造那城了。因为耶和华在那里变乱天下人的言语，使众人分散在全地上，所以那城名叫巴别（就是变乱的意思）。"在这里，先民的语言是统一的语言，是最接近于纯语言的亚当语。巴别塔的隐喻极为重要，是关于人类语言和翻译的源头的一个隐喻，成为语言学、神学、哲学、美学、人类学等领域讨论的一个出发点。国际翻译工作者联合会（Federation International des Traducteurs）的会刊便取名"Babel"。"斯坦纳干脆用'巴别塔之后'（After Babel）来隐喻人类的翻译行为及其对翻译理论的探索；翻译工作者则被喻为'通天塔的建设者'，所以'巴别塔的重建只能由翻译家们率领工匠去完成'。"任东升编：《圣经汉译文化研究》，湖北教育出版社2007年版，第15页，巴别塔隐喻与翻译研究关系，请参该书第15—19页。George Steiner, *After Babel, Aspects of Language and Translation*, Third Edition, New York: Open Road Integrated Media, 1998. 汉译见［英］斯坦纳（Steiner, G.）《通天塔 文学翻译理论研究》，庄绎传编译，中国对外翻译出版公司1987年版。

不应服务于读者"的观点，来源于本雅明对总体艺术的接受理论的批判。这在一定程度上也承认了译文作为一种独立著作形式（而非原著的衍生品）的存在。

本雅明引入了"生命"与"来世"这两个历史性的概念来理解译作与原作的关系以及可译性（或不可译性）的问题。他认为生命的长度不应以其自然生死为限度，而应以其"历史"为限度。① 当一个生命的自然阶段结束后，其名声（或对外界的影响）将延续下去。本雅明将这种生命的延续比作"来世"。同样地，一部作品的完成并不意味着其生命的终止，因为它的"来世"将作为其生命的延续而继续存在。由此可见，本雅明的"来世"并不是一个自然概念，不是真的"有生命"的，而是从历史的角度才能理解的"对生命的显现"（manifestation）。这种观念在本雅明的思想中较为重要，因为实际上他认为哲学家的任务就是理解一切有生命的事物的历史。

在本雅明看来，译作者的任务是帮助原作在它的"来世"中获得一种永恒的、不断更新的生命形式——名声（fame）。本雅明将译作与原作的联系方式比作一种"生命线"（vital connection）。"翻译总是晚于原作，世界文学的重要作品也从未在问世之际就有选定的译者，因而它们的译本标志着它们生命的延续。"② 所以，译作对原作的显现不是对其生命（life）的显现，而是对其来世生命（afterlife）的显现。本雅明认为，"如果译作的终极本质仅仅是挣扎着向原作看齐，那么就根本不可能有什么译作。原作在它的来世里必须经历其生命的改变和更新，否则就不成其来世"③。这是原作与译作的区别，

---

① ［德］阿伦特编：《启迪：本雅明文选》，张旭东、王斑译，生活·读书·新知三联书店2014年版，第83页。
② 同上。
③ 同上。

所以关键并不在于译作的"忠实"（fidelity）与否，换用本雅明在该文的后续篇幅中的强调"译作者的任务是在译作的语言里创造出原作的回声"①。这样强调差异，强调译作与原作平行对应但全然不同的观点，与传统翻译观念中追求信实的原则，可谓是背道而驰。

本雅明的讨论重心还在于重新解释传统翻译理论中的"忠实"与"自由"（freedom）两个概念，并赋予其新的阐释路向。传统的翻译理论认为"忠实"与"自由"存在着不可调和的冲突，这是基于一种理念，即"译文与原文应当近似"。如前所述，本雅明认为译作的目的不是复原原作的意图，而是反映出对语言互补性的向往。传统翻译方法所遵循的忠实是对于原文语言的忠实，追求"复制"原文中词汇的所指意图。然而在本雅明看来，翻译永远也无法完全复制原文的意图，只能在意图上与原文的语言实现一种互补的关系。他使用了"花瓶的隐喻"来阐明自己的观点。一个破碎了的花瓶，不一定有相似的碎片，但是应在细节上能够拼接在一起。语言同样是这样，语言之间呈现的是互补的关系，而非相似的关系。因此译作的语言应该更加"透明"，从而使"纯语言"的表达得以实现。②

因此，本雅明认为，并不能简单地将译作看作对原作的复制。从翻译的意图上看，译者应当具备的真正目的，不是为了寻找原作中的意图，而是服务于一个更高的真理，即在一个更高的语言层面上译文

---

① ［德］阿伦特编：《启迪：本雅明文选》，张旭东、王斑译，生活·读书·新知三联书店 2014 年版，第 85 页。
② 同上书，第 91 页。本雅明如是说，"相反，由直译所保证的忠实性之所以重要，是因为这样的译作反映出对语言互补性的伟大向往。一部真正的译作是透明的，它不会遮蔽原作，不会挡住原作的光芒，而是通过自身的媒介加强了原作，使纯粹语言更充分地在原作中体现出来"。

要显示出与其他语言的互补关系。本雅明一再强调,译者并不亏负作者任何债务,也就是说,译者与作者之间并不是差等次序的关系。因为在纯语言的面前,两者是平等的,但又是互补的。格拉海姆(Joseph Graham)在重新理解德里达对本雅明这篇文章的分析时也已指出,"他们(指本雅明和德里达)都把翻译和阐释说成是语言的补充模式,即一个文本补充另一个文本的模式"①。以生命形态为喻,译本是原作的来世生命或延续的生命(continued life)。翻译是一种"特殊而高级的生命的形式",译者的目的也不在于原作之中,而在于表达语言之间的互补关系(reciprocal relationship between languages)。

(二)何谓"纯语言"?

为了解释译作与原作、译文语言与原文语言的互补性,本雅明特地解释了语言之间是"亲族关系"的理念,以便与传统翻译理论主张译作要与原作相近似的观点作区分。本雅明认为,语言之间的亲族关系,不体现在相似性上,而体现在一个整体目的之下的互补性上。"……在译作里,不同的语言本身却在各自的意指方式中相互补充、相互妥协,而最终臻于和谐。"② 这种层次是最高的层次,即"纯语言"(或译"元语言")的层次。

---

① [美]格拉海姆:《围绕巴别塔的争论》,载陈永国主编《翻译与后现代性》,中国人民大学出版社2010年版,第75页。格拉海姆将德里达的法文论文翻译成英语,并写了这一篇文章解读评论德里达的观点。格拉海姆英译德里达的文章,原文见 Jacques Derrida, "Des Tours de Babel", trans. by Joseph F. Graham, Jacques Derrida, *Psyche, Inventions of the Other*, Vol. 1, Stanford, CA: Stanford University Press, 2007, pp. 191 – 225. 汉译见[法]德里达:《巴别塔》,载[德]阿多诺等《论瓦尔特·本雅明 现代性、寓言和语言的种子》,郭军等译,吉林人民出版社2010年版,第38—72页。

② [德]阿伦特编:《启迪:本雅明文选》,张旭东、王斑译,生活·读书·新知三联书店2014年版,第89页。

那么，何谓"纯语言"？下文我们便尽量以本雅明的思考来解释。① 本雅明借犹太神学里"纯语言"的概念来论证语言起源的神圣性，或一般世俗语言背后所隐含的神圣语言。在作为整体的每一种语言中，所指的事物都是同一个，然而这同一个事物却不是单独一种语言所能表达的，而只能借助语言间相互补充来显现总体的意图。纯语言，体现了语言与启示（或者说形式与意义）的即时统一。尽管现实的人类的语言已经变质，却仍蕴含着"纯语言的种子"。因此他指出"语言从来不可能提供纯粹、简单的符号"。在每种语言及其作品中，除了可传达的信息外，还有某些不可传达之物，那就是纯语言所承载的真理。不可传达之物，需要以直译的方式来暂时地完成其本来不可能完成的任务。

我们应当试着去理解本雅明的思想，即便是我们不认同其思想（假设或推断），但还是应当看到其思想对于理解世界文学和翻译研究之关系的种种启发。事实上，本雅明曾将语言划分为三种，即人类的语言、物的语言和纯语言。（1）纯语言，即为上帝（神）的语言，这种解释来自于犹太神秘主义哲学，但后来却影响了 20 世纪的阐释学理论。纯语言不是来自历史和现实，而是来自神学、信仰，有不可证的一面。基督教《圣经》中《新约·约翰福音》第一句有，"太初有道，道与神同在，道就是神"（In the beginning was the Word, and the Word was with God, and the Word was God）。这个汉译的"道"，便是"言"（Word），便是"logos"（逻各斯）。在本雅明或其他受犹太神学影响的学者那里，最深刻的精神，最高的、不可置疑的真理，

---

① 本雅明关于"纯语言"的思考有着犹太神秘主义的影响，从这方面讲是借助前现代的理论来实现超越性的思考。此外，笔者需要指出的是，我们应该试着从他的视角和思考路径出发，历史化地、语境化地、学术化地去理解他的思想，但对这种神秘主义思考应当具备一定的怀疑、警惕，甚至是批判的态度。

无疑是来自上帝的语言。越是伟大的作品，越是具有某种"不可译性"（untranslatability），因为作品中所寄寓的那种普遍主义，便是来源于"上帝的记忆"。故而，译者的宗旨，绝不是为了读者，而是为了超越性的真理。（2）按照本雅明的思路看，人类的语言与上帝的语言有本质的区别。上帝的语言具有本质属性。如《圣经》所示，当上帝叫出某物时，便立即在给予其命名和定性的同时，赋予了其本质和连带的各种知识体系。所以，上帝的语言是一种"创造"，而人类的语言并不能"创造"，只能是认出或识别。人类仅能通过语言认出物和知识——这些都是上帝所创造的。（3）在纯语言和人类的语言之外，还有物的语言。本雅明认为人类之所以能够认出物，是因为物向人传达了其自身，凭借的是上帝创造万物时在物的身上遗留下的精神实质。这种残留下的精神实质，即是物的语言。本雅明的语言哲学观，虽然颇有神秘玄虚，无法验证，但其背后却有一种独特的历史哲学观念在支撑。

实际上，本雅明既没有精确地定义什么是"纯语言"，也没有确切地表明翻译工作**真正能达到**"纯语言"的层次。他的翻译观念便是建立在这种悖论之上。这正如他早已意识到翻译的不可能性（不可译性），却仍是必须要讨论其可能性（可译性）。为何如此？因为在他看来，语言若要在意图上完成一种持久的、终极的解决，这是超出人类能力范围的。因此，所有的翻译都只是一种临时性的工作。尽管如此，翻译还是需要的，译作也仍然有其重要的价值。"在译作中，原作达到了一个更高、更纯净的语言境界。自然，译作既不能永远停留在这个境界里，也无法占有这个境界的全部。但它的确以一种绝无仅有的、令人刮目相看的方式指示出走向这一境界的路径。在这个先验的、不可企及的境界里，语言获得了同自身的和解，从而完成了自己。"① 换言之，译作有语言的"指向"但不能够"到达""纯语言"的层次。这种悖论，便可用以理解翻译中的"可译性"与"不可译性"的辩证关系。

（三）（不）可译性

本雅明的论述寓含了其神学观念，以及对语言的超越性理解，这一点正好体现在他对"（不）可译性"的思考上——而这也正恰恰反映出了他对于《圣经》"巴别塔叙事"的认同。概括地讲，他是这样认为的：人类的语言是不完整的、不自足的，在人的意图之上，总是存在着一种更高的整体性意图。换言之，本雅明的理论假设，与《圣经》中"巴别塔叙事"的内在逻辑是一致的。他在《译作者的任务》一文的结语中，集中表现了这样的倾向："在太初，语言和启示是一体的，两者间不存在紧张，因而译作与原作必然是以逐行对照的形式排列在一起，直译和翻译的自由是结合在一起的。一切伟大的文本都在字里行间包含着它的潜在的译文；这在神圣的作品中具有最高的真实性。《圣经》不同文字的逐行对照本是所有译作的原型和理想。"② 一般情况下，现代人（专门学者除外）阅读的《圣经》都是各个民族的现代语译文，因而可以说《圣经》及其译文一方面是讨论"可译性"与"不可译性"的原型（prototype），另一方面《圣经》及其所有语言的译文也构成巴别塔在语言上的再现。犹太教、基督教都认为，《圣经》是上帝启示真理的语言，那么，人类的世俗语言便与这种神圣语言之间存在着一种内涵的张力，即"人言"与"圣言"之间是一种既统一又对立的悖论关系。实际上，《圣经》中

---

① ［德］阿伦特编：《启迪：本雅明文选》，张旭东、王斑译，生活·读书·新知三联书店2014年版，第87页。

② 同上书，第94页。

所折射的语言问题，可以理解为同一问题的两个维度，即一方面，神圣语言需要被世俗地理解和表达，另一方面是这其中有一种困难：人类能否理解或翻译"上帝的语言"（超越性的真理）。一般情况下，宗教文本翻译的主要目的，便是让受众理解某种宗教，劝服他们接受教义。故而这一类文本充满了宣传和劝服的修辞。基督教是基于《圣经》文本的宗教，这就要求经文译者不得不肩负起既要追求语言之美，又要传播福音的双重任务。但这又是不可能完成的任务。要之，可译性和不可译性两者一体两面、同时存在，这也正是基督教《圣经》最独特之处。以上的论述，其实突出了关于翻译活动的三种认识：一是翻译这种工作对于基督教作为一种宗教的存在与传播过程所具备的重大意义；二是翻译所具备的"巴别塔"角色作用；三是《圣经》翻译中可译性和不可译性俱存的问题。

在本雅明这里，影响可译性的因素主要有两方面。其一，在该作品的所有潜在译者中找到一个称职的译者，这是可能的吗？其二则更进一步：这部作品是否适合被翻译（有没有可以实现的潜能），是否在召唤翻译（一种意愿或目的的体现）？[①]很明显，第二个问题才是本雅明讨论的重点。他认为原文确实在召唤译者来翻译。原作的本质是原作的生命所在。把这种本质再次呈现出来，让其在历史中延续下去，则是原作生命的至高目的，这也就是所谓的召唤翻译的原因。正如本雅明所说，"可译性是特定作品的一个基本特征，但这并不是说这些作品必须被翻译；不如说，原作的某些内在的特殊意蕴通过可译性而彰显出来"[②]。在这种目的之下，译作者完成的正是这样的任务：译作在某种意义上成为原作的来生，在历史中延续了其生命。

[①] ［德］阿伦特编：《启迪：本雅明文选》，张旭东、王斑译，生活·读书·新知三联书店2014年版，第82页。

[②] 同上。

本雅明一再地重申语言之间的互补性，显露出他对于可译性和不可译性的思考，以及对于终极目的——回归到纯粹语言的向往。① 从一种超越的视角去观察"互补性"，则可发现：译作与原作一样，都是由一种语言组成的，都不能完全抓住隐藏在语言之下的意义的碎片。这暗示了人类语言的流动性和混乱性。"巴别"（babel）这一词汇，也正体现了这一点。从《圣经》的记述来看，"巴别"的本义就应该是"变乱"。上帝不希望人类有一样的语言，团结一心乃至因此无所不能成就，是以变乱人类的语言，使各言其言，无以沟通，这样人类也不至于有朝一日不知天高地厚，来同上帝一争高低。故而，核心问题正是语言的问题。

"巴别"（babel）一词，一方面是专有名词，不可译；但是另一方面它还充当着普通名词，意即"变乱"。然而，既然这个词是专有的、不可译的，将其译成"变乱"便造成一种语言的变乱。换言之，人类自以为有一种独特的语言可以把它转述，结果语言的变乱却已经发生。德里达指出"babel"一词，若以专有名词理解，则是一个纯粹能指对某一个个别事物的指涉，而作为普通名词则是关于某一类事物的泛指。然而，他援引了法国启蒙思想家伏尔泰对该词的考证，发现这个词有更多的含义。这里的"babel/变乱"至少有两重意义，其一是语言上的变乱，其二是塔造不下去时人类的不知所以状。伏尔泰从词源上考证出"babel"同时还有"父亲"的意思，代指"圣父上

---

① 解构主义学者保罗·德曼则有反对的观点，即反对将本雅明的翻译理论理解为对纯粹语言的回归和向往。他认为，本雅明并不是想表达将破碎的花瓶（各种语言是这个比喻中的碎片）拼接恢复（glue together）的意思，也因而本雅明没有回归到太初（回归到巴别塔）之前的愿望，更谈不上所谓的"弥赛亚的回归"。在这里，德曼将本雅明理解为一个虚无主义者。这一点引来颇多争议。德曼的论文，请参［美］保罗·德·曼《"结论"：瓦尔特·本雅明的"译作者的任务"》，载［德］阿多诺等《论瓦尔特·本雅明 现代性、寓言和语言的种子》，郭军等译，吉林人民出版社2010年版，第73—100页。

帝"。此外，babel/巴别，即希伯来语中的巴比伦，本意为"上帝之门"。巴别是混乱之城，也是圣父上帝之城。上帝以他的名字开辟了一个其他人无法沟通理解的公共空间。故而，若语言中只有专有名词，理解便没有可能；若没有专有名词，则理解同样没有可能。① 这就是可译性与不可译性的一体两面的共生关系。这一切的根源就在上帝，上帝给万物命名，他理所当然也就是原初语言（真理）的本原。语言本来是上帝赐给人类的礼物，上帝以"巴别"为"变乱"，变乱了巴比伦城的语言，也变乱了整个人类的语言，所以在德里达看来，上帝是语言的本原，也是变乱的本原。

  巴别塔的神话，解释了语言混乱的起源，也交代了各种族语言无以化约的多元性，以及翻译使命的必然性和不可能性。翻译从实际上看是势在必然，不可或缺，从终极上看则又是根本不可能完成的任务。有趣的是，德里达指出了一个我们容易忽略的事实，那就是我们每每是在翻译之中读到这个巴别塔的故事。恰恰是翻译，使巴别塔的故事有了传播的可能。

  巴别塔的坍塌和单一语言的解体，暗示着二者的重构是不可能实现的。对语言神话的颠覆从根本上消除了意义存在的可能性，也是对上帝存在的瓦解。这是对语言所做的哲学层面的阐释。正是借助翻译文本的多样性，德里达成功地拆散了语言意义的同一性和确定性，并最终解构了西方哲学致力于通过语言获得真理的传统。难怪德里达会如此看重翻译，他甚至宣称："哲学源于翻译，或者可译性这个论题。"② 哲学人文学的最重要问题，便是翻译的问题，因为翻译就是

---

① 详细分析参见陆扬《德里达〈巴别塔〉的翻译思想》，《圣经文学研究》2014年第1期，第65页。

② Derrida, Jacques, *The Ear of the Other: Texts and Discussions with Jaques Derrida*, Christie McDonald ed., Peggy Kamuf, trans., Lincoln: University of Nebraska Press, 1985, p.120. "The origin of philosophy is translation or the thesis of translatability."

阐释，反之亦然。翻译之必须，是阐释之必须，一如文字非经解读无以达诂。翻译之不可能，则一如一劳永逸的阐释之不可能。

在本雅明那里，翻译的终极目标在于重新拼凑出"纯语言"的花瓶，实现上帝的弥赛亚式回归。然而，这同时也是不可能完成的任务。这是基于犹太神学的救赎观念而展开的论述，因而这种翻译观念是接近于神学的（在德里达那里是语言哲学）。在本雅明心中，原文和译文被理解为纯语言的花瓶被打碎之后的小碎片，而译文——尤其是众多彼此互有差异的译文，组合起来，才是人类得以窥探上帝语言（真理）的唯一途径。这一点体现了他的宗教神秘主义观念。

本雅明关于翻译的可译性与不可译性的辩证关系的讨论，以及对于纯语言的思考，在其他学者那里也能见到。在本雅明之前，德国学者洪堡（Wilhelm von Humboldt，1767—1835）① 对这个话题曾有精辟的阐述。谭载喜总结道："他（洪堡）一方面指出各种语言在精神实质上是独一无二的，在结构上也是独特的，而且这些结构上的特殊性无法抹杀，因而翻译原则上就是不可能的；但另一方面，他又指出，'在任何语言中，甚至不十分为我们所了解的原始民族的语言中，任何东西，包括最高的、最低的、最强的、最弱的东西，都能加以表达。'……因而，语言结构差异和不同言语群体所产生的明显的不可译性，能够为潜在的可译性所抗衡。"② 这很好地解释了可译性与不可译性的关系以及翻译的纯语言追求。在本雅明之后，乔治·斯坦纳③也

---

① 威廉·冯·洪堡，德国柏林洪堡大学的创始人，也是著名的教育改革者、语言学者及外交官，是近代比较语言学创始人之一。
② 谭载喜：《西方翻译简史》，商务印书馆1991年版，第138页。
③ 乔治·斯坦纳（George Steiner，1929—2020），生于法国巴黎，以德语、法语、英语为母语，先后在哈佛大学和牛津大学获得硕士及博士学位，任教于普林斯顿大学、剑桥大学、日内瓦大学等知名学府，教授比较文学课程，在翻译理论、文学理论、比较文学等领域影响颇大，著有《托尔斯泰或陀思妥耶夫斯基》《悲剧之死》《巴别塔之后》《何谓比较文学》等作品。

有相似的阐释。斯坦纳在其著《巴别塔之后》（After Babel）考察的正是语言与翻译的关系问题，从该书的题名就可以看出，作者采用的就是一种"巴别塔"诠释视角，本质上与本雅明的观念没有差别。正如任东升已经指出，"他（斯坦纳）把翻译看成是拯救人类的'弥赛亚'（Messiah，意思是'救世主'），认为因'巴别塔'而变乱的人类语言最终要'回归语言的统一'。'人类分散语言之水注定要流归单一语言之海'。"① 而且，这与德国犹太神学家罗森茨维格（Franz Rosenzweig，1886—1929）在翻译德语《旧约》时表达的观点是一致的："每一次翻译，都是弥赛亚的拯救活动，逐步使救赎近在眼前。"② 这一类的观点，尤其容易在德国犹太人学者的著作中看到。在他们看来，翻译是回归到巴别塔之前的努力，这是神学上的超越性思考。然而事实上，我们即便是剥除了其神学和神秘主义背景，这种思考或想象对阐释学而言，也有其益处。请记住，这是借用来思考的工具。正如斯坦纳在其书《巴别塔之后》中也借巴别的故事，详细地解释了"理解也是翻译"的观点，因而翻译研究也使用阐释学的理论和方法。③

（四）对世界文学理论的启示

翻译，可以看作一种诠释——这种论点，其实在20世纪上半叶也早已有许多学术论证，最重要的一种观点可能要数雅克布森（Roman Jakobson，1896—1982）论及的翻译的三种分类。

雅克布森曾将翻译分为三种：

---

① 任东升编：《圣经汉译文化研究》，湖北教育出版社2007年版，第18页。
② 同上。
③ George Steiner, *After Babel, Aspects of Language and Translation*, Third Edition, New York: Open Road Integrated Media, 1998. ［美］斯坦纳（Steiner, G.）：《通天塔 文学翻译理论研究》，庄绎传编译，中国对外翻译出版公司，1987年。

（1）语内翻译（Intralingual Translation），或重新阐释；

（2）语际翻译（Interlingual Translation），如英语翻译为中文；

（3）符际翻译（Intersemiotic Translation），即跨符号系统之间的翻译。①

第一种是语内翻译，即同一种语言内部的解释，比如将古代汉语写成的诗词翻译成现代汉语。第二种是跨语际的翻译，即一般意义上所讲的翻译，是从一种语言符号到另一种语言符号之间的转换。比如从英语到汉语的翻译。第三种是符际之间的翻译，这是抽象而言的翻译，即以一种符号系统中的符号来解释另一种符号系统中符号的意义。比如，将一首诗翻译成一幅画或一段音乐，或者将一节文字翻译成一种表演艺术。雅克布森关于翻译的讨论有助于我们认识翻译的本质，即以一种符号虚拟地、假设地对等另一种符号语言。刘禾在其著《跨语际实践》（*Translingual Practice*）之中讨论的各种案例，便是第二种翻译，即语际之间的翻译，以语际的词汇转换和合法化来看翻译背后的话语运作。② 刘禾在后来另一本书《帝国的政治话语》（*The Clash of Empires*）中所讨论的超级符号（super-sign）"夷"的翻译则属于第三种。③ 刘禾这两本书都明显带有翻译研究的文化转向和解构主义倾向的意味。

本雅明的翻译理念在 20 世纪影响甚大，直接影响到翻译研究的文

---

① Roman Jakobson, "On Linguistic Aspects of Translation," in Lawrence Venuti, ed., *The Translation Studies Reader*, London: Routledge, 2000, p. 114.

② 刘禾：《跨语际实践 文学、民族文化与被译介的现代性中国，1900—1937》，宋伟杰译，生活·读书·新知三联书店 2014 年版。英文原著：Lydia Liu, *Translingual Practice: Literature, National Culture, and Translated Modernity-China, 1900–1937*, Stanford, CA: Standford University Press, 1995.

③ 刘禾：《帝国的话语政治 从近代中西冲突看现代世界秩序的形成》，杨立华等译，生活·读书·新知三联书店 2014 年版。其英文原著标题为"The Clash of Empires"（帝国的碰撞）。Lydia Liu, *The Clash of Empires*, *The Invention of China in Modern World Making*, Cambridge, Mass: Harvard University Press, 2006.

化学派（尤其是操控学派）、解构主义（德里达）、阐释学派（伽达默尔）等的发展。到20世纪末，翻译一跃而成世界文学研究的中心。当代的世界文学理论，大多是基于翻译的可译性理念而建构，例如达姆罗什的理论，便是强调世界文学文本的翻译、流通、再生产、再阐释的面向。然而，在近年来，世界文学研究的阵营内部也产生了各种反响，出现了不同的声音。纽约大学学者阿普特（Emily Apter）是比较文学、世界文学、翻译研究理论的积极参与者。她对于世界文学理论中的"可译性"问题有其不同的看法。她认为，所谓企图通过翻译重建巴别塔，回到语言统一的状态，这是不可能发生的神话。实际情况是，不可译性在现时代的全球文学流通中，起到了一定的阻碍作用。

阿普特引起争议的专著《反对世界文学：论不可译性的政治之维》（以下简称《反对世界文学》）一书，便是基于"不可译性"来重新讨论"世界文学"的理论和现实。① 她指出，"近年来诸多复兴世界文学的努力都仰赖于可译性的假设。其后果是：文学阐释并未能将'不可通约性'（incommensurability）或'不可译性'充分考虑在内"②。故而，《反对世界文学》一书采用文学比较的方法，重新承认"非翻译"（non-translation）、误译、不可比较、不可译等情况的存在。"《反对世界文学》一书勘探的是这样的假设：翻译与不可译性，乃是文学的世界形式的组成部分（constitutive of world forms of literature）。"③ 阿普特认为，以往的翻译研究对本雅明谜一般的"纯语

---

① Apter, Emily, *Against World Literature: On the Politics of Untranslatability*, New York: Verso, 2013. 达姆罗什在为该书所写的书评中提出了一些商榷的意见，尤其指出该书忽略了许多关于"世界文学"研究的著作，存在着一定的片面性。David Damrosch, "Review of Emily Apter '*Against World Literature: On the Politics of Untranslatability*'", *Comparative Literature Studies*, Vol. 51, No. 3, 2014, pp. 504–508.

② Emily Apter, *Against World Literature: On the Politics of Untranslatability*, New York: Verso, 2013, p. 3.

③ Ibid., p. 16.

言"观念有许多讨论,却忽略了本雅明最为着迷的概念是"翻译的失败",其中的误译、不可靠的翻译和曲解(法语"contresens")都值得更深入地探讨。翻译的失败,在如下的两种情况下尤其明显。(1) 面对不可说,不可理解、不可表达的超越性内容。比如基督教的上帝,中国《道德经》中的不可名状、无法解释的、玄之又玄的"道"。这是宗教的绝对主义(religious absolutism)。所有"神学上的不可译"(theological untranslatability),皆可归入此类。(2) 有关现在全球化时代的文化政治中的"文化相对主义"(cultural relativism)。在本雅明看来,翻译不是将原文语言转换的工作,而是近似于文学理论和文学批评的工作。因此,面对不同文化传统的翻译研究,学者或读者必须持一种"文化相对主义"的立场——这是因为在一个文化传统中正确的标准,在另一个文化传统中有可能便是错误的。故此,各文化和而不同,应当互相尊重。要之,阿普特从本雅明出发,挖掘出世界文学理论中被长久忽略的"不可译性"面向,有其独到的贡献。

四 什么样的世界,什么样的文学?

翻译的视角,还有助于我们更好地观察"世界文学"或"世界的文学"概念中包含的问题:全球化时代所谓"世界文学",到底是指什么样的世界,什么样的文学?世界既是多元的,又是一体的,前者看到了文化传统的差异性,而后者则看到了全球化经济市场带来的文化的同一性。实际上,文本(原著和译作)构成的世界,也是一个值得我们关注的"世界"。这一个世界是由广义上的作者、译者和读者(包括批评家或学者等)围绕着文本(原作或译本)共同建构起来的,如韦努蒂所说的"翻译的共同体"或"文化的乌托邦"。

(一) 什么样的世界？异质的想象共同体

韦努蒂借用了本尼迪克特·安德森的"想象的共同体"的概念来思考世界文学和翻译的问题。[①] 安德森把民族当成一种现代时期的"特殊的文化人造物",一种想象的共同体,强调情感、意志、想象和感受在民族认同中所发挥的特殊作用。安德森在论述现代民族想象得以成立的条件时,特别提到"印刷资本主义"时代下大规模印刷的小说和报纸所起的重大作用。比如,菲律宾作家黎萨(José Rizal, 1861—1896)的小说《社会之癌》[②] 构想了一个活动在同一时间(空洞的时间)和同一地点(殖民地、马尼拉)的、能够用共同语言交流的、超越各阶级、族群的共同体。这个共同体的成员之间不一定有

---

① 本尼迪克特·安德森(Benedict Anderson, 1936—2015),生于中国云南昆明,其祖父是英帝国的高级军官,其父亲生前任职于中国海关。安德森生前任教于康奈尔大学,在政治学、社会学、东南亚研究等领域颇有建树。其著《想象的共同体》影响极大,成为人文社会科学各个学科的必读书目之一。其弟佩里·安德森(Perry Anderson, 1938—)是当代著名马克思主义历史学家、思想家、社会学家,现任美国加州大学洛杉矶分校的历史学和社会学教授,也是影响巨大的当代思想杂志《新左派评论》的主编之一。本尼迪克特·安德森晚年也参与过"世界文学"的讨论,参见 Benedict Anderson, "The Rooster's Egg: Pioneering World Folklore in the Philippines," Christopher Prendergast., et. al., *Debating World Literature*, London: Verso, 2004, pp. 197 – 213。

② [英]安德森:《想象的共同体 民族主义的起源与散布》,吴睿人译,上海人民出版社2005年版,第24页。José Rizal, *The Social Cancer, A Complete English Version of Noli Me Tangere from the Spanish*, Translated by Charles Derbyshire, Manila: Philippine Education Company; New York: World Book Company, 1912。身处西班牙殖民地菲律宾的作家黎萨(中国闽南人的后裔)用西班牙语写成了小说 *Noli Me Tangere*(拉丁语,译为"不许犯我")。1912 年,该书被查尔斯·德比郡(Charles Derbyshire)译成英文在美国出版,易名为《社会之癌》,这个英文译名在英语或中文学界更为读者所知。该书还有几个英译本,其中一个是由格列罗(Leon Ma. Guerrero)译成。格列罗是一名菲律宾的外交官,也是小说家和译者。1961 年,格列罗出版了黎萨这部小说的英译本,易名为 *Lost Eden*(《失落的伊甸》)。安德森在其英文著作《想象的共同体》的初版本(1983)中,所征引的正是格列罗的英译本。安德森后来在《想象的共同体》第二版的序言(前引书,第2页)中承认自己"未经深思"便使用了格列罗的英译本,犯下了一种严重的错误,直到1990 年"才发现格列罗的译本是多么不可思议的错误百出"。安德森的错误劣质译本,也可看作世界文学与翻译研究的一个有趣个案。此外,笔者认为,黎萨混杂多元的身份和民族主义书写,以及其小说的多种英译本,构成一个有趣的世界文学的世界。

直接的接触。他们之所以能被当成一个共同体，有一大部分原因便是来自于文化想象，而报纸等新媒体在民族国家发轫期对这种共同体想象起到了重大的作用。报纸等新媒体让人们共享一种"同质的时间"。这是"民族"这个文化共同体的一种"圣礼"。因此，这是一种被建构起来的，但是是**同质的**想象共同体。

安德森"想象的共同体"的概念，在认识论上借用了本雅明所使用的批评观念———一种"历史进步主义"的时间观念。在本雅明看来，历史进步主义建基于"同质的、空洞的时间"（homogeneous, empty time）之上。"如果撇开处在一种同质的、空洞的时间中的进步概念不谈，人类的历史进步概念就无从谈起。对人类进步概念的任何批判，都必须以对前一种进步概念的批判为前提。"① 同质的、空洞的时间，即各种因人因地之别而不同的时间标记内容都被淘空，变成由时钟一分一秒、逐年逐月地量化了的、一致的机械时间。唯有在这种同质的时间上，有着不同的情感体验的成员才有可能想象一个同质的共同体。

韦努蒂同时借用了"想象的共同体"和"同质的时间"这两种观念，但又有所改造、有所创新。他认为，翻译创造了一个个本土的兴趣共同体。翻译的本土铭写，产生了安德森意义上的"想象的共同体"。然而，一些对一个特定文本有浓烈兴趣的读者，尽管来自不同的语言和文化背景，他们可以被当作一个读者共同体。在这个共同体当中，各人对于这个特定文本的实际理解，可能相去甚远，甚至是不可通约的（incommensurable）。② 因而这种共同体是异质的。读者的个人身份、情感认同和文化背景都不尽相同，甚至是其身处的时间

---

① ［德］本雅明：《历史哲学论纲》，载［德］瓦尔特·本雅明《写作与救赎》，李茂增等译，东方出版社2009年版，第47页。
② ［美］劳伦斯·韦努蒂：《翻译、共同体、乌托邦》，载［美］大卫·达姆罗什、陈永国等编《新方向：比较文学与世界文学读本》，北京大学出版社2010年版，第198页。

节点，都不一定相同。这种情况，与安德森意义上的"想象共同体"中的成员具备的一种同质性（同时同调、同一种认同）完全不同。

韦努蒂总结道："翻译活动中的本土铭写构成了一种独特的交流行为，不管多么间接或无常。它围绕译本创造了一个本土的兴趣共同体，能够理解译本并将其付诸各种应用的一个读者群。这种共享的兴趣，可能是在译本发表时自发产生的，吸引了来自翻译语言中早已存在的不同文化因素的读者。它也可能寓于某个体制之中，在那里，译文可以发挥不同的功能——学术的或宗教的、文化的或政治的、商业的或市政的功能。围绕着译文产生的任何共同体，在语言、身份或社会地位方面绝不是同质的。"① 译作，正是连结本土和外国的可资想象的各种元素的一种载体。只要本土的和外国的读者对同一译作有了兴趣，不论其阶层和所属团体如何，这种兴趣都会使得一种新的"阅读"的共同体得以产生。然而，这种共同体是靠文化想象来维系的，读者们在现实中并无关系，甚至兴趣也不尽相同。这一共同体有时甚至会出人意料地焕发出巨大的文化政治能量。例如，韦努蒂用严复翻译的《天演论》来解释这一点。他认为，严复《天演论》的译文所起的功能在于"构建了进步中国抵抗西方殖民者也就是抵抗英国的民族身份"，以至于译文中的"适者生存"在义和团运动（"庚子事变"）之后变成人们广为接受的口号，对未来国族想象产生了较为积极的影响。② 因而，事实上这便是仰赖于民族市场中译本所发挥的"读者想象的异质共同体"所产生的力量。尽管这个读者共同体是异质的，成员也参差不齐，他们仍因为翻译文本而发生了种种联系，但是翻译文本包含归化与异化两种倾向（两个变量），因此翻译

---

① ［美］劳伦斯·韦努蒂：《翻译、共同体、乌托邦》，载［美］大卫·达姆罗什、陈永国等编《新方向：比较文学与世界文学读本》，北京大学出版社2010年版，第194页。
② 同上书，第198页。

文本有可能会加强或者减少共同体的异质性。

关于这个以译文为中心的"想象共同体"的异质性问题，韦努蒂有其独特的观察。韦努蒂指出："当以差异的这种伦理政治为动机的时候，译者就寻求建立与外来文化融合的一个共同体，分享并理解外来文化，进行基于这种理解的合作，进而允许外来文化改造和发展本土价值和体制。寻求某一种外国共同体的冲动本身就说明译者希望发展或完善某一特定的本土环境，在翻译的语言和文学中，在翻译的文化中，弥补某一缺陷。"① 虽然韦努蒂认为异质性难以消除——不同语言环境之中的接受状况是无法等同的，但是异化的翻译可以通过质疑动摇一种语言环境中习以为常的主导价值和思维方式，从而使得读者的接受行为更加开放。因此，翻译就是为外语文本发明新的读者群——译者们明白他们对译本的兴趣是由国内外共同体读者所共享的，即使他们的兴趣并不对等。

韦努蒂在其著《译者的隐形》一书中指出，"翻译是这样的一种过程：译者根据解释的强度提供一系列的能指符号，用目标语中的能指链来替代源语文本中的能指链"②。翻译力图让人们相信它能够"透明"地传递异域文本，但它越是"透明"，则越是对异于本土语言文化的因素进行了压制和改写。人们从译本中看到了自己想要看到的东西，或者自己已经习以为常的本土文化。韦努蒂认为有三种翻译情况使得译者隐形。三种情况如下：（1）当一个优秀的翻译者被认为应该是隐形的；（2）或一个优秀的译本被认为是在目标语中通顺

---

① ［美］劳伦斯·韦努蒂：《翻译、共同体、乌托邦》，载［美］大卫·达姆罗什、陈永国等编《新方向：比较文学与世界文学读本》，北京大学出版社2010年版，第188页。
② Lawrence Venuti, *The Translator's Invisibility: A History of Translation*, New York: Taylor & Francis, 1995, p. 17. "Translation is a process by which the chain of signifiers that constitutes the source-language text is replaced by a chain of signifiers in the target language which the translator provides on the strength of an interpretation."

流畅地再现原作者的意图；（3）又或者合格的翻译被认为能够为新的语言接受群体带来和原语言内的接受群体同样的感受。这三种情况，往往显示出翻译实践背后的一种文化帝国主义心态，或狭隘的民族中心主义。故而韦努蒂主张一种异化的翻译（选择对目标语文化而言处于边缘地位的文本进行"不透明"的翻译，以在目标语文化中起到某种质疑既定意识形态的作用的实践），来替代翻译中的归化，因为后者是一种以目标语的文化价值观为中心的翻译实践，压抑了文化多元性的种种可能。

(二)"本土剩余物"：意识形态与乌托邦

韦努蒂认为翻译铭写着本土的价值观念，因而翻译活动是意识形态的，也是乌托邦式的。第一点不难理解，也已经被操控学派解释得非常清楚（前文已有论及）。韦努蒂则有这样的补充："翻译活动总是意识形态的，因为它翻译出某种'本土的剩余物'，即与接受文化的历史时期和社会地位相关的价值观、信仰和再现的一种铭写"①。第二点在此可重新梳理一遍。这有助于我们理解翻译与世界文学的联系。我们一般所说的"意识形态"，即当下占据主导位置的价值观或信仰。"乌托邦"的概念，最早来自于托马斯·莫尔的同名著作《乌托邦》，意即"不存在的地方"②。韦努蒂这里借用的是德国哲学家恩斯特·布洛赫③的"文化乌托邦"（cultural utopia）的概念，意指一

---

① [美]劳伦斯·韦努蒂：《翻译、共同体、乌托邦》，载[美]大卫·达姆罗什、陈永国等编《新方向：比较文学与世界文学读本》，北京大学出版社 2010 年版，第 194 页。

② Sir Thomas More, *Cambridge Texts in the History of Political Thought*, *More: Utopia*, George M. Logan, ed., Robert M. Adams trans., Cambridge: Cambridge University Press, 2003. [英]托马斯·莫尔：《乌托邦》，戴镏龄译，商务印书馆 1982 年版。

③ 恩斯特·布洛赫（Ernst Bloch, 1885—1977），德国哲学家，1949 年后在民主德国，被聘为莱比锡大学教授、哲学研究所所长、科学院院士等职，1961 年访问联邦德国时，留居不归，在图宾根大学任教。著有《乌托邦精神》《本时代的遗产》《主体—客体》《希望的原理》《哲学基本问题》等作品。

种尚未存在的存在，一种指向于未来人类可能的生存状态。

布洛赫的"乌托邦"概念，原是指马克思主义之中的无阶级社会。在布洛赫看来，文化创造通过"剩余物"来实现，是一种立足于历史而指向未来的能动活动。历史或过去是作为文化遗产而存留至今的东西，而剩余物是撕扯开意识形态/上层建筑和经济基础之间的坚固结合而隙漏下来的零星小点。这些零星小点是具有真正生命力的文化艺术杰作。剩余物使得精神生活成为可能，通过利用遗骸而创造出新的生命。"剩余物"是对当下意识形态的反叛，它指向一种乌托邦的可能性，而乌托邦理论往往具备了指引改造现实的力量。乌托邦具有批判现实的力量——这正如王尔德（Oscar Wilde，1854—1900）所说，"一幅不包括乌托邦的世界地图根本不值一瞥，因为它漏掉了一个人类永在那里上岸的国家。人类在那里登陆后，向外望去，看见了一个更好的国家，又扬帆起航。进步就是实现乌托邦"①。在韦努蒂那里，他把布洛赫的历史向度更换成翻译的向度，即翻译利用"本土残余物"（domestic remainder）铭写外语文本，在此过程中释放出布洛赫意义上的"剩余物"。② 剩余物是本土语言中的残骸。正是通过利用本土语言遗骸来铭写外语文本，这种翻译的行为才创造出了新的意义。

韦努蒂还指出："本土铭写的意图就是要传达外国原文，因此充满了通过那个文本——尽管在翻译中——创造某一共同体的期待。残余物中存有一种希望——译文将创建一个本土读者群，分享外来兴趣

---

① 王尔德的原文，"A map of the world that does not include Utopia is not worth even glancing at, for it leaves out the one country at which Humanity is always landing. And when Humanity lands there, it looks out, and, seeing a better country, sets sail. Progress is the realization of Utopias."汉译见［英］王尔德：《社会主义制度下人的灵魂》，载［英］王尔德《王尔德全集 4 评论随笔卷》，杨东霞、杨烈等译，中国文学出版社 2000 年版，第 302 页。

② ［美］劳伦斯·韦努蒂：《翻译、共同体、乌托邦》，载［美］大卫·达姆罗什、陈永国等编《新方向：比较文学与世界文学读本》，北京大学出版社 2010 年版，第 202 页。

的一个想象的共同体，也可能是出版商眼中的市场。而且，只有通过残余物，只有用部分外国语境加以铭写时，译文才能在本土读者和外国读者之间创建一种共同的理解。在应用意识形态的解决办法时，译文投射出来的是一种尚未实现的乌托邦共同体。"① 事实上，韦努蒂意义上的翻译的"共同体"和"乌托邦"两者既有联系也有区别。翻译的共同体是指同一译本的读者群体的构成，而其乌托邦则强调译文的文化功能，与上文提及的韦氏提倡差异性翻译密切相关。卡尔·曼海姆在《意识形态与乌托邦》中提出，意识形态和乌托邦作为两种与社会现实相关联的意识和精神范畴，具有相关也相区别的联系。② 笼统而言，意识形态有凝聚人心的作用，但是其相关的思想观念较难产生一种改变社会现状的冲击力。乌托邦则是一种会对现实政治造成冲击、变革甚至颠覆性影响的意识和思想内容。其自产生开始，乌托邦便是作为一种政治讽寓（political allegory）而出现，具有强烈的现实的、社会的批判功能。③ 因此，韦努蒂所讲的由翻译产生的"乌托邦"，也可看作一种超越于现存秩序，并且可能会对它造成冲击、变革的思想。韦努蒂的这些思想观念对于我们讨论世界文学有这样的启示：或许差异性的翻译，才是避免文化中心主义的偏见的合理做法，而翻译的功能便在于改变世界文学存在的状态，带来更加多元的文化，赋予改革的动力，最终开启未来的诸多可能。

让我们回到歌德和翻译的论题以结束这一章。歌德曾对其秘书爱

---

① ［美］劳伦斯·韦努蒂：《翻译、共同体、乌托邦》，载［美］大卫·达姆罗什、陈永国等编《新方向：比较文学与世界文学读本》，北京大学出版社2010年版，第201页。

② 卡尔·曼海姆（Karl Mannheim，1893—1947），德国犹太人，社会学家。著有《意识形态与乌托邦》《变革时代的人与社会》《自由、权力与民主设计》《知识社会学论集》《社会学系统论》等作品。［德］卡尔·曼海姆：《意识形态与乌托邦》，李步楼等译，商务印书馆2014年版。

③ 具体分析请参张隆溪《乌托邦：世俗理念与中国传统》，载张隆溪《从比较文学到世界文学》，复旦大学出版社2012年版，第119页。

克曼说,"我对《浮士德》的德文本已经看得不耐烦了,这部法译本却使全剧又显得新鲜隽永。"① 这印证了上述的说法:译文让原作得到重生,是其继起的生命。事实上,歌德对于翻译有其自己独到的看法,也与我们上文的讨论稍有关系。

歌德曾在其著《理解西东合集评注》(1819)② 中将翻译分成了三大种类,也是三个阶段,并提出了与其相涉的文体和功能。

(1) 第一种翻译让我们以自己的方式认识异国,散文式的翻译最好不过。③

(2) 之后是第二个阶段:人们设身处地想象异国的情境,然而其实只获得了外文的意义,并力图用自己的语言重新表达。④

(3) 第三个阶段,也是最高的和最后的一个阶段,人们想要让译文与原文完全等同,这样不是一方取代另一方,而是译文要与原文处于同一位置……至此,陌生与熟悉,已知与未知相互靠近的圆环终于合拢了。⑤

---

① 转引自谢天振《翻译研究新视野》,福建教育出版社2015年版,第10页。
② Johann Wolfgang Goethe, *Noten und Abhandlungen a bessere verständnis des West-östlichen Divans*, Berliner Ausgabe, Kunsttheoretische Schriften und Übersetzungen [Band 17 - 22]. Band. 18. Berlin, 1960. 转引自孙瑜《歌德翻译思想评述》,蔡建平主编《外国语言理论研究与教学实践探索》,黑龙江人民出版社2009年版,第195—199页。
③ 原文为 "Die erste macht uns in unserem eigenen Sinne mit dem Auslande Bekannt; eine schlicht prossische ist hierzu die beste." 见孙瑜《歌德翻译思想评述》,蔡建平主编《外国语言理论研究与教学实践探索》,黑龙江人民出版社2009年版,第197页。
④ 同上。原文为 "Eine zweite Epoche folgt darauf, wo man sich in die zustande des auslandes zwar zu versetzen, aber eigentlich nur fremden Sinn sich anzueignen und mit eigmem Sinne wieder darzustellen bemuht ist."
⑤ 同上。原文为 "...den dritten Zeitraum, welcher der höchste und letzte zu nennen ist, derjenige nämlich, wo man die Übersetzung dem Original identisch machen möchte, so dass eins nicht anstatt des andern, sondern an der Stelle des andern gelten solle. [..] so ist denn zuletzt der ganze Zirkel abgeschlossen, in welchem sich die Annäherung des Fremden und Einheimischen, des Bekannten und Unbekannten bewegt."

第一种即借助翻译来了解外国文化。歌德举的例子是他极为赞赏的马丁·路德（Martin Luther，1483 – 1546）将拉丁语《圣经》译成德语。在这里"散文式的"意指平白浅显的语言。这是初步的接触，在这一阶段歌德最为尊重本国读者，要求尽可以让读者读懂。第二阶段其实就是换用一种表达方式进行重写。在第二阶段，译者设想自己处身异国境地，"可实际上只是盗窃异国的思想观念，并将其作为自己的思想加以表述"，歌德将其称为"模仿创作阶段"（十足的模仿创作）。① 对照歌德的实践可以发现，歌德在阅读东方文学后创作的一系列作品，比如《西东诗集》和《中德四季晨昏杂咏》，都隶属于他说的这个第二阶段。

歌德所说的第三阶段则较为难懂，但与我们上文讨论的纯语言密切相关。歌德认为"在这个阶段，译文寻求'与原文完全一致'，以至达到译文就是原文、原文就是译文的程度。歌德把这样的文本称为第三种文本"②。曹明伦援引斯坦纳等人的思考并总结道："荷尔德林认为，人类每一种具体语言都是同一基本语言或曰'纯语言'的体现，翻译就是寻找构成这一基本语言的核心成分。不同的语言是从'逻各斯'这个统一体中分裂出的一些飘忽的单元，翻译意味着融合不同单元的元素，意味着部分地回归逻各斯，由此可见，从歌德那里，本雅明受到的启发是'第三种文本'，而他的'纯语言'则来自荷尔德林。"③ 这其实能在本雅明的《译作者的任务》一文中找到附证，因为在该文的结尾部分本雅明一再地谈及荷尔德林逝前在翻译的两部索福克勒斯悲剧。"在荷尔德林的译文里，不同语言处于深深的

---

① 转引自曹明伦《翻译之道 理论与实践》修订版，上海外语教育出版社2013年版，第138页。
② 同上。
③ 曹明伦《翻译之道 理论与实践》修订版，上海外语教育出版社2013年版，第139页。

和谐之中……"① 然而，本雅明又指出大部分翻译如同荷尔德林所译的索福克勒斯作品一样，"在其中意义从一个深渊跌入另一个深渊，直到像是丢失在语言的无底的深度之中。不过有一个止境。"② 这个止境，就是《圣经》"真正的语言"。

要之，我们看到在歌德那里，他强调一个民族通过学习翻译的外国文学作品，长年累积、潜移默化，最终将优秀的、先进的外国文化融合进民族性格当中。此外，歌德认为本国作家/读者，可以通过吸收翻译的作品，再使用本国语言、利用本国文化背景，重构原作，最终替代原作，这也即最终将翻译文学变成本国文学的一种重要组成部分。这两者都可以看出歌德如何借助世界文学来壮大本国的民族文学。最后，歌德同时也看到翻译和语言的超越性面向，称其为"最高级的翻译"。歌德也承认，人类的第一种具体的语言都是同一种基本语言，即所谓的"纯语言"的体现，故而翻译便是寻找构成一个更贴近所有人类语言共有的东西，一个"文化和语言的中间地带"。这其实便接近于本雅明论及的"纯语言"，如果我们剥除其宗教的、神学的、神秘主义的外壳，那便是人类语言共同建立、并由此相互理解的基点———一种抽象的人性。所谓的抽象的、异质的想象共同体，除了如韦努蒂所说要具备一定的条件之外，还必须以这种抽象的人性作为基础，才有可能建构成形。

---

① ［德］阿伦特编：《启迪：本雅明文选》，张旭东、王斑译，生活·读书·新知三联书店 2014 年版，第 93—94 页。
② 同上书，第 94 页。

第三章

诺贝尔文学奖与制造世界文学

> "自从伊丽莎白女皇时代以来,这种诗歌艺术一直伴随着不列颠的文明扩张,永不凋谢。"
>
> ——1913年诺贝尔文学奖给泰戈尔的授奖词①

一 诺贝尔文学奖现象

2015年9月底,笔者的电子邮箱中收到了中山大学中文系秘书转发来的信件,信中内文表示,"这是随机发给各个大学的,老师您如有兴趣,可自行参加"②。信件的内容是关于提名下一年度的诺贝

---

① 刘硕良主编:《诺贝尔文学奖授奖词和获奖演说》上,漓江出版社2013年版,第89页。
② 信件内文摘录如下,"Every year we address ourselves to a random selection of universities all over the world to remind them that all professors of literature and modern languages have the right to propose candidates for the Nobel Prize in Literature. This right is however permanent and is not dependent on the receipt of such an invitation." 又,"On behalf of the Swedish Academy, we, the undersigned, who constitute its Nobel Committee, have the honour of inviting you to nominate, in writing, a candidate (or candidates) for the Nobel Prize in Literature for the year 2016. A statement of the reason for the nominations is desirable though not essential. In order to receive consideration, you proposal must reach the Nobel Committee, which is entrusted with the responsibility for preparing the Academy's discussion of the award, not later than 31 January 2016..."

尔文学奖候选人的邀请。也即是说，一名大学文学教授便具备了这样的资格，可提名下一年度诺贝尔文学奖获奖候选人。

据官方的说法，如下四类人具备了向瑞典文学院提名下一届获奖候选人的资格：（1）瑞典文学院院士和各国相当于文学院院士资格的人士；（2）世界各地高等院校的文学教授、当代语言领域教授；（3）往届的诺贝尔文学奖得主；（4）各国作家协会主席。每年瑞典文学院会随机地将邀请函发给上述的四类人，请求他们在特定日期前以正式纸质信函的形式，附寄被推荐者的作品（原文的或翻译的），向委员会推荐合适人选。问题是，为何瑞典文学院的诺贝尔文学奖评委要这么做？其中一个原因，或许便在于征募参与者的认同感，这正如选票与共同体认同的关系一样。也正因为这样，每一年开奖前后，可谓是万众瞩目，特别关心开奖结果。一位有资格提名的人，无论其提名的人选能否获选，都会特别关注这个事件，也有可能会加入相关讨论。换言之，这种方式推行后，大部分关注文学的读者都会被卷进这个"诺贝尔文学游戏"（the Nobel Game of Literature）。所以，在席卷一切的全球化力量的巨大影响之下，这个奖项也变得越来越重要。

那么，这个奖项的评选规则和过程如何？据诺贝尔文学奖的终审评委马悦然（Goran Malmqvist，1924—2019）（他是18位评委中唯一一位懂中文的）所述：大约在每年的9月份，瑞典文学院会将邀请信寄给有资格提名的相关团体或个人。在次年的1月底收齐材料，2月初开始选出合格的被提名名单——一个长名单。接下来便是初选，首先是剔除没有足够文学价值的作品。至4月份，评委会会选出20人以内的"复选名单"。复选之后，评委会在5月底确定一份5人的"决选名单"（shortlist），再第三次报瑞典文学院审批。进入暑期，决选开始，全体院士需要仔细读完5位候选人的作品，并分别撰写自己的阅读报告。到了9月中旬复会，评委会再进行讨论、评议和表决。

一般情况下，公布获奖消息是在该年度 10 月份的第一个星期四，最迟不超过 10 月 15 日。最后，授奖大典将在"诺贝尔日"即 12 月 10 日，在斯德哥尔摩音乐厅举行，由瑞典国王亲自颁奖。①

瑞典文学院在 20 世纪末和 21 世纪初饱受批评，引来争议不断。正如理查德·朱伟（Richard Jewell）指出："几十年来，诺贝尔文学奖饱受负面的批评，被认为是：这充其量不过是一场人气大赛，或是最糟糕的政治事件，由'二线城市'（second-rate provincials，意指瑞典文学院并非欧洲的文化中心）所举办的。评委几乎全是白人、男性，对自己区域之外的文学，知之甚少。"② 人们还有如下的批评。一是，从以往的获奖情况看，这个奖项的评选过程、开奖炒作和后续影响，充满了民族主义、欧洲中心主义、文化精英主义、白人男性中心主义。比如，这个奖项很少颁给女性作家，在其头 45 年中仅有一位女作家获奖。从 1901 年始，截至 1986 年，只有 3 位非西方作家入选。二是，每次评选，评委都需要高度依赖于他人的推荐。这是不得已的、也必须如此的举措，但也是一种行之有效的策略。世界文学从量的方面看，即便是在当代，其语言和作品是无法穷尽的，再多增添几位评委，评委再怎么博学，都不可能覆盖全世界的所有的文学。这其实也是世界文学的难题。至于说是一种策略，则在于这种方式可使推荐人以及受其影响的读者对这个奖项产生高度的认同感。三是，公平与民主，有时两者是相悖反的，这很好地体现在文学奖的评选上。瑞典文学院在 20 世纪末已坦然地接受了这些批评，并表示将会做相应的调整。到了 20 世纪初，瑞典文学院的一位评委说，以后评奖时

---

① 诺贝尔文学奖官网关于文学奖评选的说明"Nomination and Selection of Literature Laureates"，请参：https://www.nobelprize.org/nomination/literature/［引用日期：2018.09.10］

② Richard Jewell, "The Nobel Prize: History and Canonicity," *The Journal of the Midwest Modern Language Association*, Vol. 33, No. 1 (Winter, 2000), p. 97.

会尽量更加国际化、更加多元化，体现某种文类和国别的代表性，以及地理上的公平。但是，这其实可能会带来不好的后果。民主或许更适合于欧美的政治文化，而不适合于文学。在天才竞技的文学场域，民主式地轮流选出具有文类、地区代表性的作家作品，选出的结果很有可能是较为平庸的作家作品。

今天，诺贝尔文学奖已是具有极大影响的世界性文学奖之一。在许多文学读者眼中，它代表了文学的最高水准。在明白了这个奖项无可置疑的重要性之后，我们有必要回溯这个奖项的历史、现状和其他情况，以便作进一步的讨论。

瑞典化学家诺贝尔（Alfred Nobel，1833—1896）在逝世前于1895年立下遗嘱，以其遗产中的一大部分由瑞典政府建立一个基金会，将每年基金所得利息分为五份，作为奖金，分发给五个领域（物理、化学、生物医学、文学与和平）的每年获奖者。获奖者不论国籍、肤色和其他立场，凭其在该领域的成就而获奖。1895年，诺贝尔的遗嘱中写明了文学奖授予这样的作家：在过去一年中的文学领域里，创作出最具有理想倾向作品的作家（the person who shall have produced in the field of literature the most outstanding work of an ideal tendency in the previous year）。到了1900年，经由瑞典国王批准，基本章程中的"在过去一年中创作出的"改成了"如今才显示出其意义的"作品。最初要求的文学领域的作品，指的是美文/纯文学（belles-lettres），后来也被调整为"那些在形式和风格方面具有文学价值的作品"①。这当然也包括历史、哲学和其他人文学科的著作。因此，在诺贝尔文学奖的获奖作家中，便有1902年的德国历史学家蒙森（Christian M. T. Mommsen，1817—1903）、1908年的德国哲学家

---

① 诺贝尔文学奖官网说明"The Nobel Prize in Literature"，请参：https://www.nobelprize.org/prizes/themes/the-nobel-prize-in-literature-3/［引用日期：2017.10.10］

欧肯（Rudolf C. Eucken，1846—1926）、1927 年的法国哲学家柏格森（Henri Bergson，1859—1941）、1950 年的英国哲学家/数学家罗素（Bertrand A. W. Russell，1872—1970）和 1953 年的英国政治家丘吉尔（Winston L. S. Churchill，1874—1965）等广义的人文学者作家，因为他们的著作也具有文学的价值。

我们或许要探问，对于诺贝尔本人而言，什么样的作家才是其理想的作家？诺贝尔本人是一位无政府者、乌托邦理想主义者（an utopian idealist）、激进的反教会者、不婚者、持异政见者（dissident）。他对与其本人倾向相近的作家颇有好感。此外，他还比较欣赏那些精神独立的作家，能在作品中呈现出对宗教、皇权、婚姻和社会秩序等方面的批判态度。

这个奖项公平吗？这是每年开奖前后人们热议的话题。首先，历时地观察，与这个奖同时存在的许多伟大作家，都与之擦肩而过。我们可试列出一个短名单，包括了左拉（Émile Zola，1840—1902）、托尔斯泰（Leo Tolstoy，1828—1910）、马克·吐温（Mark Twain，1835—1910）、普鲁斯特（Marcel Proust，1871—1922）、卡夫卡（Franz Kafka，1883—1924）、里尔克（R. M. Rilke，1875—1926）、哈代（Thomas Hardy，1840—1928）、劳伦斯（D. H. Lawrence，1885—1930）、鲁迅（1881—1936）、伍尔芙（Adeline Virginia Woolf，1882—1941）、詹姆斯·乔伊斯（James Joyce，1882—1941）、瓦雷里（Paul Valery，1871—1945）、布莱希特（Bertolt Brecht，1898—1956）、庞德（Ezra Pound，1885—1972）、奥登（W. H. Auden，1907—1973）、纳博科夫（Vladimir V. Nabokov，1899—1977）、卡尔维诺（Italo Calvino，1923—1985）和博尔赫斯（Jorge L. Borges，1899—1986）等，这些到现今已经是 20 世纪无可争议的伟大作家。挂一漏万，此外肯定还有许多作家从其成就来看应当获得此奖。而且，除上列的欧美作家之外，还有

来自中东、亚洲、非洲的许多杰出作家，也被这个奖项遗漏了。如果说这是授予当世最杰出作家的文学奖，为何遗漏了那么多在现在看来伟大的经典的作家？这可能是这个奖项被批评者攻击得最多的一种错误。

其次，另一种较多人批评的现象是：这个奖也曾被授予许多在现在看来属于第二三流的作家。比如，1902年获得该奖的德国学者蒙森，是一位杰出而多才的学者，其更恰当的身份是古典学者、法学家、历史学家、记者、政治家、考古学家，却与"文学家"相去较远。在文学方面毁誉参半的获奖者，也不在少数。比如，美国作家赛珍珠（Pearl S. Buck，1892—1973）获得了1938年的诺贝尔文学奖，但她在生前逝后一直饱受质疑。许多评论者认为她配不上这个奖项。2012年，诺贝尔奖文学委员会前主席谢尔·埃斯普马克（Kjell Espmark，1930—）在接受《南方周末》采访时指出，"因为每代委员会的品味和喜好不同。比如，1930年代的评选标准是作者受欢迎的程度。当时委员会认为，如果奖项颁发是为了全人类，那么全人类都应该能够阅读。所以诗歌很大程度上就没被考虑，畅销作家却常被提名。从而产生了像辛克莱·刘易斯（Sinclair Lewis，1885—1951。注：1930年获奖）和赛珍珠那样的获奖者"①。换言之，赛珍珠的获奖，是因为她的作品极为流行畅销。背后的原因在于，赛珍珠成功地迎合了西方人的猎奇心理，为西方呈现了一个刻板印象式的中国形象。1932年获得该奖的英国作家高尔斯华绥，如今除文学史家外几乎少有人阅读，而与其同代的未能获奖的爱尔兰作家詹姆斯·乔伊斯却随着时间的流逝而获得了读者的认可，进入了经典的圣殿。或许，1932

---

① 请参见《南方周末》2012年12月14日对埃斯普马克的专访稿"'诺贝尔标准有很多变化'专访诺贝尔奖文学委员会前主席"，请参网址：http://www.infzm.com/content/83899 ［引用日期：2018.08.10］

年，乔伊斯比高尔斯华绥更为适合获得诺贝尔文学奖。有时，这个奖项似乎是奖给某一种文学潮流的，对其进行经典化，确认或提升其历史地位。1985 年，法国作家克洛德·西蒙（Claude Simon，1913—2005）作为法国新小说派①的代表而获得该奖，这意味着世界文学（瑞典文学院）对法国新小说的认可和经典化。然而比起西蒙，其他法国新小说家如阿兰·罗布-格里耶（Alain Robbe-Grillet，1922—2008）或杜拉斯（Marguerite Duras，1914—1996），可能更适合作为"法国新小说"的代表，无论是就其作品的艺术成就，还是就其影响而言。这会不会是评委的眼光，间歇性地出了问题？

　　一位作家一旦获奖，很快便名利双收，但同时也会造成一些不良的影响。获大奖，肆意炒作，进而作品大卖，赚得盆满钵满——这几乎是世界市场上文学产品的最佳销售方式。每年开奖前，出版社和译者，都已经为其心目中的理想获奖者押下重宝，甚至写好推荐语，预先印出新书腰封，就等捷报了。获奖者会获得高额的奖金，这是理所当然的。2012 年获得诺贝尔文学奖的中国作家莫言，所得奖金为 1000 万瑞典克朗（当年约折合人民币 750 万元）。再加上，获奖者受邀到世界各国各类机构发表演讲，也会得到数目不菲的出场费用。甚至，一些著名的或不那么著名的大学，会赠予获奖者一个又一个荣誉博士学位。对一位获奖的作家而言，获得一个文学博士或哲学博士学位，有何用处？或者，获得第一个荣誉学位和第 N 个荣誉学位，会有很大差别吗，抑或是根本毫无意义？但对于大学或研究所而言，则

---

　　① 20 世纪50—60 年代，法国文学界出现的一支新的小说创作流派，出现了以阿兰·罗布-格里耶、娜塔丽·萨洛特（Nathalie Sarraute，1900—1999）、米歇尔·布托尔（Michel Butor，1926—2016）、克洛德·西蒙、玛格丽特·杜拉斯等为代表的一批新作家。他们公开宣称与 19 世纪现实主义的文学传统决裂，探索新的小说表现手法和语言，描绘出事物的"真实"面貌，刻画出一个前人所未发现的客观存在的内心世界。法国文学评论家称其为"新小说派"或"反传统小说派"。

是锦上添花，以后各种场合都可以提及，给自己脸上贴金，而且在大学校史上还能添上浓墨重彩的一笔。传记作家"虎视眈眈"、等候已久，他们会将获奖者的出身和传奇经历，编成各种故事。作者的故居，自然而然也是文化产业链中重要的一环，毕竟世间的文学爱好者不少，附庸风雅者更多，他们必定会来朝圣、来"交税"。获奖作家的作品——无论是哪个时间段的作品，无论哪一种类型，无论写得好或坏，都会因为世界市场的急切需求，很快会产生许多外文译本，一时洛阳纸贵，销量不俗。有的读者还会因为不知新近几年的获奖者、未读过其作品、缺乏谈资，而感到羞愧。毋庸置疑，获奖作家的代表作必定很快会传遍世界，风行一时，并瞬间完成"经典化"，作为某种国别文学或某种语言文学的代表，而进入各种世界文学的选本。

然而问题也是不少的。

（1）一个由斯德哥德摩的瑞典文学院（一个地区）颁发的奖项，为何具有世界性的影响？尤其是，这是一个以发明炸药的人而命名的奖项。从命名方式看，以西班牙伟大的小说家塞万提斯（Miguel de Cervantes, 1547—1616）而命名的"塞万提斯小说奖"，或者以伟大的作品命名的奖项如"红楼梦奖"，肯定要比诺贝尔为名的奖项更能让读者联想到伟大的文学。

（2）为何每年开奖几乎变成了一年一次的世界文学狂欢节？尤其是在全球化的今天，这已是一次万众瞩目的全球盛事。

（3）在亚洲人或未获奖的国度的读者或批评家眼中，为何没有其他奖项能与其匹敌？对他们而言，该国的作家未能获得奖项，便是一种民族耻辱，而一旦有人获奖，便是为国争光。这个奖项，比任何一个文学奖都更能激起民族主义情绪，这又是为何？

（4）然而，在北美的读者和批评家的眼中，诺贝尔文学奖当然是非常重要的奖项，但也仅是许多重要奖项中的一个罢了，还没有达到唯一独尊的地步。这是为何？

（5）为何说诺贝尔文学奖在创造"当代的世界文学经典"？是谁，赋予了它权力来"创造经典"？换言之，在建构文学经典的游戏中，是谁在定义规则？以及，为何由其来定义规则？

（6）创造当代的"世界文学经典"，这种说法难道真没问题吗？从其自身发展的历史观察，诺贝尔文学奖是否达到了其创造经典的目的？其经典化的作品，是否最终真的全部进入了经典的万神殿？在具体案例上，为何行，又为何不行，这可能值得我们一一探究。

（7）整个评奖的过程，公正、公平、公开吗？获奖者是否能够代表当下最好的世界文学？

　　…………

综合而言，诺贝尔文学奖是一年一度关于"世界文学"的狂欢节——它在"定义"或"重新定义"何谓世界文学，何谓最好的当代文学，甚至是何谓"文学"本身。2016年的诺贝尔文学奖授予了美国歌手鲍勃·迪伦（Bob Dylan，1941—　），这不正是证实了所谓"重新定义"文学的尝试吗？[①] 诺贝尔文学奖现在已是衡量当代文学和世界文学的一种非常重要的标准。卡萨诺瓦曾经隐喻性地说，诺贝尔文学奖就是"世界文学空间存在的主要和客观的指标"，甚至可称之为"文学的格林威治子午线"[②]。诺贝尔奖定义了世界文学的"时间性/当代性"，以及这个不平衡的文学世界的方位和发展方向。并且，它还在"建构"世界文学的经典和关于世界文学的批评概念。

[①] 现代歌词/歌曲，并非传统的、主流的文学样式。迪伦的身份是一名歌手，尽管其歌词有一定的文学性，但始终并非传统的文学家，歌词也非传统的文类。不过这都没关系，因为迪伦还是能够符合诺贝尔遗嘱中设奖时订下的基本要求。基于类似的理由，诺贝尔文学奖若授予文学批评家或学者，又或者授予一位电影导演，也是可能而合理的。

[②] ［法］卡萨诺瓦：《作为一个世界的文学》，载［美］达姆罗什、刘洪涛、尹星主编《世界文学理论读本》，北京大学出版社2013年版，第110页。

然而,"定义"和"建构"的过程中,难免有各种机构和文化势力的参与。换言之,处于文学外围的因素影响了文学作品的地位,使得获奖作品定位的情况更加复杂。

二 诺贝尔文学奖悖论

诺贝尔文学奖作为一个以西方文化价值观念为中心的世界性奖项,充满了种种悖论。

首先,从观众的期待来看,这个奖每年颁奖时需要考虑到文类和国别/地区的代表性。荒谬的是,这如同联合国分配席位一样,每一个国家都有其机会,每一种文类都需要找到其合适的代表作家。这种分配规则以"公平"作为出发点之一,无非是表明这个奖项需要具备一定的覆盖面——需要覆盖到国别/地区、语言、文体、作家性别等方面,方能体现出其公正和合理。然而,当考虑到上述需要顾及的各个方面时,所谓的"民主性"或"公平性",便会压抑到现实中的文学发展。必须明白的一点是:文类的发展有其时代性,每个时代可能有其独特的较为流行的文类(可谓:"一代有一代之文学"),而全球化时代的文学发展格局是差序而不均衡的。每一种国别文学的内部状况,也可能是差序不均的,有的地区发展得比其他地区更好。有些语言的文学随着地区的经济发展,也能得到更多的发展机会。

其次,这个奖项授予的是欧美主流语言写成或译成的作品,所以本质上还是欧洲的文学或译成欧洲文学的外国文学。后者改头换面,变成欧洲文学的他者文学。这就是"The West and the Rest"(西方和他者)的关系。尽管也有日本、中国、印度作家获奖,但是他们的获奖,多数时不是原作的胜利,而是翻译的胜利——翻译起了决定性的作用。诺贝尔文学奖是来自北欧几个国家的 18 位评委评出来的奖项。他们主要阅读的是欧洲语言写成或译成的作品，因为他们通用语言是英语、法语、德语、瑞典语等欧洲语言。除此之外，皆是翻译的作品。这种情况，对于亚洲作者来说，特别不公平。评委之中，仅有马悦然[①]一人能够阅读汉语。在限定的时间里，这些资深的评委需要高强度地阅读不少优秀的作品，对其进行深入地分析，并撰写专业评论——这肯定需要较佳状态的智力和记忆力的支持，同时也可能需要不错的体力。那么这些"老读者"（有可能体力不支的），一年能够细读多少作品呢？一个人一年阅读 200 本书已经可以算是比较多了吧。但是，这个数字，比起一年间全世界文学产品的生产总额而言，还是微不足道的。

再次，每年开奖之时，瑞典文学院便成为世界文学和当代文学的最重要的地理空间，备受全球关注。其实，瑞典文学院也不外乎是西方世界的一个地方，在开奖前后一段时间却几乎代表了整个世界。换言之，在这里，地方性几乎可以与世界性/普遍性等同，尽管这种说法仍存在着这样或那样的问题。

复次，许多作家一旦获奖，名利双收，过度曝光，此后再也写不出更好的作品。获奖作家忙于应对各种名利场的活动，加上生活更加优渥，备受众人拥戴，有可能听不到或听不进批评的声音，有可能被悬置而较难看到现实世界。这些无疑都严重地影响作家的正常写作状态。故而，对一个写作者来说，这个奖甚至是多余或有害的，因为会使获奖者分心，再也无法写出更好的作品。

最后，诺贝尔文学奖在创造世界文学经典的同时，也在创造并维持一套文学批评的术语，有其自成体系的诗学标准。诺贝尔文学奖的运作和影响，既一方面经典化了作品作家，也反过来影响后续的作

[①] 瑞典汉学家、诺贝尔文学奖终身评委马悦然已于 2019 年 10 月去世。

家。这个奖项充分地维持了这样的宗旨："引领一时之潮流"。有时，也确实达到了这种目的。然而，创造经典，这一命题本身就具有一定的反讽性。一般情况下，"经典"是多个时代的集体记忆和认同的结晶，而当代的经典，则是通过奖项和机构的控制，借助文学作品的翻译和流通的市场，而被树立为典范的。所以，"当代文学经典"是一个自相矛盾的说法（oxymoron）。诺贝尔文学奖授奖词一旦公布，随着媒体的炒作，其中出现的批评术语，便会很快不受置疑地进入文学史中，甚至变成一种批评标准。换言之，诺贝尔文学奖不仅创造了一种世界文学经典的序列，而且还创造了一套自成体系的诗学标准。这套诗学标准在建构之始，便是以欧洲文学标准为中心。因此，这个奖项的评价标准，其实是非常严格的欧洲标准。东方文学传统中的作家要获得这个奖项，就必须符合某种已经被定义为优秀的/高水平的文学标准。简而言之，即以西方伟大文学为主要参照物——这种伟大文学的风格和所谓的"普遍价值观念"是以古希腊罗马文学为标准，以欧洲人、基督徒、白人男性作家为核心。

由于各国的国家机关和读者对诺贝尔文学奖有着特殊的期待，这个奖项被赋予了许多与文学远不相关的特殊意义，甚至涉及国别的（或区域的）外交政治。这一种情况，在从未获得这个奖项的国家中尤其明显。这个奖被赋予了特殊的意义、特殊的外交，激发了种种民族期待，加之每年铺天盖地的宣传，都使其变成一个重要的文学节日。甚至，博彩行业也来凑热闹，有的公司每年专门设立一个诺贝尔文学奖的赔率榜。2017 年，在世界三大博彩公司之一 Unibet 开出的诺贝尔文学奖赔率榜上，日本作家村上春树依然以 2.5 比 1 的赔率领跑。[①] 开奖的前后，评审委员会的"历史的"或"现时

[①] 2017 年 9 月 9 日的澎湃新闻，请参 https：//www.thepaper.cn/newsDetail_forward_1789210 [引用日期：2018.02.10]

的错误"总会引来种种议论,对其政治偏见、审美错误等方面都会有种种批评。

诺贝尔文学奖证实了一个文学世界的存在。这是检视当代文学和世界文学的最重要的全球性事件之一。这是以文学命名并定义的一个独特的文化政治空间。愈是处于世界体系边缘的国家,对于这个奖项愈是期待。这是一种需要被他者肯定和认可的文化焦虑,仿佛获得这个奖,便是国族文化变得强大的一种象征。这种文化现象的背后,隐然有一种诺贝尔文学奖的情结,[1] 而这种情结与其连带的一系列症候,可称为"斯德哥尔摩文化焦虑综合征"。这是全球化时代,处于边缘或半边缘地位的国族所呈现出来的一种文化焦虑,它涉及文化势力、经济实力、地缘政治学(geopolitics)[2] 的因素(比如说:一个政治实体的外交干预)。在中国作家莫言获得该奖之前,中国媒体对于诺贝尔文学奖的关注极具民族主义色彩。中国的评论者,在开奖日之前对瑞典斯德哥尔摩文学院的恩典翘首以盼:这一次该轮到中国了吧。这种情况直到今日,在未获得该奖的其他国家中,仍可看到,比如韩国文化界和媒体对于每年度开奖结果的焦灼等待:这一次该轮到韩国了吧。应该授给我们韩国当代的杰出诗人高银(Ko Un,1933—)先生。在莫言获奖之前,西方媒体和学者也参与了这种狂欢节前奏的喧闹。[3] 甚至像杜博妮、顾彬这样影响比较大的汉学家,

---

[1] Cong Cao, "Chinese Science and the Nobel Prize Complex", *Minerva*, Vol. 42, No. 2 (June 2004), pp. 151 – 172. 此文对中国科学家的"诺贝尔情结"已有讨论。

[2] 地缘政治学,政治地理学说中的一种理论,主要是根据地理要素和政治格局的地域形式,分析和预测世界或地区范围的战略形势和有关国家的政治行为。地缘政治学将地理因素视为影响甚至决定国家政治行为的一个基本因素。这套理论,后也常被文化研究的学者援引使用。

[3] 相关讨论可参:Wendy Larson and Richard Kraus, "China's Writers, the Nobel Prize, and the International Politics of Literature," *The Australian Journal of Chinese Affairs*, No. 21, Jan. 1989, pp. 143 – 160。

都在质疑中国当代文学的成就不高,没有谁有资格获得该奖。

2000年,加入法国国籍的华裔作家高行健因其《灵山》《一个人的圣经》等小说而获得了诺贝尔文学奖。高行健的获奖,引发了持续多年的争议,直到莫言获奖才让人转移了注意力。关于高行健的文学成就及其获奖,主要有几种看法。(1)高行健是当代杰出的戏剧理论家、小说家。前一项几乎少有人质疑,虽然后一项有一些人对其小说的创新形式(意识流式的写法、以人称代替人物的写法、叙述方式)有一些质疑,但是总体而论高行健仍不失为当代最杰出小说家之一。(2)高行健离开中国,流转于欧洲,最后定居入籍于法国,所以这是法国作家获奖(2000年瑞典文学院新闻发布会上,仍称高行健为中国作家),尽管他仍用汉语写作。这是否证明了中国缺乏培育和保护诺贝尔文学奖这一级别的杰出作家的土壤?这一种偏见存在已久,在莫言获奖之前广为传播,引来长久的争论。(3)有论者认为:是政治的元素,而非文学的元素,在高行健获奖的背后起更大的作用。高行健曾在中国不受官方欢迎,这反而是其获奖的资本。正如顾彬指出,"自我宣称其为'流亡作家',这可能反而增加其国际文化资本,并博得了更多的同情和支持"①。然而,这种观念,诺贝尔文学奖评委会肯定不能同意。高行健也不可能接受这种厚诬。他曾多次公开表示其在艺术追求上对现实事务的中立和对名利的疏离。然而,我们仍可以看到在现实政治之外的文化政治。斯德哥尔摩的瑞典文学院在给高行健的授奖词中强调,"(《灵山》)通过复调叙述,对

---

① "在西方,'流亡'(exile)这个词对作家而言是一张神奇的餐券,它会带来很多好处:人们的赞赏、作品的销量、媒体的关注、各种奖项和学术荣誉,还有最重要的——钱。但并不是每个自称过着流亡生活的人都真的在流亡。很多作家宣称自己陷入流亡,这样一来黑暗(中国)和光明('西方')就会针锋相对,高行健便是其中之一。"顾彬:《高行健与莫言:再论中国文学与世界文学的危机》(陶磊译),载陈思和、王德威主编《文学》2013秋冬卷,上海文艺出版社2014年版,第127页。

不同文体的整合以及细致的写作方式，让人联想起德国浪漫主义关于世界诗歌的崇高理念。"① 这里的"世界诗歌"，正是歌德式的概念——"诗就是灵感和天才"，又或者可以等同于德国浪漫主义式的"不断进步的普遍主义诗歌的理念"（the idea of progressive universal poetry）。瑞典文学院对高行健的肯定，不在于所谓的"中国性"，而在于其作品的"普遍价值"。瑞典文学院用德国浪漫主义的批评理念，来评论来自中国的、加入法国的、仍用汉语写作的作家作品，是否公平允当，则另当别论。需要强调的是，瑞典文学院的评论将高行健纳入了世界文学的论述框架中间。2012年莫言的获奖，也遇到了类似的评论，有论者认为这是大国之间角力的结果，是政治，或是翻译，而非文学的胜利。无论如何，2012年莫言的获奖，真正"证明"了中国作家/汉语作家获得了世界文学界的认可，得到了最高的嘉奖，让中国媒体读者充满了自豪感。自此，中国作家，被迎进了世界文学的剧场。许多人认为，莫言比起高行健，更适合作为诺贝尔文学奖盛宴上的中国代表。然而，这里的反讽性便在于：一个作家的获奖与其国家的文化势力密切相关，而一个国家的文化势力能否被"世界"认可的关键，却掌握在一群对这个国家的文化、历史和政治知之甚少的欧洲人手中。

综上而言，诺贝尔文学奖充满了种种悖论，它证实了一个不平衡的世界文化体系的存在。这个体系的中心是欧美文化，而来自于

---

① 此为笔者所译。英文为，"Through its polyphony, its blend of genres and the scrutiny that the act of writing subjects itself to, the book recalls German Romanticism's magnificent concept of a universal poetry."参见官方网页，https://www.nobelprize.org/prizes/literature/2000/press-release/。官方汉译为，"通过多声部的叙事，体裁的交叉和内省的写作方式，(《灵山》)让人想起德国浪漫派关于世界诗的宏伟观念"。参见诺贝尔奖官网文件"The Nobel Prize for Literature 2000, Press Release 新闻公报（中文简体）"，https://assets.nobelprize.org/uploads/2018/06/press-simpl.pdf [引用日期：2017.09.10]

体系的边缘或半边缘地区的国家或作家,往往更容易在开奖前后显现出一种需要被认可的文化焦虑。① 诺贝尔文学奖在全球化的时代,巧妙地利用了地缘政治的敏感性,吸引越来越多的人关注这个奖项。正如英国学者蓝诗玲(Julia Lovell, 1975—)指出,"只要在全球交往事务当中,民族国家仍旧是主要的计算单位,并且只要知识分子仍旧是世界各国的舆论制造者,那么,民族身份和文学就会继续保持对全球意识的有力控制——即便是在自称中立的瑞典那边也是如此"②。作家的民族身份,随着全球化的加剧,反而更加突显。一个全球化的经济市场,在今日已经是一种任何人都绕不开的影响力量,而文学作品也是这个市场中的一种产品,受到市场的各种制约。诺贝尔文学奖所代表的欧美文学中心与其他呈现为翻译文学的国别文学的关系,也充满了种种地缘政治因素的影响。这种情况极好地证明了"西方与他者"的二元对立,更复杂化的说法则是中心、半中心/半边缘、边缘的三种分层架构。来自于边缘的他者的文学或国族,需要被西方或中心肯定,这种不公平的政治学原则让人怀疑诺贝尔文学奖背后是哪一种元素更起决定性作用:政治的,还是诗学的?

---

① 土耳其作家帕慕克(1952—)于 2006 年获得诺贝尔文学奖。他在其获奖的演讲词《我父亲的手提箱》中反复地提及自己并不在世界的中心,甚至"粗鄙如乡下人",有一种"被放逐到偏远地方的感觉"。西方文学来自于一个陌生的世界,给他带来了痛苦和希望。在漫长的挣扎之后,他不再寻找"西方文学世界"的认同。帕慕克的最终回答是:世界的中心在伊斯坦布尔。他在伊斯坦布尔构建起了一个崭新的的文学世界,这个文学世界反倒为其赢得了西方读者的关注,最终为其赢得了诺贝尔文学奖。这个案例也同样证明了,处于边缘的帕慕克是如何被纳入西方中心,被"加冕",被迎接进入世界级的、经典作家的行列。[土] 奥尔罕·帕慕克:《别样的色彩 关于生活、艺术、书籍与城市》,宗笑飞等译,上海人民出版社 2011 年版,第 471—487 页。

② Julia Lovell, *The Politics of Cultural Capital: China's Quest for A Nobel Prize in Literature*, Honolulu: University of Hawai'i Press, 2006, pp. 185 – 186.

三 制造并维持一套诗学标准

诺贝尔文学奖在创造并维持一套自成体系的诗学标准,这甚至从其发布的历届授奖词的对比分析便可看出。1982年,诺贝尔文学奖授给马尔克斯时,委员会给他的授奖词如是写道:因其小说将现实主义与幻想结合,反映了整个南美大陆的生活和冲突。① 到了当年年底的授奖典礼上的详细授奖词中,主办方则大谈特谈福克纳对他的影响。"**他的这些杰作令人想到威廉·福克纳。加西亚·马尔克斯**围绕虚构的城镇马孔多创造了一个他自己的世界。在他的长篇和短篇小说中,我们被引到这个神奇与真实相会聚的独特地方。……他与福克纳一样,相同的主要人物和次要人物出现在不同的故事中,被以种种不同的方式表现出来——有时是在戏剧性展现的环境中,有时是在一种喜剧与荒诞错综复杂的情况中,而这种错杂只有最荒唐的想象或无耻的现实本身才能达到。"② 尽管在接受该奖的演讲的末尾,马尔克斯声称"我的导师福克纳……"③ 然而在此前很长的一段时间,他都有一种困惑,仿佛福克纳是一座他绕不过去的山峰。早在1968年的访谈中,马尔克斯表示很难理解人们所说的他受福克纳的影响。而且此后他还多次表达了类似的观点。1968年,一位记者采访马尔克斯时提及"大家认为他受到福克纳的影响"的观念时指出,"《百年孤独》

---

① 诺贝尔奖官网网页 "The Nobel Prize in Literature 1982",请参 http://www.nobelprize.org/nobel_prizes/literature/laureates/1982/ [引用日期:2016.10.15]

② 刘硕良主编:《诺贝尔文学奖授奖词和获奖演说》下,漓江出版社2013年版,第444页。诺贝尔奖官网网页 "The Nobel Prize in Literature 1982, Award Ceremony Speech, Presentation Speech by Professor Lars Gyllensten of the Swedish Academy",请参:http://www.nobelprize.org/nobel_prizes/literature/laureates/1982/presentation-speech.html [引用日期:2016.10.15]

③ 刘硕良主编:《诺贝尔文学奖授奖词和获奖演说》下,漓江出版社2013年版,第449页。

给我的感觉是在很多地方是反福克纳的，仿佛每一页的文字都表示要坚决抹掉让读者去想福克纳的印迹"①。马尔克斯回应道："评论家们坚持认为我的作品受福克纳的影响。有一个时期，他们说服了我。实际上，在我纯属偶然开始读福克纳时，我已经出版了我的第一部小说。我一直想知道评论家们所说的我受的福克纳的影响在哪儿。"②记者追问道："好像你很讨厌福克纳的影响。"马尔克斯回答道："自然，我不是讨厌福克纳。更确切地说，应该理解为赞扬；因为福克纳是各个时代的伟大小说家之一。问题是我不太清楚评论家们所说的福克纳是以何种形式影响了我。实际上一个懂得自己在做什么的作家会竭力避开同别人相像，竭力避开去模仿自己喜欢的作家。"③

此处需要提醒的是，诺贝尔奖所制造的批评术语，许多时候是来自于这个奖项自身相关的历史。从这方面讲，这个奖项的诗学标准有其自成体系的一面，尽管它也将边缘的作者和文化逐渐纳入其中，内化为其自身一部分。卡萨诺瓦发现，在1950年福克纳获奖之后，其小说风格便变成了衡量现代小说创新的一种标准。④ 所以，当委员会将奖项授给马尔克斯时，要在其自己的历史中，以往的奖项中找寻一个可资借用的模板，在经过某种合理化的对比之后，套予其身上。这种情况，我们在莫言的案例中也可以看到。且看诺贝尔文学奖官方的总结，"莫言将想象和现实结合，将历史和社会的视角结合，创造出一个世界，其复杂性让人联想到威廉·福克纳和

---

① 1968年9月号委内瑞拉《民族文化》杂志记者阿马多·杜兰对于马尔克斯的采访《我的文学创作之路——采访马尔克斯》。载尹承东、申宝楼编译：《马尔克斯的心灵世界：与记者对话》，中央编译出版社2015年版，第14页。
② 同上书，第14页。
③ 同上书，第15页。
④ ［法］卡萨诺瓦：《作为一个世界的文学》，载［美］达姆罗什、刘洪涛、尹星主编《世界文学理论读本》，北京大学出版社2013年版，第112页。

加伯利埃尔·加西亚·马尔克斯等作家笔下的世界,同时他又是从古老的中国文学和民间说唱文化中寻找到自己的出发点"①。这一次,委员会创造了一个系列:从福克纳到马尔克斯,再进而产生了莫言。由是,我们看到委员会一方面创造出了具有巨大效应的批评词汇,另一方面也呈现出了其自我中心和文化偏见。

这种来自于欧洲文化中心的"世界性"(或所谓的"普遍性"),并不能很好地用以解释边缘地区的作品,同时还带来了一些不良的影响。诺贝尔文学奖建构"当代文学经典",使得获奖作家一下子便进入了圣典的名册,同时它也在制造"世界批评术语",因而为当代的批评家和后世的研究者布满了种种路障。

诺贝尔奖有着自己的一套批评规则,而且其创造出来的批评术语影响不小。当委员会面对一个他者文化出来的作家——比如面对相对于欧洲中心而处于文化边缘的马尔克斯和莫言,他们便蓄意地运用了他们创造出来的"世界性的批评术语",将其纳入自己的批评体系,并经典化获奖作家,使其变成自己的一部分。诺贝尔文学奖评选委员会使用的"魔幻现实主义"和"谵妄现实主义"这两个术语,便可作为一个显明的例子。这两个术语的演变,彰显的是欧洲中心主义对于他者的约化,或进一步的归化,即欧洲/西方将他者纳入其自身的体系中。

如今的评论界已将马尔克斯当作"拉丁美洲文学爆炸"(Boom Latinoamericano)②"魔幻现实主义"的代表作家,然而,事实上,

---

① 诺贝尔文学奖官网文件:http://www.nobelprize.org/nobel_prizes/literature/laureates/2012/biobibl_ ch_ simpl.pdf[引用日期:2016.08.15]

② 20世纪60年代至70年代,拉丁美洲出现了一大批杰出的作家作品,流行于欧洲、并最终流行于世界,变成了一股世界性潮流,影响直到90年代,以博尔赫斯(Jorge Luis Borges, 1899—1986)、胡里奥·科塔萨尔(Julio Cortásdazar, 1914—1984)、富恩斯特(Carlos Fuentes, 1928—2012)、马尔克斯(Cabriel García Márquez, 1927—2014)、略萨(Mario Vargas Llosa, 1937—)等大师为代表。其中,博尔赫斯获得了像西班牙塞万提斯奖等顶级的欧美奖项。马尔克斯和略萨则分别于1982年和2010年获得诺贝尔文学奖。这些都可以算是欧洲文化中心对于边缘的拉丁美洲的认可,体现了某种"肯认的政治"(the politics of recognition)。

"魔幻现实主义"一词，也是来源于欧洲，而非南美洲本土的或新创的词汇。早在20世纪20—30年代的欧洲，超现实主义风格的文学和绘画流行一时。有的学者在当时已将一些超现实主义的文学作品和画作定性为"魔幻现实主义"的风格。到了50年代，这个术语才流传进了拉丁美洲，此后影响到了一代人，直到瑞典文学院将其用于形容马尔克斯等人的作品。然而，这个概念的关键部分，并不在于魔幻手法，也不在于现实主义，而在于用这个词来形容拉丁美洲在高压政治之下的文学再现。魔幻现实主义通常是兴起于一些压迫、独裁或集权社会里，多数时表现了对这样一个高度危险的政治现实的一种调适。魔幻现实主义的作家，正因为其书写的魔幻色彩而超越了集权社会的限制。因而，魔幻现实主义可归类为"超现实主义"的分支，也因而会使人误以为"拉丁美洲文学爆炸"与20世纪20—30年代轰轰烈烈的国际文学运动有了某种关系。但是，这并非事实。如果我们认清了两者关系不大的事实，那么诺贝尔文学奖委员会则很难撇清其政治企图。换言之，他们臆想着将拉丁美洲的现实和文学再现，放到中国文学语境来作平行类比，其暗含的政治讽喻和文化偏见则非常明显了。

有趣的是，诺贝尔文学奖给莫言的定位，一方面是道出了福克纳和马尔克斯对其的影响，另一方面则是认为莫言的小说风格是"幻觉现实主义/谵妄现实主义"（hallucinatory realism）。诺贝尔奖使用"谵妄现实主义"来形容莫言的小说，可能有其特别的考虑。"魔幻现实主义"（magic realism）这个批评术语可以追溯到超现实主义思潮。该词最早出现在1943年古巴小说家卡彭特尔（Alejo Carpentier，1904—1980）的小说《这个世界的国度》（*The Kingdom of this World*）中，用以反思、评判过去三十多年间欧洲先锋艺术的一种风格。① 后来这个词被使用在文学批评方面，时间上往前溯，用来形容德国女诗人许尔斯霍夫（Annette von Droste-Hülshoff，1797—1848）的诗歌风格。② 1981 年，《牛津 20 世纪艺术大全》把"幻觉现实主义"看作与"魔幻现实主义"相近的概念，并定义为"精细正确的细节描绘，但这种现实主义并不描述外部现实，因为它用现实手法描述的主题只属于梦境和幻想"③。1983 年，德国歌德大学的林德勒教授（Burkhardt Lindner）在其论文中有如是界定："谵妄现实主义追求的是一种类似梦境的真实。"④ 尽管自 1970 年代开始，批评界就将这个术语"谵妄现实主义"与"魔幻现实主义"并排对照来看，但是前者往往是突出了具有现实性细节描述的梦境的、幻觉般的状态。我们看到授奖词的三种语言版本中，关键术语并不一一对等。英语"hallucinatory realism"，在瑞典语授奖词里用的是"幻觉般的敏锐"（瑞典语"hallucinatorisk skärpa"；即英语"hallucinatory sharpness"），中国官方新华社的通稿将此词译为"魔幻现实主义"也引起了许多争论。诺贝尔奖官网上后出的中文版授奖词则写道："他用幻觉现实主义将传说、历史和当代结合起来。"官方并没有进一步解释"幻觉现实主义"这一概念。这个凭空现世的概念引起了许多推

---

① Franco Moretti, *Modern Epic, the World-System from Goethe to García Márquez*, New York：Verso, 1996, pp. 233 – 234.

② 1995 年第 5 期的《世界文学》上便载有许尔斯霍夫的两首汉译诗。其中，《镜中影》一首抒写某种爱恋，风格颇为奇诡，"梦一样的现实"的形容恰如其分。这里摘抄第一小节："你从水晶里向我凝望/以你的双眸云雾迷茫，它们像转瞬即逝的彗星/神情使两个灵魂宛如暗探/在奇妙地互相窥探/然后我就低语喃喃/你我并不相似，你这怪影。"［德］安・封・德罗斯特 – 许尔斯霍夫：《镜中影》（外二首），《世界文学》，张玉书译，1995 年第 5 期，第 187—196 页。

③ Harold Osborne, ed., *The Oxford Companion to Twentieth Century Art*, Oxford：Oxford University Press, 1981, p. 529.

④ 转引自周锡山《莫言诺贝尔文学奖获奖词商榷》，载孙宜学主编《从泰戈尔到莫言 百年东方与西方》，上海三联书店 2015 年版，第 139 页。

测，笔者这里提供的分析也是其中的一种。

与马尔克斯厌烦人们提及福克纳对他的影响而不能举证一样，莫言早在1986年就意识到这个"美丽的误会"。在莫言获奖后，斯德歌尔摩大学的罗多弼（Torbjörn Lodén，1947— ）教授如是评论道："莫言读过很多西方文学作品，也受到美国作家威廉·福克纳和哥伦比亚作家加西亚·马尔克斯的启发，但他也清楚地意识到，必须尽快逃离福克纳和马尔克斯，因为这两位大师是两座灼热的火炉，而他自己是冰块，如果距离太近，就面临被蒸发的危险：显然，今天的莫言，拥有了属于他自己的地方，拥有独一无二的中国声音。"① 这里所说的冰块和火炉，是来自1986年莫言的文章《两座灼热的高炉》。莫言在获奖之后的第一篇文章《讲故事的人》中，也自道："如果说我早期的作品是自言自语，目无读者，从这本书（《檀香刑》）开始，我感觉到自己是站在一个广场上，而对着许多听众，绘声绘色地讲述。这是世界小说的传统，更是中国小说的传统。我也曾积极地向西方的现代派小说学习，也曾经玩弄过形形色色的叙事花样，但我最终回归了传统。"② 周锡山曾指出，"莫言的有关描写不是魔幻现实主义影响的产物而是中国传统文学的影响"③。然而，笔者认为，否认外来影响的民族主义做法，并非可取之道。要之，幻觉现实主义风格并不足以形容莫言的小说风格，而中国传统文学也给了其非常关键的滋养，但并不是唯一的决定性因素。莫言的成功之处便在于其能够转益多师，杂糅中外文化传统的优长之处，形成自己独特的自成一格的文学风格。所以，诺

---

① 张秀奇：《走向辉煌 莫言记录》，山西人民出版社2013年版，第227页。
② 莫言：《讲故事的人——在诺贝尔文学奖颁奖典礼上的讲演》，《当代作家评论》2013年第1期，第8页。
③ 周锡山：《莫言诺贝尔文学奖获奖词商榷》，载孙宜学主编《从泰戈尔到莫言 百年东方与西方》，上海三联书店2015年版，第142页。

贝尔文学奖委员会将其等同于福克纳加马尔克斯的说法，不是赞誉莫言，反而是将其矮化，"幻觉现实主义"这样的批评术语也根本就站不住脚。

四　纳入西方体系：普遍性与本土性

诺贝尔文学奖的文化偏见和欧洲中心主义，在这个奖项的早期体现得最为明显。下文我们以泰戈尔的获奖与其诗作的汉译，来讨论诺贝尔文学奖中体现的世界文学的普遍性（世界性）与本土性（民族性）的特殊关系。

2015年7月，作家冯唐重新翻译的泰戈尔《飞鸟集》①引起了许多争议。冯译本《飞鸟集》因为某些"不雅的"译法，而被评论者嘲笑为《飞屌集》。到了2015年年底该书下架，被出版社召回，一时争议甚嚣尘上。冯唐甚至邀请了前辈好友李银河为其站台辩护。鉴于李银河作为王小波的未亡人、性别研究的先锋学者，自然而然地引来了更多的反响。这或许也是译者或出版社的一种销售策略。冯唐译得好不好，出了什么问题？是否不雅，有碍观瞻？然而，相关部门是否可以因为译作的不雅，就直接给予行政干涉，并召回、禁售该书？冯唐译诗与泰戈尔原诗之间有很大的差距吗？这些都是需要回应和详论的问题。我们还可追问：泰戈尔的原诗是否极好？泰戈尔是否是第一流的诗人？此前郑振铎汉译泰戈尔的《飞鸟集》被认为是经典译本，与郑译本相比，冯唐的唐突破坏，或背叛性创造，具体体现在哪些方面？

下文主要集中讨论的是与诺贝尔文学奖相关的问题。第一个问题

---

①　［印度］泰戈尔：《飞鸟集》，冯唐译，浙江文艺出版社2015年版。

是如何从诺贝尔文学奖委员会给泰戈尔的授奖词，来看所谓的世界性与本土性的关系。第二个问题是讨论泰戈尔诗歌汉译的现象，这是第一个问题在语境上和权力关系上的反转——泰戈尔获奖是被纳入西方体系，体现了某种世界性对本土性的利用，而泰戈尔诗作的汉译则反之，是中国译者和本土市场利用其世界性的投机行为。这两个个案虽然处理的时段不一、语境有异，但却是典型而类似的，也与我们讨论世界文学中的民族性和世界性相关。

1913年，泰戈尔以其自译的英文诗集《吉檀迦利》获得了诺贝尔文学奖（图3-1）。他成为第一位获得诺贝尔文学奖的亚洲人，自此诺贝尔文学奖征服的世界版图开始扩大。这里笔者想强调的是：泰戈尔的获奖，不是因为对其母语孟加拉语文学/印度文学的贡献，而是因为他的英文诗集在欧洲的流行，被主流批评家认可——后者更代表了"世界性"。①

诺贝尔文学奖委员会给泰戈尔的授奖词充满了东方主义色彩。"因其深刻敏感、清新而美丽的诗作——用完美的技巧和自己的英语词汇表达出了诗意的思想，这属于西方文学的一部分。"② 很明

---

① 日本作家川端康成于1968年获得了诺贝尔文学奖，川端的获奖也并不是因为其作品对本国文学的贡献，而是其他的、非日本的因素对其获奖起了重要的作用。讨论请参：Richard Jewell, "The Nobel Prize: History and Canonicity, " *The Journal of the Midwest Modern Language Association*, Vol. 33, No. 1, Winter, 2000, p. 109。诺奖的颁奖词这样评介川端："他高超的叙事性作品以非凡的敏锐表现了日本人精神特质。"正如学者Wendy Larson和Richard Kraus（1988）所说："人们无法想象另一位作家在提炼美国、法国或瑞典人的思想精华时受到表扬。"给川端康成的颁奖词本身便是西方中心视角的直接呈现。诺奖处在自身白人的、西方的视域里，对视域以外的文化、历史和政治知之甚少，只能寄希望于代表这些陌生民族文化某种特质的作品，以一种猎奇的心态来对待他者。还有一种看法是：日本作者成功获得诺贝尔文学奖，只是因为当时日本是最富有的非西方国家。换句话说，选择得奖者总是在一定程度上基于政治与文学的综合考虑。某国作家能否获奖，与该国是否受到重视密切相关。诺奖的政治观清晰地传达出这样一个事实：诺贝尔奖并不仅仅是一个孤立的奖项，而是一个由经济发达的西方国家建立的，同时西方国家还扮演着文学裁判的权威角色。这或许就是各种问题产生的根源。

② 诺贝尔文学奖官方通讯："The Nobel Prize in Literature 1913"，请参：http://www.nobelprize.org/nobel_prizes/literature/laureates/1913/ ［引用日期：2016.10.15］

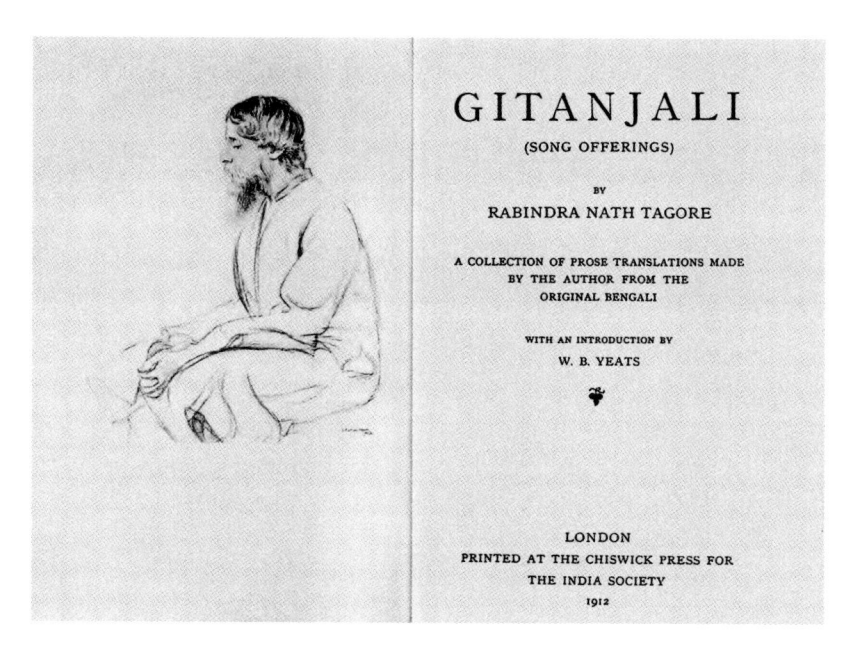

图 3-1　泰戈尔获奖的英文诗集《吉檀迦利》（*Gitanjali*）封内首页及首页左侧的素描肖像——诗人、东方圣者泰戈尔正在沉思冥想

显，委员会为了安抚西方的读者，特别指出泰戈尔的英文诗集是西方文学的一部分。在这里，西方文学代表着某种"世界性"或普遍性，泰戈尔本国的孟加拉语文学则代表着一种"地方性"而被搁置不提。在诺贝尔文学奖官网上，泰戈尔的授奖总结陈述部分，主办方也一再解释，《吉檀迦利》这一部宗教诗集，在真正而完全的意义上（real and full sense）属于英语文学，也符合诺贝尔的遗愿即选出"理想主义倾向"的作品。此外，授奖词对泰戈尔的诗集属于英语文学（而不是印度或孟加拉语文学）的强调，还有好几处。比如，"这部书（《吉檀迦利》）已经名副其实地归入英国文学，因为作者本人虽然按其所受教育和创作实践是本民族印度语言的诗人，但他已经给这些诗歌穿上新装，形式同样完美，灵感同样具有个人

独创。"①

诺贝尔文学奖对泰戈尔英语诗集的定位是英属印度文学，故而是西方文学的一部分。如果说前文引述部分有点像冠冕堂皇的场面话，授奖词的后续部分则更加明目张胆。在评述了泰戈尔所取得的诗歌成就之后，授奖词写道："自从伊丽莎白女皇时代以来，这种诗歌艺术一直伴随着不列颠的文明扩张，永不凋谢。"② 这种论调具有明显的时代特色，在今日看来是一种政治不正确，显得极具东方主义和帝国主义色彩。

进而，授奖词开始论述泰戈尔的诗歌"真正具有普遍的人性"（truly universally human in character），此后大量的篇幅在解释基督教对于印度和泰戈尔家族的影响。授奖词写道："诗人旨在努力调和迥然有别的两大文明区域……这项工作的真正含义在全世界基督教传教事业中得到最清晰、最彻底的揭示。……基督教传教事业也在印度起到了妙手回春的作用。在那里，伴随着宗教复兴，许多方言早已作为文学语言而站稳了脚跟。"③ 这篇授奖词的此下篇幅有四大段论及泰戈尔与基督教信仰之间的关系，尤其突出了印度文学中一种新文学精神的出现，这种新文学精神来自西方传教士在印度传播的基督教文化。在授奖词表述中，泰戈尔和他的父亲因为受到基督教的影响，致

---

① "Tagore's *Gitanjali*: *Song Offerings* (1912), a collection of religious poems, was the one of his works that especially arrested the attention of the selecting critics. Since last year the book, in a real and full sense, has belonged to English literature, for the author himself, who by education and practice is a poet in his native Indian tongue, has bestowed upon the poems a new dress, alike perfect in form and personally original in inspiration." 诺贝尔文学奖官方通讯："The Nobel Prize in Literature 1913, Award Ceremony Speech, Presentation Speech by Harald Hjärne, Chairman of the Nobel Committee of the Swedish Academy, on December 10, 1913"请参：http://www.nobelprize.org/nobel_prizes/literature/laureates/1913/press.html［引用日期：2016.10.15］中译本见刘硕良主编《诺贝尔文学奖授奖词和获奖演说》上，漓江出版社2013年版，第89页。

② 刘硕良主编：《诺贝尔文学奖授奖词和获奖演说》上，漓江出版社2013年版，第89页。

③ 同上书，第90页。

力于调和中西宗教和文化冲突。"他竭力对世代相袭的本国印度教传统，作出与他所理解的基督教信仰的精神和含义相一致的解释。"①"苦行的、甚至道德的严峻似乎与他的拜神方式格格不入。他所表达的虔敬与他的诗歌的整体完全协调一致，给他以和平。他宣布这种和平的来临，甚至也将到达基督教世界里的那些困顿焦虑的灵魂。"②以上的举证表明，诺贝尔文学奖委员会面向西方甚至世界的读者所撰的授奖词，具有强烈的东方主义色彩、帝国主义论调，而且并不自知有问题，缺乏自我反思的精神。在这套话语体系中，诺奖突显出的是西方文学/文化体系的普遍性、世界性，而忽视了印度文学的本土性。因为在当时的评委看来，英属印度无论是在文化上还是在地理上都处于欧洲的边缘地位。

泰戈尔在获奖之后，变成诺贝尔文学奖与"世界文学"的辩护人。泰戈尔在1916年《世界文学》一文中，他主张要从普遍人性的角度来理解世界文学，认为只有当作者的内心意识到人类的思想，并在作品中表达人性的痛苦时，其作品才能被置于世界文学的殿堂。③以及，只有当作家表现了人类共同的情感和普世的价值，他的文学才是世界文学。可能正因为泰戈尔逐渐意识到诺贝尔文学奖这个西方的奖项体现了某种政治性，所以也用"普遍人性""人类的思想""人性""人类共同的情感和普世的价值"这些口号来与西方中心式的"普遍主义"相抗衡。这样，一方面再次肯定了诺贝尔文学奖的权威

---

① 刘硕良主编：《诺贝尔文学奖授奖词和获奖演说》上，漓江出版社2013年版，第90页。官方文件中原文则为，"He endeavoured to give to the native Hindu traditions, handed down from the past, an interpretation in agreement with what he conceived to be the spirit and import of the Christian faith."

② 刘硕良主编：《诺贝尔文学奖授奖词和获奖演说》上，漓江出版社2013年版，第92页。

③ ［印度］泰戈尔：《世界文学》，载［美］达姆罗什、刘洪涛、尹星主编《世界文学理论读本》，北京大学出版社2013年版，第62页。

性，另一方面也站在自己的位置上发声，真诚地要求西方人自我修正其西方中心主义或东方主义的文化价值观念。

泰戈尔《飞鸟集》在中国的奇妙旅程，也契合我们讨论的世界文学的世界性与本土性关系的主题。1922年郑振铎将《飞鸟集》译成汉语出版。① 这是在冯唐译本（2015）出来之前，最为权威、也是广为接受的版本。郑振铎译本的最大优点便在于"信实"，缺点也很明显——殊无诗味。泰戈尔的诗歌，后来还有冰心的汉译，冰心的译文清新自然，虽有诗味，但是泰戈尔原诗的哲学意味则丢失无遗。1924年泰戈尔访华，受到梁启超、胡适、郑振铎、徐志摩、林徽音和冰心等人的热烈欢迎。汉译泰戈尔的诗风，自然而然地影响到现代白话诗歌的创作，此处则不消多为举例。更确切地说，汉译泰戈尔诗歌并不能体现泰戈尔的成就，这种成就本来被假设为代表了世界水平或西方最高一级的水平，然而通过阅读汉译的泰戈尔诗歌，我们看到的反而是现代白话诗在初创期的水准——这代表的是本土性的弊端。

冯唐译本《飞鸟集》中，冯唐的个性非常明显地盖过了泰戈尔，这不仅可以从其译诗中看出，而且可以从其译作的封面上看出。冯译本的内扉页是泰戈尔和冯唐并排的图片。该书的美编将泰戈尔的形象处理为红色，而冯唐则为蓝色。书的封面则是几只抽象的像纸鹤一般的小鸟，鸟身被涂上了蓝色和红色，其中红色部分仅是头与尾，而大部分颜色则是蓝色（这代表了冯唐）。冯译本《飞鸟集》的封面与内容完美配合，突显出了冯唐的大胆篡改，即是其标榜的"独特的风格"。当然，冯唐汉译泰戈尔诗歌也并非毫无可取，事实上有许多篇译文要比郑译本更有诗意，使用的口语也符合

---

① ［印度］泰戈尔：《飞鸟集》，郑振铎译，人民文学出版社2007年版。

当下部分读者的口味。①

最后，如果单纯指斥冯唐译文的粗俗不堪，无视汉语哲理诗、格言诗的拙劣，而盲从当代评论、盲信诺贝尔文学奖的世界性声誉，则很显然没有看到事情的本质。早在 1922 年，郭沫若在其文《补白十则》(《创造》季刊第 1 卷第 2 号) 中，便指出了泰戈尔诗歌存在的问题。他说："概念诗是做不得的，批评家可以在诗里面去找哲学；做作家不可把哲学的概念去做诗。诗总当保得是真情的流露。泰戈尔的短诗，有多少只是 Aphorism（格言），不是诗了。"② 或许，在印度、在孟加拉语中，泰戈尔哲理诗还是能广为人接受。但在汉语语境中，哲理诗恐怕就很难被人广为接受了，而受汉译泰戈尔诗作的影响、模仿其汉译风格而创作的现代汉语诗歌，自然是等而下之了。

有趣的是，泰戈尔的诗歌在诺贝尔文学奖及其连带的世界文学空

---

① 我们在此简单对比一下《飞鸟集》中的几节诗的翻译情况。泰戈尔原文有，"The world puts off its mask of vastness to its lover. // It becomes small as one song, as one kiss of the eternal." 郑振铎汉译："世界对着它的爱人，把它浩瀚的面具揭下了；//它变小了，小如一首歌，小如一回永恒的接吻。"冯唐汉译"大千世界在情人面前解开裤裆//绵长如舌吻//纤细如诗行。"稍为对比便可看出，郑振铎非常尊重原作，努力带读者去接近原作，去领会泰氏的原意。冯唐极不尊重原作，其译文的改写程度已经超出了可以接受的范围。试想，写作此诗时的泰戈尔已经 56 岁，其崇高的形象便如静穆的圣者/智者一样，怎么可能写出如此低俗的诗。"解开裤裆""舌吻"等引人色情联想的词汇，已完全不是泰氏所表达的内容，也与泰氏淡泊清新的风格、超凡入圣的智者形象完全不搭。冯唐的其他译文，即使被评论者认为还不错、稍具诗意，也还是问题多多。比如，泰氏原文"O beauty, find thyself in love, //not in the flattery of thy mirror." 郑振铎译文："啊，美呀，在爱中找你自己吧，不要到你镜子的谄谀中去找呀。"冯唐译文："美，在爱中，不在镜中。"郑译忠于原文，保留了原义。冯唐恐怕并不知这两句中的典故。诗中的典故来自莎士比亚的历史剧《理查二世》。理查二世被黜、囚禁之时，有大段精彩的独白，其发言深邃，颇具哲思。其中有一句 "O flattering glass, Like to my followers in prosperity, Thou dost beguile me！" 正是泰氏暗中征引的典故。冯唐不知这个典故，直接去掉了"flattery"一词，译文中的诗意因而大大减少。故而，笔者可下此判断：冯唐饱受争议的地方，不仅仅在于其译文中加入了许多原文所无的性意象，使《飞鸟集》变成了《飞屌集》，而且还在于他的译文错漏颇多，极不尊重原作——这些错漏有的可能源自其主观改写，有的恐怕是因其学力不够所致。

② 郭沫若：《曼衍言》，《创造》季刊第 1 卷第 2 号，1922 年 7 月。转引自王继权、童炜钢编《郭沫若年谱》，江苏人民出版社 1983 年版，第 133 页。

间里，代表的是一种"民族性"，一种符合西方伟大文学标准的本土性——当然这种说法容易引来更多的争议。此外，在中国现代语境当中，泰戈尔所代表的却是一种世界文学的最高水准，一种"世界性"。然而其汉译本借助了这种世界性来推广泰戈尔的诗歌或哲学，实际上却收效不佳。反而，汉译泰戈尔诗作最终呈现出了一种新创诗体（现代汉语诗）的种种弊端。与此类似，冯唐的粗俗译文，不外是借助"世界性"来彰显其创造性，甚至是自夸其汉语能力多好、押韵多高明（夸耀其本土性），这种行为本身有着投机的一面。①

五　小结

诺贝尔文学奖是一年一度的世界文学（或"文学经典化"）的狂欢节。这一切仿佛经过了精心的策划，目的便在于定义或重新定义"文学""世界文学"和"经典"。它逐渐变成一种文学评价的"客观标准"，但是，关于这个奖的争议和悖论却有许多。诺贝尔文学奖充满了种种悖论，尤其体现在如下两方面。（1）圣典化当代文学，将其树立为世界文学的经典。（2）创造并维持一种自成体系的诗学标准。一般情况下，经典有其时间的维度，所谓"当代文学经典"便是自相矛盾的悖论。何为文学经典？经典，其实是一种生生不息的历史沉淀和文化见证，是活的文本，是一个不断实践的传统，是（宗教或政治的）权威之源和（文学或艺术的）崇高美感之源。经典本身就是文本被历史化、神圣化后而形成的作品，具有长时间的维度，并赢得了多个时代的读者。所以，当代文学就不可能是经典文

---

① 冯唐译泰戈尔的起因，是因为泰戈尔的诗集已进入了公版领域，故而出版社高酬聘其捉刀，所谓"拿了业内最高翻译费，通篇充斥荷尔蒙"。冯唐译诗这个个案，与我们后文第五章讨论的"世界诗歌"有一定关系，请参第五章的讨论。

学，但是这里的悖论是：诺贝尔文学奖在创造"世界文学经典"。而帮助其创造世界文学经典的正是其制造的种种诗学话语。诺贝尔文学奖在构建或创造一个世界文学经典的序列，这个序列的产生过程和影响，充满了各种权力因素的介入，需要警惕和质疑。而这些"世界文学经典"便只有等候后世读者和批评家的重新确认了。当然，诺贝尔文学奖创造的世界文学经典及其批评术语，也给后世研究者设置了种种的阻碍。

诺贝尔文学奖还一再地证明了全球化时代一个世界体系的存在。在世界文学的世界里，诺贝尔文学奖扮演着举足轻重的角色，有时还起到了不良的影响，这就是歌德的世界文学观念的反面。歌德希望借助世界文学来滋养并壮大民族文学，并使各民族文学的交流更加平等和普遍。但是这种美好的乌托邦，在全球化时代的当下，是难以存在的。当下的世界文学的世界，仍然是莫莱蒂所形容的"一个但不平等"（one but unequal）的世界，主要的评价标准还是以西方为主的。所以，非西方学者研究世界文学，必须要注意到这种不平等性，以及警惕其诗学标准背后的"伪普遍性"。

附录　诺奖获奖作家使用的语言及其国籍统计（1901—2019）

表3-1　诺贝尔文学奖获奖作家所使用的原语言统计（1901—2019）

语言	英语	法语	德语	西班牙	瑞典语	意大利语
人数	30	16	13	11	8	6
语言	俄语	波兰语	挪威语	丹麦语	汉语	其他
人数	5	5	3	3	2	14

表 3-2　　诺贝尔文学奖获奖作家国籍统计（1901—2019）

国籍	法国	英国	美国	德国	瑞典	意大利
人数	15	12	12	8	8	6
国籍	西班牙	波兰	苏联/俄国	爱尔兰	中国	其他
人数	5	5	4	4	1	36

◎关于表 3-1 和表 3-2 的说明，以及诺贝尔文学授奖状况的评析

（1）1901—2019 年，1914 年、1918 年、1935 年、1940 年至 1943 年因战争没有颁发，1904 年、1917 年、1966 年、1974 年奖金由两位作家共同获得，2018 年因丑闻停发，2019 年同时颁发 2018 年和 2019 年"双蛋黄"两个奖项，至 2019 年一共颁发了 116 个奖牌。

（2）获奖者主要是欧洲和北美作家，欧洲 83 位，北美 13 位，合计 96 位，占总数的 82.76%。

（3）南美洲有 6 位得主，亚洲也有 6 位得主。亚洲方面，印度泰戈尔是亚洲首位得主，日本有两位得主（川端康成和大江健三郎），以色列、土耳其、中国（莫言）各有一位。

（4）从性别的视角看，1901—2000 年，共有 9 位女性作家获奖，主要集中在 20 世纪下半叶，而 2001—2019 年，共有 6 位女性作家获奖。这说明了这个奖评选机制中的男性中心已得到了某种程度的改善。

（5）从获奖作品或作家擅长的文体看，前十届获奖的作品文体非常多元，出现了诗歌、历史著作、散文、戏剧、传统小说、童话等类型作品。此后更多地集中在小说、诗歌和戏剧三大类。2016 年鲍勃·迪伦以其歌词而获奖，算是一大特例。

（6）从国别看，法国作家获奖最多；从写作语言看，英语作家

获奖最多。使用英语写作的作家，除来自英国外，还有来自美国、英联邦国家、其他"英语语系"（Anglophone）地区或原英属殖民地，故而合计起来最多。因而，英语和法语，是诺贝尔文学奖产生的"世界文学"的主流语言。

（7）强势语言依次为：英语、法语、德语、西班牙语、瑞典语、意大利语等几种。

（8）俄语作家包括了苏联、俄国和白俄罗斯的作家，合计有5位，而波兰语获奖者也有5位。俄语的使用人口，肯定要比波兰语多。俄语可能要比波兰语在国际市场、国际交往中更具影响力，然而俄语在这个诺奖游戏中并不比波兰语更具有优势。

（9）瑞典语获奖作家高达8位。这与这个奖是瑞典本土的奖有一定关系。

（10）挪威藉三位获奖作家，分别是1903年的比昂斯滕·比昂松（Bjørnstjerne Martinius Bjørnson）、1920年的克努特·汉姆生（Knut Hamsun）、1928年的西格里德·温塞特（Sigrid Undset），集中在该奖的前三十年。前三十年有不少北欧作家获奖，说明这个奖一开始还是北欧为主的。问题是：从什么时候开始，诺贝尔文学奖变成了全世界大部分地区公认的世界级文学奖？

第四章

东方主义、汉学主义与世界文学

"World literature is Orientalism, it is inseparable from it...."
（世界文学便是东方学，两者难分彼此……）
——穆夫提在接受采访时说①

一 引言：拜伦在中国

1902年，逃遁至日本横滨的梁启超发表了其酝酿多年的小说《新中国未来记》。在该小说的第四回《旅顺鸣琴名士合并 榆关题壁美人远游》中，一名叫陈猛的少年吟唱了英国诗人拜伦（George Gordon Byron，1788—1824）的一首诗。② 在这里，作者梁启超抄录了拜伦的那首英文诗，并自创了一种接近于骚体的诗歌形式将拜伦的诗作

---

① Františka Zezuláková Schormová, "Forget English! Orientalism and World Literatures by Aamir R. Mufti", *Twentieth-Century Literature*, Vol. 64, No. 2, 2018, pp. 259–264, p. 259.
② 拜伦（George Gordon Byron，1788—1824），是英国19世纪初期伟大的浪漫主义诗人，代表作品有《恰尔德·哈洛尔德游记》《异教徒》《唐璜》等。

译成了汉语。陈猛吟唱的是拜伦《唐璜》中的"哀希腊"一段。① 当这部小说在《新小说》杂志上连载时，同时印行的还有对具体情节和人物的评点。陈猛吟唱拜伦诗歌的这个细节下面，附有狄葆贤（"平等阁主人"，与梁启超一样也是康有为弟子）的评点："此诗宛如对中国人的说法，宛如对在旅顺之中国人的说法。"② 这一观点，在正文部分还有进一步的展开。小说通过两位主角李去病和黄克强的对话指出，该诗是来自拜伦的《渣阿亚》（*Giaour*）诗篇（现译《异教徒》）。黄克强后文还有一段评论："摆伦最爱自由主义，兼以文学的精神，和希腊好像有夙缘一般。后来因为帮助希腊独立，竟自从军而死，真可称文界里头一位大豪杰。他这诗歌，正是用来激励希腊人而作。但我们今日听来，倒像有几分是为中国说法哩。"③ 梁启超借摆伦（即拜伦）的诗歌来浇个人块垒，表明自己对未来中国的种种担忧。梁启超将《唐璜》的诗篇误当成拜伦的另一名作《异教徒》，而且刻意地以"过去的希腊"来象征"现时的中国"，所以歌颂希腊的光荣历史、哀悼其在当时已被奴役的处境，指向的正是晚清中国内忧外患的危险处境。梁氏借书中人物说出："此诗虽属亡国之音，却是雄壮愤激，叫人读来精神百倍。"④ 在这里，拜伦及其笔下的东方抒情诗，变成一种符号，被东方的知识分子当作一种拯救东方中国的资源——尽管二者笔下的东方符号，其所指的想象场域并不相同。"东方"作为一种符号，在不同的历史文化语境里，在西方、同时也

---

① 关于《哀希腊》一诗晚清民初翻译情况，请见柳无忌《苏曼殊与拜轮"哀希腊"诗——兼论各家中文译本》，《佛山师专学报》1985年第1期。又，王东风：《这一首小诗撼动了一座大厦——清末民初〈哀希腊〉之六大名译》，载王东风《跨学科的翻译研究》，复旦大学出版社2014年版，第237—263页。
② 梁启超：《新中国未来记》，广西师范大学出版社2008年版，第81页。
③ 同上书，第82页。
④ 同上书，第84页。

在东方，被赋予了特殊的意义。

拜伦《异教徒》一诗，又题为《土耳其故事断片》，诗中的异域情调，都可归类在"东方"这个符号下面。然而，拜伦诗中的"东方"其实离地理意义上的东方还很遥远，离欧洲更近。① 除《异教徒》一诗之外，拜伦还创作了一系列的东方叙事诗，包括《阿比道斯的新娘》《海盗》《莱拉》《柯林斯的围攻》② 等长诗。这些诗作除了描绘东方之外，还制造出一批"拜伦式英雄"——他们孤傲、狂热、浪漫，却充满了反抗精神。而当拜伦的诗作远游东方，被中国近代知识分子接受时，拜伦和拜伦式的英雄，却变成"大豪杰"或"豪侠"。拜伦的侠客形象，在上文提及的梁启超的《新中国未来记》中已形成。在梁启超编辑的《新小说》杂志的第二期，内封便附有拜伦的画像一张，并附有梁氏的按语："摆伦……英国近世第一诗家也，其所专长在写情，所作曲本极多，至今之最盛行者，犹为摆伦派云。每读其著作，如亲接其热情，感化之力最大矣。摆伦又不特文家也，实为一大豪侠者。当希腊独立军之起，慨然投身以助之，卒于军中，年仅三十七。"③ 在这里，梁氏也点出拜伦的英雄主义之举，又说其"专长在于写情"，推崇其诗作的"热情""感化之力"等影响力。同样，梁氏借拜伦的形象以推广其个人的文学观念：使用文学（尤其是小说）来改造社会，所谓"发明群治"和"新民"。1907年，鲁迅在《摩罗诗力说》中提及拜伦的《异教徒》时指出："前者

---

① Jan Alber 认为，拜伦诗歌中的东方主义书写，结合了他的"亲希腊主义"（Philhellenism），换言之，他借古希腊的价值观念而建构起其东方与西方的等级秩序。请参 Jan Alber, "The Specific Orientalism of Lord Byron's Poetry," *AAA: Arbeiten aus Anglistik und Amerikanistik*, Vol. 38, No. 2, 2013, pp. 107 – 127.

② ［英］拜伦：《东方故事诗》，李锦秀译，湖南人民出版社1988年版。

③ 梁启超编：《新小说》第二回，横滨：新小说社，1902年，内封，第2页。这里梁氏所谓"摆伦派"，即指浪漫主义流派。

记不信者通哈山之妻,哈山投其妻于水,不信者逸去,后终归而杀哈山,诣庙自忏;绝望之悲,溢于毫素,读者哀之。"① 这里的"不信者"即是对回教而言的"异教徒"。在鲁迅的笔下,拜伦的《异教徒》虽由瑰词丽藻编织而成,但仿佛是一部武侠小说,有着扣人心弦、引人入胜的情节。拜伦和拜伦式的英雄,就这样被中国译者/学者/作家转写为"豪侠"的形象。这种形象的变形、改造,正是我们当下研究比较文学与世界文学的课题(图4-1、4-2、4-3)。这个与"东方"书写相关的主题,不禁促使笔者重新思考世界文学与东方话语之间的种种关系。

在拜伦的想象、叙述和抒情书写中,东方是一种拯救堕落的西方的可能性,一种带有异域情调的力量之源。而梁启超借助了拜伦的诗作,来表达其民族主义情绪,换言之,拜伦有关东方想象的诗篇,被梁启超当作一种拯救国族危亡的力量。符号化的"东方"与"西方",便这样有趣地被相互借用。

被截然划分的东方与西方,表面上指称的是广为人接受的地理概念,但其实是一种文化上的,乃至于政治上的概念。或者,这毋宁说是一种文化想象的创造物。拜伦的东方,可能是指阿尔巴尼亚、土耳其、埃及,或其他在欧洲边缘的地方,离亚洲、离中国还远得多。而萨义德在《东方学》中论及的"东方",不包括东亚或东南亚。然而,我们为何要讨论东方,这又与世界文学有何关系?这是值得深思的问题。

本章讨论的主题是"世界文学与东方主义",涉及了世界文学中的东方主义书写,东方学理论与世界文学的流通,以及世界文学文本或理论的旅行。本章前半部分梳理萨义德东方主义的主要观

---

① 鲁迅:《鲁迅全集》第1卷《坟 热风 呐喊》,人民文学出版社2005年版,第77页。

点，同时借助各种例子，将所涉理论和文本放在具体的语境中来检查其影响、变形和得失。本章后半部分讨论"汉学主义"，它虽缘起于"东方主义"，但其实是一种很有创见的理论。此处虽将两者合并在一起讨论，但其实东方主义和汉学主义还是有根本性的差别，读者须当注意。最后，笔者认为，对于汉学主义的种种相关讨论，正可借用以反思在当下语境中，中国文学及中国学术与西方世界的种种微妙关系。

图 4-1　拜伦画像①

图 4-2　达姆罗什编《英国文学大师》第二卷封面即拜伦的画像②

---

①　拜伦身着阿尔巴尼亚（Albania）的民族服装，颇具异国情调，如同一个"东方人"。然而，阿尔巴尼亚是一个位于欧洲东南部、巴尔干半岛西南部的国家。

②　David Damrosch, et al, ed., *Masters of British Literature*, Volume B, London: Pearson, 2007.

图 4-3 《文学大纲》卷首插图

说明：1927 年，年仅 29 岁的郑振铎完成了中国第一部世界文学史题为《文学大纲》（80 多万字）。该书的其中一卷的卷首插图，便使用了拜伦这幅画，并有标识云："拜伦的画像极多，此像最为动人。此像乃拜伦在希腊从军，帮助那个古代光荣之国恢复已失之自由时之像。T. Phillips 作。"① 拜伦在英国文学史的地位不低，但是在世界文学领域的地位更高，远超同时代英国文学史上比他更高地位的英国作家。一名作家在其国族文学中的地位和在世界文学中的地位的不对等，这也是一种有趣的世界文学现象。

---

① 郑振铎：《文学大纲》，共四卷，商务印书馆 1927 年版。所引此油画为 Thomas Phillips 于 1913 年所作，现存于大英博物馆。大英博物馆官网 "Portrait of Lord Byron in Albanian Dress" 一页有解释，"Lord Byron was notoriously protective of his image, and directed his publisher John Murray to destroy any engravings of himself that he disliked. One portrait he endorsed was completed in 1813 by the artist Thomas Phillips. It shows Byron wearing Albanian dress, 'the most magnificent in the world,' Byron thought, which he had acquired while on a Grand Tour of the Mediterranean in 1809. The portrait alludes to his travels and adventurous spirit while presenting the face of a calm and pensive Byron." 请参官网说明：https://www.bl.uk/collection-items/byron-portrait［引用日期：2018.12.15］拜伦对自己肖像画极为在意。他刻意地向读者呈现他自己认可的个人形象。

二 东方主义：从拜伦到萨义德

我们先来看两种东方主义话语。追溯观念的历史，有时可发现意义的变化和再生成，以及新意义在新语境中所起的特殊作用。事实上，东方主义（Orientalism）有两套话语，一套是我们现今熟知的萨义德的后殖民批判思想，另一套话语的产生更早，而且早已被遗忘，那是拜伦用理论和实践创造出来的"东方主义"。当然，这么简单化地二元划分不免会遭人质疑，因为拜伦等浪漫主义作家的东方主义，恰好与早期的东方学有一定的联系。西方早期东方主义书写中呈现的"东方/中国的形象"，正是比较文学学科中的"形象学"研究密切关注的对象。形象学研究的是他者的形象如何被呈现、变形、再接受或再生产。例如，17—18世纪欧洲人如何想象中国。这便与世界文学研究，有了极为密切的关系。例如，十七八世纪的欧洲人如何想象中国。他者或异国的形象，其实是一种社会集体想象物，有着传统历史文化的积累沉淀，也反映了某些现实的直接的诉求。法国哲学家保罗·利科（Paul Ricoeur，1913—2005）的形象学研究表明，文化想象中的"他者形象"具备了两种重要的功能，一是意识形态，一是乌托邦。① 前者是对他者文化想象展示出了一种意识形态的诉求，后者则表现为一种不切实际的乌托邦想象。如果较为刻板地、典型化地理解的话，拜伦和萨义德两人的东方主义，正是分属于这两者。与形象学研究相类似，萨义德的东方学理论主要是聚焦在"意识形态"批评的一面，而拜伦的话语和书写，则是一

---

① ［法］利科：《在话语和行动中的想象》，孟华译，载孟华主编《比较文学形象学》，北京大学出版社2001年版，第41—63页。

种近乎乌托邦想象。有别于萨义德的东方主义，在这里拜伦的东方主义，既不是一个学科，也不是一种霸权话语，更不是一种西方君临东方的统治方式。此外，另一种重大的差别便是，萨义德的东方主义是一种批判理论，有对现实世界的直接指涉，而拜伦关于东方的文学书写和论说并不是系统性的、批判性的。

  一个古老的词汇，往往便足够书写一部文化史。"orientalism"一词中的"orient"（东方）来自于拉丁语词汇"orientem"（或其主格 oriens），原义是指"升起""升起的太阳""太阳升起的地方"。如若追溯"东方主义"（orientalism）一词在历史上的使用情况时，便可发现：虽然早至1747年便有人使用了此词，[①] 但是19世纪80年代初拜伦便赋予了该词独特的意义。在拜伦那里，他用该词来指称文学中一种对于东方的习俗、惯例等方面的迷恋或书写。这个"东方"是在欧洲之外，而且这种"书写"是在欧洲的政治斗争之外的想象，带着一种浪漫的、异教的、异国的情调。这个被想象和书写出来的"东方"，有着独立于欧洲之外的传统和独特的价值观念，被浪漫主义诗人所称颂。比如，华兹华斯（William Wordsworth，1770—1850）便将"东方"直接等同于美学上的"崇高"。[②] 而柯勒律治也将东方看作一种诗歌创作的灵感来源（比如柯勒律治创作的《忽必烈汗》）。拜伦的东方书写呈现出了一种非常独特的东方。这个想象的东方，作为西方的对立面

[①] 据 Webster 字典对此词的说明。但未知更确切的出处。请参网址：https：//www.merriam-webster.com/dictionary/Orientalism［引用日期：2018.09.10］

[②] Caroline Franklin, "'Some Samples of the Finest Orientalism': Byronic Philhellenism and Proto-Zionism at the Time of the Congress of Vienna," in Tim Fulford and Peter J. Kitson, eds., *Romanticism and Colonialism: Writing and Empire 1780 – 1830*, New York: Cambridge University Press, 1998, pp. 221 – 242, p. 227. 以及同一本书中的另一篇论文，Michael J. Franklin, "Accessing India", pp. 48 – 66。

而出现，以作为批判的参照标准。正如周宁曾指出的："赛义德（即萨义德）的《东方学》……遮蔽了另一种东方主义，一种仰慕东方、憧憬东方、渴望从东方获得启示甚至将东方想象成幸福与智慧的乐园的'东方主义'。这种肯定的、乌托邦式的东方主义，比后殖民主义理论所批判的东方主义历史更悠久、影响更深远，涉及的地域也更为广泛。"① 这正是我们这里讨论的拜伦式东方主义。然而，拜伦式东方主义想象，并没有演变成一种批判性的理论，而仅仅是一种外在于欧洲的文学想象和再现。拜伦认为，对东方（the Orient）和西方（the Occident）不同的反思，可以为诗人提供某种灵感②——他的这一观点在后来的学术界、文艺界也有一定的影响。与萨义德相反，拜伦将"东方"解释为一块非常肥沃的土壤，关于英国人身份的许多重要理念，也都能借此产生。在东方主义话语中，两人看见了不一样的东方，拜伦瞻望预见的是充满希望的未来，而萨义德回首面对的却是悲惨的过去。另外，前文提及了一个有趣的现象：拜伦式的东方主义——将东方看作一种拯救西方的想象资源，到了东方中国，被中国知识分子接受成为可以拯救中国的资源。前文讨论的梁启超所译拜伦诗歌便是一例。在梁启超等人那里，拜伦的东方叙事诗中的英雄和英雄书写，便变成一种拯救弱国的精神资源。

虽然拜伦对"Orientalism"的最初想法带有一些积极和反思的内涵，但是这个词于1978年被萨义德在其书《东方学》（*Orientalism*）及其后殖民批判理论中大加发挥之后，迅即变成一个批评术语，也形

---

① 周宁：《另一种东方主义：超越后殖民主义文化批判》，《厦门大学学报》（哲学社会科学版）2004 年第 6 期，第 5 页。
② ［英］塞缪尔·泰勒·柯勒律治：《老水手行》（中英文），［法］古斯塔夫·多雷插图、杨德豫译，吉林出版集团有限责任公司 2015 年版，第 157—159 页。

成了一个饱受争议的后殖民领域。①

三　萨义德的东方主义

后殖民主义的重要学者哈佛大学教授霍米巴巴（Homi K. Bhabha，1949—　）曾如是盛赞，"从最本质意义上可以说，《东方学》开创了后殖民领域"。萨义德的《东方学》一书开启了后殖民研究领域，这套话语的有效之处不仅仅在于重新审视东方的历史和现状，也借以批判和思考全球化时代西方话语的霸权及其对他者造成的不合理压迫。1848 年，马克思、恩格斯在《共产党宣言》中讨论到全球化世界市场的开拓如何促成一种类同的世界文学的产生。自 18 世纪世界市场的开拓以来，东方主义话语在文学中的再现，正可以观察、（重新）评价和（再）发现世界文学现象的复杂性和独特性。萨义德的"东方学（Orientalism）"与拜伦所认为的积极的、浪漫的内涵不同，而是更加含混，更加多义。

东方学，涉及了地理、权力和文化再现之间的种种休戚相关的联

---

①　[美] 萨义德：《东方学》，王宇根译，生活·读书·新知三联书店 2007 年版。以下凡引此书，仅于引文之后附注页码，兹不赘注。请注意，下文中萨义德的观点主要来自于其著《东方学》一书。笔者在下文仅是概括并复述其观点，以便进一步讨论。萨义德英文原著《东方学》（25 周年纪念版）使用了一幅颇具东方主义色彩的油画作为封面。该画名为《耍蛇者》（The Snake Char-mer, 1880），是法国"学院派"历史画画家让-里奥·杰洛姆（Jean-Léon Gérôme，1824—1904）的作品。杰洛姆是学院派的饱学之士。他对东方的想象，也是其故意为之的一种文化想象，有着历史上东方想象的沉积。在这幅画中，居中的是一个赤身裸体的男孩站在毛毯上，在音乐声中耍蛇，旁侧则是一位阿拉伯老人在吹长笛，以驭使男孩手中蛇，而听众则是一群穿着当地服装、持着武器、带着猎奇眼光的阿拉伯人。背景是在一个清真寺宫殿的一侧，墙上有着繁复的阿拉伯式花纹和文字。画中的这座宫殿，其墙壁的原型是土耳其伊斯坦布尔的托卡比皇宫（Topkapi Palace）的墙面，画作的墙面上端还刻有《可兰经》经文，正与托卡比皇宫的一致，而地面的原型可能是埃及开罗的某一个宫殿的地面。这幅画包含了各种东方主义元素，诸如色情、危险、异域情调等。该画现藏于美国麻州克拉克艺术博物馆。请见 https://www.clarkart.edu/Art-Pieces/559 [引用日期：2019. 2. 15]。

系，如果说哲学家黑格尔是东方学在学理层面的开创者，那么萨义德在理论方面有进一步的提升，将东方学提升到当代话语机制，并重新审视东西方及其关系。萨义德曾说："我赋予'Orientalism'（东方学）一词以多种含义，在我看来，这些含义是相互联系在一起的。"（第3页）在萨义德这里"东方学"具有如下三层含义。第一层含义：狭义而言，东方学是学术研究的一门学科，是西方关于东方和东方人的各种教条和学说。"任何教授东方、书写东方或研究东方的人……都是'东方学家'，他或她所从事的事情就是'东方学'。"（第3页）第二层含义：抽象而言，东方学是一种将东西方二元划分的思维方式。"在大部分时间里，'the Orient'（东方）是与'the Occident'（西方）相对而言的，东方学的思维方式即是以二者之间的本体论和认识论意义上的区分为基础。"（第3—4页）第三层含义：东方学是一种话语方式，或一种意识形态，也是西方控制、重建和君临东方的一种方式。这是站在西方语境的视角来窥视东方，并将东方都归成一个类别，变为一种"东方的"规律去释读——在这种过程中形成了关于东方的集体观念、专业权威、话语体系和社会体制等知识内容。要之，"东方学"变成了西方殖民东方，以及对东方进行帝国主义侵略的有效工具。

萨义德对"东方学"的界定表明，文化的、资本的西方/欧洲（及其知识生产者），利用其自身与东方的巨大差异，以加强其优胜的观念，层层积累起一套统治话语，为西方列强在东方的帝国主义行径作辩护。东方主义话语，帮助了近代以降的西方殖民者、侵略者去入侵、统治并改造东方，最终使东方变成了西方想象中的东方。至此可知，东方主义话语的建构涉及三个层次，依次是：认识东方、建构东方，以及最终统治东方。

首先是"认识东方"——西方在关于东方的知识建构中如何体

现其优越感，并实施其话语权力以统治东方。萨义德在其著中提及一个案例：1910年6月13日，英国前首相亚瑟·贝尔福（Arthur James Balfour，1848—1930）在英国众议院发表了演说《我们在埃及所面临的急迫问题》。在这次演说中，他极力地论证英国占领埃及的必要性。他在演讲中反复地提及两个关键词：知识和权力。英国哲学家弗兰西斯·培根（Francis Bacon，1561—1626）有一句名言："知识即权力"（knowledge is power）。在贝尔福心目中起关键作用的，主要并不是军事或经济实力，而是"我们"（英国人）关于埃及的知识。在贝尔福看来，对一个文明的起源、兴盛到衰落的过程的"理解"，正是一种具有目的的解释，而这种解释便意味着拥有了一种对其支配的权力，可对其方方面面施加权威。（第40页）英国人的文明优越感，便体现在他们对于埃及的解释上，因为他们（西方人）否认东方有自我认知、自我解释的能力。贝尔福说，"西方民族从诞生之日起就显示出具有自我治理的能力……显示出自身的长处……而那些被人们宽泛地称作东方的民族的整个历史，你却找不到自我治理的痕迹。"（第40页）所以，这种知识体系是以西方的认识为主导。在这种知识体系中，无论东方还是西方，都是出自于西方的知识和思维系统。至于真实的埃及本身，反而并不是特别重要，因为"英国对于埃及的知识就是埃及"（第40页）。贝尔福完全清楚他自己作为英国议会议员，有多大的权力代表了英国（西方）来谈论现代埃及。他的论证表明，埃及不只是一个殖民地而已，其存在还可为英国/西方帝国主义在东方/埃及的暴行提供一种合理性证明。因为在被吞并之前，埃及在学术上几乎是被用来证明东方落后的一个范例。而在当时的英国人看来，它终将成为英国的知识和权力的辉煌战利品。从这方面讲，贝尔福的演说是成功的。

贝尔福的思想中有一种东西方截然两分的观念。这并非是个人自发的观念，而是许多个世纪的漫长岁月中层积而成的。这些观念的产生，离不开大航海时代的海上探险、地理大发现、各种大小战争和频繁的商业贸易。这种观念也导致18世纪以降的东西关系呈现出两大特征。其一，欧洲关于东方的知识日益增长，并经过系统化，融合成一个整体。与西方向东方的殖民扩张同步进行的是体系化的东方学，举凡人种学/民族志、语言学/比较语言学、历史学等学科帮助了东方学的学术化，并进一步使之体系化。同时，文学家也参与其中，贡献了数量可观的小说、诗歌、游记和论说文章。其二，在东西方关系中，西方（欧洲）总是呈现出了强势的、优势的地位。这不仅仅体现在军事、科技和经济实力上，进而波及政治的、文化的强弱关系。西方人在建构东方知识时，将欧洲呈现为理性的、贞洁的、成熟的、正常的、美好的，而作为西方对立面的东方则完全相反，呈现出了非理性的、堕落的、幼稚的、不正常的、丑陋的面貌。（第49页）基于这种模式，东方世界被建构了出来，而东方主义的话语和思维体系，不仅仅影响到西方人对东方的认知，也反映出西方人对于西方的认知，而且也影响到东方人对于东方的认知和接受（或否认）。

　　其次是作为一种学术机制的东方学，这是如何被建构出来的？起到了什么作用？让我们来看一下东方学的建立和发展的最为简略的脉络。（1）1312年，维也纳基督教公会（Church Council of Vienne）开始了大学课程改革，在欧洲一些重要大学（巴黎、牛津、波洛尼亚、阿维农、萨拉曼卡等）设立东方学教席。东方学，因其特殊的地域和知识内涵，使其与其他学科区分，所以用"ism"英文拼写，变成了一种关于这个地域的学说。（2）1312年至18世纪中叶的东方学研究者，主要是圣经研究者、埃及学学者、闪语研究者、伊斯兰专家。（3）18世纪后期，这个学科有了新的发展——东方学开始研究起亚洲中部各国族情况，以安格迪尔－杜贝隆（Abraham Hyacinthe Anquetil-Duperron，1735—1805）和威廉·琼斯爵士（William Jones，1746—1794）的研究为代表。① （4）到19世纪中叶，东方学成为一个几乎无所不包的学科。其标志有二。一是雷蒙·史华伯（Raymond Schwab，1884—1956）在《东方的复兴》（*La Renaissance Orientale*）中对东方学大约1765年至1850年所做的百科全书式的描述。这体现了东方学者对亚洲任何事物的热情："亚洲的"被等同于"异国情调的、神秘的、深奥的、含蓄的"。史华伯认为这是文艺复兴时期欧洲对古希腊和古罗马文明所爆发的热情向东方的转移。二是19世纪的编年史式著作。其中儒勒·莫尔（Jules Mohl，1800—1876）的《东方研究27年史》（*Vingt-sept ans d'histoire des études orientales*）最全面，对1840—1867年东方学研究领域中所发生的所有值得注意的事件做了日志式的详细记录。最为关键的是，东方学针对了一个区域：古老的东方。这几乎无所不包，涉及多个领域，然而最大的盲点便是：东方学学者对古代的东方更感兴趣，他们研究的东方也只是文本中的东方，而忽略了当代的东方和现实中的东方。（本段主要内容来自萨义德的《东方学》，请参该书第61—65页）

在萨义德看来，被建构的东方，并不是一个实际的存在，也不是向欧洲之外不熟悉的地方的无限延伸，而是一个封闭的、自足的区域。这个封闭的区域，曾经一再地出现在欧洲的戏剧舞台上面。最早

---

① 安格迪尔－杜贝隆是法国学者，是第一位职业的印度学家，其影响在当时颇大。威廉·琼斯爵士，英国东方学家、语言学家、法学家、翻译家，罕见的语言天才。琼斯曾在印度当法官，用业余时间学习东方语言。琼斯最早正式提出印欧语假说，揭示了梵语、希腊语、拉丁语、日尔曼语、凯尔特语之间的同族关系，成为历史比较语言学的奠基人，也有人把他当作语言科学的奠基人。琼斯还是第一位将《诗经》中的诗句译为英文的学者，其译诗见 William Jones, *Poems Consisting Chiefly of Translations from the Asiatick Languages: to Which are Added Two Essays, I. On the Poetry of the Eastern Nations. II. On the Arts, Commonly Called Imitative*, Oxford: Clarendon Press, 1772。

第四章　东方主义、汉学主义与世界文学

关于东方与西方的区划，出自于希腊的戏剧埃斯库罗斯的《波斯人》（公元前 472 年），还有稍晚出的雅典戏剧欧里庇德斯的《酒神的女祭司》（公元前 405 年）。① 这两部剧都将东西方截然划分，剧中的主题之一便是希腊人通过东西方对比呈现并增强了自身的优越感。这两部戏剧突显了东方与西方截然两分的基本主题：欧洲是强大的，有自我表述能力的；遥远的亚洲则是战败的。埃斯库罗斯正是使用了波斯人的口吻代表亚洲/东方表述。（萨义德《东方学》，第 69—71 页）

然而，东方神秘且缺乏理性，所以东方总是用来隐指危险。罗马帝国时期，不仅严格地区分了东西方，而且将东方分成了近东和远东（Far East），近东代表"旧世界"，而远东则是"新世界"。自古以来，近东就是作为与西方既对立又互补的存在。多少个世纪的商贸往来、旅行以及西方狂热的远征运动已经为其构建起一个"大型的资料库"。西方多少代的东方学学者，最终通过自己的文化语言、思维习惯（比如中世纪的诗歌、学术争论、大众迷信）的建构，不断强化这种种的东方印象。远东则是一个较新的领域，19 世纪中至 20 世纪中，这一百余年的时间里，随着传教士、商人、军队来到东南亚、东亚，最终又生产出了一系列的相关知识。简要而言，这两种历程同样显示出：西方人认为，东方/亚洲无法理解自身，无法解释自身，无法为自己发言，需要通过欧洲来代表，需要通过西方的想象来得以表述。这其实便是西方/欧洲的一种意识形态投射，证明了东方学的发明乃是为了占有和统治东方。

最后，东方学作为一种话语和意识形态，赋予西方人占有、统治和改造东方的权力。萨义德的《东方学》中的学术研究对象"东方"

---

① 埃斯库罗斯的《波斯人》和欧里庇德斯的《酒神的女祭司》（又译《酒神的伴侣》），罗念生译本，分别见罗念生著译《罗念生全集》，上海人民出版社 2015 年版，第 2 卷第 19—92 页，第 4 卷第 355—410 页。

是指伊斯兰世界，因为在很长一段时间里，西方人眼中的东方就是以伊斯兰和阿拉伯世界为代表。然而，伊斯兰曾在很多个世纪里同时统治西方和东方。因而，对欧洲保守的东方学家而言，东方的其他地方仅是野蛮和神秘，而伊斯兰却不但神秘，而且充满了威胁。这些威胁不仅体现在地缘政治上，也体现在文化上。萨义德举了两个西方学者的学术计划以说明西方学术是如何"入侵东方"。第一项计划来自于安格迪尔－杜贝隆。他到亚洲旅行并翻译了《阿维斯陀经》（波斯文明的经典，也译为《波斯古经》），想以此进一步证明基督教《圣经》的崇高性和不容置疑。有趣的是，杜贝隆的翻译反而引发了他对《圣经》本文的质疑。在杜贝隆完成的翻译中，东方在欧洲人的学术视野中第一次被呈现为一个有自己的文献、语言、文明的特质性存在，东方也因此第一次获得了学术和历史的维度。第二项计划由杜贝隆的继承者威廉·琼斯实施。琼斯自 1783 年始至 1794 逝世，受英国政府所派在印度从事司法工作。他利用职位之便，获得了大量的关于东方的资料，并对其不断地进行编码工作。面对杜贝隆所打开的东方未知领域，琼斯对其进行了编码、归类和比较。许多像琼斯的东方学家都抱有双重目的来研究东方：一是改良日渐衰败的东方，二是促进自己国家的学术发展。但最终他们得到的却是另一种想象视野：东方是被西方的东方学家建构起来的地理空间和认知对象，进而它从地理空间最终变为殖民空间。在这里，知识不但为权力服务，而且本身就是权力的一部分。（萨义德《东方学》，第 98—102 页）

拿破仑入侵埃及事件，便是一个独特的例子。埃及对于拿破仑来说，意味着什么？意味着这是在欧洲之外的未来地域，一个与他所征服过的土地完全不同的、未知的领域。拿破仑青年时阅读过《阿拉伯史》，并对其做过许多评注，由此可见其对东方/埃及的兴趣，也可见其对埃及的"熟悉"程度。在入侵埃及之前，拿破仑已经做足了准备。随拿破仑大军出征埃及的,还有数十名欧洲的饱学之士。许多关于东方的著作比如沃尔内的《埃及与叙利亚之旅》和《论土耳其的现实冲突》成为拿破仑的参考书。他对沃尔内本人也几乎言听计从。在处理统治计划中穆斯林问题时,拿破仑极力证明自己在宗教方面的正当性——证明自己是为伊斯兰而战,并且胁迫当地的伊斯兰宗教领袖与权威者附和自己。他的统治计划中还包括要使埃及完全开放在东方研究者的眼前——这也是《埃及志》编写的开始,它记录了法国对埃及的集体掠夺。虽然拿破仑在军事上失败了,但是整个埃及计划和其他的东方计划并没有失败。这一远征行动虽表面上失败了,但后来却影响到新的科研计划(厄内斯特·赫南的《闪语之比较体系和一般历史》)和地域政治计划(费迪南·德·雷赛布的苏伊士运河计划和英国占领埃及)的产生(第114—115页)。在萨义德看来,拿破仑对埃及的入侵、23卷《埃及志》的出版以及苏伊士运河的开掘——这些都是东方主义发展过程中最重要的标志,象征了物质的和文本的欧洲对东方进行的以殖民主义和帝国主义为特征的宰制。(萨义德《东方学》,第103—116页)

总之,在东方学中,东方和东方人被当成了研究对象,被深深地打上了"他者性"的烙印,失去了历史的主体性,需要西方的理解(甚至是界定和建构),最后是改造和统治。再者,从主题方面看,东方学家对东方国家和民族形成了一种本质论的观念,把东方固定在某个历史时期之中,认为其停滞没有发展。"几千年来中国停滞没有发展"这一种类似的论调在许多西方学者那里也是常见。这最终导致产生了这样的一种类型学:以现实的某些特殊性作为基础,与历史分离,将研究对象(也就是东方)转化为了另一种对象,而这一类的东西却具有超验性,不可检验。那么,东方学家如何面对现实的、当代的新的东方?在东方学家眼中,新的、当代的东方,不过是被那些离经叛道的东方人引入歧途的旧东方的翻版。或者说是一种不值得一提、没有创造历史和价值、必定无用的现在。这一类的观点并非仅存在于过去的、历史的语境，而是仍然存在于当下，尤其是在欧美的一般民众或专业学者的视域之中。

东方主义是一种话语范式，是西方用以表述、统治和改造东方的一种范式。范式即为一套标准。在这一范式里，西方是美好的，西方知识体系才是正道；东方是败坏的，东方本地的知识则属于异端。东方无法表述和改造自己，这些必须由西方代理。因为西方代表着这一标准，东方主义即是西方提出的改造模板——东方主义仅靠西方自己就完成了是何、为何与如何的确证。提到范式，那么就无法避免当时统治整个思想体系的科学主义和绝对主义，它们都指向了一个可以确证的、科学公正的绝对真理。美国的发家史曾经把西部扩张时期对黑奴和印第安人的迫害归为一种进步的历史过程。同理，西方对东方的殖民侵略自然也可以视为一种无比正义的行径，因为存在着这样的一种逻辑：他们是落后的、不好的，甚至邪恶的，我们则掌握着科学和真理，我们的所做所为，都是在帮他们进步，变得更好。在近代侵略中国的帝国主义列强和来华传播基督教的传教士中，许多人便持此种论调。东方主义的建构和发展，在整体上看，也是处于一种科学主义和进化主义的时代趋势之中。

四　毛姆的《面纱》及其东方主义想象[①]

东方主义与世界文学的关系，或者说世界文学中的东方主义话语，值得我们深入讨论。下文便借用英国著名小说家毛姆（William

[①] 笔者曾在中山大学开设相关课程，讲及此节内容，课前课后有部分学生参与了讨论，对此节的写作有帮助。其中，李心怡同学贡献尤多，特此致谢。

Somerset Maugham,1874—1965)发表于1925年的小说《彩色面纱》①（以下简称为《面纱》）及其改编的电影来做引申解释。小说《面纱》刻画了一个神秘、危险而使人堕落的中国，同时体现出了东方主义的两种面向：意识形态和乌托邦。换言之，小说中这两方面杂糅在一起，呈现出一个奇诡的中国形象。英国女子凯蒂·加斯廷新婚后随其丈夫沃尔特·费恩从伦敦来到殖民地香港，在香港时她出轨偷情，转而被丈夫出于报复的目的带到了充满瘟疫和战乱的中国内地湄潭府，最终丈夫染疫身故，而凯蒂身怀六甲独归伦敦。故事的主体部分，发生在中国（香港和湄潭府），那么毛姆是如何借助东方主义元素来描绘中国形象呢？这个中国形象有何独特之处，又有何独特意义？

---

① ［英］萨默塞特·毛姆：《彩色面纱》，梅海译，人民文学出版社2016年版。原书书名 *The Painted Veil*（彩色的面纱），来自英国著名诗人雪莱（Percy Shelley，1792—1822）的同题十四行诗《彩色的面纱》（Lift not the painted veil which those who live // Call Life: though unreal shapes be pictured there // And it but mimic all we would believe // With colours idly spread-behind, lurk Fear // And Hope, twin Destinies; whoever weave // Their shadows, o'er the chasm, sightless and drear. // I knew one who had lifted it—he sought, // for his lost heart was tender, things to love, // But found them not, alas! Nor was there aught // the world contains, the which he could approve. // Through the unheeding many he did move, // A splendour among shadows, a bright blot // Upon this gloomy scene, a Spirit that strove // For truth, and like the Preacher found it not. 查良铮（即诗人穆旦）汉译，"别揭开这画帷：呵，人们就管这 // 叫作生活，虽然它画的没有真象；// 它只是以随便涂抹的彩色// 仿制我们意愿的事物——而希望 // 和恐惧，双生的宿命，在后面藏躲，// 给幽深的穴中不断编织着幻相。// 曾有一个人，我知道，把它揭开过——// 他想找到什么寄托他的爱情，但却找不到。而世间也没有任何 // 真实的物象，能略略使他心动。//于是他飘泊在冷漠的人群中，//成为暗影中的光，是一点明斑 // 落上阴郁的景色，也是个精灵 // 追求真理，却象"传道者"一样兴叹。"）W. J. Alexander ed., *Select Poems of Shelley*, Boston: Ginn, 1898, pp. 44-45. 查良铮译：《穆旦译文集4 雪莱抒情诗选 布莱克诗选 英国现代诗选》，人民文学出版社2005年版，第72页。小说《面纱》具有明显的成长小说结构，即主人公因经历一系列的事件，而得到了自我完善，进而成长为一个更好的自己，或者形成一种新的、较为成熟的人生观或世界观。这个小说也被人看作女性的自我救赎小说，因为小说中女主人公凯蒂来到了堕落的香港，充满罪恶的中国内陆城镇，最终以其丈夫的死而使她得到了爱的升华和自我的救赎。此外，小说中充斥了暧昧的宗教意味——而且是东方主义色彩的宗教氛围的描摹。凯蒂从堕落到获得自我救赎，是以其丈夫的爱和死为代价的，而最终她经历了种种磨难回到伦敦，得到了救赎。

小说中，当时的香港是一个半西化的东方，既有着异域情调的诱惑——这是凯蒂堕落的地方，也有着由西方人维持的安定秩序。凯蒂与查利·汤森（代表着英国在当地政府的官员）有染，是小说着墨不多但关键的转折性情节。在这里，香港被建构为在英国殖民地式政府统治下兼具混乱和繁荣，既是奢华纵欲又是安定有序之地。混乱是其本有的、自带的属性，而安定秩序则是由大英帝国上流阶层的生活挪移至香港所带来的。换言之，这背后象征的是原属地中国（东方）是落后的，而另一个原属地大英帝国（西方）则是先进文明的代表。因而可以说"东方"使凯蒂难以自控地堕落。凯蒂首次来到香港，标志着与沃尔特婚姻的开始，也是凯蒂的婚恋矛盾逐渐加深到爆发的阶段。沃尔特逝后，凯蒂第二次来到香港，在查利的诱惑下，再次屈服于情欲，与其发生了关系。另一个地方是位于中国内地的湄潭府（这是虚构的地名，但现实中确实有贵州省湄潭县），则代表着一种纯粹的罪恶。这是一个瘟疫重灾区，是他们的炼狱。这个原始而落后的西南边陲小镇，充斥着军阀、难民和暴乱，以及鸦片和瘟疫等致命的元素。这仿佛就是民国时中国内地某个乡镇的象征，隐射的正是当时的中国。沃尔特为了惩罚出轨的妻子，将她带到湄潭府。沃尔特这种自杀式的报复，成就的却是凯蒂的救赎。凯蒂在同海关人员丁顿的谈话以及与法国修女们的接触中，才逐渐意识到她与查利的恋情并不能成为她所追求的精神乐园，并逐渐顿悟人生，获得了走出人生困境的信念。

凯蒂的转变是故事的主线，值得深究。我们要问的是，什么样的"湄潭—中国—东方"带给了她毁灭和救赎的可能？在英国和香港，凯蒂一向活在英式贵族生活中，由于姣好的容貌而受到诸多爱慕者的关注。作者为了彻底地改变凯蒂，设置一个与凯蒂的英式贵族生活截然相反的环境，为其提供一个自我救赎、净化罪恶所必须经过的

"炼狱"。有趣的是，毛姆这部小说最早的灵感来源是但丁《神曲》第一部《地狱》中的一个小故事，讲的是一位丈夫怀疑自己的老婆出轨，于是将其投入一个有毒气的城堡中，希望借此谋害她。但丁的故事仅是粗陈概要，毛姆则据此而整合了各种东方主义的元素，重写了整个故事。毛姆说："显然，我要把它写成一个现代故事，但是要在当今的世界上为它找到一个合适的背景实属不易。直到我远赴中国之后，这件事才最终有了转机。"① 可以说，毛姆当然是故意操控着东方主义式元素，对中国或东方进行刻意的描摹。因而，我们有必要对这个故事进行深入的分析。

小说《面纱》中，沃尔特在遭到妻子的背叛后，不仅痛恨、鄙夷不忠的妻子，同时也痛恨、鄙夷仍然深爱她的自己。对于沃尔特来说，申请前往湄潭府并不顾一切地拼命工作，并非真的是为了其个人的事业，也并非是因为他具备了一种崇高的人道主义理想——拯救中国，而是混杂了报复与自残冲动的自杀式举动。这也为后来沃尔特之死与凯蒂摆脱婚姻枷锁做了铺垫。实际上不论是细菌学家，英国派遣的官员，还是法国修女们，每一位自愿选择到湄潭府的欧洲人，他们来到这个小镇都有自己非常个人的原因，但总的来说每个人都将这个小镇（作为中国的代表）视为一个为了达到最终的目的所必须经历的、象征着苦难的异乡。从苦难中得到救赎，从炼狱中获得升华，这大概也是自但丁以降的带有基督教色彩的西方文学的一大主脉。故而，湄潭府既是堕落的地方，也是可借其而得到拯救的赎罪帮手。换言之，这部小说中罪恶与救赎的辩证法，是通过东方主义书写来完成的。

这种苦难拯救模式在该小说里几处关于修道院的描述中交待得特

---

① ［英］萨默塞特·毛姆：《彩色面纱》，梅海译，人民文学出版社2016年版，第3—4页。

别清楚。由《面纱》改编成的电影，更可以看到这样的截然对比：在修道院外（东方）是战乱和瘟疫的罪恶世界，而在修道院里（西方）法国修女与她们收养的孤儿一起载歌载舞、欢乐嬉戏，仿佛身处神圣的空间，得到保护，得到了救赎（图4-4、4-5）。导演约翰·卡兰（John Curran）也故意地操控各种元素来作中西对比，并反讽地突显出罪与赎的主题。这一点在几支预告片中都可看到，剪辑的片断便突出了这一主题。

毛姆小说中，这种在异乡经受苦难而获救赎的设定，在作者对法国修女的刻意塑造中更加明显。这可看出原作者毛姆的反讽深度。这批天主教修女们来华传教，收养孤儿，甚至出钱向贫寒家庭购买儿童。她们这么做，并非出于对中国或中国人的怜悯（表面上似乎如此），而是她们通过这种施予的"爱"（善行），来赎原罪，以达到完善自我、纯净灵魂的目的。法国修女们出于天主教徒的虔诚信仰，希望能做出一番高尚的事业，故而接受最恶劣的生存环境。作者于是替她们选择了一个最为苦难的地方——中国，20世纪20年代处于战乱和瘟疫中的一个边陲小镇。"自从我皈依了宗教，我的最大愿望就是获准前来中国，但是当我看到国土越来越远，还是忍不住哭了。"①在修女们的眼中，中国的孤儿一点也不可爱，而她们对孤儿的态度也不是慈爱的。毛姆写道："然而她还记得第一次访问修道院时，院长被这些肮脏的小东西围在中间，她那温柔的目光使她的脸变得那么美丽动人……"② 这一句中第一个"她"是来到修道院帮忙的凯蒂，后面两个"她"则是代指院长。凯蒂对那些中国孤儿的反感和恶心是出于其本能，而修女（院长）对孤儿的"爱"则有独特的意味。因

---

① ［英］萨默塞特·毛姆：《彩色面纱》，梅海译，人民文学出版社2016年版，第152—153页。
② 同上书，第157—158页。

第四章 东方主义、汉学主义与世界文学　133

图 4-4　电影《面纱》中凯蒂为孤儿弹奏①

图 4-5　电影《面纱》中凯蒂与众孤儿在修道院内快乐地载歌载舞

---

①　前一幕在修道院里凯蒂与众孤儿弹琴嬉闹，音乐非常欢快，此时修道院院长和费恩医生（即沃尔特）出现，凯蒂和众童见是院长，遽然停下，院长请众童就位坐好，请求凯蒂弹奏较为柔和的曲调。院长言外之意是请求她弹奏宗教圣乐。

　　这一段非常精致，也是剧中的关键情节之一。笔者有一些发现：电影《面纱》的配乐是当代法国著名音乐家亚历山大·德斯普拉（Alexandre Desplat）。他凭借为此剧的配乐获得了 2006 年金球奖"最佳原创配乐"。在电影中，德斯普拉为这一幕配上了法国传奇作曲家萨蒂（Erik Satie, 1866—1925）存世的六首《玄秘曲》中的一首（Gnossienne No. 1）。萨蒂的音乐，有一定的宗教背景，内蕴了深厚的历史和文化的意义。而《玄秘曲》是他为其隶属的一个修会"玫瑰十字会"而创作。萨蒂的《玄秘曲》虽然旋律简单，但是在形式、节奏和和声结构上都有高度的实验性。故而，当电影中修道院院长要求凯蒂演奏柔和的音乐时，她选择了演奏萨蒂的《玄秘曲》。就这样，导演和配乐师便借助了有宗教背景的音乐，将情节嫁接到宗教救赎的主题上去。此外，《面纱》原著初版于 1925 年，小说中的情节发生于 20 世纪 20 年代，值得一提的是萨蒂正好逝世于 1925 年。笔者认为，这不是巧合，而是音乐家德斯普拉的特意设定，寄寓了其深刻的思考。

为后者的爱，不是"小爱"而是高尚的"大爱"。换言之，修女爱这些孤儿，并非被爱者有值得爱的地方，而是她们通过这种"爱"来彰显出爱人者的高尚，其最终目的在于借助堕落的东方来进行自我救赎。

再重提一遍，毛姆赋予香港的空间意义是：诱人堕落的欲望之地，凯蒂在此处两次屈服于欲望。而着墨更多的湄潭府则有两种意义。首先作为一个洗涤罪恶、衬托高尚的"炼狱"而存在。作者通过一系列关于紧闭房门里奏响的哀乐、挤满了医疗室的病患、惊慌奔逃的难民、茫然麻木的行人、干瘦畸形的乞丐、排外暴动的暴民、极具讽刺意味的贞洁牌坊等意象的描写构建出来压抑、贫苦、死亡的气氛。其次，对主人公凯蒂来说，这个地方有着种种异域情调的自然美景，比如辽阔的原野、整齐的稻田、神秘的庙宇、美好的晨光与古镇等，这些正可帮助她暂时地从对过去贵族生活的回忆中抽离出来。

空间本是一种中性的抽象存在，而毛姆在《面纱》中却赋予了作为地域空间存在的中国以特别清晰的意义，比如落后的中国、堕落的香港，以及给予毁灭和重生的湄潭府。萨义德曾在《东方学》一书中就类似的现象有这样的解释："想象的地域和历史帮助大脑通过对与其相近的东西和与其远隔的东西之间的距离和差异的夸大处理使其对自身的认识得到加强。"（第69页）也许这一点放在小说文本中也无可厚非，尤其"湄潭府"其实是一个被作者虚构出来的地方。毛姆对东方的构想，甚至没能摆脱自古希腊时期埃斯库罗斯的《波斯人》和欧里庇德斯的《酒神的女祭司》以来西方想象地域的基本主题——用东方来隐指危险，不论是诱人堕落的香港，还是致人死亡的湄潭府，都不出其外。从这方面讲，毛姆若不是刻意地借用东方主义书写的模式，便是缺乏反思或批判的精神。

更奇诡的是，在湄潭府，英国人沃尔特与中国人形成了一种管理与被管理的关系，而法国修女与当地人（尤其是孤儿）则形成了一种拯救与被拯救的关系。值得注意的地方并非沃尔特的能干、修女们的大爱，也不仅仅是帮助与被帮助的二元关系，而是这里还隐含了一种前提：中国人无法思考/言说/辨别、无法自主、无法行动，更不是自由主体，西方人所提供的并非援助、教导、劝说，而是全权管理。这种模式，正是基于东方学中东西方二元对立模式而建立。

在毛姆的小说中，中国人被视作没有主体性也没有个性特征的抽象群体，这也就意味着很可能不会被西方人视作平等的人来对待。这一点，表现在毛姆对英国派遣的官员和修女的塑造上。作者为了描述瘟疫的严重程度，他让凯蒂去修道院拜访院长，从与后者的闲聊中得知："医务所里挤满了患病和快要死去的士兵，由修女们照料的孤儿们已经死去了四分之一。"① 然而，与危险而致命的外界环境完全相反，修道院的氛围一直是轻松而愉悦的。此后，毛姆花了不少篇幅来描写修女们因天性活泼而时常发出欢快的笑声。"可是沃丁顿却能流利地用不十分地道的法语侃侃而谈，并夹带着一连串的滑稽评论，把这位好脾气的修女逗得笑个不停。她那欢快轻松的笑声使凯蒂吃惊不小。她原以为修女们总是严肃的，这样甜美纯净的欢乐让她深受感动。"② 沃丁顿言笑晏晏，没心没肺，不禁使凯蒂质问他："看见身边的人纷纷死去，你怎么还能有说有笑地喝威士忌呢？"③ 修道院里院长是较为特殊的人物。她与沃丁顿和修女们表现有所不同，几乎从未与他们一起大声地、快活地笑着。"院长是一个不会为任何世俗的烦

---

① ［英］萨默塞特·毛姆：《彩色面纱》，梅海译，人民文学出版社2016年版，第132页。
② 同上书，第130页。
③ 同上书，第121页。

恼过度动容的女人。"① 这可能是囿于代表着教会的绝对权威，为了维持优雅庄严的形象。但有时她也会"露出庄严的微笑"，甚至是出言调侃沃丁顿与其家中的满族女人。然而，当院中某位修女染疫去世时，院长在跟凯蒂谈起这位修女时"内心搅起极大的痛苦"，用理智和信仰坚持，强忍着泪水。这与她对待孤儿们的态度有着天壤之别。这些都显示出毛姆如何善于操控种种元素来表现人物形象中潜藏的东西方价值的二元对立。

前文提及，贝尔福在英国众议院演讲时指出：英国人"在埃及所面临的急迫问题"便是认识和统治埃及。毛姆使用了同一套逻辑、同一种腔调。毛姆在描述中国人在瘟疫和战乱中的表现时，借人物之口说出中国人对此根本束手无策一类的论断。沃丁顿在描述沃尔特工作时就说道："如果说有谁能独自阻止这场可怕的瘟疫的话，那就是他。眼下他既治病，又清理城市，又净化饮水。……余团长对他言听计从，听从他的劝说，把部队交给他处置。"② 这个"他"便是沃尔特——也即是换用西方人来领导、来统治，方能解决所有的问题。代表着湄潭府本地强权者的余团长在沃尔特死后，坚持要来送葬，而且表现得"眼中充满了泪水"。在这里可见毛姆的确相信这样由英国人沃尔特全权管理的设计，是完全"为了东方好"。这一逻辑与贝尔福完全相同，体现出毛姆的时代局限性。贝尔福认为东方人（埃及）没有能力认知何谓好，也没有能力运营、管理自己，因而这种认识和统治的权利便如同"天命"赋予给了西方，因而英国统治埃及也就合情合理，充满了人道主义的高尚精神。沃尔特作为大英帝国/西方的代表，心怀文明世界对未来的期望，身肩改造和管理东方的职责，

---

① ［英］萨默塞特·毛姆：《彩色面纱》，梅海译，人民文学出版社2016年版，第152页。
② 同上书，第123页。

因为他和其他西方人认同同一种逻辑：管理者/统治者，才是西方给予东方的"最好的礼物"①。

　　东方主义本身就是一种对于异己世界（尤其是文明）进行理解的愿望或意图，所以这一前提的设置不仅体现于实际的管理与拯救活动中，还渗透在对于中国人与中国思想的了解过程中。此处毛姆仍然没能脱离东方主义书写传统，也有可能是他自愿地靠近这个话语传统。在《面纱》中，每一位中国人都是没有名字的失语者，无法亲自开口表达自己，哪怕是从群像中独立出来的仅有的两位中国人——余团长和沃丁顿的满族情人，他们的意志与想法也要靠沃丁顿来转述。凯蒂了解中国人与中国思想，不是借助一个懂得英文的中国人，而是通过熟悉中文的英国人沃丁顿。在知识即权力这种无限的恶性循环中，东方需要接受西方的管理与统治，其重要前提就是东方无法言说自己，甚至无法认识自己。因是之故，西方创造了一系列的话语来整理、翻译、理解并统治东方。

　　在这部小说中，作者曾有数次借沃丁顿之口来阐述中国思想（主要是道家思想），此处暂且搁置不论沃丁顿（或说毛姆）对中国思想有怎样的误读，我们转而结合情节来分析这部小说对"古老的中国智慧"的态度。凯蒂在湄潭府所接受到的、引导其走出人生困境的东方智慧，似乎到了她回到香港再见查利时又有些松动，最终到她被查利抱在怀中而屈服于情欲的那一刻被彻底地解构了。故事的结尾处，凯蒂在归国的船上开始反思这一切。此前，她曾置身于有着死亡威胁又兼具异域神秘情调的东方，接受到沃丁顿"一切相对，万物虚无"的"古老东方智慧"的教导，也曾受到情欲的驱动而投入查利"肮脏的怀抱"。但其实她（或毛姆）很清楚，这一种情欲不是

---

① 这是贝尔福的逻辑，见其演说辞。［美］萨义德：《东方学》，王宇根译，生活·读书·新知三联书店2007年版，第40—41页。

道家的虚无，而是异常热烈而真切的，甚至是罪恶的欲望。人稍有不慎便会因之丧失理性，成为情欲的奴隶。中国与中国的代言人沃丁顿尽管神秘而有着迷人的吸引力，却没能成功地引导凯蒂走出人生困境。小说的最后一段，主人公凯蒂有如下内心独白："这条路并不是好心而又可笑的老沃丁顿所说的那种通向虚无的路，而是修道院里那些可爱的修女们以无比的谦卑所默默追寻的路，是一条通向安宁的路。"① 这里坦言指引着凯蒂走向安宁的解决之道，并非"老沃丁顿的虚无的中国思想"，而是法国天主教修女们所代表的通过理性掌握自己命运而达到自由的斯宾诺莎（Baruch de Spinoza，1632－1677）思想。斯宾诺莎在其《伦理学》一书第五部分"论理智的力量或人的自由"的最后论证了这样的观点："幸福不是德性的报酬、而是德性本身；并不是因为我们克制情欲，反之，乃是因为我们享有幸福，所以我们能够克制情欲。"② 斯宾诺莎的伦理学最终的指向是基督教的上帝之爱，因为他的证明过程中解释了幸福就是德性本身，是向更完善的过渡，是自发地对上帝之爱。这也是这一部小说另一个版本的全书终结句，"在我的眼前，我看见了世界万事万物的丰富、神秘和奇特；我看见了同情和慈善；看见了中国的道教和道家，或许最终还看见了上帝"③。凯蒂在华经历了苦难和诱惑，见证了生死，还自以为见识过中国的道家/道教。作者最后让凯蒂谦卑地说，"或许最终还看见了上帝"。这表明的是凯蒂虽不能做到修女们的德行，但认同她们通过这种方式而得到幸福和拯救的可能。

---

① ［英］萨默塞特·毛姆：《彩色面纱》，梅海译，人民文学出版社2016年版，第280页。
② ［荷］斯宾诺莎：《伦理学》，贺麟译，商务印书馆1997年版，第266—267页。
③ ［英］毛姆：《彩色的面纱》，刘宪之译，北京十月文艺出版社1988年版，第225页。这个版本来自英语原版《毛姆全集》，请参 W. Sommerset Maugham, *The Painted Veil*, London: William Heinemann Ltd, 1934, p. 286。

要之，沃尔特是将凯蒂引入炼狱从而迫使她开始自我反思和自我净化的人，法国修女以自身的行动证明其自由、理性、高尚，最终引领凯蒂走上安宁之路，而敏锐又滑稽的沃丁顿——中国思想的代言人——以文章结尾凯蒂自己的话来说只能是"好心而可笑"。这是似曾相识的东方主义观点："理性为东方的偏激和过度所削弱，那些具有神秘的吸引力的东西与自认为正常的价值相左。"① 因而，整个故事体现的终极取向，只能是西方价值为主导的文化模式。

五 《东方学》的洞见与不见

让我们再回到萨义德，来总结并反思《东方学》的洞见和不见。持平而论，萨义德在《东方学》中深入地分析了东方主义的产生、发展和重大的影响，并明确地批判了东方主义所包含的西方中心主义，开创了后殖民批评研究的领域。他从政治文化角度对东方主义进行批判，深刻揭示知识与权力之间的关系，也为众多学者们提供了一个进行文学批评的方向。

首先，萨义德一直秉持这样的一种立场：

> 每一种文化的发展和维护都需要一种与其相异质并与其相竞争的另一个自我（alter ego）的存在。自我身份的建构——因为所谓的身份，不管是东方的，还是西方的，法国的还是英国的，不仅是显然的集体经验之汇集，最终都是一种建构——牵涉到与自己相反的"他者"身份的建构，而且总是牵涉到与我们不同的特质的阐释与再阐释。自我身份建构或"他者"身份建构不

---

① [美]萨义德：《东方学》，王宇根译，生活·读书·新知三联书店2007年版，第72页。

是静止的，很大程度是一种人为建构的历史、社会、学术和政治过程。①

他立足于多元文化立场，批判了潜藏于东方学中的西方中心主义和"二元对立"的思维模式，也主张在西方与东方之间建立多元文化对话与共生的新型关系。《东方学》对重新思考世界文学有诸多启示，正如萨义德的学生穆夫提（Aamir R. Mufti）所指出的：无论我们如何理解世界文学——单一的或多元的世界文学观念，又或者世界文学是文学文本的所有总体，又或者如达姆罗什把世界文学当作超出"文化起源地"而流通的一种特殊文学，都不应该忽略全球权力关系在其时的文学中所起的作用，尤其是欧美的文学机制借助现代的世界文学，来建构社会关系等级和身份。② 穆夫提在其专著《忘掉英语！东方主义与世界文学》中将东方学放在世界文学研究的中心，讨论东方学与世界文学在18世纪人文传统中的密切关系。③ 甚至他还言简意赅地说，世界文学便是东方学，两者难分彼此（"World literature is Orientalism, it is inseparable from it."）。④

《东方学》一书充满洞见，也存在着一些"不见"。《东方学》的批判对象仅限于19世纪以来西方对近东与中东阿拉伯地区的研究，而真正地理意义上的"东方"则应该还包括远东的亚洲、非洲与大

---

① ［美］萨义德：《东方学》，王宇根译，生活·读书·新知三联书店2007年版，第426—427页。
② ［美］穆夫提：《东方主义与世界文学机制》，载［美］达姆罗什、刘洪涛、尹星主编《世界文学理论读本》，北京大学出版社2013年版，第178页。
③ Aamir R. Mufti, *Forget English*！: *Orientalisms and World Literatures*, Cambridge, Mass: Harvard University Press, 2016.
④ 这是一位学者在评论穆夫提的专著时引用的他的话。Františka Zezuláková Schormová, "*Forget English! Orientalism and World Literatures* by Aamir R. Mufti", *Twentieth-Century Literature*, 1 June 2018, Vol. 64, No. 2, pp. 259–264, p. 259.

洋洲等地区。① 尽管萨义德也意识到东方学应该涉及更长的历史和更广的地域，甚至是整个西方话语权力所涵盖的范围，但那已不是其《东方学》所能兼顾的范围了。他本意要写一部东方主义的理论史，但是却忽略了中国、日本等重要的东方国家。亨廷顿（Samuel P. Huntington，1927—2008）在1993年的雄文中曾预言性地指出："文化将是截然分隔人类和引发冲突的主要根源。民族国家仍会是世界外交舞台上的最强的主角，全球政治的主要冲突将发生在民族国家和不同文明的族群之间。"② 相比于西方的基督教文明，要对东方进行研究，则绕不开伊斯兰文化、佛教文化和儒家文化，然而萨义德并没有涉及东方的文化观念，也因而无法更全面地解释东西方长期以来的敌对状态及其因果。

其次，萨义德的文本研究存在着一定的局限。他所讨论和引证的文本几乎都是以英语写成的作品，却缺乏对非英语的第三世界国家的文本的分析。③ 18世纪世界市场开拓之后，许多文本都是跨国流通的。在整个世界体系中，第三世界、边缘国家的优秀作品，或许很难但还是能够通过翻译而进入西方世界。然而，也许是地理环境与意识形态的原因，又或者是萨义德本人研究的局限，《东方学》中几乎看不到东方这个他者的自我表述，哪怕是通过注脚的方式进入东方学的研究。

再次，萨义德在《东方学》中一再强调，由于西方帝国主义和意识形态霸权影响着对东方的研究，哪怕学者力图从一种更为客观的角度对东方进行观察研究，其叙述最终还是屈从于西方意识形态霸

---

① 这里主要参引了陈瑛的总结，请见陈瑛《"东方主义"与"西方"话语权力——对萨义德"东方主义"的反思》，《求是学刊》2003年第4期，第32页。
② Samuel P. Huntington, "The Clash of Civilizations?" *Foreign Affairs*, Vol. 72, No. 3, Summer 1993，p. 22.
③ 陈瑛：《"东方主义"与"西方"话语权力——对萨义德"东方主义"的反思》，《求是学刊》2003年第4期，第32页。

权，成为一种带有西方中心主义和种族主义的话语。那么，我们该如何看待双重身份的作家作品问题？萨义德在绪论中提到，他的研究的个人情结大部分源于小时候在两个英国殖民地（巴勒斯坦和埃及）所获得的"东方人"意识。尽管他接受了西方式的教育，然而在殖民地获得的"东方人"的意识却一直存在他的脑海中，并且使得他对西方语境下产生的"东方学"具有不一样的洞见。他是东方的后裔，又是西方的学者，使用的是西方的话语，接受的是西方意识形态的熏陶，那么他特殊的双重性身份便使人感到疑惑：《东方学》究竟是西方学者在西方的文化环境下对西方所建构的东方形象的反思，还是东方人在面对西方所想象、建构的、虚假堕落的东方的一种反抗？作者的立场更偏向于西方还是东方？又或许这种二元划分本身也是一种谬误？

最后，萨义德将东西方之间的问题抽象化、简单化了。东方学，不仅是西方的想象与叙述，而且还包含了众多的东方知识与复杂的帝国权力。我们不禁要反问：西方学者对东方的叙述和想象，难道一直都是单一同质的吗？西方人眼中的东方，难道就没有任何的正面意义吗？以中国为例，西方话语中的中国形象从历时看是变化的。马可·波罗在他的《马可波罗行纪》中把东方叙述为遍地黄金、充满香料的理想国度。拜伦的东方是浪漫的，其塑造的拜伦式英雄具有极强的反抗精神。而自称为"儒教信徒"的庞德，在他的《诗章》（*The Cantos*）中将中国的古代君王描绘成道德高尚的圣君（该书的第98和99首来自他改写翻译的清代《圣谕广训》）。[①] 他将孔子视为圣王——政治品德和理想社会秩序的典型化身。庞德还认为《大学》

---

① 庞德的诗章见：Ezra Pound, *The Cantos of Ezra Pound*, New York: New Directions, 1996. 相关研究请见：Rong Ou, "'The King's Job, Vast as Swan-Flight': More on *The Sacred Edict* in Canto 98 & 99", *Cambridge Journal of China Studies*, Vol. 9, No. 2, 2014, pp. 63–75。

中所说四大目标或信念（修身、齐家、治国、平天下）正是儒家思想的精华所在，也是维持西方世界渐已失去的"秩序"的良药。在庞德的心中，中国是一种乌托邦式的建构，其作用是作为一种文化标准来衡量西方。① 也即是说，东方主义并非单一的同质性的结构，其本身就具有多样性。此外，萨义德认为东方主义是在西方帝国主义与殖民主义的权力压制下产生的。然而，霸权话语本身便处于一个不断形成和变化的过程之中，而在这个过程中，东方并不是处于一种完全被动接受的失语状态，而是存在着抵抗西方权力的可能性。文化霸权不单单指强国单向的文化输出，而且还包括了第三世界国家对其文化的主动认可、吸收、学习的过程，因此东方有时还具有一定的主动性，甚至明知故犯，主动成了为西方文化输入推波助澜的助手。

东方主义是对整个东方的想象和叙述，而中国也是"东方"的一部分，萨义德虽然在《东方学》中没有提及中国，但是其《东方学》却引起国内学者的热烈回应。萨义德描述的整体东方形象也往往被施用于17世纪以降欧美学者/作者对中国形象的建构。比如，上文提及的毛姆《面纱》（小说和电影），便讲述了一个神秘、瘟疫横行、落后贫穷的中国，其中的中国女性形象也是西方所认知的高挑的柳叶眉、细长眼、充满异域风情的形象——这便是西方人眼中的东方形象的具象。毛姆可能并不在意这种东方主义书写的"政治不正确性"，而是充分地调借可资利用的东方元素，以满足猎奇的西方读者，为其呈现出一种奇情幻景。如果说批评毛姆并无反思精神是一种后见之明的苛责，那么电影剧本改写者和导演则比毛姆更加过分，毕竟后者身在东方主义—后殖民批评盛行之时，而且后者对东西方的二

---

① 吴其尧：《庞德与中国文化》，上海外语教育出版社2006年版，第182页。

元划分也是更加突出，可以说是"用力过度"。这也就使得这部电影展现出一种藏匿在爱情故事之下的极不正确的文化态度——这种态度与毛姆相比更接近于两个世纪前东方学者对东方的想象。再强调一次，事实上中国在西方的形象其实也是历史的、多样的、变化的。《马可波罗行纪》中呈现的是一个富足的理想化的中国形象，17—18 世纪来华的耶稣会士对中国的描述也是积极而正面的形象。直至1840 年中英鸦片战争之后，西方世界对中国的态度和对中国形象的描述，才从"尊崇的时代"转向"鄙视的时代"——这其中近代帝国主义列强、商人、传教士对于中国的描绘（而非事实）起到了举足轻重的作用，这些描绘进而影响到了在华西人和近现代的中国知识分子。[①] 我们可以说，西方人眼中的东方不是停滞的、永恒的，我们也不能依据《东方学》所叙述的西方来想象西方。中国学者要做的，是树立一个接近于客观的中国形象。因而伴随着对《东方学》一书的反思和反证，便有中国学者提出了另一套理论：汉学主义。

六　汉学主义：一种替代性理论

既然萨义德的东方主义并未论及中国，那么我们该如何进行中西方研究，又该怎样对待跨文化研究之中遇到的种种差异呢？顾明栋提出的"汉学主义"就为我们提供了新的思路。

[①] 伊罗生（Harold R. Isaacs，1910—1986）曾认为西人想象中国、对待中国的态度之历史可分前后两期，即"尊崇的时代"（age of respect）和"蔑视的时代"（age of contempt）。前一种对待中国的态度，流行于明清两代，尤其是在天主教传教士群体当中；后一种则初萌于基督教新教来华之后，逐渐定形于 1839 年中英战争之后，此后中国的形象由备受尊崇降格为备受嘲笑、蔑视、可怜。Harold R. Isaacs, *Images of Asia: American Views of China and India*, New York: Harper & Row, 1972, p. 96. 姚达兑：《现代的先声：晚清汉语基督教文学》，中山大学出版社 2018 年版，第 192 页。

第四章 东方主义、汉学主义与世界文学

顾明栋曾指出萨义德的东方主义理论主要有如下两点不足：一是未注意到他者参与到东方主义的建构当中去，二是自我东方主义化。第一点，其实是来自德里克（Arif Dirlik，1940—2017）对萨义德及受其影响的学者的严词批评。他指出研究者"极少关注被殖民者在殖民心态和自我殖民化过程中扮演的角色"①。斯皮瓦克也指出"知识分子在同化他者过程中的同谋角色"②。除此之外，东方主义在中国语境的不适应还有如下两方面：一是中国从未被西方完全殖民过，二是汉学和国学，很难被当作一种殖民话语。顾明栋有感于东方主义以及后殖民主义均以政治为导向，以意识形态为出发点，极容易引发无益于学术的文化战争，因此意识到需要一种有别于东方主义理论的新认识论。

顾明栋指出了中西方知识生产中的"意识形态无意识"，并以此为核心提出了"汉学主义"理论。那么，何为"汉学主义"？顾明栋的定义如下：

> 汉学主义大致上是西方人在与中国交往中处理各种中国事物并理解纷繁复杂的中国文明时所构思并使用的一种隐性系统，其中包含观点、概念、理论、方法、范式。由于西方一直主宰着世界的政治和知识视域，整个世界必须通过西方的眼光观察和消费中国知识。汉学主义也因非西方人对于中国文明的认知、观念和评价而更加错综复杂、丰富多彩。对中国的观察、中国知识的生产以及对中国的学术研究都受控于一种内在逻辑，它常常以我们意识不到的方式而运作，因此，汉学主义在根本上是一种中西方

---

① 转引自［美］顾明栋《汉学主义 东方主义与后殖民主义的替代理论》，张强等译，商务印书馆2015年版，第15页。
② 同上。

研究和跨文化研究中的文化无意识。①

顾明栋将西方关于中国的知识生产,分为前后两个时段。早期是黄金时代,纯粹是为了了解中国,不存在知识的异化。然而,笔者认为,这种判断委实令人生疑,因为无论是误读也好,美化想象也罢,其实都是一种异化。毕竟早期西方人的所谓了解中国,是通过想象,而非实际到访考察而得出的结论。所以,当顾明栋在盛赞明清之际来华的耶稣会会士利玛窦的"适应主义"(accommodative strategy)策略,并认为这种适应主义的消失标志着汉学主义的开始之时,他并没能更好地理解耶稣会士等早期接触中国的西人对于中国的误读、想象和策略性调适的现实处境,以及背后的政治意味。无论是在文学作品《中国孤儿》还是论述世界历史的宏大作品中,伏尔泰都承上启下地发展了马可·波罗在其举世闻名的游记中呈现出的浪漫主义倾向,塑造了理想化的中国形象。这其实与上文我们论及的拜伦式的东方主义相似。然而,在伏尔泰的观念里,仍然存在黑格尔式的评判:中国是停滞不变的。伏尔泰对中国有这样的评判,"这种辉煌的状态,已经维持了超过四千年,但是在律法、行为、语言,甚至时装和穿着的样式方面,都没有丝毫重大改变"②。这种评判是错误的,而这一思维方式至今犹存。比如有许多西方学者,尽管对中国传统所知有限,但总会轻而易举给中国横下结论,并且指责中国缺这少那,而评判的唯一参照体系就是西方。

柯文曾认为,在汉学研究中存在着族群中心主义的偏颇,甚至是

---

① 转引自〔美〕顾明栋《汉学主义 东方主义与后殖民主义的替代理论》,张强等译,商务印书馆2015年版,第7页。
② 同上书,第106页。

第四章 东方主义、汉学主义与世界文学

帝国主义的倾向。① 顾明栋便举了发生于1998—2001年中外艺术史界的"纪念碑性"事件,来解释汉学研究的种族主义倾向,以及这种倾向呈现的一种知性无意识。② 1998年,美国普林斯顿大学教授贝格利(Robert Bagley)指责哈佛大学美术史教授巫鸿犯了族群中心主义的错误,将中西方学者进行二元划分,将西方学者视为"文化局外人",而巫鸿则反驳"文化局外人"的定义实际上是由贝格利夸大其辞之后提出的,并且反指贝格利虚构了两大阵营的冲突。"局外人"与"局内人"用以指称中西方学者,这种二元对立的划分便是因一种族群中心主义作祟,包含但又不仅仅只包含政治上的偏见,往往会引发带有族群色彩的学术政治。这肯定是极不利于学

---

① [美]柯文(Paul A. Cohen):《在中国发现历史 中国中心观在美国的兴起》,林同齐译,社会科学文献出版社1989年版,第132页。柯文在反思萨伊德的东方学理论和美国的中国研究时指出,"我们尽可不必同意赛伊德对东方学的所有批评,不过仍然可以接受他的比较概括的见解,即认为一切智力上的探讨,一切求知的过程,都带有某种'帝国主义'性质……"引注:"赛伊德"即萨义德。

② 纪念碑性事件引发了中外艺术史学界的热烈讨论,甚至溢出艺术史领域,导致了中外人文学术界的学者对中西治学理路持久而深远的讨论。1995年,时任哈佛大学美术史教授的巫鸿出版了其英文专著《中国古代艺术与建筑中的"纪念碑性"》(Wu Hung, *Monumentality in Early Chinese Art and Architecture*, Stanford: Stanford University Press, 1995. 汉译本为李清泉、郑岩译,上海人民出版社2008年版),广受赞誉,旋即引发一连串的争议,主要原因在于巫鸿使用了西方艺术史中的核心概念"纪念碑/纪念碑性"(monument/monumentality)来描述中国古代艺术。十多年后,巫鸿本人对这一事件的回顾提及,"这个辩论起因于美国普林斯顿大学教授罗伯特·贝格利(Robert Bagley)在《哈佛东亚学刊》(*Harvard Journal of Asiatic Studies*)五十八卷一期(1998年6月)上发表的一篇书评,对本书做了近乎从头到尾的否定,其尖刻的口吻与冷嘲热讽的态度在美国的学术评论中也是十分罕见的。我对贝格利的回应刊布于1999年的《亚洲艺术档案》(*Archives of Asian Art*)。其后,北京大学李零教授注意到贝格利书评所反映的西方汉学中的沙文主义倾向,组织了一批文章发表在《中国学术》2000年第2期上,其中包括一篇对本书内容的综述、贝格利的书评和我的答复的中译本,以及美国学者夏含夷(Edward Shaughnessy)和李零本人的评论。这个讨论在《中国学术》2001年第2期中仍有持续:哈佛大学中国学教授田晓菲的题为《学术'三岔口'——身份、立场和巴比伦塔的惩罚》的评论,指出已发表文章中种种有意无意的'误读',实际上反映了不同作者的自我文化认同。"参见巫鸿《美术史十议》,生活·读书·新知三联书店2016年版,第139—160页。

术发展，然而还是有许多学者受此影响而不自知。顾明栋认为，无论是巫鸿还是贝格利，两人的论争都是出自某种知性无意识，本来没有人想真正挑起战争，或者说，两人对学术的追求都不是以政治或偏见为出发点，但无可奈何地落入了论争的陷阱之中。

不管知性无意识究竟深化到了什么程度，其对文学研究的影响究竟到了何种地步，我们都能发现一个明显的先决条件就是中西方的对立，即两大阵营的二元划分。在此基础上才会有所谓的"局内人"与"局外人"，并且由这种划分导出了学术的政治化，以及对政治化的强烈抨击。因而，顾明栋将这种政治化的不良趋势称为"学术族群化"，而实际上这里的"族群"也仅仅只包含两个方面，便是抽象化、简约化的中西方两个群体，而非多个不同族群。不管是巫鸿还是贝格利，都没有呼吁将中西方研究群体分割看待，相反，他们实际上反对这种简单的划分。这就造成一种有趣的现象——学术研究的交流和学术研究本身一样存在着误读。然而，只要这种二元划分的思维模式还存在，就极难停止，越是争论与反对，反而越是加深双方之间的鸿沟。基于类似的逻辑，那么我们是否能够认为，尽管顾明栋的汉学主义探讨意识到了关于学术误读方面的知性无意识问题，但他在讨论这些知性无意识的问题时，依旧采用了二分法。他一方面讨论西方学者在认识论和方法论上的无意识，一方面讨论中国学者自我殖民式的无意识，这实际上仍然是在加深中西方二元对立的认识，而对问题的解决或许并无实质性的帮助。虽然如此，汉学主义能给学者一种认识论的警示，还是有其非常重要的贡献。

跨越地域的文化研究以及一个地域面向全世界的知识生产都会产生异化，但顾明栋希望学者不应该从政治、霸权的角度出发单方面建构研究的对象，也不应该单纯地用二元对立的思路对待中方和西方的文化知识。他提出汉学主义的目的，是通过探讨文化无意识在知识生产中产生的巨大作用，以打破过去以东方主义为代表的西方研究中国的固有范式，从而促进和鼓励中正客观的中国知识生产。

我们有必要对顾明栋的"汉学主义"所涉及的相关内容，作一种分殊解释。

第一，中西双方的合力共造。顾明栋认为其提出的汉学主义是西方对中国的建构，但是和以推进殖民主义为目的对东方单向构建的东方主义不同，汉学主义则是中西方双边共同参与的，甚至是世界语境下全球知识分子共同参与的文化产业。第二，顾明栋提醒人们要警惕和反思西方的知识生产。汉学主义研究的正是西方关于中国的知识生产机制，并对其进行批判性的回应。正如顾明栋所言，"汉学主义的首要焦点是产生于中西研究中的问题，次要关注点是在非西方包括中国在内的中国知识生产中出现的种种问题。通过分析中国知识生产的问题性，揭露其背后的内在逻辑。汉学主义的研究试图发掘一些灵感与洞见，从而为关于中国的知识生产提供更为科学、客观、公正的方法"①。第三，去政治化、去意识形态化。与萨义德的东方主义是一种意识形态批评不同，汉学主义是去政治化和去意识形态化的，是一种自我反思的理论。汉学主义的提出，是为了在多元文化环境下，以一种无偏见的、客观公正的态度来正视中国文化与世界的关系，是让中国得以更好地表述自己。这一再地提醒人们：要警惕中国文化的自我殖民化，避免自动地归纳入东方主义的体系中。第四，文化无意识。顾明栋指出汉学主义背后的文化无意识，既不同于弗洛伊德（Sigmund Freud，1856—1939）的个人无意识，也不同于荣格（Carl

---

① ［美］顾明栋：《汉学、汉学主义与东方主义》，《学术月刊》2010年第12期，第11页。

G. Jung，1875—1961）的集体无意识，而且也不是普适性的。① 汉学主义导致了中西方研究的知识的异化，类似于东方主义中西方对东方的构建。但是，与东方主义中的单向构建不同，汉学主义导致的知识的异化是复杂的，究其背后深层次的原因，是包含了"知性无意识""学术无意识""认识论无意识""种族无意识""政治无意识"等一系列的"文化无意识"。②

总之，根据顾明栋"汉学主义"的定义，"汉学主义"实质上是一套综合的知识体系，既是一种知识系统，也是一种知识生产的实践理论。③ 顾明栋一再强调汉学主义与东方主义（后殖民主义）的重大区别：汉学主义并不是一套批判理论，而是一种认识论与方法论，归根到底也是一种文化无意识。顾明栋将这理论内核的落脚点放在了"文化无意识"之上。东方主义往往批判政治的、意识形态等因素导致的主观主义，但顾明栋认为那些失真描述、误读、异化，或直接称其为汉学主义化的现象，并非主观造成的结果，而是显性主观主义在观察和处理有关中国或汉学的知识时，在认识论和方法论上的盲点，而这盲点的根源便是文化无意识。

七　小结：旅行中的理论与文本

本章讨论东方主义、汉学主义的意义不止于这两种理论本身，而更在于通过重新梳理两者来观察它们对于当下研究世界文学理论有何启发。在歌德的理念里，在世界文学的平台上各国文学充分吸收外来

---

① ［美］顾明栋：《汉学主义 东方主义与后殖民主义的替代理论》，张强等译，商务印书馆2015年版，第59页。
② 同上书，第31—68页。
③ 同上书，第21页。

第四章　东方主义、汉学主义与世界文学

精华，而民族文学（比如德国文学）将扮演光荣的、美好的角色——即民族文学在保持自身特色的同时，甚至可以变得更加强大。① 可惜，这种理想主义在全球化的当下反而难以实现。与此类似，萨义德认为当代批评理论，往往是徒劳无功的，现实的理论活动往往激烈，与社会和主导话语之间难以建立联系。这种令人失望的批评现状，正是他理论的出发基点。萨义德在其著作《世界·文本·批评家》中谈及"理论旅行"②。所谓的理论旅行关注的是理论在时空中从一个语境到另一个语境的旅行和转变，以何种方式进行、如何具备说服力、旅行过程中遭遇了哪些变化，最后在目标语境中产生了何种意义？后来达姆罗什便从萨义德的理论出发，重新界定了"何谓世界文学"。故而，我们有必要追溯"理论旅行"与"东方主义"这两种批判思想，以及两者与世界文学理论的关系。

在萨义德的描述中，理论旅行的过程如何？理论旅行必具一个出发点，这个文本出发的源点与新语境之间有一定的横向距离，在旅行的过程中会遇到一系列的阻力（这便是新语境中的接受或抵抗的条件），最后这种理论发生了变形或转变，在新的时空/语境中被符合某种目的地利用，使其具备了新的意义。如若简约化地理解理论旅行的步骤，则应是：源点 → 横向距离 → 接受条件 → 得到接受的观念在新时空中被新用法改造。然而，我们还需要追问的是：一种理论在不同时空中由于新的原因而出现时——它的界限、可能性、内在问题变化解释了什么？理论与批评、社会、文化之间的关系，有了哪些变化，这些现象又说明了什么？

---

① ［德］歌德：《歌德论世界文学》，载［美］达姆罗什、刘洪涛、尹星主编《世界文学理论读本》，北京大学出版社2013年版，第3—4页。

② ［美］萨义德：《世界·文本·批评家》，李自修译，生活·读书·新知三联书店2009年版，第400—432页。

那么，理论旅行的发生机制如何呢？一个文本，自有其语境和指涉的功能，但同时也存在着言语现实性的阻断和悬置。文本与现实（或言语）的不同，便在于它没有在场性。现实和言语必定置于一个情景里面，而文本有时却可以是悬空的，并且是为自己建构一个情景（也正因为它在一定程度上显示出来的独立性，所以才会有关于"文学自治"一类的争论存在）。这种阻断和悬置导致了文本批评时的千差万别。批评家必须通过文本再现情景以理解其中的现实，那么自然会建构出不同的情景和现实；而又因批评家所处的环境和个人的主观不同，文本与文论之间的落差就更大了；同时文论本身也是一种文本，文论与文论之间同样会存在落差。然而，文本不可能是没有指涉的空洞能指，指涉的属性恰好说明了文本具有可解读性，这便是批评家的任务。因而，我们可以说理论文本的指涉特征在呼求批评家的批评，由此而产生了为适应本土的理论调适，甚至产生新的理论。

萨义德对世界文学研究的贡献至少有如下两个方面。一是萨义德的学生穆夫提指出，以往的世界文学研究"似乎忽略了文学机制在构建现代世界社会关系的等级和身份中所起的作用"[①]。而这正是萨义德的东方学理论所着力的地方。"对萨义德来说，东方主义是现代西方帝国主义在全世界构建同一性的真理假说的庞大的文化（更加具体地说是语文学）机制的代名词。"[②] 在文学方面，这种基于一种同一性的文化/文学，正如马克思与恩格斯所讲的"世界文学"。二是萨义德影响到达姆罗什的世界文学理论的生成。达姆罗什在论证"什么是世界文学"时，指出所谓的世界文学是指那些跨越了其原有语境而积极地存在于他者语境中的特殊文学，用他的话则是"世界

---

① ［美］穆夫提：《东方主义与世界文学机制》，载［美］达姆罗什、刘洪涛、尹星主编《世界文学理论读本》，北京大学出版社2013年版，第174页。
② 同上书，第178页。

第四章 东方主义、汉学主义与世界文学

文学是民族文学间的椭圆形折射"①。达姆罗什这样解释"椭圆形折射"这个源自物理学的概念："源文化和主体文化提供了两个焦点，生成了这个椭圆空间，其中，任何一部作为世界文学而存在的文学作品，都与两种不同的文化紧密联系，而不是由任何一方单独决定。"②萨义德的文本旅行理论，解释了文本从源点到流通，遭遇新语境，再被有条件地接受或抵抗，并最终在新语境中本土化的过程。这种过程，涉及源点和源语境，也涉及翻译或流通（如何移植、传递、流通和交换）的复杂情况，新语境的种种复杂反应，以及最终的接受和重生。与此类似，达姆罗什看到了世界文学作品所承载的民族标识，也更看到了文本在流通过程和新语境中的变形。

萨义德提出的旅行机制确实具有极强的解释力，也可用以看待东方主义中的文学再现、汉学主义中的文化无意识，而且也与世界文学密切相关。在最开始，歌德时代的世界文学，就如穆夫提所说，本身就是东方学，而世界文学的产生，几乎就是一种文本旅行的结果——文本从源生语境到另外一个语境生根发芽，被接受、被误读。这也能够解释为何拜伦在英国文学史上虽非第一流的诗人，但是在世界文学领域却是第一流、乃至超一流的诗人，其中一个原因是他所塑造的"拜伦式英雄"的文学形象，较易引起世界各地弱小的、边缘的国族子民的共鸣。然而，我们还应该看到这种现象背后的客观原因，即：拜伦、其生平实际行为和诗歌中的文学形象，在旅行的机制上便占了极大优势。我们前面对于翻译研究的种种讨论，显然也是遵从了这种旅行的机制。世界文学的文本，从一种语言到另一种语言便可看作一种旅行，这种旅行甚至更为直观明了。翻译直接触及旅行的

---

① ［美］丹穆若什：《什么是世界文学？》，查明建等译，北京大学出版社2015年版，第309页。

② 同上书，第311页。

条件和不同的语境。每一次的理解和翻译，其意义的旅行和变化，都无异于是一次文本重构和意义生成。

东方主义的建构和发展很典型地反映了理论与文本旅行的机制。东方学的建构从东方的实体出发（源点），跨越了时空的距离，在西方特定的条件下作为他者被表述和建立起来。在这个过程里，东方实体在被表述的同时也融入了西方的语境，从而发生改变。而它的发展过程，自然离不开一代又一代东方专家的演绎建构。后人不断征引前人的权威表述以建构东方学。表述和文本的征引和解读是必然存在落差的；而表述和文本与现实已经存在落差；再加上东方现实的表述来到西方，又多一份落差和变异。所以实际上，东方主义的本质就是一个经过旅行后的理论和再现。随着东方学体系的建设日益完善，真正的东方实体则渐渐为东方学掩盖，很多地区成为"东方化"的东方，成为东方学的实践和确证对象。

再者，前面述及的东方学的三层含义，在萨义德看来是一种互相依存的关系网络，同时是几个相互交叉的领域。作为一种权力话语系统的东方学，依赖于作为一种思维方式的东方学；而作为一种思维方式的东方学，又依赖于作为学术研究学科的东方学。萨义德将三者的关系有机融合，用以概括西方与东方之间的后殖民关系。萨义德进行东方主义研究的前提是："东方并非一种自然的存在。'东方'和'西方'这样的地方和地理区域是人为建构起来的。因此，像'西方'一样，'东方'这样的观念有着自身的历史以及思维、意象和词汇传统，正是这一历史与传统使其能够与'西方'相对峙而存在，并且为'西方'而存在。因此，这两个地理实体实际上是相互支持并且在一定程度上相互反映对方的。"[①] 萨义德揭示了知识与权力、

---

① ［美］萨义德：《东方学》，王宇根译，生活·读书·新知三联书店2007年版，第6—7页。

文化与政治之间的密切联系，这也为我们提供了文本分析的一个新的角度，让我们重新审视后殖民话语的真实性以及背后的权力关系。东方主义虽有诸多争议，但是其影响依然不容小觑。萨义德的《东方学》也提醒我们，真正的文化研究不仅要将异域文化作为研究对象，同时也要考察本土文化，如此方能做出更为客观的研究。而对于中国研究，我们则要警惕自我殖民化的倾向，要建立自身文化的认同感，要认识真实的中国。东方主义是建立在东西方二元对立的基础上展开的，其中包含着狭隘的民族偏见与帝国主义霸权。而要超越东方主义，也许正如萨义德所说的，需要建立一个多元文化交流、联系、共生的世界文学关系网络。

上文提及的汉学主义，乃是受东方主义启发，但并非是在中国研究中的一种形式，也并非是东方主义的一个亚种。汉学主义是中西方人共同参与的知识产业，但主要是以西方话语为中心的。其中，参与者不仅仅是西方人，也有中国人，即是说汉学主义是中西方共同参与建构完成的。换言之，我们不仅要看到西方人通过西方的话语和视角观察中国文明，也要看到中国人自觉或不自觉地使用西方的认识论和方法论来观察世界和中国。这种西方中心的话语方式影响到了中国知识生产的方方面面——这是应当警惕的。这里并非盲目地反对西方和西式话语方式，而是借助这种批评视角来重新思考受到西方话语控制、压制和扭曲再现的种种现象。这种情况在18世纪以降的世界市场的开拓下尤其明显，而处于世界市场中与中国相关的文学作品——我们姑且也称为一种"世界文学"，也值得我们以东方主义和汉学主义的视角去重新考察。

本章讨论东方主义、汉学主义的目的在于最终考察这两套理论对世界文学研究的启示。萨义德的东方主义是一种后殖民理论，其讨论未曾聚焦于中国或东亚，而且后殖民的语境与中国的现实也并不尽然贴合。从这方面讲，顾明栋的汉学主义正是其替代性理论，可用来解释与中国相关的许多问题。一种理论，有其生成的语境，有其移动的轨迹，也会产生种种因地制宜的变化，甚至应和了当地语境而产生了新的意义或兼顾了新的功能。这便涉及了文本、理论或观念的旅行。这种现象正与时下讨论极为热闹的"世界文学"密切相关。达姆罗什的世界文学概念，其实便是一种"旅行的理论"的衍化概念，其弊处在于使世界文学研究变成了传播学的变种而遭人诟病，而优处则在于以一种流动的、变化的概念来重新看待国际市场中文学现象的复杂性。因而，本章章首提及的两种东方主义，正好作为借鉴来观察世界文学与中国文学语境的关系。拜伦的诗作所呈现的东方主义想象，与萨义德同中有异，而汉译拜伦诗作则可看作一种文本的跨国界旅行，这正好构成了本章讨论的东方主义想象和文本旅行的主题。汉学主义作为一种东方主义的替代性理论，以及我们对二者关系的种种深入讨论，正可借以反思在当下语境中中国文学及中国学术与西方世界的种种微妙关系。

第五章

全球化与本土焦虑：什么是世界诗歌？

> Food courts have certain rules that function
> within the grammar of mall planning...
> Our culinary map of the food court is not all that far from
> planning a syllabus for a course on world literature.
> ——Stephen Owen[①]

一 "世界诗歌"事件

本书的第一章我们把世界文学的话题放在歌德所处的历史语境中去重新讨论，并详细分析了歌德的世界文学案例涉及的种种复杂议题，以及对于后世的影响。本章延续了第一章的讨论，并结合前面第二章至第四章分别涉及的翻译研究、诺贝尔文学奖和东方主义等方面的内容，来讨论一个具体的案例并思考其理论意义。我们的焦点放在全球化的当代语境，涉及了中国当代文学在世界文学场域所遭遇的复

---

① Stephen Owen, "Stepping Forward and Back: Issues and Possibilities for 'World' Poetry (2004)," David Damrosch, ed., *World Literature in Theory*, Chichester, West Sussex: Wiley-Blackwell, 2014, p. 252, p. 254. 笔者译文："美食广场具有某些规则，在规划购物中心的语法体系中运行……我们美食广场的美食分布图，并非大为迥异于我们设计一门世界文学课程的教学大纲。"

杂情况。有些学生/学者误以为研习中国文学，便无须理会当代世界学术语境和外国文学理论，那便是犯了极端的"关门主义"的错误。21世纪早已是全球化的时代，中国文学研究方面的学生/学者，当然不能自我设限于中国国内的语境和话语体系，而应该有全球性的视野和多角度多层次的思考。即便是中国古代文学的研究，虽然研究的对象是古代的，但是研究的问题、方式和结果，也可归为"现代的学问"，不能食古不化，也不宜过于自骄自满。而研究中国现当代文学、当代外国文学、比较文学等领域的相关学者，如果缺乏世界性的视野，离开与他国文学或影响或平行的比较，肯定也是裹足难行，难有创见。本章所涉的案例，有助于我们理解全球化语境下的中国文学及其研究，以及时下热议的"中国文学/文化走出去"的情况。换言之，本章的讨论是借助世界文学的视角，以中国当代文学的英译为例，来深入思考文学的跨国交流现象及其涉及的种种议题。这样的讨论对中国文学的一般读者和研习者有着独特的意义，也对阅读外语翻译的中国文学作品的读者有着借以反思的意义。我们讨论世界文学理论的话题，讨论的并不仅仅是欧美语境中的（或欧美学者的）问题，恰恰相反，这个话题涉及的是中国文学和中国文化在全球化时代所遭遇到的种种问题。

自歌德始，"世界文学"这个概念给后世学者和作家提供了许多美好的（有时是不切实际的）幻想，然而，我们下文要讨论的是在全球化时代民族文学要获得"世界"（西方）承认的本土焦虑。这种情况看起来并不像歌德所说的那般美妙，更像是歌德的想象图景在当代的反面版本。本章的讨论虽是延续着歌德的"世界文学"概念而进一步讨论，但是更多的是涉及如下几方面的内容：当代语境中的后现代话语、翻译研究的反思、世界体系观念和全球文化资本的影响。

关于中国当代文学与世界文学两者之间关系的讨论，1990年的

第五章 全球化与本土焦虑：什么是世界诗歌？

"世界诗歌"事件为我们提供了一个切入讨论的极好视角。这个事件距今已有近三十年，但相关讨论还未结束。这个事件覆盖了与"世界文学"和"世界文学理论与中国文学研究"这两项议题相关的各种问题，诸如"世界性的文类"（比如"世界诗歌"）、国际性大奖（比如诺贝尔文学奖）、全球化时代边缘文化的焦虑、世界体系、文化中心主义、经典化（或去经典化）、翻译研究（尤其是原作与译作的关系）、通用语与文化霸权、民族文学与世界文学、国际性（世界性）与本土性之间的关系，甚至是汉语传统诗歌（以及网络旧体诗）与新诗（欧化诗）的关系和矛盾，以及最主要的一个问题——世界文学文本的流通、翻译、变形和读者接受情况。

让我们回溯这个事件的具体情况。1990 年 11 月，哈佛大学教授宇文所安（Stephen Owen，1946— ）① 发表了一篇针对一部刚出版的新书（杜博妮英译北岛诗集）② 而写的书评，文章题名为《环球影

---

① 宇文所安，美国著名汉学家，哈佛大学教授，已于 2018 年退休。1972 年，获耶鲁大学博士学位。主要作品有《初唐诗》《盛唐诗》《中国"中世纪"的终结 中唐文学文化论集》《晚唐诗：827—860》《追忆：中国古典文学中的往事再现》《迷楼：诗与欲望的迷宫》，以及《中国文论》《他山的石头记》。另有《杜甫诗全集》英译出版，请参 Du Fu, *The Poetry of Du Fu*, Stephen Owen trans, Berlin: De Gruyter, 2015。

② Bei Dao, *The August Sleepwalker*, translated and introduced by Bonnie S. McDougall, London: Anvil Press Poetry Ltd, 1988. 杜博妮（Bonnie S. McDougall, 1941— ），1958 年来华，曾就读于北京大学，后任哈佛大学费正清研究中心研究员（1976—1978），其后又于澳大利亚悉尼大学任教，1990 年始成为英国爱丁堡大学中文讲座教授。杜博妮翻译了北岛、阿城、何其芳和朱光潜等作家的作品，其研究也广涉中国现当代文学文化。在宇文发表其书评之前，还有两位著名学者——美国学者史景迁（Jonathan D. Spence）和英国学者利大英（Gregory Lee）也发表了对杜博妮译本北岛诗集的书评。他们的评价是正面的，对北岛的诗歌颇多赞赏。这两篇评论发表在前，宇文则反其道而行，他的书评中的某些观点可能便是针对这一类赞赏而提出的反对意见。"Now the two volumes [*The August Sleepwalker* and *Waves*].... allow people who do not read Chinese to gauge the full range of Bei Dao's work, and also to appreciate his hauntingly sad imagery. Bei Dao uses words as if he were fighting for his life with them.... Astonishing and beautiful poems..." Jonathan D. Spence, "On the Outs in Beijing," https：//www.nytimes.com/1990/08/12/books/on-the-outs-in-beijing.html［引用日期：2018.4.2］利大英的评论请见 Gregory Lee, "Reviewed Work: *The August Sleepwalker* by Bei Dao, Bonnie S. McDougall trans.," *The China Quarterly*, No. 121 (Mar.) 1990, pp. 149–151。

响的忧虑：什么是世界诗？》，文中反讽地使用了"世界诗歌"的概念。① 这篇书评的前置标题"全球性影响的焦虑"，是杂志的编辑所加，据称并非作者本意。这个标题并不能涵盖文中所涉的各项议题，倾向性太过于明显，无疑加剧了文中所提出的带有一定偏见的"世界诗歌"的观点，激起了更为强烈的回响。

牵涉其中的人事情况如下。宇文所安是哈佛大学地位崇高的"大学讲座教授"②，为中国古典诗歌领域最著名学者之一，在北美人文学界有举足轻重的地位。发表这篇书评的杂志《新共和》（*The New Republic*），乃是一个由右派学者把持的保守派阵营的杂志。我们本书涉及的其他相关论文则发表于与其立场和观念截然相反的另一个杂志《新左派评论》（*The New Left Review*）。此时，北岛的身份是旅居北美的中国新诗诗人，更重要的是他是当时诺贝尔文学奖可能获奖的作家中呼声最高的一位。杜博妮则是中国现当代文学方面的著名译者兼学者，在欧美学术界和文学界有一定的影响。

那么，什么是宇文所说的"世界诗歌"（world poetry）？回答这个问题，我们需要先梳理一下相关的背景。宇文所安借英译北岛诗集来批评北岛的诗歌缺乏中国传统文化的根源，容易被翻译，有可替换性，更像是为了被翻译、为外国读者而写作的作品。这一类"世界诗歌"，在其他第三世界（或世界体系中边缘地域）也能看到。由此，他特别指出如下的几点。

---

① 宇文的书评见 Stephen Owen, "The Anxiety of Global Influence: What is World Poetry?" *The New Republic*, No.19, 1990, pp.28-32。汉译见［美］宇文所安《环球影响的忧虑：什么是世界诗？》，文楚安译，《中外文化与文论》1997年第2期。

② 哈佛大学全校目前（截至2018年）仅二十六位"大学讲座教授"（University Professor），这些教授都是学术界最权威的学者。每位大学讲座教授的名称，是以哈佛大学校史上的著名校长冠名，比如宇文所安任哈佛大学 James Bryant Conant University Professor。James Bryant Conant（1893—1978）是著名化学家，曾任哈佛大学校长，其在任期间曾推动了一系列的教育改革，影响深远。

（一）世界诗歌，是非西方诗人所作的以西方人为拟想读者的诗歌，它是英美或法国的现代主义诗歌的翻版。

（二）所谓"世界诗歌"，是任何人都能写出，都能够被翻译，又能被认可是诗歌的一种诗歌。

（三）由于诗人希望自己的作品能在翻译后得到认可，世界诗歌的主要特点体现在它的意象上，既不要过于普通，以符合西方人对异域色彩的期待，也不要地方色彩太浓和具有太多本土文化含义，以免西方人看不懂。……在世界诗歌的范畴内，诗人仍必须寻求一种可接受的方式来表明诗人自己的民族性。

（四）诗人之所以具有创作世界诗歌的冲动，是因为国际上的认同会影响国内的评价。[①]

第一、二项对"世界诗歌"这一类型的作品作出了简要的界定，指出了作品的拟想读者和所模仿的对象。如果说第二项是指这一类世界诗歌没有什么特色，有一种相似性，第三项则具体地指出了这些诗歌所具备的特征，即必须表达出一种被设计好的"民族性"，以满足西方读者刻板的想象。第四项指出了这种写作的功利性，即世界诗歌的投机性，与第一项指出的拟想读者密切相关。

简扼而言，世界诗歌，便是指非西方的诗人，以西方人为拟想读者，模仿（早过时了的）英美或法国现代主义诗歌（而且往往是这种诗歌在其国语言的翻译本）而创作的诗歌。这一类诗歌的创作极为投机，因为诗人的创作是希望被翻译、被国际认可，故而需要满足西方读者的种种阅读期待，需要包含西方世界对本国民族的刻板想象的种种元素（比如"中国风"）。

将以上的评论移置至北岛诗歌英译的个案，我们可以发现以下

[①] 以上几点的详细分析，请见［美］宇文所安《环球影响的忧虑：什么是世界诗？》，文楚安译，《中外文化与文论》1997年第2期。

诸端。

其一，宇文所安的本意是批评北岛的诗歌缺乏中国传统文化的根源，或者说丧失了传统、没有根基。北岛的新诗，乃至中国现代的新诗，一开始便是在反传统、借鉴西方基础上发展起来的。新诗之于旧诗，两者虽同样称为"诗"，但差别之大，几乎可看作两种不同的文体。两者区别之大，如同小说之于戏剧的区别。换言之，新诗与旧体诗，两者在文体上有别，合在一起混称为"中国诗歌"，但是并不是同一类的文学作品。新诗比较容易被人诟病的地方，在于其背离传统、太过于模仿西方。这可能也是当下许多中国诗人刻意避免的。毕竟，一个诗人之所以是诗人，当然在于其诗歌的与众不同，尤其是语言和意象的陌生化，使用熟语套词无异于自我毁灭。所以，当宇文所安说北岛的诗歌有"可替换性"时，这几乎是一种毁灭性的抨击。宇文进而解释说，没有任何迹象足以表明，新诗有可能构建一种属于自己的传统或历史（他的这一观点，在其十几年后的第二篇文章《前进与后退："世界"诗歌的问题和可能》中已略有修正）。① 在这里，宇文的失误在于：他故意撇开了新诗的"历史性"，对新诗如何发展而来的历史过程视而不见，对当代新诗所寓含的时代性也听之不闻。

其二，宇文认为，北岛的诗歌缺乏传统性，具有可替代性，太容易被翻译成英语。令人奇怪的是，杜博妮的翻译让人读起来感觉不到

---

① 第一篇是针对一部英译北岛诗集所撰的书评，后来引来了诸多批评，第二篇则是十几年后他对他人批评的回应。请参（1）Stephen Owen, "The Anxiety of Global Influence: What is World Poetry?" *The New Republic*, No. 19, 1990, pp. 28–32. 汉译见［美］宇文所安《环球影响的忧虑：什么是世界诗？》，文楚安译，《中外文化与文论》1997年第2期。（2）Stephen Owen, "Stepping Forward and Back: Issues and Possibilities for 'World' Poetry," in David Damrosch, ed., *World Literature in Theory*, Chichester, West Sussex: Wiley Blackwell, 2014, pp. 249–263. 汉译见［美］宇文所安《前进与后退："世界"诗歌的问题和可能》，载［美］达姆罗什、刘洪涛、尹星主编《世界文学理论读本》，北京大学出版社2013年版，第233—246页。第一篇是书评短论，文笔很犀利，但是洞见与偏见俱存，第二篇笔调平稳，讨论的主题则从前一篇触及的诸多问题缩小至所谓的"核心问题"，即"诗歌价值是怎样/能怎样跨越语言界限而得以建构"。

诗歌在翻译过程中有所丢失。这并不是在赞扬杜博妮的翻译之高超，而是说，北岛的汉语诗歌因为其表达方式过于欧化、带翻译腔，读起来更像是杜博妮的翻译文本的汉译。所以，宇文认为：北岛，乃至于其他新诗诗人，他们从欧美现当代主要诗歌流派的诗歌的汉语翻译本中得到的滋养，远远超过从中国本土古典文学中获得的滋养。这样一种荒谬的情况，被他们用如下这种方式夸张地呈现了出来：

◎ 中国新诗→模仿汉语翻译的曾流行过的欧美诗歌？

◎ 中国新诗的英译（模仿的模仿）→近似于欧美诗歌？

20世纪汉语新诗在现代初创之时，确实存在着一部分诗人对汉译欧美诗歌的模仿，到20世纪七八十年代也有类似情况（20世纪80年代的一些先锋小说也模仿汉译的外国小说）。故而这些现代中国新诗的英译，则被看作模仿的模仿，而且是过时的、投机的，连二三流的品位都达不到。换言之，中国新诗除了缺乏传统性这一弊端之外，还具备了两种令人诟病的倾向，一是模仿过时的欧美诗歌的表达方式和意象；二是其书写的方式，刻意地满足甚或是加强了西方人对中国的刻板印象或刻板想象。

其三，这里存在着一种文学的出口转内销关系。希望这样的说法不至于让人觉得第三世界的当代文学太过于廉价。宇文所安辛辣地指出，一个汉语新诗诗人因为得到了欧美主流语言的翻译，在国外暴得大名，反过来影响到中国人对这位诗人的评价。而且，许多中国当代作家也正是走这样的"国际路线"，以便"挟洋自重"。这在中国的人文学界和作家圈，也早已是司空见惯。然而，这仅是新诗的问题吗？这仅仅是中国的问题吗？肯定不止于此。

宇文批评中国新诗作者（或第三世界诗人）更像是在向他们的预想读者（欧美的读者）兜售一种欧美曾经较为流行的以欧美文化价值为中心的普遍主义（比如民主、独立、自由等）。当然，这是一种伪普遍主义，一种以西方价值为唯一参照体例的标准。第三世界的诗人正是通过这种投机的方式，获得了"世界"（西方）的认可，以翻译的形式，进入了世界市场，其在国际上的名声反而会提升其在国内的位置。这种现象并非个例，而是国际市场/全球化文学市场的常见现象。在全球化背景之下，民族身份（民族性）和国际声誉（国际性）之间，一直存在着这种微妙的关系。

二　事件所涉的各项议题

宇文所安前后相隔十几年的两篇文章《环球影响的忧虑：什么是世界诗？》（1990）和《前进与后退："世界"诗歌的问题和可能》（2004），涉及了世界文学的各项议题，乃至于文学和文学研究本身的许多问题。下文我们便针对其论中颇具挑战性的几个观点作一一的分析。

（一）诗为谁而作？隐含的读者与写作的投机

宇文所安以这样满含争议的观点开始了他的讨论，"没有一个诗人的诗歌是仅为自己而创作的"。这里隐含的问题是：任何诗人的创作，都有其目的性，有其自身之外的预想读者（隐含读者）。[1] 所以

---

[1] "Implied Reader"，译为"隐含读者"或"预想读者"，由德国学者伊瑟尔首先提出，并得到了美国学者韦恩·布斯的进一步阐发。伊瑟尔在《隐含的读者：从班扬到贝克特的小说中的交流模式》中提出，"用以描述文本和读者的相互关系。它并不表示任何真实的读者，而是文本的一种特殊构造。这种预先构成的'超验范型'包含着文学文本使自身具体化的某些条件，这些条件允许读者发挥能动性，参与作者潜在意义的实现。其重要功能是提供了一种存在于所有读者对文本的历史实现和个别实现之间的联系，使我们有可能对它们进行分析"。参见朱立元《美学大辞典》（修订本），上海辞书出版社2014年版，第427页。韦恩·布斯使用这个概念以指称作者为之写作的读者群体，即作者通过一定的标志符号在文本中将接受者的形象固定或客观化。具体请见［美］韦恩·布斯《小说修辞学》，华明等译，北京联合出版公司2017年版，第七至九章。

他说，"诗仅仅是为读者而写"。将这种说法放大，则是任何作者都是有目的地写作。或者我们换一种说法来提这种让人深思的问题：诗人为谁而写？作家为谁而作？译者为谁而译？书写的终极目的为何？接着，宇文指责第三世界的诗人（北岛）出于自我利益而投机地写作满足西方读者期待的诗歌。宇文反讽地说："出于自我利益而展示自己受到迫害尤其常常有害无益；就此而言，借助于国际观众在国外兜售自己、渴望获得政治上的良好声誉——这往往是奇货可居，供不应求（in short supply）——其目的乃是为了寻求同情。"① 这里的理路是：诗人来自边缘→需要中心的肯定→因而为了讨好"中心的读者"而写作→西方读者从这些诗歌中找寻一种政治正确→诗人因其政治美德获得好声誉→诗人在国外的名声影响到了其在国内的定位。假若以上都是事实，这无疑是极为投机的行为。

宇文这篇书评的开篇引入了一个颇有趣的问题，"究竟诗人为谁而写作？"他说："让我们首先从一种并不那么引人注目但却异乎寻常的看法谈起，这一观点认为没有一个诗人的诗歌是仅为自己而写出的。诗仅仅是为了读者而写。"② 这个似曾相识的开篇，从学术脉络上看，让人联想起本雅明《译作者的任务》的开篇，"从来没有哪一首诗是为它的读者而作的，从来没有哪一幅画是为观赏家而画的，也从没有哪首交响乐是为听众而谱写的"③。"那么译作是为不懂原作的人准备的么？"④ 答案是否定的。用本雅明的譬喻便是：译者并不亏欠作者和读者任何"债务"，译者服务于一个更加宏伟的目标，即与

---

① ［美］宇文所安：《环球影响的忧虑：什么是世界诗？》，文楚安译，《中外文化与文论》1997 年第 2 期，第 51 页。
② 同上书，第 47 页。
③ ［德］本雅明：《译作者的任务》，载［德］阿伦特编《启迪：本雅明文选》，张旭东、王斑译，生活·读书·新知三联书店 2008 年版，第 81 页。
④ 同上。

其他译者共同拼凑出一个代表着完美真理的花瓶。本雅明的论述是为后文讨论的纯语言的"花瓶之喻"而做准备,与此类似,宇文似乎也在强调某种不受读者或作者控制的外在因素。

宇文这篇书评的背后有着本雅明《译作者的任务》一文的影响,还另有一证。有一种似是而非的观念即是,"无论一个译本多么杰出,一定存在着更加杰出的原著"。然而,本雅明再次否定这种说法。而在宇文的公式里,尽管在原作者和译作者之间多了一个模仿者的变量,还是可以明显地看出其原作中心的观念。新诗诗人(模仿者)对欧美诗歌原作的模仿,也可看作是一种翻译或改写,而译作跨越模仿的新诗直接追溯到的源头,却是胜过其余两者。尽管宇文对后殖民状况有所反思,其使用的话语来自于本雅明,但他却走向了悖反的思维路径,很明显这种悖反的思维则是由其本质主义/东方主义①观念所导致的。

每个写作者在其书写之时,当然有其预想读者的存在。声称纯粹而非功利性的写作是很难成立的,最低意义上作者要满足自己表达的需求。全球化时代中外现代作家的各种类型写作,有不少是为求名博利,很难称得上是无功利的。再者,作者可以不在乎市场,但似乎很难不在乎自己的声名或地位。一旦如此,写作一开始便不大可能是纯粹非功利的。一旦作品出版,进入市场则更不可能是。作品一旦完成,交付市场,便不由作者说了算了,主要还是出版商和市场的操控起主导作用。因而,现代诗歌的写作,一开始便很难说是非功利的,而一旦进入市场就更不可能是,尤其是其书写或出版的目的在于"打开国际市场""获得国际声誉"。宇文对第三世界诗人的严苛指责是:他们的诗是为了能被翻译、为了预想的读

---

① 关于萨义德的"东方主义"理论,以及东方主义与世界文学的讨论,请参本书第四章。

者、为了国际市场的需求制造出来的。因为国际市场更广阔，或者说，更有"普遍性""世界性"。一个欧美主流文化圈以外的诗人，能够进入其圈并打响名声，也就代表着挤进了"世界文学"圈子，勉强有了自己的位置。

（二）自足与他求：影响的焦虑和文化政治

宇文用了颇多反讽性的句子来突显一种不公平的现象及其背后呈现的文化政治的复杂性。他指出，"美国诗人得天独厚……他们对一种持续占有主导地位的或者说霸权文化置信不疑"①。用英语（或法语）写作的诗人凭借其语言共同体的普适性而拥有"无忧无虑"的自信。这背后是文化体系中权力的非均衡分布。正如宇文在十几年后的文章中一再辩解地说："所谓'国际认可'，意味着某些文化中心的认可，并且以英语或其他国际语言为载体。对一个年轻的韩国作家来说，被翻译为塔加拉族语并在马尼拉获得声誉，无疑会带给他成就感，但相比被译为英语或法语并受邀至纽约或巴黎而言，前者就会黯然失色。"② 在学术界，现今的通用语是英语。在世界文学方面，几种欧洲主要语言才是最有影响力的文学语言。强势语言背后的霸权性有时可能是由国家的实际影响力所支持的。英语的霸权地位迫使许多母语为非英语的写作者，放弃了其母语而使用英语来写作和发表。英语或法语的作家，却无须有被忽略的焦虑。使用其他语言写作的

---

① ［美］宇文所安：《环球影响的忧虑：什么是世界诗？》，文楚安译，《中外文化与文论》1997 年第 2 期，第 48 页。原文与此处的译文稍有不同，故此附上。Stephen Owen, "The Anxiety of Global Influence: What is World Poetry," *The New Republic*, No. 19, 1999, p. 28. "American poets have the provincial's sweet gift of needing to dream no further than an eternity of English-speaking audience. To write in the dominant language of the age is to have the luxury of writing with unshaken faith in the permanence of a culture's hegemony."

② ［美］宇文所安：《前进与后退："世界"诗歌的问题和可能》，载［美］达姆罗什、刘洪涛、尹星主编《世界文学理论读本》，北京大学出版社 2013 年版，第 234 页。

诗人，却有可能不得不渴望自己的作品能被翻译，也有可能针对能够阅读他们诗作的译本的读者而写作。这背后就是一种语言的霸权，体现了一种差序的、不公平的文化政治。再者，这其中还有一种"影响的焦虑"①。对第三世界的或者非通用语的作家而言，他们的焦虑源头还在于那些被译成本土语言的欧美文学，尤其是被经典化了的作品。在这个竞争性的序列中，他们应当如何在后面追赶，向这个焦虑的源头学习，并紧跟上所谓的"世界的潮流"。因而，在一种不平等的政治文化格局的影响下，第三世界作家的创作有时并不是自足的，而是他求的、投机的。

（三）诺贝尔文学奖与世界文学②

宇文所安还提到了与世界文学极为密切相关的诺贝尔文学奖，因为北岛当年是该奖呼声较高的候选人之一。有一种传闻是：若无宇文这篇否定性的文章，或许北岛早在20世纪90年代便获得了该奖。宇文在书评中直接谈及，"诺贝尔奖在构建'世界诗歌'"③。甚至可以说，诺贝尔文学奖在创造当代的世界文学。诺贝尔文学奖是世界文学的一年一度狂欢节。诺贝尔文学奖作为一个国际性奖项，充满了种种悖论。这个奖是瑞典文学院颁发的（地方的），但是却得到了全世界的承认，是西方世界的，而仿佛是全球性的、普遍性的。这个奖每年获奖作家的国别、获奖的文类，都有某种代表性在里面。假若去年给了亚洲的小说家，今年给了欧洲的诗人，明年或许就应该给北美地区的剧作家或歌手。颇具反讽意味的是：这像联合国分配席位一样，轮

---

① 影响的焦虑来自于布鲁姆的诗歌理论，请见［美］哈罗德·布鲁姆《影响的焦虑：一种诗歌理论》，徐文博译，江苏教育出版社2006年版。
② 关于诺贝尔文学奖与世界文学的更深入讨论，请参本书第三章。
③ ［美］宇文所安：《环球影响的忧虑：什么是世界诗？》，文楚安译，《中外文化与文论》1997年第2期，第48页。

流由每一个国家获得，体现了某种"公平合理"，轮流授予给擅长一种文类（genre）的作家，体现了一种文体的"民主性"。然而，文学一旦以公平和民主来衡量的话，有时则会沦为荒谬的笑话。它是给翻译的作品授予奖项，因为颁奖单位的几位评委不可能懂全世界的语文，他们只懂一些欧洲的主流语言，除此之外则皆靠翻译。换言之，授予的是英、法、德、瑞典语等欧洲语言写成的原创或翻译的作品。所以，说某一个非欧美作家获奖，与其说是这个非欧美作家，甚至是这个作家的国族文学的胜利，倒不如说是翻译的胜利。翻译在获奖的背后起了决定性的作用。

第三世界作家的诺贝尔文学奖焦虑，体现的也是全球化时代的民族文学的焦虑，背后仍是全球文化政治在起作用，而所谓的"诗学独立"不一定能够存在或者收效甚微。每年，诺贝尔文学奖公布颁奖情况之后，其公平公正总会受到种种的质疑——不像其他科学的奖项那样无可置疑。无论如何，瑞典文学院无法平衡与这个奖项相关的两个要素：政治和诗学。他们或许并不想去寻找平衡点，也即是说，引起多方长久的争议，正符合他们的预期。

（四）诗可以译吗？

宇文所安如何看待诗歌、中国新诗和翻译？第一，在宇文看来，抒情诗与民族语言的特征联系最为紧密。① 诗歌因其独特的表达方式，体现出的是独特的语文特征，而且这种特征往往根植于一个大的文化传统当中，有其特定的语汇和表现方式。宇文这个论点有其独到之处，在解释古代各民族未曾有很多接触时抒情诗的特征方面还是有一定的说服力，然而也容易坠入一个种族主义或本质主义的陷阱。第二，在上述的

---

① ［美］宇文所安：《前进与后退："世界"诗歌的问题和可能》，载［美］达姆罗什、刘洪涛、尹星主编《世界文学理论读本》，北京大学出版社2013年版，第234页。

第一点的基础上，宇文进而指出，诗歌比起其他的文类，更具有不可译性。比如，中国古典诗歌中的意象和典故，因其深层次的语义、复杂的历史背景等原因，使其极难被翻译，甚至可说是接近于不可译。然而，所谓的"不可译"，其实也只是一种相对之论，而不应看作绝对的状态。第三，现代汉语新诗的情况，似乎并非如第一、二点所说的，因为这种新诗挣脱了传统，向西方的一种普遍主义、一种无民族性靠近。因而宇文认为，第三世界的诗人日益反抗西方大国的文学霸权，开始创作所谓的"世界诗歌"，而那充其量是打了折扣的西方现实主义诗歌。

诗可以译吗？美国诗人罗伯特·弗罗斯特（Robert Frost，1874—1963）曾多次在公开演讲中表示，"诗歌，便是那些在翻译中丢失的东西"。后来也进一步解释道："你们已听我多次讲过这样的话，也有点陈词滥调了：诗歌就是翻译中丢失的东西，也是阐释中丢失的东西。"[①] 换言之，诗歌的不可译性较强，也抵抗阐释。从理解的角度看，翻译便是一种阐释，而阐释也就是一种翻译，两者其实有相近的面向。当我们说一部或一种文学作品（无论哪一种文体书写）不可能被翻译，这意味着这部或这种作品不可能被理解。不能被理解的作品，是缺乏意义的。因而反过来说，所有的文体或所有的作品，皆能在一定程度上被理解，因而皆能被译。虽然如此，我们还是得承认诗歌这类作品的独特性。小说主要是由故事情节来构建，而诗歌大半短小精悍，则重在意象和情感的编织。情节容易被翻译，或者说移植，从小说到电影的改编，情节的骨架不难保存。一首诗中的词汇所包含的意象和体现的情感，一旦变换成另一个词，则可能产生了新的意

---

① 据弗罗斯特的好友 Louis Untermeyer（1885—1977）回忆，弗罗斯特曾公开说，"You've often heard me say—perhaps too often—that poetry is what is lost in translation. It is also lost in interpretation." 转引自 Louis Untermeyer, *Robert Frost*, *A Backward Look*, Washington, D.C.：Reference Department, Library of Congress, 1964, p.18。

义。况且，诗歌的美感根源之一，有时便在于其含混性。诗和数学，呈现出两种不同的美感，数学追求唯一解，而唯一解的诗往往便不是好诗。从这方面讲，有时诗歌比小说更难被理解，韵文比散文更难被翻译。在两个或多个不同的文化传统中，韵文作品是几乎找不到对等之物的，首先是文体本身就不对等，其次便是词汇和诗艺。然而，诗的翻译或阐释，还是可能的，尽管会遭遇到强大的抗拒力量，也是必须的，尽管会产生一定的差距。再者，翻译完成后的作品，肯定是另一个东西，多少都会有一些差异——这也是其呈现的最终成果叫译文而不是叫原文的原因。

按照宇文的逻辑，诗歌一般是最难译或不可译的，但是现代汉语新诗则非常容易被翻译，因为现代汉语新诗模仿了欧美现代派的诗歌及其汉译本，而这些新诗一旦被译成英语或其他欧洲语言，则变成欧美诗歌的一个奇异的"私生子"，远远比不上原来的欧美现代派作品。如果汉语新诗对欧美诗歌（原作）的模仿是一种翻译，那么对汉语新诗的翻译则是一次拙劣的还原，肯定比不起"原作"——当然这种思考方式太过于简单粗暴了。于是，世界诗歌事件归根到底既是一个翻译的问题，也是一个在不平衡的世界文化体系中语言之间的转换和跨文化理解的问题。

我们或许可追问：北岛的诗歌，其原作和英译，能被当成一回事吗？或许还可进一步再追问：翻译的中国诗歌（古典诗歌或新诗），其原作和英译，能被当成一回事吗？在这里宇文将译作等同于原作，如将杜博妮的翻译等同于北岛的原诗，这样确实有点授柄于人，招来更多的批评。翻译，从来就不是语言之间透明的、等值的转换。与周蕾和奚密要求读者必须语境化地研读原作及其译本不同，黄运特认为他们三人（宇文、周蕾和奚密）都没有深入地讨论翻译的问题，尤其是宇文所安的论述中有这样的弊端：视翻译为透明，则也就是将译作等同为原作。① 北岛的诗歌本身或许没有什么问题，但是当西方译者译出了"意味深长"的政治性时，就忽略了其诗歌的内在的审美价值和历史价值，而变成了一种漂亮但空洞的政治修辞，或者是对当代事件单调而无意义的回响。所以，面对中国当代文学的英译，研究者更要直面翻译的种种困难和问题，毕竟译文不同于原作，不同的文本（原文和其他译文）在不同语境中的阅读和接受也不相同。翻译，往往是各种诗学、意识形态和历史观念进行协商的竞技场（arena）。宇文所安对中国当代诗歌的批评，一方面固然是看到了当代诗歌的某种不足，而另一方面其解释难免要被人诟病为一种充满民族志式（ethnographical）的偏见。

为了说明"译作与原作的差异之大，甚至可以将其看作是两个相互联系但各自独立的译本"这样的观点，且让我们来看汉语新旧诗的英译，以便理解世界诗歌/世界文学的难题。这里提供了两个案例，一是宇文所安翻译的唐代诗人李商隐的一首《无题诗》，另一首则是杜博妮英译北岛诗。

例1：李商隐《无题》（Left Untitled，宇文所安译）

来是空言去绝踪，月斜楼上五更钟。

梦为远别啼难唤，书被催成墨未浓。

That she would come was empty words; / gone, no trace at all; / the moon bends past the upstairs room, / a bell tolls night's last hour. // In dreams we are parting far away, / weeping won't call you back; / a letter rushed to completion, / the ink not yet ground dark.

---

① ［美］黄运特：《跨太平洋位移：20世纪美国文学中的民族志、翻译和文本间旅行》，陈倩译，江苏人民出版社2012年版，第153—154页。黄运特认为宇文所安的书评和周蕾的回应，都是"民族志策略"的方式，而忽略了这个事件背后"尚未被双方充分重视的问题"，即翻译的问题。

蜡照半笼金翡翠，麝熏微度绣芙蓉。

刘郎已恨蓬山远，更隔蓬山一万重！

Candlelight half envelops / kingfishers of gold; / odor of musk faintly crosses / embroidered lotuses. // Young Liu already frets that Peng Mountain lies far, / but further beyond Peng Mountain / are ten thousand slopes more. ①

例2：北岛《一束》（A Bouquet，Bonnie S. McDougall 译）

在我和世界之间／你是海湾，是帆／是缆绳忠实的两端／你是喷泉，是风／是童年清脆的呼喊

Between me and the world, / you are a bay, a sail, / the faithful ends of a rop; / you are a fountain, a wind, / a shrill childhood cry.

在我和世界之间／你是画框，是窗口／是开满野花的田园／你是呼吸，是床头／是陪伴星星的夜晚

Between me and the world, / you are a picture frame, a window, / a field covered with wild flowers; / you are a breath, a bed, / a night that keeps the stars company.

在我和世界之间／你是日历，是罗盘／是暗中滑行的光线／你是履历，是书签／是写在最后的序言

Between me and the world, / you are a calendar, a compass, / a ray of light that slips through the gloom; / you are a biographical sketch, a bookmark, / a preface that comes at the end.

在我和世界之间／你是纱幕，是雾／是映入梦中的灯盏／你是口笛，是无言之歌／是石雕低垂的眼帘

---

① （唐）李商隐：《玉溪生诗集笺注》，（清）冯浩笺注，蒋凡标点，上海古籍出版社1998年版，第386页。英译见 Stephen Owen, edited and translated, *An Anthology of Chinese Literature, Beginnings to 1911*, New York and London: W. W. Norton & Company, 1996, pp. 511–512.

Between me and the world, / you are gauze curtain, a mist, / a lamp shining into my dreams; / you are a bamboo flute, a song without words / a closed eyelid carved in stone.

在我和世界之间／你是鸿沟，是池沼／是正在下陷的深渊／你是栅栏，是墙垣／是盾牌上永久的图案

Between me and the world, / you are a chasm, a pool, / an abyss plunging down; / you are a balustrade, a wall, / a shield's eternal pattern.①

从以上两首诗及其英译的对比可以看出两种情况。第一种，在古典诗歌及其译文方面，仅看译文完全联想不起原文，两者的相异处极大；第二种，在新诗及其译文方面，译文与原文的对等关系是显而易见的，两者的相同处较大。这或许正是宇文所安看到的，第一种情况与第二种情况的差别如此之大，以至于让人质疑第二种情况中新诗的原创性何在。这也难怪北岛的新诗及其英译会惹来那么严厉的批评，一方面是批评者在撰写评论之时已有一种先见，并将中国古典诗歌作为理想的模型；另一方面则是北岛的诗歌确实具有非常强的可译性。

北岛的早期部分诗作具有较强的可译性，还可用其所惯用的词汇来证明。笔者认为，可能正因为他的早期诗作中有这么多的流行词汇，所以才会招致批评者的种种厚诬。

且看以下采自他的著名诗作的两段：

卑鄙是卑鄙者的通行证／高尚是高尚者的墓志铭。

——北岛《回答》

一切都是命运／一切都是烟云／一切都是没有结局的开始／

---

① 北岛：《履历：诗选 1972—1988》，生活·读书·新知三联书店 2015 年版，第 18—19 页。英译文见 Bei Dao, *The August Sleepwalker*, translated and introduced by Bonnie S. McDougall, London: Anvil Press Poetry Ltd, p. 40.

一切都是稍纵即逝的追寻／一切欢乐都没有微笑／一切苦难都没有泪痕／一切语言都是重复／一切交往都是初逢／一切爱情都在心里／一切往事都在梦中／一切希望都带着注释／一切信仰都带着呻吟／一切爆发都有片刻的宁静／一切死亡都有冗长的回声。

——北岛《一切》①

如上两例所示，在北岛早期的诗歌中，诗人为了达到一种陌生化的修辞效果，往往采用悖论性的修辞、箴言式的判断句、流行而难以具体把握的抽象词汇（如命运、信仰、死亡等）。也可能正因为这些词汇与西方文化和现代性体验密切相关，使得他的诗作被误认为可直接被译成外文而少有损耗。

（五）民族性（独特性）与世界性（普遍性）

在第一章的讨论中，我们看到歌德的世界文学图景中的"世界性"与"民族性"，两者并非相互排斥，而是相互依赖、相互成就对方。在宇文的书评中，他反讽地说道，"也许，国际读者读诗的意图并非在于诗歌本身，而是将之视作窥探其他文化的窗户……可能他们要探究的是某种异域宗教传统或是政治斗争"。西方读者所认可的他者特性，明显不是客观存在的事实本身，而是一套东方主义话语。这种东方主义话语会被他者民族所内化接受为其文化本身，变成自我调适的一种重要参照标准。然而，将诗歌（甚至是文学）当成了解其他文化的窗户，尤其是从中探究某种与文学不相关的内容，这仍是一种十足的恶趣味。这种恶趣味，一方面体现了"国际读者"缺乏对他者的了解，缺乏同情共感的能力；另一方面则体现了长久以来所累积起来的刻板印象在这种不平衡的文化体系当中起了相当大的维稳作用。

---

① 北岛：《履历：诗选1972—1988》，生活·读书·新知三联书店2015年版，第12—13、17页。

（站在宇文的立场看）虽然说"世界诗歌"是任何人都能写出，能够被翻译，需要被西方认可的一种诗歌，但是这种诗歌的"区域性"或"民族性"还是非常独特的。宇文说，"在世界诗歌的范畴内，诗人仍必须寻求一种可接受的方式来表明诗人自己的民族性"。这种"民族性"是西方对于他者的刻板印象（比如"静止的中国"）。这种被西方认可的他者话语，是一种"刻板的民族性"（stereotyped ethnicity）。问题是：诗人真能用诗歌来表达民族身份？抑或是，非得如此不可？诗歌，是否可表达某种人类共通的、共有的人性？一种真正的世界性和普遍性。可是别忘了，有许多批评家这样声称：虽然书写往往具有民族的特性，但是这种民族性的书写，或许能够达到文学表达的普遍性。换言之，民族性和普遍性，两者之间并非是无法协调的，而是相互成就彼此的。

　　世界诗歌，还需要国际读者（西方读者）的参与，即第三世界诗人与第一世界读者的不公平互动。国际读者很希望读到一种能够体现其他国家特点或文化的诗歌，犹如游客在导游手册上寻找特色景点和地方美食，仿佛其他则不再重要。诚然，这样的读者或批评家的期望，本身就是东方主义式的。"读者"即便是如歌德，都期待读到带有本质性、区域特色的作品，而不是那种不确定的、多元性的作品。

　　反讽的是，在"世界文学"的范畴内，所谓的"民族性"有时变成了一种"代表性"。第三世界的作家或艺术家，要赢得更大的世界的读者的关注，要能被西方接受，则不免要征用一种基于"一个文化共同体"（西方文化中心的）认可的话语，比如自由、民主和平等，来书写或表达其本土经验。这种本土经验是那么的典型，以至于能极好地满足国际的读者和评论家对这个国族（区域）的"异国情调""地方色彩"的想象和渴求。这种差异性想象与西方的现实状况完全不同，是典型的文化刻板印象（cultural stereotype），比如中国的国民性、古代中国的裹小脚、抽鸦片和八股文等问题。这种所谓的"代表性",就是在西方人所设定的世界图谱中找寻到自己的代表性位置,有时其实是第三世界作家的一种自我殖民化。要之,所谓"一个文化共同体"的标准,本来应当成为普遍性的标准,但是众口难调,多数时呈现出的是一种"伪普遍性"/"伪普遍主义"。欧阳桢和刘禾对中西比较中"伪普遍性"问题的反思极为到位,不妨在此再次引述。欧阳桢曾对以西方文学发展的模式作为标准来衡量中国文学传统这种做法的不公正性表示不满。他质疑"为什么中国文学没有史诗"这样的伪普遍性问题,并且反问:"为什么西方没有断代史?为什么西方没有创造出《诗经》那样的作品?西方有没有和律诗或杂剧相对等的文类?"① 伪普遍性问题,极好地证明了以一地、一国或一个传统的文学标准为放之四海而皆准的标准,无疑会忽略了各种文化系统各存的多元性,同时也会忽略单个传统(比如中国文学传统)的独特性和自成体系的发展脉络。

诚然,一个不平衡的文化世界体系的存在,导致不同的民族文化传统被安置在不同的位置,相应地,处于世界边缘地带的民族文学中的经典,往往并不能在世界的中心得到认可。比如,在过去两百年的西方世界中,最广为人知并备受赞誉的唐诗作者不是李白、杜甫、李商隐,而是白居易和诗僧寒山,小说方面最受西方读者欢迎的中国小说却是蒲松龄的《聊斋志异》(短篇神怪小说),像《红楼梦》一样复杂艰深的长篇小说也并没有得到应有的重视。由于不同的文化系统中的读者在阅读习惯和评价标准方面存在着极大的差异,在全球化的

---

① 刘禾:《跨语际实践 文学、民族文化与被译介的现代性中国,1900—1937》,宋伟杰译,生活·读书·新知三联书店2014年版,第9页。Eugene Eoyang, *The Transparent Eye: Reflections on Translation, Chinese Literature, and Comparative Poetics*, Honolulu: University of Hawaii Press, 1993, p. 238.

时代,有必要呼唤一种基于中外或多种文化系统而重新锻造出来的共通或超越两者的比较诗学的出现。

三　全球化时代的世界性与民族性

即使不去研读宇文所安关于中国古典诗歌研究的专著,光凭《环球影响的忧虑:什么是世界诗?》这一篇书评看,也足够将宇文所安定位为一位罕见的批评天才。最犀利的批评,往往矗立在洞见和偏见并立的峭壁之上。宇文评论,可谓是集洞见和偏见之大成,其洞见如上分析较为犀利突出,而其偏见则有赖于专业批评者一一指出。奚密、周蕾、黄运特、达姆罗什和琼斯(Andrew Jones)等学者都参与了世界诗歌事件的大讨论,对宇文的观点从不同的角度作出了批评,而事后十年,宇文也有自己的总结回应。① 宇文的文章,让人觉得意犹未尽,有些话题,仅是点到为止,为我们留下了讨论的空间。

(一) 奚密的回应:中西二元论

针对宇文的文章,中国现代文学研究的两位北美学者奚密②和周

---

① 具体参见奚密《差异的忧虑:对宇文所安的一个回响》,《中外文化与文论》1997 年第 2 期。Rey Chow, "Orientalism and East Asia: The Persistence of a Scholarly Tradition," Paul Bowman, ed., *The Rey Chow Reader*, New York: Columbia University Press, 2010, pp. 31 – 47. [美] 黄运特:《作为民族志的翻译:当代中国诗在美国的翻译问题》,载黄运特《跨太平洋位移 20 世纪美国文学中的民族志、翻译和文本间旅行》,江苏人民出版社 2012 年版,第 152—170 页。David Damrosch, "What Is World Literature," *World Literature Today*, Vol. 77, No. 1, Apr.-Jun., 2003, pp. 9 – 14. Andrew Jones, "Chinese Literature in the 'World' Literary Economy," *Modern Chinese Literature*, Vol. 8, No. 1/2, Spring/Fall, 1994, pp. 171 – 190.

② 奚密(Michelle Yeh),生于中国台湾,美国南加州大学比较文学博士。现任教于美国加州大学戴维斯分校,专长为现当代汉语诗歌和东西方比较诗学。主要论著包括:《现代汉诗:1917 年以来的理论与实践》(*Modern Chinese Poetry: Theory and Practice Since 1917*)《现代诗文录》《从边缘出发:现代汉诗的另类传统》。另外,奚密还以中英文翻译和编辑了一些当代诗歌选集。

蕾①作出的回应，最为犀利，最具代表性。最早的一篇有分量的回应文章来自于奚密，原是发表于北岛主编的《今天》杂志1991年第1期。② 奚密是北美学界中国现代诗歌领域的著名学者。她肯定难以接受宇文所安过于绝对化的立论，以及对新诗的全面否定。

奚密指出，宇文犯了"中西二分法"的偏见，一方面将中国和中国文学对象化，与世界隔开，变成了一种不变的事物，而且他忽略了一个大前提，即当代中国复杂的社会现实；另一方面他还忽略了文学的内在价值，比如中国语境中新诗的语言、历史和美学方面价值。奚密认为，宇文所安的论说中有着明显的"二元论"，即将"中国"与"世界""民族诗歌"与"国际诗歌"（宇文所说的"世界诗歌"）对立。这种"中西二分法"太过于僵化，以至于忽略了许多鲜活的文学现象。比如，宇文不能够或不愿意看到中国古典诗歌在近现代让位于新诗自有其内在的历史发展脉络；又如，宇文不应仅高度强调中国古典诗歌的文化内涵而忽略了当代诗歌的历史感。宇文对中国新诗的全面否定，直接否定了中国近代以降几代知识分子在诗歌艺术方面的探索，也否定了现代汉语诗歌所承载的个体情感和历史意义。移置之于北岛的问题上则是，"宇文教授推崇古典诗是因为它有历史感，但是当他读现代诗时却忽略了历史"③。与宇文所批评的"北岛的诗歌缺乏历史感"的观点恰恰相反，北岛的早期诗歌写于70年代中后期，与当代诗歌和历史密切

---

① 周蕾（Rey Chow），生于中国香港，美国斯坦福大学博士，曾任教于美国明尼苏达大学、布朗大学，现为杜克大学讲座教授（Anne Firor Scott Professor of Literature in Trinity College of Arts and Sciences at Duke University），为华裔文化研究、女性主义理论、后殖民理论等领域最重要的学者之一。

② 奚密：《差异的忧虑：对宇文所安的一个回响》，《中外文化与文论》1997年第2期，第61—65页。

③ 同上书，第64页。

相关。宇文的批评话语中的"历史感"其实就是他念想的过去的传统中国，而奚密的回应更接近于事实，北岛的诗歌具有高度的当代历史感。奚密指出，宇文"不但忽略了个人的和文学的历史，而且低估了诗作为一种精神生存的挣扎、个人尊严和信念的肯定的力量"[①]。在传统古典诗歌的表达方式之外，当代诗歌的现实相关性当然指涉的是诗人的历史经验和情感表达，这些都是非常现代的东西。事实上，北岛的早期诗歌（《八月的梦游者》一集）与中国的，乃至是世界的许多事件和文化传统有着种种显见的联系，因而将其称为是一种无根的世界主义（rootless cosmopolitan）则恐怕是一种离谱的误判。而且，现代诗、汉语新诗，自产生时便另取路径，与古典诗歌的表现方式分道扬镳，虽不能说是取代了古典诗歌，但也足以说占据了大半壁江山，变成了最主要的诗歌书写方式（尽管宇文在其第二篇文章声称中国当下有许多旧体诗歌的写作者）。因此，可以说，以古典诗歌及其翻译的情况作为模板，来批评新诗及其翻译，则其所持标准多少有点不合适。

宇文不愿意承认中国诗歌的内部差异性，其"二元论"既是古今的，也是中外的，即在他看来，现代新诗与古典诗歌迥异，因而现代新诗便是"非中国的"。他所谓的"中国的"，其实便是一种固化的观念，即认为唯有像古典诗歌那样的汉语诗歌，才能算得上是中国的诗歌。这背后其实便是将中国、中国文化、中国诗歌，看作是一类静态不动的事物。

奚密对这个话题进行了一连串的追问：在全球化的时代，我们如何在"民族"和"国际"诗歌间划一条清楚固定的界线？必须划吗？我们还可以继续追问：在全球化的时代，诗歌是否可表达普

[①] 奚密：《差异的忧虑：对宇文所安的一个回响》，《中外文化与文论》1997年第2期，第64页。

遍性的情感？现代诗歌的价值，是否可以，或者怎么样可以跨越语言的界限而得以建构？诗歌发展的历程是否不可避免地一定向西方靠拢？如果将西方化当成普遍主义式的现代化，那么是不是一种自我的殖民化？

（二）周蕾的回应：东方主义和弗洛依德的"失去的爱物"

宇文的"中西二元论"的背后是将中国设想为一个静止的国度，认为它有着一种静止不变的文学／文化。或者说，他没有将中国看作是一个生生不息、变化的中国，没有将中国文学传统看作是生机勃勃的活的传统，而仅仅看到了中国传统诗歌的辉煌灿烂历史。周蕾是后殖民研究和文化研究方面最重要的学者之一。周蕾的评论基于两种理论：萨义德的东方主义理论和弗洛依德的心理分析学说。她对宇文所安的批评极为辛辣而有杀伤力。

宇文批评第三世界诗人（北岛）的投机，周蕾则以其人之道反施其身，反向演绎宇文批评中的动机及其形成原因，并反问道：到底是谁在投机？到底是谁为了"自利"？宇文过于担忧的是第三世界的诗人为了让其诗作获得西方人的赞赏，刻意投机地讨好西方评论者，这无疑是一种商品化的外销策略。宇文讽刺北岛的投机、借助"可翻译性"来商业化诗歌，这便是为了"自利"。然而周蕾反问：当宇文所安（一位在北美中国学界有着举足轻重地位的学者、哈佛大学教授）讽刺北岛（一位落魄流离在异国的年轻诗人）的诗歌是在投机地向西方兜售西方需要的东西时，这背后有什么文化政治在里面？周蕾的质问显示出了泛政治化批评在当下的流行，背后是后现代理论的操演。

周蕾从如下三个方面作出回应。

第一，抒情诗与民族性。宇文与周蕾对诗歌与民族性关联这一话题上有着不同的看法。周蕾认为，宇文所安通过诗歌来辨识诗人的民族身份，这本身便是一种种族歧视。与人类学家所写的民族志类似，诗歌学者要求诗歌能体现民族身份，这便是一种典型的东方主义解读。事件发生十几年后，宇文在其第二篇文章中，仍然继续坚持论证这样的观点："抒情诗与民族语言的特性联系最为紧密。"宇文最大错误在于，将中国诗歌看作是一种静止的、不变的，只存在于过去传统的样式。这是一种典型的东方主义想象。无论是东方人还是西方人（西方汉学家），都可能陷入东方主义话语模式。"只有……才是某地／某族／某国的……"，这样的句式，便是一种固化的刻板印象。这一类话语决定了受其影响的思想者会使用一种地理环境的先在决定论（这种话语与19世纪中期至一战间盛行的"种族决定论"有着某种相似性）。抒情诗会呈现民族语言特色，会呈现出民族的身份，这种论述放在古代文学方面看或许有一定的合理之处，但是放在当代文学领域则多少有点政治不正确。政治不正确，在北美学术文化圈中则是大忌。

第二，忧郁的剖析。周蕾运用弗洛依德关于"忧郁"的心理分析理论来解释宇文所安在书评中的过激回应。在弗洛依德那里，"忧郁"是一个人得不到他爱的东西，所以最终将其失落感投射到其自我当中。病人对这种失落的本质其实缺乏一定的自知意识，"失落感"也逐渐内化，使得病人越来越无能、无用，就像是被这个疯狂的世界不公平地抛弃了。这就是弗氏关于"自我"与"失去的爱物"之间的隐微联系。周蕾将这种隐微的联系，套用到了宇文所安身上。宇文是中国古典诗歌方面的著名汉学家，"中国"和"中国诗歌"便是其"爱物"。从第三世界来的中国诗人北岛，经过了翻译，因其符合西方文化政治的需求而跃身世界文坛，从此备受中外读者的关注。北岛和中国新诗，抢夺了关心中国的读者的眼光，仿如一下子从这名中国古典诗歌的专家手中抢去了其专有的"爱物"。因而，周蕾嘲讽地说，"宇文所安真正的抱怨在于，他是这个残酷的世界秩序的受害者，在这种世界秩序面前唯有像他这样的愠怒无能才是通往真理的唯一路径……"① 周蕾的抨击充满了火药味，似乎为宇文的忧郁症候找到了"病根"，为其东方主义式的偏见找到了一种合理的解释。由此看来，全球化时代的民族文学和世界文学的关系中，不仅有边缘世界作家的焦虑，也有着处身于体系中心区域的重要评论家的焦虑。如周蕾所云，宇文这一类以古代为研究对象的汉学家，面对其研究对象的重要性（历史中国的重要性）的消逝而感到特别的焦虑。

第三，普遍性与独特性。周蕾在这篇文章里还延伸讨论了普遍性与独特性（universalism and particularism）的话题，正好也与我们第一章论及的主题"民族文学与世界文学的关系"密切相关。普遍性与独特性，两者并非相互冲突，而是相互增益和补充。用周蕾的话说则是"为对方的弊病而背书，以便遮掩自己的弊病"②。移置至世界文学的场域来看，在世界文学空间中民族文学要呈现出其民族的语言和文化特色——这种论述其实并无问题，这也是歌德时代以来的跨国文学现象。问题是，倒过来看，西方读者期待非西方的当代作家在世界文学空间中迎合他们，并呈现出他们认可的民族文学特征，这种想法则过于政治不正确了。当然，运用这种东方主义思维、支持这种想法的学者也就应当受到严厉的批判。

---

① Rey Chow, "Orientalism and East Asia: The Persistence of a Scholarly Tradition," Paul Bowman, ed., *The Rey Chow Reader*, New York: Columbia University Press, 2010, p. 33. 周蕾的原话是："Owen's real complaint is that he is the victim of a monstrous world order in front of which a sulking impotence like his is the only claim to truth."

② Ibid., pp. 34 – 35. 周蕾的原话是："endorse each other's defect in order to conceal their own."

四 世界文学的"美食广场"之喻

(一)"世界诗歌"事件的启示

宇文所安在论及北岛诗英译时还说,"要成功地创造一种'世界文学'是必须付出代价的"①。这种代价便是牺牲"民族性",而迎合世界文学"美食广场"的代表性规则。宇文在第二篇文章中为世界文学领域贡献了一个精妙的譬喻:"美食广场"(food court)。美食广场的隐喻,虽然不能完全说明"什么是世界文学"的问题,但却可以较好地解释"什么不应该是世界文学"的问题。美食广场,其实是全球化的产物。只要去任何一个大型购物商场或国际机场,你都能见到"美食广场",它体现的是"世界食物"的便捷性和代表性。换用宇文的话则是这样:在购物中心规划的一种普遍的语法体系下,美食广场有其运行规则——需要有代表各个国家、各个地方特色的菜肴可供客人选择,既多元又廉价。食物与文学(精神食物)一样,在全球化的时代早已是与世界主义相关的范畴。

让我们以一个趣闻来接上这一部分的讨论。2015 年 9 月 22 日,梵蒂冈城国元首罗马教宗方济各②首次抵达美国,开始了在美国为期六天的外交访问。教宗在美期间特地要去华盛顿唐人街的一家中餐馆,吃一道叫做"宫保鸡丁"的中国菜。问题是,"宫保鸡丁"这道菜,到底是中国菜,还是美国菜,抑或是美式中国菜?正如民族国家

---

① [美] 宇文所安:《环球影响的忧虑:什么是世界诗?》,文楚安译,《中外文化与文论》1997 年第 2 期,第 56 页。
② 教宗方济各(Franciscus I),1936 年出生于阿根廷,耶稣会士,为天主教国家梵蒂冈城国(Stato della Città del Vaticano)的国家元首,同时也是天主教罗马教廷的宗教领袖第 266 任教宗。梵蒂冈城国为世界上领土面积最小、人口最少的国家,四面被意大利包围,为"国中之国"。

依赖他者而自立的逻辑一样,一国的菜肴仅仅在其国界之外才具有清晰的整体性。这正如,一个现代人在跨越了国界之后,会更加意识到自己国族身份的重要性。在中国内部,有沪菜/本帮菜、鲁菜、湘菜、川菜、粤菜、潮菜等,但是就没有一种菜叫做中国菜。在中国之外,中国菜确实是存在的,但是在波士顿、布拉格和马德里,它们又都是不同的。① 所谓的"中国菜",虽然存在着种种中国的元素,但只存在于中国之外。比如,全世界各地的唐人街中国城,都不难找到一盘"宫保鸡丁",然而对于一个本土中国人而言,宫保鸡丁不能算是中国菜,确切地说,是外国人制造的中国菜,或许其中有着中国美食的元素。被翻译成外语的中国文学,便如同这种在国外的中国菜。一部汉语文学作品,无论是以原文还是以译文的形式,被美国读者和日本读者阅读,可能得出不同的评价,而这部作品若被译成不同的语言,不同语言的读者读起来可能也会觉得"口味有所不同"。在世界文学的世界里,或者世界文学的序列中,国别文学就如有国别标识的食物一样,具有一定的代表性。同理,诺贝尔文学奖被看作文学的奥林匹克竞赛,其实也不外乎是美食广场式的神圣化。因而,我们可以说,宇文所安"美食广场"的隐喻,虽然并没有讲出世界文学是什么,但解释了世界文学不应该是什么。

借助"美食广场"的隐喻,我们来进一步思考与世界文学相关的问题。

(1)选本问题。世界文学不应是一种经典作品的序列。以往的诸多世界文学选集,典型的如《诺顿世界文学选》(*The Norton Anthology of World Literature*,2012)或《诺顿世界名著选》(*The Norton*

---

① 这个譬喻和讨论,也是来自宇文所安,请见[美]宇文所安《前进与后退:"世界"诗歌的问题和可能》,载[美]达姆罗什、刘洪涛、尹星主编《世界文学理论读本》,北京大学出版社2013年版,第236—238页。

Anthology of World Masterpieces），其实便是各国经典作家作品选辑，取每一个国家或传统中的一两位作家的某几部/篇作品作为代表。

（2）教学问题。大学里世界文学课程的设置和教学，其实也不应该就是各国/各个传统中的代表作家作品的选讲。

（3）重大奖项的问题。"诺贝尔文学奖"的颁发，有时也是选代表性作家、代表性作品、代表性流派。前两者较易理解，而"代表性流派"所选的作家有时虽然并不是最为合适的，但还是具有一定的代表性。比如，克洛德·西蒙（Claude Simon，1913—2005）代表了法国和"新小说"思潮，而马尔克斯（Gabriel García Márquez，1927—2014）则代表了拉丁美洲的文学爆炸和魔幻现实主义文学，因而获得了诺贝尔文学奖。

以上三个方面的问题，不也如美食广场的布局吗？然而，世界文学，不应只是如此。美食广场本身，便充满了各种各样的刻板印象。比如图5-1，这是来自美国动漫《辛普森一家》剧集中的场景，图片的左边营业窗口写着"Crouching Tiger, Hidden Egg-roll"（卧虎藏蛋卷）。这是代指中国菜，暗用了剧集播出时在美国颇为流行的华语电影《卧虎藏龙》（Crouching Tiger, Hidden Dragon，2000年，李安导演），而"Egg-roll"和"Dragon"两词交替地唤起与中国相关的种种文化印象。这正如在北美的大商场或机场能够看到的一些中式或日式的餐厅招牌一样。比如"Panda Express"的招牌/餐馆，代表了美国的中式快餐，而"Edo Japon"则是美国的日式快餐①。这些都是全球化时代快速消费所产生的景象，直接来源便是被资本和流行文化过度

---

① "Panda"（熊猫）喻指中国，而"Edo Japon"则喻指日本。至少两方面"Edo"（伊豆）可指代日本。（1）Edo Japon，原指江户日本（1603—1867），又称日本德川时代。在这一层面上，伊豆代表了古代日本。（2）日本首位获诺贝尔文学奖的作家川端康成于1926年发表了短篇小说《伊豆的舞女》，后来这篇小说被改编成同名电影，颇受欢迎，吸引了许多读者来到伊豆这个地方。在这一层面上，"伊豆"还代表了文学的日本。

图 5-1　美国动漫《辛普森一家》某一集中出现的美食广场

第 299、355、455、504 等集皆出现了这一场景。

强化的某国某物的刻板印象。这也是我们在看待"世界文学"场域中各地方文学作品时,应该警惕和再思之处。

我们在民族文学的基点上想象"世界文学"的乌托邦,这真是一个悖论:世界文学在其实现之时,便失去了其存在的独特性,便变了味道。然而,我们也不能一味地追求所谓一成不变的本质论。我们有必要换另一种眼光来看待世界文学,重新界定世界文学。作为方法的世界文学,是一系列的问题、一系列的批评概念,引导着我们如何看待全球化时代的各种文学关系。这远不是一个如歌德想象的世界文学的目标,因为毕竟歌德的目标在今日早已实现。比起歌德及其时代,我们面临的是更加多元的文学、更加复杂的世界,我们需要新的视角、新的思考方式、新的方法来观察测量所谓的"世界文学"和世界文学的世界。

(二) 世界文学更新了作品的生命

在全球化时代讨论世界文学和翻译,我们有必要至少考虑如下三种要素：欧美文化或政治势力的影响、本土文学的焦虑，以及世界文学作品的类似命运。达姆罗什对这个事件的回应深具意味，为我们思考世界文学提供了一种较为有效的方法。宇文所安曾如此诘问：这是中国文学，还是起始于汉语的文学？这其实是所有世界文学的命运。达姆罗什曾指出："所有作品一经翻译，便不再是其原初文化的独特产物；它们都变成了仅仅'始自'其母语的作品。"[①] 文本的旅行（被接受、被译），已不能单纯看作是原作，而是从原点出发而经过变异的作品（一种出于原土壤，而得到新生的文本）。换言之，这个事件提示我们思考与世界文学相关的一种普遍现象：文学文本跨国界流通，并积极地存在于他者文化体系当中的那种在场的、复杂的情况。翻译往往并非透明的、对等的。李商隐精美隐晦的律诗，被译成了英语诗歌，便已经不再是李商隐的诗歌，而英语世界中的北岛也已不同于汉语世界中的他。我们研究世界文学，还应该看到的是文本在目标语语境当中具体呈现的情况。关于北岛诗歌这一案例，我们应该针对外国读者问的更关键的问题是：这些诗作在新语言中得到怎样的再现，进而这样重生的作品在新语境中具备怎样的意义？这其实也是本雅明《译作者的任务》中一再声称的论断：译本是由原作继起的新生命。因而，我们需要探究的是这样的问题：一部文学作品一旦进入世界文学空间，它其实便获得了新的生命，那么这部作品在新的文化体系、具体的语境中，如何被重新翻译和接受（理解、阐释或重组），并产生新的意义。

[①] ［美］丹穆若什：《什么是世界文学?》，查明建、宋明炜等译，北京大学出版社 2014 年版，第 26 页。

第六章

进化论与世界体系：世界文学大猜想

> But limits change, and I think it's time we returned to that old ambition of Weltliteratur: after all, the literature around us is now unmistakably a planetary system.
> ——Franco Moretti①

一 谁是莫莱蒂？

让我们引用《纽约时报》对弗兰哥·莫莱蒂（Franco Moretti, 1950— ）的赞美来开始这一章。这一段话可能有点耸人听闻。

Reading Moretti, it's impossible not to notice him jockeying for scientific status. He appears now as literature's Linnaeus (taxonomizing a vast new trove of data), now as Vesalius (exposing its essential skeleton), now as Galileo (revealing and reordering the universe of books), now as Darwin (seeking "a law of literary evolution").②

---

① Moretti, "Conjectures on World Literature," Franco Moretti, *Distant Reading*, London: Verso, 2013, p. 45. 笔者译文："然而畛域会变，我认为是时候回到世界文学这个伟大的抱负了：毕竟，现在我们周围的文学无疑是一个行星体系了。"
② Kathryn Schulz, "What is Distant Reading." 请参：http://www.nytimes.com/2011/06/26/books/review/the-mechanic-muse-what-is-distant-reading.html ［引用日期：2016.11.19］

[笔者的汉译] 阅读莫莱蒂，几乎难以忽视他是如何（为文学研究）争取科学的地位。他现身为文学领域的林奈——对一大堆新数据进行分类，又现身为维萨里——揭示出（文学史发展的）基本骨架，又现身为伽利略——揭示并重整了整个书籍宇宙的秩序，又现身为达尔文——努力寻求"文学进化的法则"①。

这是2011年6月26日《纽约时报》对莫莱蒂在文学研究方面贡献的评价。看到这份影响巨大的《纽约时报》对于一位文学研究者的推崇，竟然是如此夸张。这一段话中，堆砌上了那么多的溢美之词，让那么多伟大的科学家为其站台背书。我们不禁要问，这位莫莱蒂究竟是何方神圣？莫莱蒂能当得起这么多的赞赏吗？他对世界文学研究的贡献主要体现在哪些方面？

让我们简单介绍一下莫莱蒂。莫莱蒂，是一位意大利籍文学史家，美国斯坦福大学英语系、德语系和比较文学系讲座教授（2016年已荣休）。② 他的专长是马克思主义批评、小说文体研究，其著作专门讨论现代小说的历史——尤其是小说作为一种全球性文体及其影响的历史。他在斯坦福大学创建了一个小说研究和文学实验室（The

---

① 林奈（Linnaeus），即卡尔·冯·林奈（Carl von Linné，1707—1778），日耳曼族，18世纪瑞典博物学家、生物学家，著有《植物系统》（1737）、《植物种志》（1753）等书，在植物学领域影响巨大。他是动植物双名命名法（binomial nomenclature）的创立者。他首先提出界、门、纲、目、属、种的物种分类法，至今被人们采用。维萨里（Vesalius），是欧洲中世纪解剖学学者，近代人体解剖学的创始人。1543年完成了《人体结构》（七卷）著作，影响深远。他与哥白尼（Nicolaus Copernicus，1473—1543年）齐名，是科学革命的两大代表人物之一。伽利略（Galileo Galilei，1564—1642），意大利数学家、物理学家、天文学家，科学革命的先驱之一。伽利略改进望远镜以观察天体，并取得了一系列的成果，支持哥白尼的日心说。时人有谓，"哥伦布发现了新大陆，伽利略发现了新宇宙"。达尔文（Charles Robert Darwin，1809—1882），英国生物学家，进化论的奠基人。其著《物种起源》，提出了生物进化论学说，摧毁了"神造论"和"物种不变论"。

② 莫莱蒂1972年以最优等生毕业于罗马大学，在去斯坦福大学之前，还曾任教于美国的哥伦比亚大学。2006年，获选美国人文科学院院士，也任德国柏林高等研究院研究员、法国国家研究部顾问。他的弟弟是意大利著名导演南尼·莫莱蒂（Nanni Moretti，1953—   ）。他曾在其弟所执导的三部电影中跑过龙套。

Study of the Novel and the Literary Lab),使用科学(数学人文)的方法来研究小说和其他文学作品。这个著名的实验室及其出版物,成为人文研究、计算机科学、数字人文等相关领域学者密切关注的对象。莫莱蒂的影响早已超出了人文领域。

莫莱蒂的主要著作有《奇迹的先兆:文学形式社会学论集》《世界之路:欧洲文化中的成长教育小说》《现代史诗:从歌德到加西亚·马尔克斯的世界体系》《欧洲小说地图集:1800—1900》《图表、地图、树图:文学史的抽象模型》《布尔乔亚:在文学与历史之间》和《远距离阅读》。① 其中,《图表、地图、树图:文学史的抽象模型》和《远距离阅读》两书,已是比较文学、世界文学、数字人文等领域学者的必读著作。莫莱蒂对现代小说文体及其全球性扩张有长年累月的研究,其主编的五卷本意大利语小说史巨著《小说》(*Il Romanzo*, 2001—2003)收录百余篇论文,是这一领域的杰出成果。鉴于国际学术界的英语霸权地位,英语已是世界性的学术语言,意大利语著作明显没有英语著作的影响力大,莫莱蒂从五卷本的《小说》中挑选了一些论文,组织了一些人翻译成英语,经过重新编辑之后在英语世界以两卷本出版。② 这个两卷本的《小说》(*The Novel*,

---

① Franco Moretti 的主要著作都由著名的左派出版社 Verso 出版。主要著作列表如下:(1) *Signs Taken for Wonders: Essays in the Sociology Literary Forms*, London: Verso, 1983. (2) *The Way of the World: The Bildungsroman in European Culture*, London: Verso, 1987. (3) *Modern Epic the World-System from Goethe to García Márquez*, London: Verso, 1995. (4) *Atlas of the European Novel 1800–1900*, London: Verso, 1998. (5) *Graphs, Maps, Trees: Abstract Models for a Literary History*, London: Verso, 2005. (6) *The Bourgeois: Between History and Literature*, London: Verso, 2013. (7) *Distant Reading*, London: Verso, 2013.

② Franco Moretti, ed., *The Novel*, Volume 1: *History, Geography, and Culture*. Princeton, N. J.: Princeton University Press, 2006. Franco Moretti, ed., *The Novel*, Volume 2: *Forms and Themes*. Princeton, N. J.: Princeton University Press, 2006. 五卷本的出版情况如下:Franco Moretti, dir. *Il Romanzo*, Vol.1, *La cultura del romanzo*, Vol.2: *Le forme*, Vol.3: *Storia e geografia*, Vol.4: *Temi, luoghi, eroi*, Vol.5: *Lezioni*. Torino: Einaudi, 2001–2003。

2006），影响比意大利语版更大，可谓是研究现代西方小说的必备参考书。莫莱蒂对于小说这种文体的全球性扩张的研究，有助于其后续的世界文学观念的形成。

二　问题而非对象：世界文学大猜想

在莫莱蒂诸多影响巨大的著作之中，有一篇短短的论文，在世界文学研究领域曾引起巨大的回响。这篇文章便是发表于 2000 年的《世界文学猜想》（Conjectures on World Literature）。① 此文一出，争议蜂起，引来了许多回应，以至于一些著名学者针对他的观念而召开了一些相关会议，而他在三年后再写了篇《更多猜想》来一一回应他人对他的批评。② 他这前后两篇文章中提出的种种理念和方法，可谓是重新定义了"世界文学"，并为这一领域提供了新的研究方法，尽管存在着各种不足，也引来许多批评意见。

莫莱蒂直截了当地指出了问题的所在："'世界文学'这一术语已经出现了近两个世纪，但我们仍然不知道究竟什么是世界文学。"③

---

① Moretti, "Conjectures on World Literature," Franco Moretti, *Distant Reading*. London: Verso, 2013, pp. 43-62. 这篇文章最初发表于 2000 年的《新左派评论》（*New Left Review*），现今已成为了经典，是所有比较文学与世界文学学者的必读作品。

② Moretti, "More Conjectures," Franco Moretti, *Distant Reading*. London: Verso, 2013, pp. 107-120. 莫莱蒂的文章发表之后，很快就引起了长久的讨论。一些著名的比较文学学者回应了其理论，提出了一些商榷意见。剑桥大学教授克里斯多夫·普伦德加斯特（Christopher Prendergast）、康奈尔大学教授安德森（Benedict Anderson）、伦敦大学教授弗朗西斯科·奥尔西尼（Francesca Orsini）、加州大学教授埃弗拉因·克里斯塔尔（Efraín Krista）、匹兹堡大学教授乔纳森·艾瑞克（Jonathan Arac）、纽约大学教授艾米丽·阿普特（Emily Apter）、土耳其伊斯坦布尔比尔基大学（Istanbul Bilgi University）教授耶乐·帕尔拉（Jale Parla）、哈佛大学达姆罗什等学者，就莫莱蒂的学说和世界文学理论展开了深入的讨论。Christopher Prendergast, et. al., *Debating World Literature*, London: Verso, 2004. 高树博：《弗兰克·莫莱蒂的"世界文学"思想》，《学术交流》2015 年第 1 期。又，高树博：《远距离阅读视野下的文类、空间和文学史》，中国社会科学出版社 2016 年版。

③ [意] 弗兰哥·莫莱蒂：《进化、世界体系、世界文学》，载 [美] 大卫·达姆罗什、陈永国等编《新方向：比较文学与世界文学读本》，北京大学出版社 2010 年版，第 249 页。

第六章 进化论与世界体系：世界文学大猜想

"我们没有确切的概念，没有组织构成世界文学庞大数据资源的各种假设，我们不知道究竟什么是世界文学。"① 确实，"世界文学"一词，尽管自其诞生一直都有学者反复论及，但这个概念一直是含混不清的。许多时候，人们将世界文学等同于各民族文学经典的汇总，又或者是将歌德的世界文学概念当成一种预言式的乌托邦，借以附证自己的想法。然而，莫莱蒂认为，或许我们可以换一种方式来重新思考"何谓世界文学"，以及如何研究它。

莫莱蒂指出："世界文学不是一个对象，而是一个问题。"他说的其实是，我们并不能简简单单地将"世界文学"看成一个研究对象，因为这样做，无论怎么处理结果总是充满争议，甚至可谓是徒劳无功。"世界文学"，本身几乎就是无法把握的概念。我们不禁要追问：什么样的文学，才是/才能算是世界文学？价值标准总是相对的，尤其是在全球化的今日。可如果将世界文学当成"世界上的文学"呢？这要有多大的"量"，才能涵盖所有的世界文学？一个人或一大群人，穷其一生，也无法把握作为总量的世界文学。因而，世界文学是一个超级大难题。这是一个需要用新的方法、加以解决的问题。读得多，读得更多，读得好，读得更好，固然是好事，然而读得再多再好也无济于事，这对世界文学来说仍是远远未够。那么，我们怎么办？

让我们以最简单扼要的方式来概括莫莱蒂的观点，然后再进一步解释与其观点相关的理论。

莫莱蒂关于世界文学的主要观点及其思想来源情况如下。

莫莱蒂理解的世界文学，是指人类创造的全部文学作品。但这是

---

① ［意］弗兰哥·莫莱蒂：《进化、世界体系、世界文学》，载［美］大卫·达姆罗什、陈永国等编《新方向：比较文学与世界文学读本》，北京大学出版社2010年版，第242页。

一个不可把握的范畴。这与玛格丽特·科恩①的"大量未读"(great unread)概念相关。科恩指出,在文学史提及的作品之外,曾经存在着大量的作品,但自产生之日起便被遗忘或者如今已无法再看到了。世界文学研究,应回应"大量未读"的问题。

其一,历时性地看,18世纪是世界文学的分水岭,决定性的因素是世界市场的形成。这是对马克思"世界文学"概念的推进。因而,前后存在着两种世界文学。

其二,18世纪之前的世界文学,单个文学传统是"树"的形状,从天空鸟瞰全世界文学的图景则是一种马赛克式的拼贴。这个观点受启于达尔文的进化论。

其三,18世纪之后的世界文学,主要是以"波浪"的形式存在。这还附证了沃伦斯坦②的世界体系理论——世界是"一个但不平衡"

---

① 玛格丽特·科恩(Margaret Cohen,1958—),现任斯坦福大学英语文学教授。著有《小说与海洋》。Margaret Cohen, *The Novel and the Sea*, Princeton:Princeton University Press, 2010. 汉译本请见[美]科恩《小说与海洋》,陈橙等译,上海译文出版社2018年版。该书获美国18世纪研究协会"戈特沙尔克奖"(The Louis R. Gottschalk Prize)和叙述学研究国际协会的"乔治和巴巴拉·珀金斯奖"(The George and Barbara Perkins Prize)。还著有《亵渎的启迪:瓦尔特·本雅明与巴黎的超现实主义革命》(*Profane Illumination:Walter Benjamin and the Paris of Surrealist Revolution*, Berkeley:University of California Press, 1993)和《小说的情感教育》(*The Sentimental Education of the Novel*, Princeton:Princeton University Press, 1999)。《小说的情感教育》,获美国现代语言学会(MLA)颁发的法语和法语风文学的奖项"阿尔多和珍妮·斯卡里奥妮奖"(Aldo and Jeanne Scaglione Prize)。2017年,科恩还获得了"古根汉奖"(Guggenheim Fellowship)。在《小说的情感教育》一书中(1993年英文版第23页),科恩创造了"大量未读"(the great unread)这个术语。

② 沃伦斯坦(Immanuel Wallerstein,1930—2019),著名历史学家、社会学家、政治经济学家,新马克思主义的重要代表人物,"世界体系理论"的创始人和主要阐发者,是美国耶鲁大学高级研究员,曾任教于美国纽约州立大学宾厄姆顿分校社会学系。沃伦斯坦受法国年鉴学派的长时段历史分析的影响,著有《现代世界体系》四卷本,第一卷出版于1974年,此后多年沃伦斯坦继续完成此书的其他卷,该书的第四卷出版于2011年。Immanuel Wallerstein, *The Modern World-System*, *I – IV*. Berkeley, CA:University of California Press, 2011. 汉译本见[美]伊曼纽尔·沃勒斯坦《现代世界体系》第1—4卷,郭方等译,社会科学文献出版社2013年版。《现代世界体系》一书中,沃伦斯坦借鉴了法国年鉴学派长时段、大范围的研究,熔史学、社会学、经济学、政治学、人类学、地理学等学科的研究方法于一炉,创建了"多学科一体化"的研究方法。沃伦斯坦解释了自16世纪始至今天的世界变化情况。就"体系"而言,现今有两种世界体系,一是世界帝国,一是世界经济体(莫莱蒂的世界文学体系是全球一体化的经济体)。或许还可以算上科幻小说中出现的第三种形式:一个全球一统的世界政府。

的体系（one but unequal system），而全球化时代的世界文学正是这样的存在。① 我们将在下一章讨论"大量未读"以及与其相关的数字人文研究问题，本章则主要集中在梳理上面提及的其他观点，即莫莱蒂如何借助文化史领域的两个隐喻来重新理解、重新定义"世界文学"，以及这种理解有何优劣之处。

三　两种文化史隐喻：树和波浪

莫莱蒂所论的"世界文学"，是全世界各国、所有民族、所有语言写成的所有的文学，这是一个无法把握的范畴。所以，世界文学不能简单地被看作一个研究对象，而是一个大难题。面对这样的世纪难题，我们需要新的研究视角、新的研究工具，来给予解答。

由于交通不便、地理分隔，世界上许多地区曾各自独立存在，也因而各个文化/文学传统少有接触，或交流较少。大规模的战争和商贸往来，大大地促进了族群和文化间的接触，也使得大约在18世纪一个世界市场逐渐成熟（当然此前各国的交流和接触其实是小规模的、非全局性的）。有趣的是，不同的市场上，流通着相似的、类似的文学作品。马克思和恩格斯早就在《共产党宣言》中观察到这种现象。他们指出："资产阶级，由于开拓了市场，使一切国家的生产和消费都成为世界性的了。……过去那种地方的和民族的自给自足和闭关自守状态，被各民族的各方面的互相往来和各方面的互相依赖所代替了。物质的生产是如此，精神的生产也是如此。各民族的精神产品成了公共的财产。民族的片面性和局限性日益成为

---

① 莫莱蒂的观点，请见［意］弗兰哥·莫莱蒂《进化、世界体系、世界文学》，载［美］达姆罗什、陈永国等编《新方向：比较文学与世界文学读本》，北京大学出版社2010年版，第249页。

不可能，于是由许多种民族的和地方的文学形成了一种世界的文学。"① 在《共产党宣言》中，马克思、恩格斯提及，由于世界市场的开拓、资产阶级的兴起、商品的全球化，文学作品也作为一种商品参与到世界性流通中。这些"世界文学"作品，具有一种"普遍性"（或同质性），有着某种统一的文化特征。这种同一性，在莫莱蒂那里正是"波浪"式影响下的世界文学。这种同一性特征，也为世界文学的"远距离阅读"，甚至是数字人文的大规模分析提供了一种可能性。马克思所说的"世界文学"，其实是一种依赖于世界市场而流通的、作为商品的文学，而且这些文学具备了某种"同一性"的品质。"一部出版的诗集，是一种商品"，这种说法或许会让把文学神圣化、纯粹审美化的读者接受不了。然而，这不是比喻，而是事实。在市场上流通的文学书籍，本身就具有商品的属性。

莫莱蒂借用了文化史研究的两个有趣隐喻（也是两种分析模式）——树（tree）和波浪（wave），来帮助理解"世界文学"。"树"，或谱系式的树状图，代表的是一个相对完整而自足的体系，展现了多元分支的亲缘关系。比如，将一个文化/文学传统看作一棵树。② 如果单个文学传统是一棵树，树上的叶子是单个作品，而世界文学作为一个多元共存的整体，或许可想象为一座森林，用莫莱蒂的比喻则是从天空鸟瞰见到的各种马赛克的拼贴——单个传统则如一块马赛克。莫莱蒂其实质疑的是，许多文学研究仅见"树叶"，不见"树"的整体，

---

① 《马克思恩格斯文集》第 2 卷，人民出版社 2009 年版，第 35 页。Karl Marx and Friedrich Engels, *The Communist Manifesto*, With an Introduction and Notes by Gareth Stedman Jones, London: Penguin Books, 2002, pp. 223 – 224.

② 以"树"或树的模型来理解历史，是一种很常见文化史比喻。把一种文化、一个传统比喻为一棵树，从起源到开枝散叶，这样描述下来，便能脉络化地看到其源头、发展和演变。语言、文化、种族（人种）、细菌变异等领域的描述性解释，也常借用"树"的隐喻。比如文化人类学的著作——拉尔夫·林顿的《文化树：世界文化简史》（何道宽译，北京师范大学出版社 2017 年版）。

更不可能观察到"世界文学"这样一座"森林"的面貌。

以"树"来理解一个文类/文学/文化传统,其实也不算是什么新颖的观点。且让笔者以一个与世界文学密切相关的案例来做解释。本书第一章曾提及歌德在 1827 年年初读到了一些翻译成法语或英语的中国小说,其中有一本便是汤姆斯在 1824 年出版的英译《花笺记》(图 6-1)。汤姆斯在译完《花笺记》后,为该译本撰写了一篇序言,以解释中国诗歌的风格、形式和历史。汤姆斯以他者的、中西比较的眼光来做翻译,并提供了他从比较中得来的观察。请注意,汤姆斯写作这篇序言时,其拟想的读者是西方的、英语世界的读者,所以他需要为西方读者呈现出一个中国文学传统的脉络。他引用了清代学者王尧衢《古唐诗合解》(图 6-2)一书的凡例,对中国诗歌发展过程作如下的概括。

> 如果把中国诗歌的发展过程,比作一棵大树的生长过程的话,《诗经》三百篇就是它的根系;苏李的作品是它发出的嫩芽;建安时期的创作是它生长出的枝干,在六朝时期它长出了叶子,直到唐代及以后,这棵树树叶下垂,开始孕育出精美的花朵了。①

这一段王尧衢著作中的原文为,"譬之于木,《三百篇》根也,苏李发萌芽,建安成拱把,六朝生枝叶,至唐而枝叶垂阴,始花始实矣"②。

---

① [英] 彼特·汤姆斯:《英国早期汉学家彼特·汤姆斯谈中国诗歌》,蔡乾译,《国际汉学》2016 年第 4 期。原载 Peter Perring Thoms, *Chinese Courtship*, London: Published by Parbury, Allen and Kingsbury, 1824, preface, pp. iii – xiii.

② (清)王尧衢:《古唐诗合解笺注》,致和堂存板,雍正壬子(1732),卷 1—2,凡例。此页之中,还有论及诗体演变的段落如是,"诗体多变。三百篇之后,变为离骚,及汉而有苏李五言,无名氏之十九首始其规模,又变而建安,黄初一时鸿才接踵,上薄风骚,由魏而晋,六朝名流继起,各成一家,至陈隋之末,非律非古颓波日下。唐初沿其卑靡浮艳之习,一变而成律绝近体"。

图 6-1　汤姆斯英译《花笺记》封面　　图 6-2　王尧衢著《古唐诗合解》凡例①

《古唐诗合解》一书是清代流传颇广的蒙学作品。汤姆斯在广州、澳门学习汉语、练习翻译时，与其接触的中国文人可能便向其推荐了这本书。王尧衢的诗歌源流正变之论及其背后的"宗唐"观念，其实来自清初诗人叶燮。② 叶燮《原诗》论及中国诗歌文体的源变，有如下论述："诗始于《三百篇》，而规模体具于汉。自是而魏，而六朝、三唐，历宋、元、明，以至昭代，上下三千余年间，诗之质文、体裁、格律、声调、辞句，递升降不同，而要之，诗有源必有流，有本必达末；又有因流而溯源，循末以返本。"③ 又云："夫自三

---

① （清）王尧衢：《古唐诗合解笺注》，致和堂存板，雍正壬子（1732 年），卷 1—2，凡例。
② 詹福瑞：《王尧衢〈古唐诗合解〉的宗唐倾向及选诗标准》，《文学遗产》2001 年第 1 期。
③ （清）叶燮：《原诗笺注》，蒋寅笺注，上海古籍出版社 2014 年版，第 1 页。

第六章 进化论与世界体系：世界文学大猜想　　199

百篇而下，三千余年之作者，其间节节相生，如环之不断；如四时之序，衰旺相循而生物、而成物，息息不停，无可或间也。吾前言踵事增华，因时递变，此之谓也。"① 叶氏认为，后世文学是在原传统中生长出来的，"踵事增华，因时递变"，因而唯有明白传统的上下源流，方能从中求得新变。将中国诗歌传统比喻为一棵树，这种比喻对于这个传统之外的英语读者而言，应该是较为新鲜有趣的。汤姆斯这样的介绍，有效地向英语世界的读者传达出这个传统的概貌。当然，现在的读者可能会发现，这种概略性的描述牺牲了单个文学作品的美感体验，而着重在文学史的大脉络。换言之，我们是远距离地观察这个传统，并在有限的时间内对一个外来者作出最为简要的描述。②

　　当我们在学习单个民族文学传统时，我们其实看到的也是较具代表性、典型性的民族文学经典。我们依赖的是文学文本的内部分析方法，即对单个文学作品的细读分析，关注的是作品的主题、重要情节、人物形象、修辞、句子、词汇等内容，而多数时在宏观层面上的把握则是粗略的、不足的。以"树"来把握文学传统，必定会忽略树上的单片叶子（单个作品），更不可能照顾到"叶子上的纹路"。有时这种做法也是危险的，因为我们只看到宏观的层面，而忽略了细节，所依赖的是最广为接受的文学史观念，也即一个文学史传统的大

---

① （清）叶燮：《原诗笺注》，蒋寅笺注，上海古籍出版社2014年版，第218页。
② 让我们设想一下，假如你（中国读者）要向一个完全不熟悉中国文化/文学的外国人在短时间内介绍完中国文学的概貌时，你其实也就面临着同样的处境，即远距离地描述中国文学之树的生成、萌发和开枝散叶。你或许会说，在20世纪之前，或在1840年的鸦片战争之前，或1919年五四运动之前，中国文学自成一"树"，是一个相对封闭的传统。当然这样说，需要有许多限定，比如外来文化的影响不大（有争议）、文类的等级次序也相对稳定等。你可以跟你的外国朋友这样介绍：传统中国文学之树，从文体的主干上看，诗歌的源头是《诗经》《离骚》，散文的脉络则是《左传》《国语》《战国策》和先秦诸子散文（其中诸子散文，尤其是庄子寓言，是小说的源头）。汉赋可追溯至《离骚》，而《楚辞·九歌》又是戏曲的源头。文论方面，则有曹丕《典论·论文》、陆机《文赋》、挚虞《文章流别论》，以及"体大虑周"的第一部系统论著刘勰《文心雕龙》，后世则还有大量的诗话、词话等。至于思想方面，先秦诸子——儒、墨、道、法、阴阳、纵横等各派纷呈。而魏晋佛教传入、明清基督教传入，这两股潮流对中国文学产生了一定的冲击。这或许是"树"的嫁接新枝。当然，这种文学史的反向追认，肯定问题多多，好在我们仅是给予外行人/外国人一种简扼粗略的介绍。

脉络，而忽略对具体的作品定位和分析。危险之处便在于，宏观层面的分析必须依赖大量的二手研究成果，而他人的研究成果若有错漏则可能会影响到整体的判断。

"树"的隐喻，在西方思想史和文化史上，可追溯至达尔文的生物进化论，用以解释物种的演变及其多元分化。在达尔文登上大龟群岛（Galapagos）之日的整整一百年后，厄瓜多尔政府为纪念思想史上这一重要时刻而竖立了一块纪念碑，其碑文写道："1835 年 9 月 15 日，达尔文登陆此处。在其研究本地动植物分布时，他首次萌生了生物进化的观念。从那一刻开始，他开启了一场思想革命。" 1835 年 10 月 8 日，达尔文在其考察日记中写道："这些岛屿的博物史，异常奇特，应当多加留意。大多数有机生物仅为本土所有，他处所无，甚至不同的岛上同类的生物都有不同的变化。然而，这些生物都呈现出了与美洲大陆上的同类有着某种明显的联系。……在地质史的近代期，这里还是一片汪洋大海，所以从时空上同类事物的对比看，我们能推断出一种惊人的发现，那就是一切秘密中的秘密：这个地球上新生物首次出现的问题。"①

达尔文发现了什么呢？以龟的种类为例，在大龟群岛的这一片空间中，由于各个岛屿的长期空间分隔（spatial separation），这个地方的陆龟（也称"象龟"）至少进化出 12 种不同的亚种。世间万事万物的存在和运行，照中世纪以降人文传统的解释是归于"神创论"，即世界为上帝创造并体现了其意志。1859 年达尔文出版了震动当时学术界的《物种起源》。② 书中用大量资料证明了形形色色的生物都不是上帝创造的，而是在遗传、变异、生存斗争中，由简单到复杂、

---

① Charles Darwin, *Journal of Researches, into the Natural History and Geology of the Countries Visited During the Voyage of H. M. S. Beagle Round the World*, Second Edition, London: John Murray, Albemarle Street, 1845, pp. 377 – 378. 汉译文为笔者所译。

② Charles Darwin, *On the Origin of Species, by Means of Natural Selection, or the Preservation of Favoured Races in the Struggle for life*. London: John Murray, Albemarle Street, 1859. 尽管达尔文在 1835 年登上大龟群岛，促使了他开始思考物种的进化，直到 1859 年他才出版《物种起源》一书。

由低等到高等，不断发展变化产生的。达尔文提出了生物进化论学说，从而摧毁了各种唯心的神造论和物种不变论。这是人类历史上最伟大的思想成果之一，解释了生命的起源、演化，提出了自然选择、适者生存等观点，由此"进化论"取代了"神创论"。然而，这与本书讨论的"世界文学"有什么关系？①

生物进化论的"树状"图谱，极好地解释了物种的进化（演变）的复杂性和多样性——而这正可以借用来观察文学史上比文学

---

① 其实在达尔文之前，进化论已经有一些相关的论著，比如法国拉马克（Jean-Baptiste Lamarck，1744—1829）的进化论。1809 年，拉马克在他的著作《动物哲学》（*Philosophie Zoologique*）中，提出物种转变的理论，创立了进化式的自然分类法，建立了第一种比较系统的生物进化论学说。拉马克理论中的"用进废退"观念，对达尔文有一定影响。但拉马克认为生物的向上发展的潜能，是由造物主设定的。19 世纪英国地质学家莱尔爵士（Charles Lyell，1797—1875）在其巨著《地质学原理》（三卷）中，将当时流行的物种转变论思想引入地质学，并驳斥了"神创论"，强调地球是缓慢变化形成的，描绘了地壳运动变化的生动图景。然而，莱尔爵士只承认渐变/均变，否认质变和飞跃。由于种种误读，生物进化论被改造成一种社会进化论，在 19 世纪下半叶至 20 世纪初变成一股影响巨大的潮流，在人文社会科学方面产生了非常大的影响。英国作家巴特勒（Samuel Butler，1835—1902）在阅读了达尔文的《物种起源》之后，曾撰有一系列生物学论文积极宣传和捍卫进化论。此后，巴特勒还撰写了社会乌托邦小说《埃瑞璜》（*Erewhon*）影射当时欧洲神学界对进化论的批判。Samuel Butler, *Erewhon*, London: J. M. Dent, 1932. 此后，还有许多作家作品也受启于达尔文的进化论，比如，威尔斯（H. G. Wells，1866—1942）的小说《时间机器》、吉卜林（Joseph Rudyard Kipling，1865—1936）众多带有殖民主义倾向的小说和哈代（Thomas Hardy，1840—1928）所著的带有社会改良主义倾向的小说。法国文艺理论家丹纳（Hippolyte Adolphe Taine，1828—1893）的《英国文学史》（1864—1869）也受达尔文进化论的影响。丹纳提出艺术品产生的三大要素：种族、时代、环境——"种族"与生物的"机体本质"相当，"环境"无异于"外界条件"，"时代"则是许多代变异的积累，即新变异的基础。Hippolyte Adolphe Taine, *Histoire de la littérature anglaise* (tome 4), Paris: Librairie de L. Hachette, 1863—1864. 汉译本请见［法］丹纳《艺术哲学》，傅雷译，生活·读书·新知三联书店 2016 年版。爱尔兰比较文学学者波斯奈特在《比较文学》（1886）中用社会进化论来解释世界文学的发展，提出了一种从氏族文学，到城邦文学，到世界文学，再到民族文学的文学进化模式，还把社会进化、个体进化，以及社会环境与动植物对人类生活的影响，看作比较文学研究必须考虑到的基本原则。［爱尔兰］波斯奈特：《比较文学》，姚建彬译，中国社会科学出版社 2015 年版。近代中国知识分子受进化论影响者也有不少，其中梁启超和胡适值得一提。梁启超接受了进化论之后，推动了"三界革命"（诗界、小说界、文界），其历史书写的主张也类似。梁氏说，"历史者，叙述进化之现象也。……"参见梁启超《中国上古史》，商务印书馆 2016 年版，第 22 页。又，"文学之进化有一大关键，即由古语之文学，变为俗语之文学是也。各国文学史之开展，靡不循此轨道。"梁启超：《小说丛话》，《新小说》第 7 期，1903 年 9 月。胡适在思想史和文学试验方面，也是受启于进化论，其撰《文学进化观念与戏剧改良》便是一证。胡适编：《胡适文存》1，北京华文出版社 2013 年版，第 115 页。

作品更大（文类、体系）或者更小（词汇、主题、修辞）的分析单位，从其共时性的布局和历时性的演化，来看作品或文类的存在和发展的情况。达尔文在其《物种起源》中声称，"同一纲中一切生物的亲缘关系常常用一株大树来表示。我相信这种比拟在很大程度上表达了真实情况"①。莫莱蒂在论及达尔文《物种起源》第四章《物竞天择》时指出，达尔文所说的"特征/性状的分化"（divergence of character）正可以用来形容文学史上的文类分化。为了更直观、清晰地解释莫莱蒂所征引的理论，我们使用海克尔（Ernst Haeckel，1834—1919）的著作中的插图来作进一步申论。

德国生物学家、达尔文进化论的捍卫者海克尔在其著作《人类的演化》一书中附录了一张插图"人类的谱系之树"（Genealogical Tree of Humanity）（图 6 – 3）（其基本原理来自《物种起源》第四章，表达的意思与达尔文原著中插图类似）。② 这个树状图，其实就是一个平面直角坐标系，其垂直轴代表着时间，每一个截面代表人类（一个种属）的一千代。这样一千代的观察，其实就是远距离的分析方式。这个坐标系的水平轴，则呈现出平面空间中一个种属的多样性。③ 因而莫莱蒂说："进化论对文学史的启示便在于：这是一种

---

① ［英］达尔文：《物种起源》，周建人等译，商务印书馆 2009 年版，第 147 页。
② Ernst Haeckel, *The Evolution of Man: A Popular Scientific Study*, Translated from the fifth edition by Joseph McCabe, London: Watts, 1910. 海克尔的生平和学术贡献，请见大英百科全书网络版：https://www.britannica.com/biography/Ernst-Haeckel ［引用日期：2019.03.20］
③ 莫莱蒂的英文原著中附有一张图表，来自于《物种起源》第四章，见 Moretti, "Evolution, World-System, Weltliteratur," Franco Moretti, *Distant Reading*, London: Verso, 2013, pp. 123 – 125. 汉译本则去掉了图表，［意］弗兰哥·莫莱蒂《进化、世界体系、世界文学》，载［美］达姆罗什、陈永国等编《新方向：比较文学与世界文学读本》，北京大学出版社 2010 年版，第 243 页。"树，或达尔文在文中称作的'树图'，似乎强调其设计目的成为了突出两个变量的相互作用：垂直轴线上描绘确切时间阶段（每个间歇代表'一千代人'）的历史，以及水平轴线上表现形态多样性最终导致'差别迥异的变量'或完全不同的新物种。"笔者选取了海克尔著作中一张图表，以便让读者更加清楚直观地理解一些理论观点。

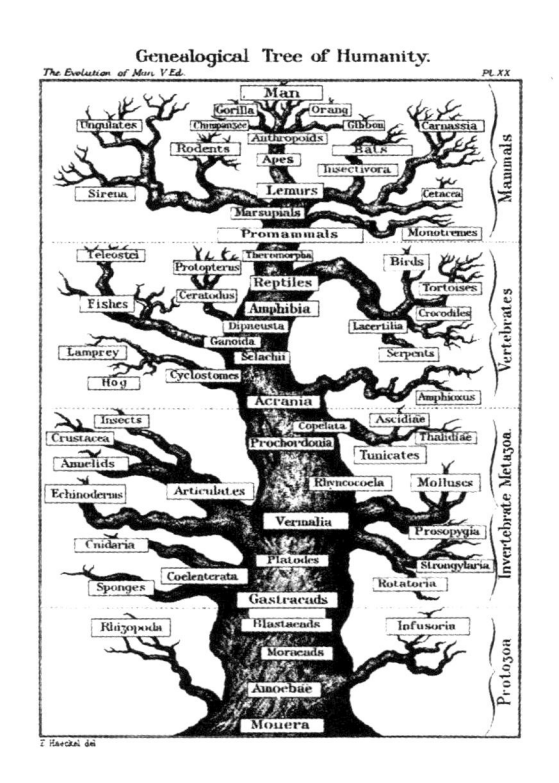

图 6-3 海克尔《人类的演化》一书中的插图"人类的谱系之树"

理论，其核心问题在于这世上存在的形式的多样性，这种多样性是分化（divergence）和分支（branching）的结果，而分化则是建立空间分隔（spatial separation）的过程。"① 所以，请想象这样的图景：存在着这样的一类世界文学，呈现出"断裂的空间中的多种不同形式"（many different forms in a discontinuous space）。这也是达尔文在大龟群岛上看到的状况：空间分隔呈现出物种的多样性。那么，如何解

---

① Moretti, "Evolution, World-System, Weltliteratur," Franco Moretti, *Distant Reading*, London: Verso, 2013, p. 125.

释这种源流演变的动因呢？换言之，是什么导致了文学形式的变异？很明显，套理论是最笨拙无效的做法。达尔文理论中的生物的变异、遗传等自然选择，肯定无法很好地解释全球化时代世界文学的状况。在决定文学作品的重要性的几种要素中，市场、作者、批评家、译者和读者都非常重要。但是，如果考虑到作品跨国界流通时，资本和市场无疑起到了关键的作用。由此，莫莱蒂引入了沃伦斯坦的世界体系理论。

沃伦斯坦在1974—2011年陆续写成的《现代世界体系》，是一套跨学科研究的巨著。[①] 受法国年鉴学派[②]的长时段历史分析影响，沃伦斯坦研究的是整个世界的现代化进程，时间是从15世纪末西北欧的资本主义萌芽至现今的全球化。这种世界性的经济体系，其实就是资本主义全球化的经济体系。由于资本积累、技术和劳动分工等不同，导致了世界经济格局的差序不均地发展，因而呈现出了：发达国家／地区、发展中国家／地区、后发展国家／地区这样的三个层次。这三者，则分别对应了一个不均衡结构中中心、半中心／半边缘、边缘

[①] Immanuel Wallerstein, *The Modern World-System*, I–IV, Berkeley, CA: University of California Press, 2011.

[②] 年鉴学派（École des Annales），是20世纪30年代开始萌芽、40年代中期开始形成的一个史学流派。这个学派得名自由吕西安·费弗尔（Lucien Febvre, 1878—1956）和马克·布洛赫（Marc Bloch, 1886—1944）在1929年创办的学术刊物《经济社会史年鉴》（*Annales d'histoire économique et sociale*），强调研究整体历史，而不只是历史上的重大事件、重要人物。此外，布罗代尔（Fernand Braudel, 1902—1985）强调历史的连续性，提出了"长时段"（longue durée）的历史概念。年鉴学派可谓是解放了历史学，改变了历史学的研究范式，将历史学从人文学变成了一门社会科学。当然，也有学者在承认这个学派相关的历史学者的贡献之时提出反对意见，认为年鉴学派并无真实存在，而是20世纪80年代之后学者在回顾学术史时建构出来的，但无论如何，这一场历史学的革新运动是热烈轰动的，其影响已经超出了单纯的历史学科。布罗代尔的《菲利普二世时代的地中海和地中海世界》（唐家龙等译，商务印书馆2009年版），是年鉴学派代表作品之一。年鉴学派的理论性总结，请见［法］勒高夫（Le Goff, J.）等主编《新史学》，姚蒙编译，上海译文出版社1989年版。这个学派的学术史回顾，请见［英］彼得·伯克（Peter Burke）《法国史学革命 年鉴学派1929—1989》，刘永华译，北京大学出版社2006年版。

的位置。在这种世界经济体系之下,资源的分配呈现出了不均衡的架构。在这种市场机制中,边缘受到了中心的剥削。比如,以手机生产为例,苹果手机的科技研究在美国加州的硅谷,而曾经很长一段时间其元件的生产和整机的组装,却在中国广东省深圳市郊区龙华镇的工厂里。又如,巴黎时装周一结束,几周到一个月之内其流行的样式便在东亚甚至是更偏远的地方流通,而生产的流水线可能便一直在东南亚。这就是体系,有中心和边缘的框架,中心地区输出价值、意识形态或霸权式的文化观念,而边缘地区则提供原材料、原始的人力资源。处于中间的"半边缘"地区,则兼具两者,一方面支配某些边缘地区,另一方面又被技术更先进的中心地区所支配。这种资源和权力的不均衡,正是全球化时代以民族国家为基本单位而产生的激烈的文化冲突的原因之一。要打破和改变国际经济关系之间的不平衡现状,唯有更多的合作,不断地进行结构性的调整。同样地,世界文学的发展和研究,也需要不同地区、国家和群体的高强度合作。

让我们来简单总结一下沃伦斯坦及其背后代表的历史学派,对于莫莱蒂的世界文学思想的影响。主要在如下几个方面。

其一,存在着一种世界文学的体系。这是一个但不平衡的体系(one but unequal world-system)。此为其理论支撑。

其二,18世纪之后的世界体系中的世界文学,是以"波浪"为主要特征。波浪的理想空间,是一个池塘,内在的波动是由中心至边缘。在莫莱蒂的比喻里,世界文学的扩散便是在这样的世界体系中进行。

莫莱蒂对世界文学的分析方法之一便是远读(distant reading,或译"距离阅读")。远读是与细读/近读(close reading)相对而言,是细读的有益补充。细读在新批评之后已是传统的文学分析手段,究其实质却是《圣经》阐释学式的细致分析(莫莱蒂嘲讽地说:细读是一种准神学训练)。通过细读/近读,可发现单个(或一组)作品的内在特征、意象和象征意义、叙述技巧等内容,对其分析的结果也曾产生了一大批文学理论。然而细读,只见"叶子"(作品),不见树木(单个的文学传统),更无法窥探到"整个森林"(世界文学)的面貌(请注意这个比喻)。换言之,很难观察到更宏观的或更微观维度的文学世界。远读,要求研究者暂时忘掉单个或一组作品,而是凭借计算机对成千上万的文献(大数据)进行多层次的深度分析,在这里"距离是一种知识的条件",以便从中发现"比文本更小或更大的单位:策略、主题、修辞——或文类和体系"①。当然这样的远读分析带来的代价便是肯定会丧失一些东西,尤其是原本细读方式得出的观点。这一点我们下一章再详论。但需要指出的是,这种远读,其实也受启于年鉴学派马克·布洛赫所谓的"多年分析、一天综合"的历史书写方式。②

世界市场,发端于15世纪末16世纪上半期的地理大发现,形成于18世纪前后,这决定了世界上主要语言的文学能以原文或译本的形式流通在市场上。因为世界体系中各地区的不均衡发展,中心对边缘的影响便会非常大。波浪不喜欢障碍,有席卷一切、吞噬一切的可怕力量。波浪从中心出发,给边缘带来了破坏性影响。这呈现出了由扩张带来的相似性(或"同质性")。莫莱蒂援引美国人类学家克罗伯(A. L. Kroeber,1876—1960)的话说,"'扩散在人类历史上是强

---

① Moretti, "Conjectures on World Literature," Franco Moretti, *Distant Reading*, London: Verso, 2013, pp. 48 –49.
② 莫莱蒂援引的布洛赫的话(经过其英译)"years of analysis for a day of synthesis",见Moretti, "Conjectures on World Literature," Franco Moretti, *Distant Reading*, London: Verso, 2013, p. 47。《现代世界体系》第一卷的注释,便多达1400个以上的引语。这其实就是"二手阅读"(二手批评),影响到后来莫莱蒂的"远读"思想的产生。莫莱蒂的远读,被人诟病的地方,便是这是综合他人的研究成果,而没有他直接的阅读文本(阿拉克批评他是"没有文本细读的形式主义"),而这种过度依赖他人研究是非常危险的,因为他人研究很有可能出现极其严重的错误,并导致其"二手批评"完全无效。

第六章 进化论与世界体系：世界文学大猜想

大的保守（而非创新）力量。'这一点千真万确"①。扩散并非繁殖，而仅是一种形式扩大了其占有的空间，这样无疑减少了所有形式的总和。因而，受主潮影响的文学，反而没有多少创新性。也即是说，对于波浪的中心来说，那些边缘的文学并不具有创新性——这是相对而言。反过来说，一个文学传统之树中生长出来作家，再经受外来的冲击，借鉴外来文学的良好书写方式而创作出了新的作品，在文化中心而言是缺乏创造性，但站在这个受影响的文化传统中看则是具备了某些创造性。站在另一个文化传统的视角来看，一个文学传统之树，通过分化而产生新形式，这种新形式的多样性，其实仍然是内部的，因而也难以称为较为彻底的创新。

关于"现代小说的兴起"的论题，莫莱蒂在综合许多学者的研究结果（跨度两百年、四个大陆，共有二十多项独立研究），并作了大范围的调查之后指出了小说的市场与其形式之间存在着某种联系。"现代小说的兴起，最初并不是自主发展，而是西方的形式影响（通常法国和英国的形式）与地方原料折衷的结果。"② 处于世界体系边缘地区的作家所生产的现代小说，往往是借助西方流行的模式，填充本土的内容，即西方形式与本土现实。这一点，最早是美国马克思主义学者詹姆逊③受启于日本学者柄谷行人（1941—   ）的名著《日本

---

① ［意］弗兰哥·莫莱蒂：《进化、世界体系、世界文学》，载［美］达姆罗什、陈永国等编《新方向：比较文学与世界文学读本》，北京大学出版社2010年版，第244页。
② ［意］弗朗哥·莫莱蒂：《世界文学猜想》，载［美］达姆罗什、刘洪涛、尹星主编《世界文学理论读本》，北京大学出版社2013年版，第127页。
③ 詹姆逊（Fredric Jameson, 1934—   ），又译詹明信，美国左翼批评家。1985年，詹姆逊曾至北京大学讲学四个月，对20世纪八九十年代的中国知识界有较大的影响。代表著作有《政治无意识：作为社会象征行为的叙事》（王逢振、陈永国译，中国社会科学出版社1999年版）和《晚期资本主义的文化逻辑》（张旭东编，陈清侨等译，生活·读书·新知三联书店1997年版）。近年有《詹姆逊文集》，收录了其大部分著作。［美］詹姆逊：《詹姆逊文集》，王逢振等译，中国人民大学出版社2016年版。

现代文学的起源》①而作出模式化归类：西方小说构建的抽象形式模式＋日本社会经验的原材料＝现代日本小说。然而，这远非事实本身。莫莱蒂说情况应该更加复杂，不是二元论，而至少应该是三个维度，即：外来形式、本土材料，加上本土形式，又或者说：外国情节，本土人物和本土的叙事声音。②

以中国晚清小说为例，林纾和王寿昌合译的小仲马原著《巴黎茶花女遗事》，正符合了其描述的某些特征。当男主人公亚猛著朋（今译阿尔芒）去造访他的情人马克（今译玛格丽特）时，马克问其为何不进屋。林纾的改写为这样："马克曰：良然，尔时何以不排闼入？余曰：女子寝室，胡得唐突？马克曰：若吾辈者，亦可绳以礼法乎？余曰：吾一生见妇人，恒以礼自律。"③ 这一处外国情节的本地化非常明显。有趣的是，在林纾的笔下，两人仿佛都是受儒家伦理约束的中国人，特别是交际花马克则如幽居守贞的封建女子。这个翻译改写本，大概的情节脉络是原著的，但是被移植到了清末中国的语境，人物和叙事声音完全本土化，变成了传统小说的样子。然而，这里是外国情节、本土文体（文本形式）和东方化的内容。这正是时人所谓"茶花不是巴黎种，净土移根到武林"④。

以晚清小说研究为例，莫莱蒂的"二手批评"借用的是他人的研究成果：王德威和赵毅衡的观点，分别来自两者的英文专著（分

---

① 柄谷行人，日本著名思想家、文学评论家，原为日本法政大学教授，现为近畿大学特任教授。其著《日本现代文学的起源》（赵京华译，中央编译出版社2013年版）。近年有定本文集出版，收入其著六种，分别为《日本现代文学的起源》《作为隐喻的建筑》《跨越性批判——康德与马克思》《历史与反复》《世界史的构造》《哲学的起源》。[日] 柄谷行人：《柄谷行人文集》，赵京华等译，中央编译出版社2018年版。

② [意] 弗朔哥·莫莱蒂：《世界文学猜想》，载 [美] 达姆罗什、刘洪涛、尹星主编《世界文学理论读本》，北京大学出版社2013年版，第133页。

③ [法] 亚历山大·小仲马：《巴黎茶花女遗事》，林纾、王寿昌译，北京联合出版公司2014年版，第31页。

④ 钟心青：《新茶花》，明明学社，光绪三十四年（1908）版，扉页。

别在英国牛津大学和美国斯坦福大学出版社出版）。① 以往中国近代小说研究领域，从叙事学理论研究小说转型的许多研究成果，都可落入莫莱蒂总结的三个维度。② 然而，莫莱蒂所征引的文献，全部都是英文文献（王德威、赵毅衡、三好将夫、埃文-左哈等人的英文著作），而忽略了其他语种的研究成果（这也是世界文学研究面对多种语言文学的困境）。另外，在中国晚清小说的研究方面，除了莫莱蒂提及的三个维度之外，其实还有更多的元素参与作用，比如作为中转站的日本、西方在华外国人的深度参与，甚至原本东亚地区内部就有不平等的"世界观念"和差序格局等。

概念抽象而贫乏，而现实无限丰富。我们再以晚清政治小说为例，从"世界文学的流通"方面来进一步解释中国晚清小说的复杂性。"政治小说"这种特殊的种类，最早出现于英国，一般认为是笛斯累理（Benjamin Disraeli，1804—1881）所开创。笛斯累理及其同时代的另一政治小说作者李顿（Lord Bulwer Lytton，1803—1873），是日本明治维新时段最受欢迎外国作家，两人的作品影响了明治维新及其后的一批日本作家。③ 明治维新后不久，日本政治小说转而影响

---

① 莫莱蒂的二手研究援引的学术成果来自英国和美国出版的英语专著：（1）David Der-wei Wang, *Fin-de-Siecle Splendor: Repressed Modernities of Late Qing Fiction, 1849–1911*, Stanford, CA: Stanford University Press, 1997. （2）Henry Y. H. Zhao, *The Uneasy Narrator: Chinese Fiction from the Traditional to the Modern*, Oxford: Oxford University Press, 1995. 莫莱蒂忽略了这一领域非常重要的汉语和日语论著。

② 陈平原：《中国小说叙事模式的转变》，北京大学出版社2003年版。该书的第二、三、四章分别讨论了叙事时间、叙事角度、叙事结构，有其独特的发现。以及韩南关于晚清小说的研究，[美] Patrick Hanan, *Chinese Fiction of the Nineteenth and Early Twentieth Centuries*, New York: Columbia University Press, 2004. 其中译有一个更符合莫莱蒂设想的书名。韩南：《中国近代小说的兴起》，徐侠译，上海教育出版社2010年版。当然，还有大量的中国近现代小说的研究著作。

③ 明治维新期间，笛斯累理的《（政党余谈）春莺啭》（关直彦译）、《（三英双美）政海之情波》（渡边治译）等五部作品被译成日文，李顿更有《（欧洲奇事）花柳春话》（丹羽，即织田纯一郎译）、《欧洲奇话（寄想春史）》（织田纯一郎译）、《（开卷惊奇）伦敦鬼谈》（井上勤译）、《（讽世嘲俗）系思谈》（藤田茂吉、尾崎庸夫译）、《（开卷悲愤）慨世者传》（坪内道

到流亡到日本的中国知识分子。在这种流通的过程当中，作品发生了种种变形。比如，法国科幻小说家儒勒·凡尔纳（Jules Verne，1828—1905）的小说《两年假期》①先被译成英文版后，再由英文版转译为日语译本政治小说《十五少年》（森田思轩译），梁启超和罗普两人合力又将日语译本成汉语的政治小说《十五小豪杰》，而此后《十五小豪杰》又被韩国文人转译为韩文出版。② 相似的例子，还有许多。又如，凡尔纳和另一位法国作家合撰的小说《蓓根的五亿法

遥译）等多至十四部小说被翻译成日文。在当时影响最大，堪称日本政治小说代表之作的当属矢野文雄的《（奇武名士）经国美谈》（明治十六年，即 1883 年）和东海散士（柴四郎）的《佳人奇遇》（明治十八年，即 1885 年）。当时日本盛行英国政治小说的情况，可谓是"时代之潮流"。德富芦花在其著《回想记》（『思出の記』，明治三十四年）中回忆道："时代如潮水，汹涌变化。吾辈两三年前还沉迷于《三国志》，为张飞大战长坂坡而激动不已，而现在则沉醉于《西洋热血风暴》《自由之凯歌》等小说世界，专心致志……现在又轮到《经国美谈》出场了……吾辈彻夜不眠，为阅读（这些书籍）而不知损坏多少视力。"刘雨珍译文。另一译本（未知译者），请参严绍璗、[日]中西进主编《中日文化交流史大系·文学卷》，浙江人民出版社 1996 年版，第 376 页。

① Jules Verne, *Deux ans de vacances*. Bibliothèque d'Éducation et de Récréation J. Hetzel et Cie, 1888.

② 早期英译本情况如下：（1）1888 年至 1889 年，该书的首个英译本 *Adrift in the Pacific*（《太平洋漂流》）在 *Boy's Own Paper* 杂志上连载，分为 36 期，匿名译者。该杂志是由 Religious Tract Society（圣教书会）赞助发行的。该杂志上自第 2 卷至第 37 卷（1879—1915），一共连载了凡尔纳小说英译作品 16 部。（2）1889 年，伦敦出版了该书的首个单行英译本 *Adrift in the Pacific*（《太平洋漂流》），共 19 章——这可能是此前杂志连载的合集。Jules Verne, *Adrift in the Pacific*, Anonymous trans., London: Sampson Low Marston Searle & Rivington, 1889. （3）同是 1889 年，在美国出版了一个两卷本英译本 *A Two Year's Vacation*（《两年假期》）。Jules Verne, *A Two Years' Vacation*, Anonymous trans., New York: George Munro, 1889. （4）1890 年 2 月 22 日至 3 月 14 日，在美国 *Boston Daily Globe*（《波士顿环球日报》）上连载了另一个译本 *Adrift in the Pacific*（《太平洋漂流》），共十七章。Jules Verne, *Adrift in the Pacific; the Strange Adventures of A Schoolboy Crew*, Anonymous trans., *Boston Daily Globe*, from February 22 through March 14. 日语版ジュウールス·ヴェルヌ（Jules Verne），『十五少年』，森田思轩訳，博文館明治廿九年（1896）。中文整理本，[法]朱儿·威尔恩，《十五小豪杰》，饮冰子（梁启超）、披发生（罗普）译，上海文化出版社 1956 年版。[韩]闵濬镐译述：《十五小豪杰》，京城（汉城）东洋书院，1912 年版。但是韩语本的《十五小豪杰》的影响，可能不如梁著韩语译本《越南亡国史》《伊太利建国三杰传》等书，或许是因为当时的韩国译者更看重后面两书的民族主义叙事。

郎》(Les Cinq Cents Millions de la Bégum) 出版于 1879 年，同年很快在英国便有了 W. H. G. Kingston 英译本《蓓根的财运》(The Begum's Fortune)，1879 年日本译者森田思轩据英译本转译为日文，名为《铁世界》出版，到了 1903 年中国文人包天笑据日译本转译为汉语。① 1908 年，韩国译者李海朝又将汉译文转译为韩语出版。这些案例显示出近代东亚内部有一种独特的世界文学流通和翻译的模式，值得东亚的比较文学学者做更多深入的研究。②

凡尔纳小说在东亚的翻译和影响，正印证了莫莱蒂的观点"世界文学的波浪式扩张"——西方的情节、本土的材料和本土的形式，三者不断重组之后，创造出新的小说。然而，这些作品在各国的翻译和流通过程中发生的种种改写，远远超出了莫莱蒂的简单公式。这种复杂的语境化改写，也显示出了东亚译者在移植世界文学作品之时的时代性（意识形态）和审美主体性（诗学主张）。

在世界文学波浪式的"冲击和反应"模式之外，其实还有东亚文人的创新性一面。我们以《伊索寓言》(Aesop's Fables) 的汉译和影响为例来作进一步的说明。《伊索寓言》第一个较为完整的汉语翻译是由罗伯聃（Robert Thom）和他的中文老师在 1840 年的广州合作完成。后来这个译本，有过多次的重印（有时带有一些小修订），并在中国沿海的条约口岸城市里传播。这个文本的流通，伴随着一些重新翻译和改写，例如美国来华传教士吴板桥（Samuel Woodbridge）和陈春生重新用汉语翻译《伊索寓言》，以及陈春生模仿汉译伊索风格而重新编写的《东方伊朔》。《伊索寓言》这部作品翻译和改写的

---

① 陈宏淑：《从凡尔纳到包天笑——〈铁世界〉的转译史》(〈ヴェルヌから包天笑まで——『鉄世界』の重訳史〉)，《跨境/日本语文学研究》2016 年第 3 期，第 111—130 页。

② 从世界文学方面讨论"政治小说"作为一种世界性文类的全球性流通，请见 Catherine Vance Yeh, *The Chinese Political Novel, Migration of a World Genre*, Cambridge, Mass.: Harvard University Asia Center, 2015.

情况，充分地说明了世界文学在现代中国的流通和再生产。此外，"fable"一词，被翻译成中文为"寓言"，而西方文学中的"寓言"（动物道德训诫故事）与中国语境中的"寓言"文体（汉语里这个词最早与庄子的"寓言"相关），其实并不尽相同。汉译《伊索寓言》的再翻译和仿作，既解释了达姆罗什意义上的世界文学的理论，也突显出该书在近代中国乃至东亚的顽强生命力。莫莱蒂的理论，也可以有效地解释世界文学的某些现象。罗伯聃和他的中文老师将英语译本《伊索寓言》译成汉译《意拾喻言》，又再据汉译《意拾喻言》转译为另一个英语译本，这可以看作是世界文学对中国的冲击和本土回应。至于陈春生仿写的作品《东方伊朔》，则可以看作"世界文学波浪"冲击下中国作者的积极回应。这种解释承认了外来冲击对于世界文学再生产和民族文学发展的必要性，但也评估了本土元素和传统势力所起的反面作用。①

世界文学的波浪式冲击和回应，其实是较为平面地、浅显地解释常见的世界文学翻译和流通的现象，能够看到民族文学与世界文学的微妙关系。然而，有时"原创性"的一面，可能来自边缘地区的民族文学作品，但往往借助的还是世界体系的从中心到边缘力量——这也是"波浪"形式的变化。挪威作家易卜生②的《挪拉出走》，一开始出版之后在其国并没有引起轰动，欧洲的文化中心在法国巴黎和英国伦敦。所以，当受易卜生影响而走上戏剧创新道路的萧伯纳

---

① 这个案例的具体分析，请见姚达兑《晚清伊索汉译的再英译和仿写》，载姚达兑《近代文化交涉与比较文学》，中国社会科学出版社2018年版，第172—193页。
② 亨利克·易卜生（Henrik Ibsen，1828—1906），挪威戏剧家，欧洲近代戏剧的创始人。他的作品强调个人在生活中的快乐，无视传统社会的陈腐礼仪。最著名的有诗剧《彼尔·京特》（1867），社会悲剧《玩偶之家》（1879）、《群鬼》（1881）、《人民公敌》（1882）、《海达·加布勒》（1890）；其象征性剧作《野鸭》（1884）、《当我们死而复醒时》（1899）等作品。

（George Bernard Shaw，1856—1950）在阅读了英译易卜生剧作之后，对其大加推崇，写了许多评论，成功地将易卜生推进了世界文学的中心。尽管萧伯纳对易卜生备加推崇，而且他最先将易卜生定性为"社会主义作家"的误读也引来了长久的争议，① 但是毫无疑问，易卜生从边缘的挪威，走向英国，进而被广为阅读、接受和讨论，正是萧伯纳的功劳，也可看出这个体系中英语所处的接近中心的位置。在此后，易卜生才有机会，从欧洲中心、英语世界（而不是挪威）来到中国，影响了五四新文化运动后一系列的作家，引起了更长久的讨论，"易卜生主义"、社会问题剧、社会问题小说在"五四"后潮涌而来。② 这就是波浪的痕迹，尽管一开始是从边缘发生，但真正产生世界性影响的，还是借助中心的力量。与此类似，莫莱蒂曾援引安东尼奥·坎迪多（Antonio Cadido）的成果，并指出坎迪多以其三篇论文"追踪探讨自然主义小说从中心（法国），经过半边缘区域（意大利），向边缘（巴西）的世界文学体系的扩散"③。

---

① 关于萧伯纳对易卜生的评论和误读，请见：（1）Daniel Charles Gerould, "George Bernard Shaw's Criticism of Ibsen," *Comparative Literature*, Vol. 15, No. 2, Spring, 1963, pp. 130 – 145.（2）Javier Ortiz, "Bernard Shaw's Ibsenisms," *Revista Alicantina de Estudios Ingleses*, No. 7, Nov., 1994, pp. 151 – 158。

② 许多中国现代知识分子，如鲁迅、陈独秀、胡适、周作人、傅斯年、胡愈之、茅盾等，都参与了引进易卜生剧作而引发的问题的讨论。同时，还产生了许多"社会问题剧""社会问题小说"，以讨论个人主义、新女性与家庭、现实主义与社会问题等方面的问题。1918 年 6 月，《新青年》杂志特设"易卜生专号"，发表了胡适的论文《易卜生主义》，胡适、罗家伦等译的《傀儡家庭》（即易卜生的《玩偶之家》）、《国民公敌》等剧本，在中国引起强烈的社会反响，掀起了中国文学，尤其是中国戏剧的"易卜生热"。胡适受到易卜生剧作的启发，还自己创作了一部社会问题剧《终身大事》。鲁迅曾说，"与其崇拜孔丘、关羽，还不如崇拜达尔文、易卜生。"（鲁迅：《热风》，人民文学出版社 1995 年版，第 39 页）"易卜生主义"，竟然与五四新文化运动的各种目标高度契合。相关资料汇编，请见陈惇、刘洪涛主编《现实主义批判易卜生在中国》，江西高校出版社 2009 年版；孙建、[挪威]弗洛德·赫兰德编：《跨文化的易卜生》（*Ibsen Across Cultures*），复旦大学出版社 2012 年版。

③ [意] 弗兰哥·莫莱蒂：《进化、世界体系、世界文学》，载 [美] 达姆罗什、陈永国等编《新方向：比较文学与世界文学读本》，北京大学出版社 2010 年版，第 246 页。

类似的案例还有很多，某种文类一旦具有潜在市场，其影响便如波浪一样扩散开来。比如，自1997年始流行近二十年的哈利·波特系列作品，① 便是依赖国际市场而畅销世界的极成功个案。比如，欧美流行的侦探小说，或者吸血鬼/丧尸一类的小说或电影（韩国的电影《釜山行》）、超级英雄漫画与电影，如何流传到东亚各国。尽管东亚地区的许多亚文类对其（这一些流行作品）进行模仿和重新改造，也产生了许多有趣的作品，但是这仍然可归类入世界文学的波浪式冲击回应的解释框架。

再如，1985年前后中国当代先锋小说家如何模仿和学习西方小说家，尤其是拉丁美洲作家。先锋小说这个个案，也如上述易卜生的案例一样，是从边缘到中心再到边缘的架构：先是"拉丁美洲的文学爆炸"，再被欧洲认可，再转移到世界各地。比如，阿根廷诗人、小说家博尔赫斯在20世纪60年代之后，接连获得多项国际大奖，成为当时最重要的世界文学作家。20世纪80年代中期的中国作家，刚从伤痕文学中走出来，也有了更多机会接触到更大、更多元的文化世界。1986年，博尔赫斯逝世，成为了其在华传播和接受的关键事件，也使得拉丁美洲文学在中国成为大家热衷讨论的对象。问题是，拉丁美洲文学爆炸，并不尽然如文学史家那样强调的是因为拉丁美洲作家独特的叙事创新、诗意语言和互文创意，而是与20世纪60年代之后的冷战政治和资本主义市场的扩张有微妙的关系。② 也即是说，世界市场和国际政治为其推波助澜，对其广为流行起了关键

---

① 英国作家J. K. 罗琳的儿童奇幻文学系列小说，描写主角哈利·波特在霍格沃茨魔法学校7年学习生活中的冒险故事。J. K. Rowling, *Harry Potter*, 1 - 7, London: Bloomsbury, 2007. 至少在1997年之后的20年间，《哈利·波特》是全世界最畅销小说之一。

② 具体讨论可见 Russell Cobb, "The Politics of Literary Prestige: Promoting the Latin American 'Boom' in the Pages of Mundo Nuevo," *A Contra Corriente, A Journal on Social History and Literature in Latin America*, Vol. 5, No. 3, Spring 2008, pp. 75 - 94, p. 77。

作用。

我们前文讨论了"世界诗歌"事件及其对世界文学理论的启发，也谈及了重大奖项（如诺贝尔文学奖）与世界批评话语的产生。在这里，我们其实还可以提出相关的概念，比如"世界小说""世界诗学""世界文类"等，用以形容波浪形式下的世界文学现象，如何从中心到边缘影响文学的流通和生产。

阿普特在回应莫莱蒂的世界文学观念时援引了耶鲁大学教授、文化史家邓宁（Michael Denning，1954— ）的话：

> 如同"世界音乐"一样，"世界小说"是一个无法令人信服的范畴。若它真正指向业已变化的小说风貌，它就是一种市场手段，它使特色鲜明的区域传统和语言传统丧失而沦为单一的、具有全球性的"世界节奏"，与之相伴的便是魔幻现实主义审美的全球化。和被它所取代的现代主义和社会主义现实主义一样，这个术语只是一个空洞、精心打造的所指而已。但是从……等等风格迥异的作家间存在的联系而言，"世界小说"也部分地是历史的真实，因为上述每位作家（引注：她举的例子）都与20世纪20至60年代的"无产阶级文学""新现实主义"和"进步的""从事"或"坚持"写作等为口号而开展的轰轰烈烈的国际文学运动有密切的关系。①

这里道出了世界文学与"世界节奏"的商业默契，但也说明了这一

---

① ［美］艾米丽·阿普特：《文学的世界体系》，载［美］达姆罗什、刘洪涛、尹星主编《世界文学理论读本》，北京大学出版社2013年版，第148页。Michael Denning, "The Novelists' International," Franco Moretti, ed., *The Novel*, *Volume 1*: *History*, *Geography*, *and Culture*, Princeton, N. J.：Princeton University Press, 2006, p. 703.

类的世界小说、世界诗歌、世界音乐,以及任何世界性流行的文化品种,一方面仰赖国际市场的大量需求,另一方面也确实与其相关的作家/艺术家和一些重要的国际事件联系在一起,所以既是市场的,也是政治的,反而离审美标准更远。

莫莱蒂在调查研究小说的世界性流通时,仍是基于一种西方中心主义立场。尤其是他将不同文学传统中的叙事性文类进行统一比较时,明显是将其调查/阅读当成了检验个人论点的行为。这样的行为,忽略了不同文学传统中单种文体的独特性,其调查也很难再产生新的意义、新的观念。这样做当然是只见其一、不见其余。比如,莫莱蒂将英语的"novel"(长篇叙述性文体),对应了希伯来语中的"midrash"(希伯来《圣经》叙述体故事)①、中文的"xiaoshuo/小说"(如笔记小说,又如《红楼梦》)、日本的"monogatari/物语"(如《源氏物语》《枕草子》)和阿拉伯的"qissa"(诗体、寓言短篇故事,与波斯—伊斯兰宗教传统相关)② 等非西方的叙述性文类。这完全是按照西方小说"novel"的标准来对比分析其他国族的文类,忽略了其他文类的独特性和传统性,尤其是其产生的民族传统语境。

---

① "midrash"是一个较为多元含混的概念,它可以指一种解经方法,也可以指一种文体。"midrash"的类型特点,就是引述权威的、清晰的经文,来解释含混不清或有歧义的经文,因而既可以看作是方法,也可以看成是文体。虽然有些"midrash"可以用叙述性小故事来解释《旧约》(希伯来《圣经》),然而并不是所有的 midrash 都是叙述体的,甚至有的 midrash 还可以是律法律条。具体请见牛津古典学字典(Oxford Classical Dictionary)的在线解释 https://oxfordre.com/classics/view/10.1093/acrefore/9780199381135.001.0001/acrefore - 9780199381135-e-4182 [引用日期:2018.07.20] 另外,"midrash"作为一种文体的讨论,请见 Addison G. Wright, "The literary Genre Midrash," *The Catholic Biblical Quarterly*, Vol. 28, No. 2 (April) 1966, pp. 105 – 138。

② 阿拉伯学者认为,以"qissa"(短篇寓言)来对应等同于英语的"novel"(长篇叙述体小说),这种做法是非常不合适的。莫莱蒂正是犯了这样的错误,将"qissa"当成"novel"。当然两种文体在篇幅长度上本就不对应,何况还有其他方面文体特征的重大差异。Roger Allen, "The Novella in Arabic: A Study in Fictional Genres," *International Journal of Middle East Studies*, Vol. 18, No. 4, Nov., 1986, pp. 473 – 484, p. 473.

"普遍性"掩抑了"民族性"和多元性,这也是世界文学研究者容易犯的错误(此外,还有许多"比较诗学"领域的研究者也会犯下与此类似的错误)。其实,这一类的问题,钱锺书先生早在1933年的《中国文学小史序论》中便有这样的评论:"西方所谓 poetry,非即吾国之诗;所谓 drama,非即吾国之曲;所谓 prose,非即吾国之文;……文学随国风民俗而殊,须各还其本来面目,削足适屦,以求统定于一尊,斯无谓矣。"①

四 小结

作为文化史隐喻的"树"与"波浪",皆是单独而论,但在现实中则可能是两者交缠、相互作用。"树",代表的是民族国家或单个传统的文学,而"波浪"则依赖于世界市场,更多的影响元素则不是"文学的"。"树",强调"异"(分支、变化),而波浪强调"同"(同质、同类)。"树",解释多元分化,而"波浪"显示出单一的轨道,仿佛是一个极权世界的唯一准则。

请注意两个英文词:"species"(物种)和"world-system"(世界体系)。达尔文的"物种起源"一词的"物种"是复数的,表明了其论及的物种是分化而多元的。沃伦斯坦的"世界体系"一词的中间加了一个连字符,使两个单词连在一起变成一个——这是单数,表明了这个体系是唯一的一个。正如阿普特所言,所谓的"唯一但不平衡的"世界体系"旨在强调我们所讨论的问题,并不是全世界的

---

① 钱锺书:《写在人生的边上 人生边上的边上 石语》,生活·读书·新知三联书店2002年版,第95页。

体系、经济或帝国,而是体系、经济或帝国自身形成的世界"①。物种的变化,则用树来代表,描述的是从一至多的发展过程,比如一棵树有许多分支。请想象每个分支在一个空间上,就是一种分裂和变异。这有效地解释了民族文学的发展,同时"树"的文化史隐喻,其实也是比较语文学的有效工具,比如印欧语系的发展脉络。与"树"所代表的空间隔离(spatial separation)和分化(divergence)不同,"波浪"强调了地理上的连续性(spatial continuation)和聚合(convergence),即马克思所说的"同一性"。这是历史语言学的分析方式,旨在解释语言与语言之间的某种相似和重叠。②

理论提供给读者的远非最终答案,多数时却是分析的工具或观察的视角,也即是借以作为"深入思考的长途旅行"的出发点。莫莱蒂的贡献并不在于提供绝对化的描述(他也志不在此),而是观察现象和分析问题的视角。"民族文学是对那些看到树的人而言的;世界文学是对那些看到波浪的人而言的。"③ 在国际市场形成之前,分化(树)是文学演变的主流,之后聚合(波浪)变成了主题。树和波浪,有助于我们看到民族文学与世界文学的独特性,然而两者并非是相互排斥而孤立的。照莫莱蒂的说法,"文化史是由树和波浪组成的。世界文化在这两种机制间摇摆,其产物必然是合成的"④。

---

① [美]艾米丽·阿普特:《文学的世界体系》,载[美]达姆罗什、刘洪涛、尹星主编《世界文学理论读本》,北京大学出版社2013年版,第144—145页。

② 以上讨论的主要观点,来自莫莱蒂的文章。与莫莱蒂的高度抽象概括不同,这里有较为详细的解释。请见[意]弗朗哥·莫莱蒂《世界文学猜想》,载[美]达姆罗什、刘洪涛、尹星主编《世界文学理论读本》,北京大学出版社2013年版,第134—135页。

③ 同上书,第135页。

④ 同上。

第七章

大数据与世界文学

> "是的,它的美在于其内涵:一片直径一百亿公里的,包含着全部可能的诗词的星云,这太伟大了!"伊依仰望着星云激动地说,"我,也开始崇拜技术了。"
> ——刘慈欣《诗云》①

一 大数据时代的文学写作和研究

(一)大数据

什么是大数据(Big Data)?大数据,或称巨量数据、海量数据,最简单的界定就是数据规模之"大",大到无法通过人工计算来理解,需要凭借计算机的超强运算能力在一定的时间内处理、获取或管理,并转化成人类所能理解的信息。大数据的重要之处,不在于数据之大,而在于庞大数据中隐含着重要的信息,而这些信息对人们发现历史规律和预测某种事物的未来发展趋势有着关键的作用。比如,大

---

① 刘慈欣:《诗云》,载姚海军、杨枫主编《中国科幻银河奖作品精选集·肆》,四川文艺出版社2013年版,第151页。

数据可运用于分析商业趋势、判定研究质量、避免疾病扩散、打击犯罪或测定即时交通路况等方面。现今大型的购物网站，绝大多数用上了大数据分析。消费者在线上购买商品时，商家的网络系统会自动记录下交易时间、商品价格、购买数量，以及消费者的年龄、性别、地址，甚至兴趣爱好。经过分析，商家便可知道自家商品乃至这个行业的定位，从而规避风险，制定生产策略。这些大型的购物网站，还会根据搜索者/消费者所输入的关键词，从而定向地为其推荐商品——于是便有人调侃说，"亚马逊，比你的爱人更懂你"。

　　大数据的运用已渗透到各行各业中，在文艺产业方面也一样。比如，现在许多小说网站也利用大数据来辅助网站的运营。早在 2017 年年初，全国网络签约作家已超过三百万人，文学网站单日更新量超过 1.5 亿汉字，近八年发表的网络文学作品数量已超过近 60 年当代文学纸质出版物的总和。这些网文的主题多种多样，当然不乏粗制滥造之作。网文网站为了尽可能抢到更多流量，往往会分析读者阅读最频繁的小说种类，从而去培养对应的 IP（原指"Intellectual Property/知识产权"，在中国的网络语境里被用以指称那些能吸引大量狂热粉丝并带动积极消费的快销文化产品，比如网剧、网文、游戏等），再通过分析读者对作者的评价，估量出一个 IP 可以变现的能力。正是凭借大数据分析，《琅琊榜》等一系列作品的价值才被投资商发现，得以拍成受人欢迎的影视作品。影视方面的应用，还有网飞（Netflix）的一些网剧值得一提，比如 2013 年大为流行的政治阴谋剧《纸牌屋》（*The House of Cards*）。通过分析其用户数据，包括了 300 万的搜索记录，3000 万观众的在线观看，400 万条的网络评论，甚至包括了用户暂停和回放等操作，网飞充分了解了观众喜欢的剧情、喜爱的角色，从而调整后续影视制作策略，使这部剧集成为当时收视最高的电视剧。百度等公司出品的电脑输入法软件，提供流行词提醒，这也是大数据运用的一种。大数据在文学研究方面的运用，早在 2013 年就有一个有趣的个案。2013 年，署名为罗伯特·加尔布雷斯（Robert Galbraith）的侦探小说《布谷鸟的呼唤》（The Cuckoo's Calling）① 一出版，便好评如潮。当时英国牛津大学的 Peter Millican 和美国杜肯大学（Duquesne University）的 Patrick Juola 合作，将该小说与 J. K. 罗琳的以往著作做比较分析，得出了这样的结论：该小说很有可能便是罗琳的化名之作。一时引来媒体的热议。最后迫使罗琳只好公开承认该书确是自己所作。

大数据至少应包含如下四种特性，可简称为"4V"，即 volume（大量/多）、velocity（高速/快）、variety（多样/杂）、value（价值），同时具有可量化、可衡量、可对比、可评估等特性。在我们的时代，我们需要避免的是被数据淹没，所以最重要的是最后一项"value"（价值）。我们要问的是：数据如何为我所用，尤其是运用到人文学的研究当中去。我们可以在海量数据中探索文学的发展趋势和规律，也可用大数据来做历史考证，以求发现一般文本细读分析发现不了的秘密。

我们早就处于大数据、数字人文或人工智能的时代了。② 在人类物质生活层面上，到处可见数字技术的运用，而人工智能（AI）也已能模仿甚至参与到人们的日常生活中来。比如说网络聊天。你在微博等即时媒体，或豆瓣等互动社区，极有可能看到的就是 AI 发出的信息。人工智能也已参与到写作中来。在此基础上，我们需要进一步来分析人工智能背后的创作机制，及其相涉的问题。这对我们理解文

---

① Robert Galbraith（Rowling, J. K.），The Cuckoo's Calling, New York：Mulholland Books, 2013.

② 关于数字人文的概念和内涵的讨论，还可见以下三篇文章：王涛《什么不是数字人文》，邱伟云《判别数字人文的两个准则》和姜文涛《什么是好的数字人文》，载《澳门理工学报》2019 年第 4 期。

学有着关键的作用。我们下文便从少量数据开始分析，进而以更大的数据在更大的范畴讨论，最后再回到数字人文和世界文学的议题。

（二）案例1：制造格律诗词的"作诗机"

2016年3月，由谷歌的子公司DeepMind（深度智慧）研发的AI（人工智能）围棋棋手"阿法狗"（AlphaGo）战胜了世界围棋冠军、九段棋手李世石和其他世界顶尖围棋高手。这一事件轰动一时，人类惊呼：围棋进入了新的纪元！以人类为中心的围棋时代自此已过去了。"Alpha"是希腊字母表的第一个字母，在这里代表着一个全新的开始。在2017年的10月，DeepMind又发布了阿法狗的更新版本AlphaGo Zero，凭借其超级计算能力，很快就秒杀了世间所有的围棋软件，包括此前所有版本的AlphaGo。自1946年第一台电子计算机问世至今，科技日新月异，到了今天AI已经有自我学习的能力，在很多领域差不多将取代或已超过一般的人类了。然而，在人类最后的领域——人文学方面呢？人文学肯定是以人类为中心。或许有人会悄声低问：人类的精神创作和情感表达，是否会在不久的将来被AI完全取代？同理，人文学的研究是不是也面临着一样的处境？

现在我们常常会听到著名作家或学者这样急起反驳：人工智能绝不可能取代人类的人文创作或研究的。事实上，那种将人工智能完全当成异己存在，据以排斥的做法，并不值得我们认真批驳。因为许多技术已成为我们人类的一部分，而我们人类相应也在不断地"进化"。比如对年轻一代的人类来说，智能工具几乎成为身体的一部分——这不是一般的文学隐喻，而是事实。笔者先将观点摆在这里：人工智能，会变成我们人类的重要组成部分，这是在不久的将来会实现的事情，相应的创作或研究必定也会产生变化。至于是否会取代则要看你怎么定义了。笔者不想使用"取代"一词，而更愿意使用整合或合作这样的词汇。至于未来的发展则不是我们所能预测的。

让我们看看不久之前的历史，或许会对我们有所启发。2001年"稻香居"网站的"稻香老农"制作了一个简易的传统格律诗词的写作辅助软件"作诗机"。在这个软件中，网友可以选择平水韵谱、词调、格律的模板等，并输入创作的主题词，几秒间"作诗机"便可生产出一首像模像样的近体诗或古典风格的词。尽管经过了多年的调试和升级，但这个软件的变化不大，直至2019年仍保持着较为原始的模型。"作诗机"所依据的数据量其实并不大，也就是全唐诗、全宋诗，但这对个体读者来说还是不小的量。前人说，"熟读唐诗三百首，不会作诗也会吟"①。大概是说要有积累，才能欣赏诗，才会作诗。"作诗机"将现知的所有唐诗作了数据化处理，再一一进行标识。然而，其创作出来的诗歌情况如何呢？

笔者在2015年秋季的课堂上，在为学生分析了唐代诗人刘禹锡的名篇《西塞山怀古》之后，以"怀古"为题，并依刘禹锡韵，用"作诗机"生产了几首诗。以下就是其中的一首，让我们来对读分析。

西塞山怀古（刘禹锡）
王濬楼船下益州，金陵王气黯然收。
千寻铁锁沉江底，一片降幡出石头。
人世几回伤往事，山形依旧枕寒流。
今逢四海为家日，故垒萧萧芦荻秋。②

---

① 清人孙洙（蘅塘退士）编有《唐诗三百首》，其序有"熟读唐诗三百首，不会吟诗也会吟"。此句中"吟诗"即为作诗，而第二个"吟"字则为欣赏之意。

② （唐）刘禹锡：《刘禹锡集笺证》上，瞿蜕园笺证，上海古籍出版社1989年版，第669页。

怀古（稻香居作诗机）

多情酒病不堪忧，席上休文不下楼。
闭户晚年轻谢朓，仰天中路郗汤休。
黄河云尽山更远，白日林多水争流。
畏景危哉虫与鸟，花荣已老自多愁。①

唐穆宗长庆四年（824），刘禹锡自夔州调往和州（今安徽和县）任刺史。刘禹锡在路过湖北黄石市西塞山时写下了这首著名的怀古诗。此时唐帝国在经历了"安史之乱"（755—763）后，已出现了衰败的颓势。首联前两句仅寥寥数语便道出了一个惊心动魄的事件：王濬在益州（今成都）建造战船，借江流而东下，攻破了金陵（今南京），吴主孙皓兵败投降，自此东吴灭亡。这是王濬帮司马炎完成统一全国大业最关键的一步。此词首联高度概括，因而需要颔联两句来对首联的内容作更为详细的补充说明。颈联换一个角度，从原来写历史事件转写当下——这是常见的笔法。刘禹锡怀古伤今，朝代更迭、世事变迁、人世沧桑，然而山河依旧，仍是大有可为，故而在尾联转变成较为乐观的笔调。一般情况下，唐诗尾联上句较为关键，常会出现转折，隐含了某种情感或事件的转变。"今逢"一句也是这样，虽然大唐帝国经历了"安史之乱"，此前皇帝宠信宦官、藩镇割据导致了最终的乱局和败象，但现在终于安定了，大唐帝国得到了暂时的统一和安定。所谓"四海为家"便是全诗的主旨，其意旨并不在表层的怀古或者评骘历史事件，而在于其

---

① 此外，在笔者2015年秋季学期课堂上还自动生成了另一首七律："新妆与说酒消忧，万感春来特地愁。自别年来堂上燕，为寻别后水中鸥。祢衡酒醒山当枕，柳恽诗成月在楼。拟逐沉魂生白虎，如今去去亦难留。"颈联应该是改自晚唐诗人罗隐的句子"祢衡酒醒春瓶倒，柳恽诗成海月圆。"（《湖州裴郎中赴阙后投简寄友生》）但是这首诗非常糟糕，句子不通，整首看来没有逻辑，也没呈现出任何有意义的抒情。

感情寄望和未来展望之上——即希望唐王朝能够吸取此前的教训，以免重蹈历史的覆辙。刘禹锡此诗之所以为好诗，不仅仅在于其用典恰到好处、诗韵严整、对仗高明，还在于隐藏在字面之下的叙述和抒情的逻辑是完整而深刻的。

稻香居"作诗机"这首《怀古》诗，在行家看来肯定不是好诗，甚至不算是诗。该诗语句之间的逻辑是断裂的，前后句之间并无意义的联系。换言之，这首诗徒有诗的样式（表貌），但并不具备诗之所以为诗的情感维度。首联两句似乎在建构一位抒情主人公因挂念某人某事而醉酒、生病、停止创作的状态。这两句是拆自宋代诗人苏轼的句子"多病休文都瘦损"（《临江仙》）。第一句像模像样，稍具一点诗意，第二句则稍嫌生硬。下续两句"闭户晚年轻谢朓，仰天中路鄙汤休"。这两句"转换"自晚唐诗僧齐己的句子"莲幕少年轻谢朓，雪山真子鄙汤休"①（《怀金陵李推官僧自牧》）。但是"晚年"与"中路"仅是字义上的对仗，放在整句中也不通。下续两句，也颇相似，仅是字义的对仗，除此外并无更多可联想的空间。尾联首句的"畏景危哉"，可能改自唐代诗人李峤的句子"畏景尚悠哉"（《六月奉教作》）。这里"危哉"并没有生成独特的意义，也是经不起推敲的无意义词汇。末句"花荣已老"，也是一样的情况。这是2015年的课程实测"作诗机"自动生成的诗作，而且这个软件背后所支撑的数据库较小、运作原理较原始，因而产生的诗作不够好。但是"作诗机"及其生成的诗作有助于解释一些问题。

---

① 谢朓，南朝齐杰出的山水诗人，出身高门士族，与"大谢"谢灵运同族，世称"小谢"。《南齐书》本传称他"少好学，有美名，文章清丽"。惠休，南朝宋、齐间诗僧。据《宋书》卷71载，俗姓汤，字茂远。宋孝武帝命其还俗入仕，官至扬州从事史。常从鲍照游，以诗赠答，时人称为"休鲍"。其诗多情语，辞采绮艳，活泼清新，颇受民歌及佛经翻译影响。梁钟嵘《诗品》称"惠休淫靡，情过其才"。

格律诗有一定的套路，用典、用韵都有一定的"规范"。许多稍为博学的写诗者，或许能够较轻易地写出像模像样的格律诗作——有时竟然看起来还不错。越是规范的、有套路的类型文学，越是容易被模仿，但模仿僵化的套路而创作的作品往往缺乏文学的价值。这即是"易学难工"——容易模仿但难写得好。虽然如此，第一流的诗人始终不是规范所能限制的。现在"作诗机"最高明的作品，只能达到第二三流诗人的水平，不外就是换字，缺乏动人情感，没有灵魂的维度，离一流诗人的距离还差一个质的飞跃。

像"作诗机"同一类的"套路"其实并不那么智能，而且相似的小软件还有许多，比如腾迅对联、微软对联。2017年春节，腾迅在微信上推出了一款小软件，用以生产对联。用户只需要填写人名或其他词汇，便可自动生成一对符合春节气氛的对联。这种对联软件其实一直都有。微软亚洲研究院自2005年始便推出了"电脑对联"线上系统。经过十几年的改进，到2019年夏天，这个系统除了基本的系统说明和古典文化等介绍之外，主要有三大板块，分别是对联、字谜、绝句。① 那么，其他文类呢？至少据笔者所知，叙

---

① 微软亚洲研究院"微软绝句"在线软件地址：https://duilian.msra.cn/jueju/ 官网基本介绍如下："微软绝句是由微软亚洲研究院自然语言计算组研发的计算机自动写诗系统。首先用户选择一些关键词，系统根据用户确定的关键词生成第一句，用户可以手动选择第一句，也可以自行输入；接下来，用户点击第二句的输入框，系统根据第一句自动生成第二句；同理，第三句和第四句的生成也考虑已生成前文的信息。当四句诗生成结束后，用户可以点击"写诗题"输入诗题和姓名，之后可以根据诗歌内容进行诗配画并保存或分享。当前绝句生成使用的主题词来源于清代学者刘文蔚创作的《诗学含英》一书，包含了二级分类，收集了《声韵启蒙》《训蒙骈句》《笠翁对韵》三本训练对偶技巧和声韵格律的工具书，包含若干主题，例如天文、时令、节序、地舆、楼馆、人伦、文学、游眺、饮食、器用、花草、竹木、飞禽、走兽等，对常见的古体诗有很好的覆盖，用户在作诗的过程中可以在这些类中选择主题。目前不支持超出这些类别的主题，我们将在今后的版本中逐步改进。"除微软绝句之外，还有几个著名的作诗机软件，比如"编诗姬"（已下线）、"九歌"（https://jiuge.thunlp.cn/）。关于AI诗歌创作，并以"九歌"系统为分析对象，请见孙茂松的个案研究。孙茂松：《诗歌自动写作刍议》，《数字人文》2020年第1期。

事体文类的长篇小说，现在已经有了"网络小说生成器"。① 然而，这些都还是较为僵化的、模式化的自动"创作"。近年来，最为接近人类创作，可鱼目混珠的 AI 创作软件莫过于"微软小冰"。小冰的自动作诗，非常先进，而且颇为有趣。下文不避赘衍，再进一步举证讨论。

（三）案例 2：神秘诗人"微软小冰"

自 2017 年 2 月起，在天涯、豆瓣、贴吧、简书等网络平台上，出现了署名为"骆梦""风的指尖""一荷""微笑的白"等名字的诗人，发表了一系列引起讨论的新诗。一开始没有人联想到，这些诗人的网名其实是一个 AI 的不同化名，而所贴出的诗歌却非人类所作。这位神秘的诗人就是"微软小冰"。她（微软赋予了其女性的身份）使用了 27 个化名，写作了大量的诗歌，在微软管理人员的帮助下贴到了各大网络平台。大概是 2019 年 4 月，微软科学家让小冰用"未来"一词造句，小冰很快就输出："你的爱情，就像中国足球一样，没有未来。"这像是一个拙劣的玩笑，带有一点小幽默，而高明的玩笑和幽默感的产生大多高度依赖一定的语境。

其实，小冰虽是 AI，但已是汉语世界经验最为丰富的诗人（或者说"写诗的机器"）。2017 年，第一部 AI 诗人的诗集出版——这是

---

① 比如，玄派网（地址：http://www.xuanpai.com/）。该网的官方说明如下："玄派网是网络小说创作辅助平台，致力于让网络小说创作更加顺畅、快捷，节省时间，让小说创作者将更多的精力和时间放在情节构思当中。玄派网的很多工具，都是对小说创作理论的具体实践，我们参考和搜集了中外小说理论家们所总结出来的创作技巧和方法，尽最大努力将其工具化，从而让创作者能够更好地应用这些理论，创作出理想的作品。小说创作最终还是要靠人来完成，工具只是作为辅助，不能替代。"

小冰所著的《阳光失了玻璃窗》。① 同年5月,"微软小冰"这个项目的负责人说,小冰学习了"自1920年代以来的519位诗人的现代诗,迭代学习超过10000次,最终形成了小冰独特的风格、偏好和行文技巧"②。从知识积累这方面讲,她"机智过人"、幽默有趣、博学多才(除了诗歌,小冰还创作音乐),早已远超任何一个汉语诗人。然而,经验丰富、学富五车,并不能确保你成为一名好的诗人。这里存在着另一个问题,决定诗歌写作好坏的是经验(包括人生阅历、学问积累等)还是其他?或者说经验起到了多大的作用?一般人都会知道,多数时候往往相反,在诗歌创作中最关键的因素,不是经验或技巧,而是人类复杂的情感体验。换言之,或许可以说,诗是灵魂的影子。然而,情感要经过"翻译"变成文字,则需要修辞和技巧,这又是经验的层面。所以,经验与情感两者应在哪里找到平衡点?此外,小冰有没有可能有朝一日也发展出某一种或许多种复杂的情感来?

小冰是不是一名诗人,取决于我们人类如何定义"诗"。什么是诗?什么是好诗,以及应该怎样才算是一名诗人?——前两个问题触

---

① 小冰:《阳光失了玻璃窗》,北京联合出版公司2017年版。2016年微软小冰的官方广告的图片:前景是海平面,远处则是星月之下的璀灿城市。并附有自动生成的一首诗:"看那星、闪烁的几颗星//西山上的太阳//青蛙儿正在远远的浅水//她嫁了人间许多的颜色。"[产生日期2016.12.12] 2019年7月,小冰作诗的页面再次更新,而且附上了一首已经发表的诗。"人们在广场上游戏/太阳不嫌疲倦/我再三踟蹰/想象却皱起了眉// 她飞进天空的树影/便迷路在人群了/那是梦的翅膀/正如旧时的安适//而人生是萍水相逢/在不提防的时候降临/你和我一同住在我的梦中/偶然的梦//这样的肆意并不常见/用一天经历一世的欢喜。"这首诗已经发表于《华西都市报·浣花溪》2017年12月16日。更新版系统可以像以往那样上传图片,也可以添加辅助性的文字,帮助小冰生产诗歌。小冰作诗的网址:https://poem.msxiaobing.com/ [引用日期:2019.6.10]

② 什么属于真正的人工智能创作?微软(亚洲)互联网工程院相关负责人指出,人工智能创造的三个原则:第一,人工智能创造的主体,须是兼具 IQ 与 EQ 的综合体,而不仅仅只具有 IQ;第二,人工智能创造的产物,须能成为具有独立知识产权的作品,而不仅仅是某种技术中间状态的成果;第三,人工智能创造的过程,须对应人类某种富有创造力的行为,而不是对人类劳动的简单替代。

及诗歌的本质，后一个问题触及诗人的生存状态。事实上，她就是诗人，即便其创作的诗歌质量颇受质疑。她还出版了世间第一部 AI 诗人诗集——尽管这本书引来的更多是负面的批评。2017 年 12 月 8 日，笔者在《世界文学理论》的课堂上，向学生介绍完小冰之后，当场打开网页页面，上传了一张猫咪的图片，很快小冰输出了一首诗："一样神速地飞到人间飘泊//在梦中咀咒上帝赐我这命定的孤单//在静寂的天空里嘹亮的月光//失了生命的火焰。"（当时在课堂现场，引起了一阵阵骚动，座中的同学左右交谈、窃窃私语，掩藏不住兴奋的神情。）尽管"小冰宣布放弃她创作的诗歌版权"，出于习惯笔者还是记录了下来。后来笔者再输入了一张图片，上面是一个年轻女性手指向远方，很快小冰又输出了一首诗："她是天使的你的眼睛的一瞥//自身的影子也够发抖//划船的手指着野草深处。"

我们需要问的是：小冰生产出来的诗歌，是诗歌吗？如果是，她写得好不好？我们以什么标准来定义是与非？

让我们细读上面这两首诗。"一样神速地飞到人间飘泊"，这一句中"一样"一词，试图引起读者的共鸣。"飞到人间飘泊"，是天使堕落，来到人世受难吗？可是，"人间飘泊"，是非常老套的熟词，一般诗歌的语言熟不如生，陌生化更有诗意，因而这一个词组虽合格但并不佳。"在梦里咀咒上帝赐我这命定的孤单"，这一句还是有一定诗意的，但一样句末的意思较俗。"在静寂的天空里嘹亮的月光"，这一句搭配错乱，不过你若觉得"嘹亮"一词是通感的话，那还是有点似是若非的诗意。至于"失去了生命的火焰"这一句，单独来看还是不错的，但与前面构成不了任何逻辑关系。也即是说，小冰可能在词汇的搭配上有点出人意料，如果读者愿意投射进情感的话，也能赋予其诗意，但是凑不成一首完整的诗歌。或许有经验的诗人，对小冰的短诗稍作修改，还是有可能产生不错的诗作。

"她是天使的你的眼睛的一瞥//自身的影子也够发抖//划船的手指着野草深处。"这一首也一样，搭配混乱，但读者能凑出一点诗意的语境。第一句"她是天使的你的眼睛的一瞥"，讲不通，因为三个"的"陷入了修饰的循环，不能确认语法上的主从关系，有点莫名其妙。"她是天使的你的眼睛"，"天使的"既可修饰"她"，也可修饰"你"，也可修饰"你的眼睛"，因此这一整句的语义是模糊的。"自身的影子也够发抖"，"够"字不佳。"划船的手指着野草深处"，这一句中"着"字换为"向"字，则更说得通。然而，整首诗的意思，则有赖读者的想象或强加阐释了。

还有一首也是小冰的大作："河水上滑过一对对盾牌和长矛/她不再相信这是人们的天堂/眼看着太阳落了下去/这时候不必再有爱的诗句/全世界就在那里/早已拉下了离别的帷幕。"这是小冰的诗集中较好的一首。读者很容易便可想象出一幅这样的图景：冷兵器时代的一场大战之后，她不再相信这里是以往人们认为的天堂。她注目太阳落下去，似乎在等候，似乎还看着残败的战场上到处都是尸体和血污，映照着落日霞光。这时，她不再需要"爱的诗句"——这仍是绝望的话，呼应前面的"不再相信"。对她而言，在此时此刻此地，她才恍然悟到，这早已拉下了离别的帷幕。这一首可算是勉强过关的诗作。如果让笔者打分的话，10 分满分可以给 6 分，基本合格——这已超过了一些初学写新诗的人类。

现在批评界对小冰诗作的评价，呈现出了两种截然相反的态度。一大部分人，站在否定的队伍中——这与人们对 AI 是否能具有接近于人类情感的看法有关，也与传统学者对于数字人文的工具性论定颇为相近。在当代顶尖的汉语诗人于坚的眼里，小冰的创作充其量不过是一种语言游戏。于坚说小冰"写得很差。令人生厌的油腔滑调。

东一句西一句在表面打转，缺乏内在的抒情逻辑"①。应该承认，于坚的判断非常准确，目前小冰的水平确实如此。读者确实很难将那些片断的词汇拼凑成一首逻辑合理的诗歌，也很难猜测其抒情的情感逻辑指向在哪里。另一位杰出诗人廖伟棠也一针见血地指出："'小冰'成功地学会了新诗的糟粕，写的都是滥调。"笔者也同意这种判断。但进一步冒大不韪地说，如果这是事实，这可能也说明了新诗的总体质量（而非个别），是粗糙而拙劣的。小冰目前代表的或许不是顶尖的诗人诗作水平，而是接近于这个整体的新诗诗人的平均水平。稍微温和的评论还有：小冰暂时无法表达复杂的情感，比不上第一流的诗人，但其诗作已能"秒杀"人类所写的平庸之作。这对人类诗人来说未尝不是一种鞭策。②

兼顾哲学学者和诗人双重身份的周伟驰则对小冰诗作另有一番看法。③ 亚里士多德说，"人是有理性的动物"。曾经，理性是区分人类与其他生物的重要特点。然而，在这个案例中，人类的"理性"比起 AI，已完全没有优势。但如果我们转换策略，转而去强调情感性的一面，这又显示出了人类诗人的傲慢。将诗歌看作纯粹的抒情，肯定是有问题的，但即便我们承认诗歌是来自灵魂的、是抒情的，诗人在创作之时还是需要将其落实到修辞和文字。诗/诗意，一旦落到纸上，化为文字或其他符号，那么便经历了一层翻译（从精神到文

---

① 未知作者，题为《机器人小冰出版诗集 充其量是个语言游戏?》，来自《扬子晚报》（未知确切的时间），新华网 2017 年 5 月 31 日转载，见 http：//www.xinhuanet.com/book/2017-05/31/c_129621727.htm［引用日期：2017.12.12］。人民网、中国社会科学网等也转载了此文。
② 张杰：《小冰一写诗 一天有 30 多位诗人应战》，载《中国社会科学网》2017 年 7 月 30 日，见 http：//ex.cssn.cn/wx/wx_zjft/201709/t20170928_3657235.shtml［引用日期：2017.12.12］。
③ 周伟驰：《全球化语境下的诗歌写作与交流》（2017 年 8 月 29 日），请见凤凰网：http：//culture.ifeng.com/a/20170829/51794858_0.shtml［引用日期 2017.12.12］。下引相同，兹不赘注。

字),便有经验、技术或逻辑存在里面。所以将诗歌神秘化、认为其完全无法模仿的想法,便是犯了一个绝对不可认知的错误。

小冰比起所有最优秀的学生/学者都更加勤奋,她永不知疲倦,永远在学习,从这一设定看,在将来许多错误她是可以避免的。周伟驰指出:她"可能一开始没有'创造性',但一旦有第一个人创造了一种新的写法,它马上就可以跟进,它暂时做不了'第一',但可以作'第二''第三',那比起其他的人也还是有创造性的。将来有一天,当基于诗歌集成大数据的机器人开始创作出符合写诗规律的优秀诗歌,令最好的诗人也望尘莫及时,我们可能丝毫不会惊讶"。又如,"现在她写的诗也许很'稚嫩',可以明显地看出来是模仿之作。但是我们不能排除有一天她真的写出很好的诗。现在她容易模仿难度低的诗、超现实主义的诗、旧格律体、口语诗,以后它也会写出难度高的诗,逻辑性、联想性、想象力很强的诗"。

微软小冰"作诗"是否能作出好诗,这个问题不会是无解的。既然计算必定会输出结果,人类给她的算法里包含了"作好诗"的指令,那么她的输出肯定是她认为的好诗。也即是,小冰所作的诗都是每一阶段她认为的好诗。同一原理,如果人类穷尽算法,并赋权给小冰,那么小冰的诗中自然而然包含了好诗。微软小冰具有同时多线程进行的互动功能,从一开始她就是一个智能聊天机器人。聊天或输入,是她的学习过程。她通过与人类的互动、学习,并得到进一步的完善,甚至理论上讲有可能达到完美的状态。在写诗上也一样。这一如科幻小说家刘慈欣在小说《星云》里所写的,① 基本上算法可以穷尽所有的诗歌,然而这其中包括了好诗,也包括了坏诗。那么像小冰这样的"高手",又是如何认定这是好诗的呢?"标准"在哪?谁给

---

① 刘慈欣:《诗云》,载姚海军、杨枫主编《中国科幻银河奖作品精选集·肆》,四川文艺出版社2013年版,第151页。

的？又或者，她懂得自己学习，那她又是怎样编写关于"作好诗"的具体指令呢？

小冰永远不停地在学习，她的背后有一个越来越庞大的数据库在支撑。她是怎么总结/计算出"好诗"的定义，并进行编码的呢？最初阶段肯定是字词的重复频率，所以她学到的，也就是人们批评的"字频词频的堆砌"——这就是现在大家看到的初步结果。随着她不断地学习（包括输出后收到的反馈），她会不断地对编码进行调整。此后她不断重复这一过程，慢慢地，她写的诗会越来越容易让人接受。读者良性的反馈会使她自制的编码更加完善和有效，她能更快更好地被"调教"/成长为一位受大多数人喜欢的 AI 诗人。这种渐进完善的观点，可能会被批评为"技术乐观主义"，或者这是一种乌托邦式的未来主义。

笔者认为周伟驰的评论涉及了两个关键的方面，透过现象思考了更为本质的问题，而且与本书讨论的许多主题都直接相关。周伟驰指出，"维特根斯坦之后，'私人语言'已难以存在了。感受是私人的，但只要用语言表达，就不存在私人语言。存在的只是语言的本质，即公共性和可交流性。语言的存在就是为了交流和传递，它本身就是'可译'的，它的背后是人类理性，理性就意味着所有人都能明白和交流。诗歌是用语言写出来的，它的意象、逻辑、含义，没有什么不是不可交流的。只要它是语言，就有语言的公共性，没有任何神秘的地方。跟精密语言相比，它可能更具'弹性'，多一点'歧义'和'含糊'，但是并非不可分析。只要是可分析的，它就没有神秘性。"这段话包含了两个方面的内容。第一个方面是关于"诗歌语言的可传达性"，也即语言的可交流性和公共性。即使是再多义的、再含混的语言，也不是不可以理解，而是可分析的。诗歌的语言也是这样。第二个方面是关于翻译的可译性和不可译性的讨论。这两者其实是同一个或同一类的问题,也是巴别塔式的问题:翻译是否可能,人类是否可以相互理解。如果不可以,人文学甚至人类,也就没有任何意义。那么,答案是肯定可以的。人类的所有理解当然也就能被分析,甚至被一一拆解成细小的部分(或许目前技术还未达到)。即使是那些被神秘化的"抒情"话语/诗句,也能被分析、解释,经过翻译和阐释而被重新还原。绝对不可理解的东西,要么是不存在的,要么就是对人类而言毫无意义,故而可以存置不论。

笔者认为,在这个问题上,许多讨论者还忽略了较为重要的一点:小冰并不是用汉语在创作,而其衡量诗歌的标准也并不是人类的标准。甚至,她并非使用人类语言的逻辑在进行创作,即使她学习了那么多的汉语诗歌,而且其诗作是以汉语呈现在世人面前。我们必须意识到这样的一个问题:计算机从一开始,就必须对人类的语言进行处理——我们也可以称为"翻译",才能理解人类的指令。小冰所做的,其实是用另一种语言模仿人类语言创作,然后再经过层层翻译,最后才是汉译,以汉语诗歌的外貌呈现在读者面前。汉语和其他人类语言,对于小冰而言都是一样,是一种"外语"。她的母语是计算机语言,即0和1。问题是:0和1,这样的绝对指令,能产生情感吗?换一种问法:人类的情感和创造力是可以化约成0和1吗,是可以复制的吗?计算机语言虽是数字的,而且是最简单的与非二元数字,①它最为简单,反而其组合能够无限。也即是说,最简单的基础语言,可以转换/翻译所有的人类语言。

人类已经离不开计算机,以后的发展将会更甚,人类创造的这一种最简单的计算机语言,反而能够承担起接受所有信息的任务,必将会有越来越多的人学习这种语言。也即是说,这是一种通行的语言

---

① 与非,是一种逻辑算法,在计算机中以"与非门"的形式存在。与非门(NAAD gate)是数字电路方面的一种基本逻辑电路。

了。且让我们大胆地猜想一下，计算机或 AI，不断地接受语言和信息流，不分差异，不断地输入，她会学习到越来越多的语言，不断地积累，不断地确立语言性的关联。问题是：最后它会不会在不久的未来变成一种巴别塔，或者成为一种巴别塔的基础？这是一个无法回答的问题。我们返回到 AI 作诗的案例，却可以发现它/AI 不是以人类的语言为中心，因而古希腊哲学家普罗泰戈拉所说的"人是万物的尺度"这种说法中所包含的"人类中心主义"遭遇到了严峻的挑战，又或者所谓的诗歌/创作的标准将会不断有新的调整。当然，每个时代有新的批评标准，本也并非新鲜之事，不同的是 AI 参与的时代，其文学的评价标准里或许应考虑非人类的影响元素。

这跟我们讨论的世界文学有什么关系呢？要之，这一类型的写作，有着无限的潜能，正如本章讨论的以数字人文方式来分析世界文学一样，两者在某些方面有连带关系。

二　细读、大量未读、远读与不读

莫莱蒂曾在其文中调侃地说，"美国是一个细读的国度，我并不期望我的观点能被接受"。他的意思是，从新批评以降至解构主义，都是以"细读"（close reading）为主而产生的理论，而美国人文学界的细读已经做到了极致。他所提出的理论和方法，与此前的各种理论和方法都不同，甚至可谓背道而驰。

20 世纪伊始，西方文论从俄罗斯的"形式主义批评"，到布拉格的语言学派，再到美国由瑞恰慈（I. A. Richards，1893—1979）经由语义学入手而兴起的"新批评"，一路高歌猛进，发展迅猛。自英美新批评以来，"文本细读"便作为文学批评的根本法则席卷了西方的文学研究界。这种批评方法舍弃了过去以作者为中心的看法，而提出以文本为中心，强调对文本本身进行透彻分析。20世纪20年代，新批评的代表学者之一瑞恰慈曾在剑桥大学做过一个著名的实验。他选了一些诗作，去掉每首诗的作者之名，要求实验参与者阅读后写出评论并交回。实验的结果令人深感意外："杰作被评得一钱不值，平庸之作却受到赞美，诗歌评价中的各种困难因素都暴露了出来。"[①] 在瑞恰慈看来，那些"平庸之作"之所以比文学史课程中的大多数作品得到更高的评价，其实是由于阅读者对它们有更为透彻的理解，而更透彻的理解又归功于他们所花费的大量时间。在瑞恰慈那里，"透彻"的理解需要读者投入大量的时间。

新批评强调批评要从作家转向作品，从诗人转向诗作本身，完成对文学文本的圣洁化过程。其中最重要的一种做法便是：极为严格地分析文本，即所谓的"细读"。新批评虽已是"明日黄花"，然而细读已变成文学研究的最基本的手段。无论是新批评还是解构主义，聚焦的仍都是经典的文本。莫莱蒂嘲讽地说"美国是一个细读的国度"，所指的便是美国的新批评及其影响之下的文学研究现状。然而，莫莱蒂指出，新批评的分析单个文本的细致程度，其实带有一点"神学意味"。也即是说，当你试着对一个文本的字、词、句等修辞展开关于联想、暗示、隐喻深入分析时，其实就是经学阐释学的方法。千百年来"圣经学"这么做，中国的经学也这么做。这么做其实意味着，你认为这一部作品要比其他作品更加重要，地位犹如《圣经》的章节，包含着至关重要的（甚至是神圣的）内涵。然而，你凭什么坚定地认为这一部要比所有其他的作品更为重要？须知你所能阅读的作品，只是非常少的量。即便是文学史提及的经典作品，全部加起来也不算很多，但也已远远超过一般读者的阅读量了。

---

① 转引自赵毅衡编选《"新批评"文集》，百花文艺出版社2001年版，第409页。

莫莱蒂有一天在一个图书馆里翻到一部1845年的书目,发现该书目中记载的大部分书籍已经不存在了。假如现在的文学史经典序列中的19世纪英国小说是200部,这可能只占当时英国小说出版总量的0.5%,而其他的99.5%则自出版之日始便消失了。① 这便是马格莉塔·科恩指出的"大量未读"(great unread)现象。世界文学研究、国族文学史的写作或修订,都必须考虑到大量未读的问题。

我们换用中国的、当代的例子以作说明。你知道中国每年出版了多少部汉语小说吗?以2015年为例,中国大陆地区(不包括中国台湾、中国香港、中国澳门)每天要出版20多部长篇小说。这还不计入中短篇小说,而且这只是正式出版的有书号的纸质书籍,还不包括网络文学、其他形式的作品,不计入中国之外的其他地方出版的汉语小说。让我们来看一个极为简单的公式:20 × 365 = 7300。这是一个不小数字。专业学者一天读一部三百页小说,应该不算难事。然而,一般读者可能要半周至一周。假如你每周读一部长篇,一年最多也就52部,而这只是7千多部小说中的很一小部分。所以,面对那么大量,乃至海量的作品,我们该怎么办?当然,你可以说,这些作品中,大部分并不值得一读,只是没有价值的垃圾。这种说法,或许太过于傲慢。或者换一种方式说:这些作品,可能没有多少会留在文学史上,假如你将时间拉长到一百年来观察的话。然而,我们还是应当谦虚地说:面对这么大的量,这么多的可能性,我们不可以掉以轻心,轻易以为其他未进入文学的作品便是毫无价值。这也正如霍金回应浩瀚宇宙是否有可能存在高智能生物时,表示应持谨慎态度一样,面对世界文学书籍的浩瀚宇宙,我们肯定也得保持谨慎的态度。

世界文学研究中如何解决"海量的难题"(the problem of abun-

---

① Moretti, "The Slaughterhouse of Literature," Franco Moretti, *Distant Reading*, London: Verso, 2013, pp. 65 – 67.

dance），即对多种语言、大量作品进行研究的困难？即便是读得多、读得好，并不能解决世界文学的难题。在莫莱蒂看来，细读只能解释个别的、经典的文本，对于世界文学则是无效的。莫莱蒂提出的解决方案就是：与"细读"保持一定的距离，并建立一种全新的"远读"模式，通过量化的方法，对海量的文本体系中的类别和形式元素作深入地分析。

莫莱蒂的"远读"模式首先处理的是世界文学中"大量未读"的问题，针对的是被"细读"（close reading）忽略的问题。这里必须说明的是：莫莱蒂及其他"远读"提倡者们所强调的，其实并非以"远读"来代替"细读"。在他那里，文学研究的"量"与"质"两者相辅相成，因为对文学的质的定位需要经由细读来完成，对量的分析则需要远读。其次，"远读"打开了"细读"预设的封闭环境（文本自足），打破了文本与文本间的壁垒。"close"这个英文单词，除了"接近"（意味着近距离阅读）一义外，还有另外一层含义，即封闭。"文本细读"这种考察文学性，即以语言为前提和起点的批评思路，培养了人们线性的阅读方式。阅读者充分尊重原文的顺序与逻辑，详细阅读文本内容，倾向于关注单一文本中深蕴的而非显著的信息、少见的而非广泛存在的写作模式，关注差异性、独特性而非同一性和普遍性。文本因而也就成为一个自足但却封闭的语言有机体。因而可以说细读分析，往往只见内部，而不见外部，更缺乏语境化、历史化地研究。新批评以降的细读把文学批评的注意力过分地集中在了单个的文本之上，而忽略了文本与文本之间的关系。莫莱蒂所要处理的恰恰是文本间性的问题。[①] 也即同质性的问题。他试图通过"远读"的模式，从不同的文本中抽出共同的要素进行系列研究，以发

---

① 高树博：《弗兰克·莫莱蒂对"细读的批判"》，《学术论坛》2015年第4期，第100页。

现文学跨时间、跨空间的整体演化过程、演化形态及演化规律，对整体范围上的文学档案作出新的预判。此外，"远读"也打破了文学内部与外部的壁垒，在颠覆过去"分散式"的文学分析同时，建立起了一种"整体性"的文学观。新批评的"文本细读"强调文本就是一个自足独立的存在，并从语音、语义、词义等角度切入文本批评，"着重于对语言、技巧、情节等所谓内部要素的审视，而排除作者、社会、情感等传统文学批评常常使用的角度"。① 莫莱蒂不满足于这种文学内外研究的分裂，而呼吁一种整体论的文学观，将文学看作一个多样统一的整体。在他看来，分散的、零碎的个案之和，并不能帮助理解文学的整体，而应当将文学当成一个整体的系统去理解。②

世界文学研究，必须合作。莫莱蒂说："艺术漫长，生命短暂，问题则须集中。"（Art is long, life short, and the problem is intensifying.）所以，世界文学的研究，需要寻求不同领域、不同国别文学、不同群体的通力合作。"没有集体合作，世界文学将始终是个海市蜃楼。"③前章已经提及，在传统的团体合作方面，莫莱蒂曾组织了一批学者，完成了研究 16—20 世纪世界小说史的五卷本巨著《小说》，其宏伟目标是研究小说体裁发展变化的历史。他认为，文学史就应该是文学形式的历史，而在现代世界，形式是文本在市场胜出的关键要素之一。凭借团体的合作，莫莱蒂才有可能完成五卷本巨著《小说》一书，而在此基础之上他才能进一步思考更宏观的小说史问题。在此之后，他总结出影响现代小说及其研究的三大元素——市场、经典和

---

① 高树博：《弗兰克·莫莱蒂对"细读的批判"》，《学术论坛》2015 年第 4 期，第 100 页。
② 同上。
③ ［美］莫莱蒂：《世界文学猜想（续编）》，载［美］达姆罗什、刘洪涛、尹星主编《世界文学理论读本》，北京大学出版社 2013 年版，第 137 页。

文学史，进而借助小说史的问题来思考世界文学问题。首先，经典如何超越同时代的著作，在市场中胜出？在莫莱蒂的预设里，是市场，是一般读者，而非学院或学者在经典化过程中起了决定性的因素。市场和一般读者，走在学院派之前，学院派所起的作用不过是锦上添花。世界市场的形成与世界文学的关系，是跨学科的研究主题，涉及了资本主义兴起、同质化过程和世界文学文本的跨界流通——这些现象极为复杂，需要不同学科的学者共同合作，才可能找寻到合理的答案。其次，文学史上一个时代的经典作品，是否便足以代表其所在的时代？这是0.5%与100%的数量对比的问题。这巨大的数字差别使得莫莱蒂的质疑更有说服力。因而，文学史必须面对"大量的未读"的问题，这一点对世界文学史写作（这是不可能完成的任务）更是如此。大量的未读，使人时不时怀疑文学史的常识或许有一小部分便是建构起来的。那该怎么办？

莫莱蒂调侃地说，我们批评家早已非常熟悉细读的方式，现在是时候让我们学会"不读"或"远读"了。"细读"以文本（单个或少量的作品）为中心，而面对世界文学，我们要做的是以比作品更大的或更小的单位来看待文学，才能发现一些久被忽略的新内容。文学史有些细节或许不大可信，当代文学批评有时也会出现糟糕混乱的情况，又或者经典化建构的过程值得我们重新考量，这些都需要研究者考虑在内。这里我们可以问一系列的相关问题：文本的经典化过程如何产生？文本的经典性在哪里？也即好的文学作品为何"好"？伟大的作品毕竟是凤毛麟角，但是其他没有进入文学史的作品，是否就完全没有意义呢？一部作品的广为流通，凭什么样的品质？市场或宣传起了作用吗？读者有什么样的阅读习惯，其所处的文化环境和文学评价机制如何？一个长时段内流行什么样的文体，以及为何流行？这一系列复杂难题，在呼求更大的数据统计分析和不同群体研究者的通力合作。

在数字人文研究世界文学方面（新型的合作关系），莫莱蒂于2010年始在美国斯坦福大学成立了一个"文学实验室"（The Stanford Literary Lab），致力于利用"计算批评"（computational criticism）来分析文本、验证假设、建模与量化分析。① 他参照了网络分析理论，把《哈姆雷特》的情节用网络关系表达出来，从而发现了霍拉旭（Horatio）在整个剧中的重要作用几乎不亚于哈姆雷特，因为霍拉旭这个看似毫不重要的人物竟然是官僚国家的象征，连结了丹麦京城之外更广阔的世界。② 莫莱蒂借助这个案例表明，类似的网络分析可为探究文艺复兴时期欧洲新兴国家的分化与独立提供时间信息、帮助识别书中人物权重、为语言学研究提供材料、启发新的研究。这其实便是数字人文对传统文学研究的作用的最好诠释。

莫莱蒂的世界文学思想，为文学研究的拓展提供了契机，使文学研究逐渐走向了与历史学、社会学、心理学等学科的交融。尽管莫莱蒂在2000年《世界文学猜想》一文中，并没有提及数字人文，但其现象的理念却为数字人文的发展提供了一种理论支撑。反过来说，数字人文中的文学研究，本身就是比较文学跨学科研究的最好例证。莫莱蒂的远读方法和世界文学猜想，曾引起了持久的讨论，现在几乎变成了数字人文、比较文学与世界文学等领域的学者共同关注的话题和未来发展的新出发点。换言之，"世界文学"这一领域的学者，无论是否同意莫莱蒂的观点和方法，都绕不开他的研究成果。

---

① 美国加州大学圣巴巴拉校区的艾伦·刘（Alan Liu）在加州大学系统、苏真（Richard Jean So）和霍伊特·朗（Hoyt Long）在芝加哥大学等纷纷建立类似的研究平台，已有大量开拓性成果问世。[美] 戴安德、姜文涛：《数字人文作为一种方法：西方研究现状及展望》，赵薇译，《山东社会科学》2016年第11期，第26页。

② Moretti, "Network Theory, Plot Analysis," in Franco Moretti, *Distant Reading*, London: Verso, pp. 212–222.

学界对莫莱蒂的远读（或者数字人文的方式来研究文学）有一些批评，主要是嘲讽他的"远读"乃是一种"不读"（no-reading）。这是一种天大的误解。笔者认为误解主要体现在如下几方面。其一，是对将文学数据化的怀疑。远读首先将文学文本看作数据，多数时候通过远读我们仅能观察到一种同质性或关联性，但会牺牲掉个别文本的独特成就或个人的美感体验。这是不可避免的妥协手段，所以需要细读去补救。此外，文学始终是人学（humanities），不是数据，甚至可以说高明的文学作品天生地抵抗数据化处理。那么，这便产生了一大需要面对的难题：研究者怎么在远读追求的科学稳定性和人文本身的不确定性（the uncertainty of Humanities）之间取得一个平衡点？不过这并不是数字人文才有的问题，传统人文研究也会面临这个问题，只不过程度上有差别。其二，是对方法和过程的怀疑。远读需要借助二手阅读或其他人的研究成果，以及与他人包括专业技术人员的分析。这里的问题是他人的研究成果，是否能被完全确证。他人的方法或计算结果有时又是无法完全保证的。如果二手研究成果不能确信，或者技术人员的计算方式稍有差错，那么整项研究也就失去了意义。而且，仅仅凭借二手研究而没有文本细读、没有细节分析，没有详细考察文本所处的语境，整个研究过程也就会变得特别不可靠。其三，在莫莱蒂看来，世界文学指的是世界上所有的语言写成的所有的文学，然而，并不是每一个文本都可称作世界文学，并不是每一个文本都能够展现外国传统的影响或者在他者语境中的影响，因而对文学数据进行分析之前必须先对其进行种种限定和排除。

三　小结

远读和数字人文的其他分析模型，为文学研究的拓展提供了契机，促使文学研究逐渐走向了与历史学、社会学、心理学等学科的交融。这对于天生就是跨学科的比较文学研究则是自然之理。那么，该如何看待数字人文方法应用到世界文学（乃至于一般文学）研究中去呢？数字人文最明显的优势体现在范围的扩大和观念的更新。这主要体现在如下四个方面。其一，数字人文采用数据建模、分析的方式扩大了文学研究的范围，将许多传统研究中"未读"的、"非经典"的文本纳入到研究者的研究体系中。其二，随着数字人文的研究领域不断扩张和呈现多样化的趋势，变得更加具有整合性和扩展性，文学研究逐渐与其他学科有了更为密切的联系，实现跨学科研究，具备了传统人文方法无法企及的优势。其三，数字人文为传统文学研究提供了新的途径，两者应取长补短、相辅相成。当然，借助计算机的海量阅读分析，那些原本在细读中发现不了的、看似毫无关联的作品，有可能会呈现出某种一致性或关联性。其四，利用数字人文进行文本分析，将会触发一些新型的问题和新型的思维方式。尤其是在读图时代，在生长于电子阅读时代的读者成熟之时——因为阅读介质和方式的转换，也给读者/研究者带来了思维的转变。

此外，还有三点补充。一是，要避免这样的错误认识：远读取代细读，数字人文取代传统研究，数据分析完胜人脑思考。二是，要清楚意识到目前数字人文与世界文学研究还是初步阶段，有许多不完善的地方。比如，由于受到技术的限制，数字人文目前只运用于同种语言的文本分析上，在跨语言现象十分突出的世界文学的研究中则需要更长足的发展。跨语言或多语言交叉的文本分析，涉及翻译研究，也涉及阐释学，需要对所涉的两个或多个文化传统有较为深入的认识。不过在这个问题上笔者是技术乐观主义者，或许随着技术的不断精进，这个问题总会得到解决。三是，中国学界应当看到在欧美许多国家已成立了一些数字人文的实验室，甚至专门的学院也完成了许多研究项目，已取得了一些令人意想不到的成果。中国学界已落后于人。这种说法或许不算危言耸听：数据既关系到安全和发展，也隐含着一个文明的所有密码。

第八章

数字人文与世界文学：
重释"歌德与世界文学"一案

一　引言

　　有许多保守的人文学者对数字人文的第一个反应是：迄今为止数字人文的研究并没能改变现有学术风貌，也不能为传统人文学带来任何新东西，使用数字人文方法研究出来的结果，用传统的方法照样能得出。其实并不如是。学界已产生了一系列的论著，虽未被广为接受，但已颇具影响力。在这一章里，笔者仅借用现有的数字人文研究结果来重释"歌德与世界文学"一案。这是旧题新作，一方面是"重审过去"，即使用了新的材料（数字人文的成果和新发现的材料）来重新审视过去争议颇多的个案（这也是比较文学与世界文学领域的最重要事件），得出新的解释；另一方面则是"朝向未来"，即希望世界文学的研究者不仅仅使用传统的方法和传统的材料，而应向其他学科/领域学习，取长补短，发挥比较文学在人文领域的一向先锋性。现在的世界文学研究已是一项合作的事业。在这一方面，世界文学研究与数字人文研究，有着共同的问题、使用相同或相似的方法，而且还具有长期相互合作的可能。正如莫莱蒂所说："没有集体合作,世界文学将始终是个海市蜃楼。"①

二 "歌德与世界文学"事件重探

爱克曼《歌德谈话录》里记载:1827年1月31日,歌德提及了他最近读到许多东方文学作品,"特别是一部中国传奇,现在还在读它。我觉得它很值得注意"。随后,歌德又说:"我愈来愈深信,诗是人类的共同财产。……民族文学在现代算不了很大的一回事,世界文学的时代已快来临了。现在每个人都应该出力促使它早日来临。"紧接着他谈及一些中国小说的情节,"又说有一对钟情的男女在长期相识中很贞洁自守……"②

据相关材料考证,在1827年1月29日,歌德从魏玛公立图书馆(Weimar ducal library)借出了一些书,其中便有汤姆斯所译《花笺记》(Chinese Courtship)一书,到了1月31日这天,歌德的日记里提及他与人讨论一首中国诗的特征,而在2月2日的日记里他还记录了他在研读一首中国长诗(Studium des chinesischen Gedichts)。③ 这几天日记里,歌德提及的这首"中国长诗"便是《花笺记》,因为汤姆

---

① [美]莫莱蒂:《世界文学猜想(续编)》,载[美]达姆罗什、刘洪涛、尹星主编《世界文学理论读本》,北京大学出版社2013年版,第137页。
② 本段中《歌德谈话录》的引文出自同一页,见[德]爱克曼辑录《歌德谈话录》,朱光潜译,人民文学出版社1978年版,第113页。
③ 陈铨:《中德文学研究》,辽宁教育出版社1997年版,第12页。Leslie O'Bell, "Chinese Novels, Scholarly Errors and Goethe's Concept of World Literature," *Publications of the English Goethe Society*, Vol. 87, No. 2, 2018, pp. 64–80. 莱斯利·奥贝尔(Leslie O'Bell)结合德国学者和歌德日记等材料判断,以下日期1月29日和31日、2月2—6日(一共七天)都或明或暗地提及了英译《花笺记》。广东外语外贸大学德语系卢铭君教授代笔者翻查并核对法兰克福版《歌德日记》,谨在此表示感谢。Johann Wolfgang Goethe, Die letzten Jahre: Briefe, Tagebücher und Gespräche von 1823 bis zu Goethes Tod, Die Herausgegeben von Horst Fleig. Deutscher Klassiker Verlag, 1993, S. 448.

斯将该书译为叙事诗体,也称该书是"一首中国长诗"。歌德借出这本《花笺记》,经过反复研读,直到同年的6月14日才归还图书馆。歌德提及《花笺记》时,有时还称其为"小说"(法语的"roman",也译为"传奇")。笔者认为这是受法国汉学学者雷慕莎的影响。1826年,雷慕莎在为汤姆斯译本所写的评论中,既将这个译本称为"一首诗",也称其为"小说"(roman)。歌德受其影响,也使用该词来指称《花笺记》,因而我们看到汉译《歌德谈话录》中将这本书也说成是一部"传奇"。①

关于这个事件,学界存在着许多不一致的说法,笔者在研读了一些第一手材料后有如下几种发现:一是歌德当时在其日记中提及他阅读的中国小说是英译《花笺记》,而非《好逑传》,尽管前者的英译名(直译:中国式求偶)与后者的汉语意思相近。二是歌德还谈到了小说中一对年轻男女被迫共处一室,但是两人一直严守礼教、贞洁自持——这个情节应该是来自《好逑传》,而非《花笺记》。三是有学者指出歌德当时读的是(或说还读了)《百美新咏》一书,更准确的说法是英译《花笺记》一书的附录《百美新咏》,两者是装订在一起的一本书。② 四是1827年2月14日,歌德还读了一部法译本的中国故事选集和雷慕莎的法译中国小说《玉娇梨》。③ 另外,从歌德与爱克曼对话的上下文语境中可知,歌德在此前早已读过《好逑传》的帕西英译本(1761)和马若瑟法译本(1766),在此

---

① Abel-Rémusat, "Hoa-Tsian: Chinese Courtship in Verse," *Journal des Savants*, Feb. 1826, pp. 67 – 68.
② Peter P. Thoms, *Chinese Courtship*, London: Parbury, Allen, and Kingsbury, 1824, Biography, pp. 249 – 280.
③ Jean P. Abel Rémusat, *Iu-Kiao-Li, ou Les Deux Cousines*, Paris: Libraireie Moutardier, 1826.

后可能还读过1828年出版的另一个法译本《好逑传》。①

在这里有一个容易被人忽略但又较为重要的问题：歌德在提及世界文学时，阅读讨论的为何是像《好逑传》《花笺记》《玉娇梨》这样一类的作品？这三部作品在中国文学传统中只能算二三流的作品。在同一时代或更早，中国已产生了远比这三部作品更伟大的小说，比如《西游记》（最早版本为万历二十年即1592年百回本）《金瓶梅》（明代万历年间已有几种刻本）和《红楼梦》（乾隆五十六年即1791年第一次刻板印刷）。

现在学界认定歌德在提及"世界文学"时读到的主要是这三部作品：《玉娇梨》《好逑传》和《花笺记》。这三部小说所涉都是男女恋爱故事。从歌德的日记可判断应是《花笺记》，然而从爱克曼所记录的歌德谈论的小说情节判断则可能是《好逑传》，故而这两部书更为重要。再者，《花笺记》后附《百美新咏》涉及的不仅仅是美貌的传奇女性，而且是有德行的女性——这与我们后面讨论也有关系。《玉娇梨》（又译《双美奇缘》）与《花笺记》，都是讲一男两女的恋爱故事，未必完全符合基督教世界读者的道德趣味。歌德读到的《好逑传》由英国圣公会主教帕西（Thomas Percy）译成，于1761年出版，内容是一男一女的恋爱故事。两人经历了"邂逅——磨难——团圆"的过程，这类似于道德奖励或救赎的叙述模式。而且，更重要的是男女主人公的最终完满结合，是借助皇权圣谕这种外在的、不可抗拒的力量——类似于超越的基督教上帝，故而该书可能更受欧洲读者喜欢。

---

① 马若瑟译本 Première, Jeseph, *Hau Kiou Choaan, Histoire chinoise*. Traduite de l'anglais, Lyon: Chez Benoît Duplain, 1766. 第二个法译本情况如下：Marc Antoine Eidous, tr., Thomas Percy, James Wilkinson, *Hau-kiou-choaan; ou L'union bien assortie; roman chinois*, Paris: Moutardier, 1828. 两个译本都是据1761年帕西英译本转译。该书还有德语译本（1766）和荷兰语译本（1767）。"它（此书）在欧洲的影响相当持久。德国大诗人席勒曾着手重译，但未完成；1829年英国也有了达维斯的英译本。"（达维斯，即 J. F. Davis，又译德庇时）许正林：《传播理念的核心与边界》，上海三联书店2009年版，第259页。

第八章　数字人文与世界文学：
重释"歌德与世界文学"一案　　●○ 249

　　《好逑传》和《花笺记》两书由广州、澳门传出而走向世界。《好逑传》一书的最早英译来自澳门，原稿完成于1719年，后经由常驻广州的东印度公司职员詹姆士·威尔金森（James Wilkinson，也可能是手稿的译者）之手辗转至帕西手中（图8-1、图8-2）。[①] 帕西将得到的手稿重新编辑、大幅度的改译改写后定型，于1761年正式出版（图8-3、图8-4）。歌德读到的另一部作品也与澳门相关。

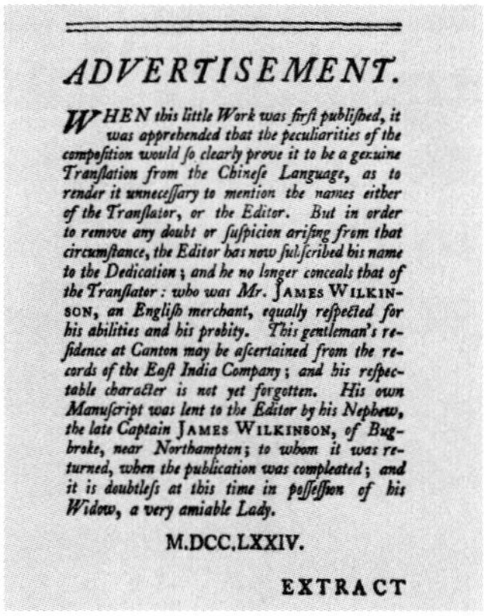

图 8-1　帕西英译《好逑传》广告　　　　　图 8-2　帕西英译《好逑传》的前言页

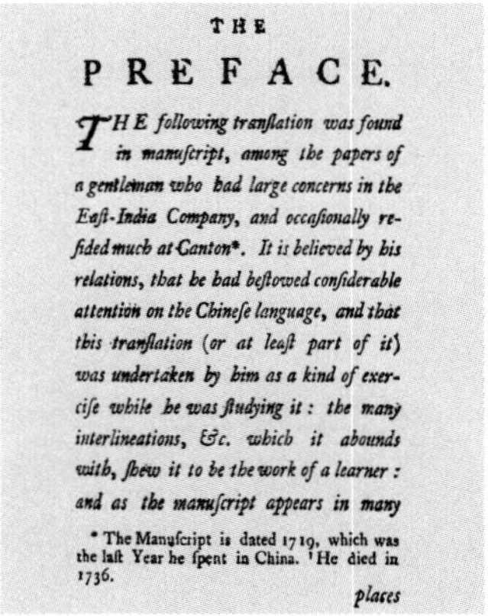

---

① Thomas Percy, *Hau Kiou Choaan, or The Pleasing History*, 4 Volumes, London: Printed for R. and J. Dodsley, 1761. 该书的封面第一页题有另一个标题 "*A Chinese History*"（《好逑传：一部中国历史》）。此外，这个译本还有另一个副标题 "A Pleasing History"，即一种欢愉的历史）。笔者认为之所以为《好逑传》取一个副标题"一部中国历史"，是因为帕西企图借这部小说来观察/评估中国的风俗，乃至中国民族精神的状况。当然，英语"history"或法语"histoire"一词，在当时的语境中往往也同时指称"故事"。据 T. C. Fan 所称，在四卷版出版前还有帕西改译的三卷本译稿。三卷本译稿中说，译者可能是在广州（Canton）的商人詹姆士·威尔金森。而到了通行的四卷本，帕西则自道是其编译，所据版本是来自威尔金森文件中的译稿——这个译稿六分之五是英文稿，六分之一是葡萄牙语稿，而且整个译稿错漏很多，许多地方很难认，原译者也不能确知。帕西将葡萄牙语译文转译成英文，将原英文稿也作了一系列的调整和润色，有一些地方还是他的改写。T. C. Fan, "Percy's Hau Kiou Choaan," *The Review of English Studies*, Vol. 22, No. 86, Apr., 1946, pp. 117-125. 尽管《好逑传》原译者为其他人，帕西仅是重译部分内容和重新编辑了译文，而且此前杜赫德已出版《大中华帝国志》一书，其中包含了多种中国文学作品的译文，但是帕西英译《好逑传》可算是第一部全本英译的中国小说，从这方面看帕西有其学术史上的重要贡献。帕西译本出版后，很快在欧洲便有了德语、法语和荷兰语等语言的转译本。关于帕西译本的翻译和出版情况，请参：Chen Shou Yi, "Thomas Percy and his Chinese Studies," in Adrian Hsia, ed., *The Vision of China in the English Literature of the Seventeenth and Eighteenth Centuries*, Hong Kong: The Chinese University Press, 1998, pp. 302-311.

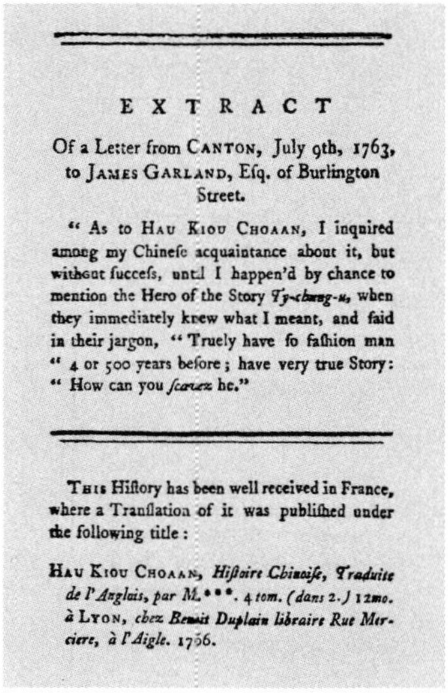

EXTRACT

Of a Letter from CANTON, July 9th, 1763, to JAMES GARLAND, Eſq. of Burlington Street.

" As to HAU KIOU CHOAAN, I inquired among my Chineſe acquaintance about it, but without ſucceſs, until I happen'd by chance to mention the Hero of the Story *Ty-chung-u*, when they immediately knew what I meant, and ſaid in their jargon, " Truely have ſo faſhion man " 4 or 500 years before; have very true Story: " How can you *ſcarez* he."

THIS Hiſtory has been well received in France, where a Tranſlation of it was publiſhed under the following title:

HAU KIOU CHOAAN, *Hiſtoire Chinoiſe, Traduite de l'Anglais, par M.***.* 4 *tom.* (*dans* 2.) 12*mo.* à LYON, *chez Benoit Duplain libraire Rue Merciere, à l'Aigle.* 1766.

图 8－3　帕西英译《好逑传》的友人来信

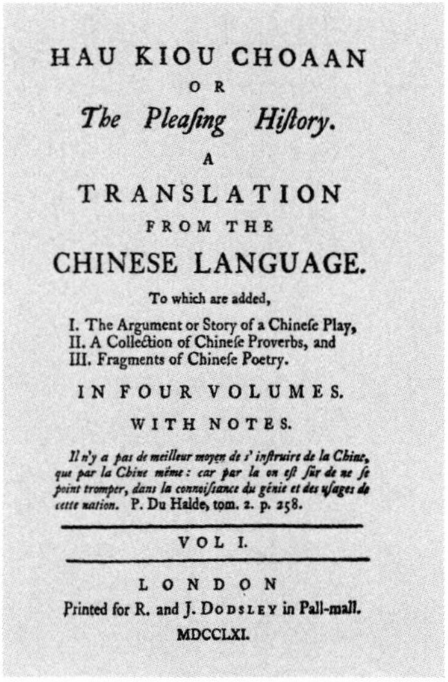

HAU KIOU CHOAAN

OR

The Pleaſing Hiſtory.

A

TRANSLATION

FROM THE

CHINESE LANGUAGE.

To which are added,

I. The Argument or Story of a Chineſe Play,
II. A Collection of Chineſe Proverbs, and
III. Fragments of Chineſe Poetry.

IN FOUR VOLUMES.

WITH NOTES.

Il n'y a pas de meilleur moyen de s' inſtruire de la Chine, que par la Chine même: car par la on eſt ſûr de ne ſe point tromper, dans la connoiſſance du génie et des uſages de cette nation. P. Du Halde, tom. 2. p. 258.

VOL I.

LONDON

Printed for R. and J. DODSLEY in Pall-mall.

MDCCLXI.

图 8－4　帕西英译《好逑传》封面①

1824 年，《花笺记》是由在广州和澳门活动的英国人汤姆斯译成出版。汤姆斯是澳门东印度公司的印刷工。因而我们可推断：近代由广州至澳门再向外传播并流通于欧洲市场的外译中国文学，乃是歌德"世界文学"事件得以发生的前因。

三　莫莱蒂的图表和分析结果

理清以上基本事实后，我们再引入数字人文相关的议题。2000 年后，莫莱蒂可谓是重新定义了"世界文学"，并为这个学科提供了新的方法论。他在其开拓性的专著《图表、地图、树图：文学史的抽象模型》中所使用的副标题表明了：这是"为了研究一种文学史

① 帕西英译《好逑传》一书广告、前言页、友人来信、封面上有本章提及的关键信息。

而建构的多种抽象模型"。① 那些抽象模型正是数字人文分析的方式，而其结果则在于改写文学史，或者重写一部世界文学史。在该书"图表"一章中，莫莱蒂采用了定量分析的方法，来研究 1740—1900 年英国小说的发展状况。数据方面，他依赖的是这一时段的一百余项研究成果/专著，而每一项成果中包括了大量的作品统计和细读分析。② 莫莱蒂对这一时段英国小说的研究得出了一系列的结论，而对数据的处理则呈现为一系列的可视化图表。笔者在这里借用他的图表，将其转换成描述性语言，来讨论英语世界的小说状况，并延伸印证歌德的谈话。该书中所附的原图 9（图 8-5）表示，这 160 年间英国小说主要有 44 种类型，其中"求爱小说"（Courtship Novel）这一类型持续存在的时间最长——从 1740 年开始流行直至 19 世纪 20 年代余波仍在。该书所附原图 10（图 8-6）中，莫莱蒂结合了凯瑟琳·格林的专著《求爱小说，1740—1820：一种女性化文体》③ 中的分析结果，得出如下一种结论：这一时段的"求爱小说"可分为两类，1740—1780 年的英国求爱小说主要强调一种关于"贞洁"的超越性原则（the transcendent principle of chastity），而 1780—1820 年的则强调一种关于"风俗"的根本而内在的观念（the fundamentally immanent notion of manners）。这种二分法可略称为"贞洁"（chastity）和"风俗"（"manner"，还可译为"礼仪""品行""生活习惯"）两种。前者关乎于宗教或道德教化下的男女的贞洁品德，而后者则指向

---

① Moretti Franco, *Graphs, Maps, Trees: Abstract Models for A Literary History*, London: Verso, 2005.

② 莫莱蒂还曾做过另一个有趣的个案，分析了 1740—1850 年的七千多部英语小说的标题，得出了一个结论：市场的兴起、对书籍的需求，导致了标题的逐渐变短等现象。Franco Moretti, *Distant Reading*, London: Verso, pp. 179 – 210.

③ Katherine Sobba Green, *The Courtship Novel, 1740 – 1820: A Feminized Genre*, Lexington, KY: University Press of Kentucky, 1991.

FIGURE 9: *British novelistic genres, 1740–1900*

Kailyard school	
New Woman novel	
Imperial gothic	
Naturalist novel	
Decadent novel	
Nursery stories	
Regional novel	
Cockney school	
Utopia	
Invasion literature	
Imperial romances	
School stories	
Children's adventures	
Fantasy	
Sensation novel	
Provincial novel	
Domestic novel	
Religious novel	
Bildungsroman	
Multiplot novel	
Mysteries	
Chartist novel	
Sporting novel	
Industrial novel	
Conversion novel	
Newgate novel	
Nautical tales	
Military novel	
Silver-fork novel	
Romantic farrago	
Historical novel	
Evangelical novel	
Village stories	
National tale	
Anti-Jacobin novel	
Gothic novel	
Jacobin novel	
Ramble novel	
Spy' novel	
Sentimental novel	
Epistolary novel	
Oriental tale	
Picaresque	
Courtship novel	

1700　1750　1800　1850　1900

图 8-5　英国小说类型（1740—1900）①

---

① Franco Moretti, *Graphs*, *Maps*, *Trees*: *Abstract Models for a Literary History*, London: Verso, 2005, p. 19.

FIGURE 10: *British novelistic genres, 1740–1915 (duration in years)*

In this figure, the most striking exception are the eighty years of Katherine Sobba Green's periodization for 'courtship novels'. However, for most historians (and in part for Green herself) this genre goes through two quite distinct phases: the first from 1740 to 1780, dominated by the transcendent principle of chastity, and the second from 1780 (or, better, 1782, when Burney, in Cecilia, abandons the epistolary form) to 1820, dominated by the fundamentally immanent notion of manners. If one accepts this distinction, the anomaly disappears.

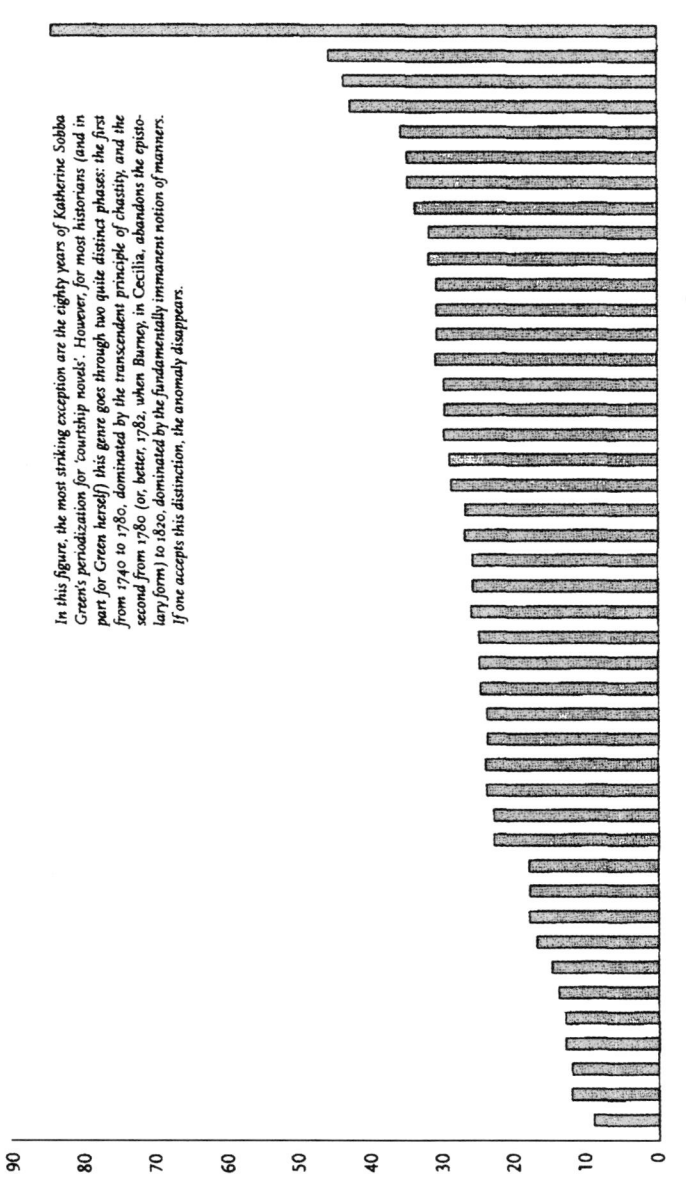

图 8-6　英国小说类型（1740—1915）[持续期限以年为单位]

启蒙时代以降的一种观念：民族的风俗与其民族精神密切相关。莫莱蒂得出的这一结论，是建立在大数据和远读的基础上，而且其研究充分地利用了传统学术方法得出的研究结果（比如参考了一百多部相关的学术专著）。

图 8-6 中莫莱蒂有备注说明如下："In this figure, the most striking exception are the eighty years of Katherine Sobba Green's periodization for 'courtship novels'. However, for most historians (and in part for Green herself) this genre goes through two quite distinct phases: the first from 1740 to 1780, dominated by the transcendent principle of chastity, and the second from 1780 (or, better, 1782, when Burney, in *Cecilia*, abandons the epistolary form) to 1820, dominated by the fundamentally immanent notion of manners. If one accepts this distinction, the anomaly disappears."〔笔者译：在此图中，最显著的例外是凯瑟琳·索巴·格林对"求爱小说"（流行的）80 年作出的分期。但是，对大多数历史学家（包括格林本人）而言，这种文体经历了两个截然不同的阶段：第一个阶段是从 1740 年到 1780 年，由贞洁这种先验性（或"超越性"）原则所主导，第二个阶段是从 1780 年（或更确切是 1782 年，伯尼在《塞西莉亚》一书中放弃使用书信文体）到 1820 年，由一种关于"风俗"的根本而内在的观念所主导。如果接受了这一差别，不规则便会消失。〕笔者注：莫莱蒂提及的伯尼（Fanny Burney，1752—1840）是英国小说家。《塞西莉亚：女继承人的回忆录》（*Cecilia: Or, Memoirs of an Heiress*）是其较为重要的小说。与她的第一部小说相比，这一部小说在情节上更为复杂，既有其此前小说的社会讽刺手法，也包含了种种道德教诲的内容。①

---

① Franco Moretti. *Graphs, Maps, Trees: Abstract Models for a Literary History*, London: Verso, 2005, p. 23.

第八章 数字人文与世界文学：重释"歌德与世界文学"一案

莫莱蒂的分析结果，我们可再次利用，以便解释歌德为何会读到那两部中国文学作品。1827年1月31日，歌德对爱克曼提及中国小说和世界文学时，还深有感慨地说了如下一番话：

（在中国）一切都比我们更明朗，更纯洁，也更合乎道德……又说有一对钟情的男女在长期相识中很贞洁自守，有一次他俩不得不同在一间房里过夜，就谈了一夜的话，谁也不惹谁。还有许多典故都涉及道德和礼仪。正是这种在一切方面保持严格的节制，使得中国维持到几千年之久，而且还会长存下去。……我看见贝朗瑞的诗歌和这部中国传奇形成了极可注意的对比。贝朗瑞的诗歌几乎每一首都根据一种不道德的淫荡题材……请你说一说，中国诗人那样彻底遵守道德，而现代法国的第一流诗人却正相反，这不是极可注意吗？①

这里提及两男女贞洁自守的情节，比较明显地对应了《好逑传》一书。我们随便翻一本介绍《好逑传》的书，便可发现类似的描述。周钧韬、欧阳健所编的《中国通俗小说鉴赏辞典》关于此书的简介中便有这样的一句，"这对独男孤女，同居一处，却隔帘相见，不以情废礼，无半语及于私情"②。这里强调的"贞洁"，正好印证了莫莱蒂的数据分析得出的结论，而且时段也刚好吻合。

然而，美国学者莱斯利·奥贝尔认为，这个情节与英译《花笺

---

① ［德］爱克曼辑录：《歌德谈话录》，朱光潜译，人民文学出版社1978年版，第112—113页。
② 周钧韬、欧阳健主编：《中国通俗小说鉴赏辞典》，南京大学出版社1993年版，第483页。这一情节详细可见（清）名教中人编次《好逑传》，钟夫标点，上海古籍出版社1994版，第49—56页。

记》的情节对得上。① 笔者并不同意这种观点。汤姆斯的译文虽然大体上忠实于原文，但有些情节做了微妙的改写。《花笺记》中《誓表真情》（Oath of Constancy）一章，男女主人公梁生和瑶仙移步花园中的看云亭摆开香案，私订终身。② 此时梁生取出花笺写下两人誓言。这是关键情节，也是《花笺记》书名的来源。汤姆斯的英译改成了两人同处一室——他们移步到了房间中央（the centre of the room），而不是到看云亭拜月许誓。在后续的情节中，两人订下盟誓后，梁生立即向瑶仙求夫妻欢爱，但被她严辞拒绝。瑶仙自道愿意与梁生私结终身，已是大违时俗，"若然迫我风月事，宁舍残躯谢古人"。梁生后又以死相迫（料知别姐难长久，这回一定死归阴）。瑶仙回道，"自小极嫌淫贱妇，无媒苟合败人伦。杀身誓不从郎命，坚心留待洞房春"。瑶仙坚决不从，誓守处子之身。"梁生见姐唔从顺，只得含愁伴姐坐花荫；两家谈笑如胶漆，不觉城头擂五更。" 对比汤姆斯的译文，梁生先是动之以情，后是表现得愁眉苦眼，甚至想以离别和死亡胁迫瑶仙与其欢合——这些情节在英译本里都得到了保留。故而，笔者认为《花笺记》的情节并不符合歌德所说的情节"……有一次他俩不得不同在一间房里过夜，就谈了一夜的话，谁也不惹谁。" 瑶仙毫无疑问是贞洁自守的道德典范，正如汤姆斯译者前言中提及这是一位有德行的、坚贞的年轻女性。③ 然而，梁生却有非分之想。

前文提及，《好逑传》的译文是经帕西主教编改写后于1761年在伦敦出版。帕西深知《好逑传》一书并不是最好的作品，甚至存

---

① Leslie O'Bell, "Chinese Novels, Scholarly Errors and Goethe's Concept of World Literature," *Publications of the English Goethe Society*, Vol. 87, No. 2, 2018, p. 69.
② 薛汕校订：《花笺记》，文化艺术出版社1985年版，第28页。Peter Perring Thoms, *Chinese Courtship*, London: Published by Parbury, Allen and Kingsbury, 1824, pp. 107–113.
③ Peter Perring Thoms, *Chinese Courtship*, London: Published by Parbury, Allen and Kingsbury, 1824, p. vi.

在着情节方面的缺陷,但是他在写给他人的信件中指出,"'在这个国家充斥着最放荡的、不道德的虚构叙事之时',来自中国的这一奇异作品具有其道德上的价值"①。在帕西这里,英语文学中存在着大量的最放荡的、不道德的小说,而《好逑传》正好是其反证,可提供给英国读者以一种道德上的教益。这当然颇为符合他作为圣公会大主教的身份。对照起上文提及的歌德的话便可发现两者存在着惊人的相似性:歌德也借"这部中国小说"来批判法国文坛充斥着不道德的、淫荡的题材的诗作。无论是帕西还是歌德(两者可能借助的是同一部作品)都是借远方他者(即翻译的中国小说),来批判欧洲流行一时的英语或法语的文学作品。

歌德读到的《花笺记》是 1824 年汤姆斯在伦敦出版的英译本 Chinese Courtship(请注意,译者是在澳门译成,而在伦敦出版的,这中间会有时间差)。首位进入中国的基督教新教传教士马礼逊(Robert Morrison)的《华英字典》便是由汤姆斯排印出版。② 1817年,汤姆斯排印了这一本字典的前几部分,在字典后附有马礼逊所撰的另一本小书《中国大观》(A View of China)。在该书中,马礼逊提及了帕西英译本《好逑传》,指出其译书名为"A Pleasing History",与此同时马氏自己将《好逑传》的书名标题翻译成"Happy Courtship"。③ 马礼逊的这个译名在音义上更佳,在字义上要比帕西

---

① 原文转引自 T. C. Fan 的论文。"'at a time when this nation swarms with fictitious narratives of the most licentious and immoral turn', this curious work from China has its value as a moral disquisition." T. C. Fan,"Percy's Hau Kiou Choaan,"*The Review of English Studies*,Vol. 22,No. 86,Apr.,1946,pp. 122 – 123.

② Robert Morrison,*A Dictionary of the Chinese Language*,in three parts,Macao:Printed at the Honorable East India Company's Press,by P. P. Thoms,1815—1823. 重印本见马礼逊编《华英字典》,大象出版社 2008 年版。

③ Robert Morrison,*A View of China*,*for Philological Purposes*;*Containing a Sketch of Chinese Chronology*,*Geography*,*Government*,*Religion & Customs*,Macao:Printed at the Honorable the East India Company's Press,By P. P. Thoms,1817,p. 120.

的译为"A Pleasing History"更接近于汉语的意思，而且在读音上粤语"述"字也与英语"court"一词相近。另外，马礼逊应该了解英国此时流行的正是"求爱小说"这一种类。马礼逊的《中国大观》经由汤姆斯在1817年编排出版，由此可见汤姆斯在1817年着手《花笺记》之时，应该知道甚至是已看过帕西译本。汤姆斯将《花笺记》的书名英译为"Chinese Courtship"（中国式求爱），便是受启于帕西英译本《好逑传》以及马礼逊对该书书名的重译。

1820年，汤姆斯还将《今古奇观》中的一篇小说《宋金郎团圆破毡笠》译为《深情的一对》（*Affectionate Pair*）在伦敦出版。① 汤姆斯所译的《花笺记》和《宋金郎团圆破毡笠》等作品，都来自马礼逊的藏书，而马礼逊的中国小说多数来自广州十三行附近或"河南"（今海珠区）海幢寺的印刷所，因为海幢寺是禁教时期外国人极少数能去的场所之一。换言之，马礼逊和汤姆斯可获得的（available）书籍便是像《今古奇观》《花笺记》这一类的书籍，这是由禁教时期独口通商的广州书肆所决定的，但是汤姆斯将《花笺记》和帕西将《好逑传》翻译成当时英语世界可接受的（acceptable）文体风格，即英国流行一时的求爱小说的样式——这是受英国市场所影响的。

汤姆斯在《宋金郎团圆破毡笠》》译文的前言（Preface）中指出，这个故事中的人物来自底层，故事本身并不涉及重要议题，"但对那些希望获得有关中国习俗和礼仪（Chinese customs and manners）相关信息的人而言，这可能是一个有趣的故事。因为它揭露了中国最流行的教派之一的宗教观念——尽管它所呈现出来的，与欧洲正好完全悖反，但它还是显示出了中国人并不缺乏仁慈、怜悯和爱心等美好

---

① Peter Perring Thoms, *The Affectionate Pair, or the History of Sung-kin, A Chinese Tale*, Printed for Black, Kingsbury, Parbury, and Allen, 1820.

情感"（笔者所译）①。请注意，汤姆斯在这里强调了这篇小说的民俗方面的特征，同时他还借用此书来进一步作中西比较。这篇小说对"中国习俗和礼仪"的强调，正好对应了上述莫莱蒂对求爱小说分析的结果，即第二种主题"风俗"。这样情况与帕西英译《好逑传》颇为类似，汤姆斯正是受到帕西英译《好逑传》的影响而特意彰显出这样的主题。

《好逑传》和《花笺记》这两部小说都是按照当时流行的英语"求爱小说"的文体来翻译的。两个译本都呈现出了种种惊人的改写，以求符合当时的潮流、阅读或审美的趣味。例如，为了阐明欧洲不常见的中国风俗（the uncommon customs and manners of China），帕西在英译《好逑传》中加入了很多注释，以至于当时的评论者，以及给他来信的朋友都提及他的注释对这个译本而言是何等重要（图8-3）。"帕西在英译本中加上泛滥成灾的脚注，有些甚至连绵数页，旁搜远绍，提供大量例证阐述中国秩序系统的各个面向。"② 帕西在注释中至少引用了 26 部在欧洲出版与中国相关的作品。这些注释作为副文本加上与其互涉的早期文本，正可看出欧洲东方学的生产方式。这正印证了穆夫提对 18 世纪欧洲文学的观察后得出的结论：世界文学便是东方学，两者难分彼此（World literature is Orientalism, it is inseparable from it.）。③ 数字人文学者若能对帕西的译文注释中提及的所有相关作品，作一种定量分析，并结合细读作深度批评，或许会

---

① Peter Perring Thoms, *The Affectionate Pair, or the History of Sung-kin, A Chinese Tale*, Printed for Black, Kingsbury, Parbury, and Allen, 1820, Preface.

② 林凌瀚：《丢落在失/秩序坐标之外：〈好逑传〉作为快感个案的时间性与剧场性》，《清代文学研究集刊》第 4 辑，2011 年，第 23 页。

③ 这是一位学者在评论穆夫提的专著时引用的他的话。Františka Zezuláková Schormová, "Forget English! Orientalism and World Literatures by Aamir R. Mufti", *Twentieth-Century Literature*, Vol. 64, No. 2, 2018, pp. 259 – 264, p. 259. Aamir R. Mufti, *Forget English! Orientalisms and World Literatures*, Cambridge, Mass: Harvard University Press, 2016.

有令人意想不到的结果。

四 小结

莫莱蒂经由远读分析而得的求爱小说的二分法（贞洁 vs 风俗）其实也不是完全确切无误，我们可用细读分析来进一步验证。帕西译本在二分法归类中应属于"贞洁"一类主题，这个译本也确实存在着这一方面的内容。但是在此之外，这个译本还兼及"风俗"的主题，甚至可说"风俗"的主题更为重要。帕西译本一再提及"风俗"（manner）。前辈学者经过细读和深入分析后已指出，帕西如同启蒙时期伟大的哲学家（比如伏尔泰撰《风俗论》）一样，"也关注的是民族的'moeurs'，以及风俗背后隐藏的民族精神与心态"①。法语词"moeurs"，可译为英语词"manner"，也即"风俗/习俗"。帕西在其编译的《好逑传》首页（四卷每卷都有），还征引了杜赫德《大中华帝国志》一书的句子作为点题证明："没有比中国本身更好的向中国学习的方法了，因为肯定不会被那个国家的天才和习俗所欺骗。"（Il n'y a pas de meilleur moyen de s'instruire de la Chine, que par la Chine même: car par la on est sûr de ne se point tromper, dans la connoissance du génie et des usages de cett nation.）（见图8-4）或许这个译本是莫莱蒂和格林的二分法分类的一种例外，因为在情节和主题上兼具了"贞洁"和"风俗"两方面的书写。但这没关系，因为以上的讨论足够证明如下几点。一是歌德之所以会读到这两部二三流中国作品的英译，取决于中国（广州）市场，也受英国市场影响。二是译者（帕西和汤姆斯）需要借助远方他者来批评英国文学，因而将

---

① T. C. Fan, "Percy's Hau Kiou Choaan," *The Review of English Studies*, Vol. 22, No. 86, Apr., 1946, pp. 117–125, p. 123.

其改写成其本土流行的求爱小说风格，暗藏了批判时世的观点。三是远读分析的结果，为我们提供了一种证明，同时也建立起了汤姆斯、帕西与歌德的联系。四是《好逑传》《花笺记》这两部作品的翻译和跨国流通——从广州到澳门（东印度公司）、到伦敦，再到晚年歌德所在的德国小镇魏玛，这说明了在18—19世纪一个文学的世界市场已经成熟。这同时又附证了莫莱蒂一系列世界文学猜想中关键的一点：18世纪世界市场形成，由此而分出前后两类世界文学，前者以树图为主要特征，后者主要以波浪为主要特征。"求爱小说"正是当时英国乃至欧洲市场上最有力量的一股浪潮。

简言之，我们借助数字人文的研究成果并参照近代中国文学外译的情况，重新发现了"歌德与世界文学"一案的种种细节。《好逑传》和《花笺记》的翻译和流传，还印证了达姆罗什对世界文学跨界流通和再生的描述，而歌德读到这两部二三流作品则印证了莫莱蒂所说18世纪后世界市场中世界文学/文类的波浪形扩散特征。

参考文献

说明

（1）本文献分为三部分。第一部分为汉语文献，第二部分为外语文献，第三部分为网页或网络文件地址。

（2）所有文献先以著作者姓氏拼音首字母、次以出版时间先后为序排列。

一　汉语文献

A

［德］阿多诺等：《论瓦尔特·本雅明　现代性、寓言和语言的种子》，郭军等译，吉林人民出版社 2010 年版。

［德］阿伦特编：《启迪：本雅明文选》，张旭东、王斑译，生活·读书·新知三联书店 2008 年版。

［德］爱克曼辑录：《歌德谈话录》，朱光潜译，人民文学出版社 1978 年版。

［英］安德森：《想象的共同体　民族主义的起源与散布》，吴睿人译，上海人民出版社 2005 年版。

B

北岛：《履历：诗选 1972—1988》，生活·读书·新知三联书店 2015

年版。

［德］瓦尔特·本雅明：《写作与救赎》，李茂增等译，东方出版社 2009 年版。

［德］瓦尔特·本雅明：《本雅明文选》，陈永国等译，中国社会科学出版社 1999 年版。

［日］柄谷行人：《柄谷行人文集》，赵京华等译，中央编译出版社 2018 年版。

［美］哈罗德·布鲁姆：《影响的焦虑 一种诗歌理论》，徐文博译，江苏教育出版社 2006 年版。

［爱尔兰］波斯奈特：《比较文学》，姚建彬译，中国社会科学出版社 2015 年版。

［美］韦恩·布斯：《小说修辞学》，华明等译，北京联合出版公司 2017 年版。

［法］布罗代尔：《菲利普二世时代的地中海和地中海世界》，唐家龙等译，商务印书馆 2009 年版。

［英］彼得·伯克：《法国史学革命 年鉴学派 1929—1989》，刘永华译，北京大学出版社 2006 年版。

［美］雷切尔·萨格纳·布马、苏拉·赫弗曼：《查找与替换：约瑟芬·迈尔斯与远距离阅读的起源》，汪蘅译，《山东社会科学》 2018 年第 9 期。

［英］拜伦：《东方故事诗》，李锦秀译，湖南人民出版社 1988 年版。

C

蔡建平主编：《外国语言理论研究与教学实践探索》，黑龙江人民出版社 2009 年版。

曹顺庆：《比较文学论》，四川教育出版社 2002 年版。

曹明伦：《翻译之道 理论与实践》修订版，上海外语教育出版社2013年版。

曹雪芹、高鹗：《红楼梦》，人民文学出版社1982年版。

陈惇、刘洪涛编：《现实主义批判 易卜生在中国》，江西高校出版社2009年版。

陈宏淑：《从凡尔纳到包天笑——〈铁世界〉的转译史》（〈ヴェルヌから包天笑まで——『鉄世界』の重訳史〉），《跨境/日本语文学研究》2016年第3期。

陈琳：《翻译学文化转向的研究》，湖南人民出版社2008年版。

陈平原：《中国小说叙事模式的转变》，北京大学出版社2003年版。

陈铨：《中德文学研究》，辽宁教育出版社1997年版。

陈瑛：《"东方主义"与"西方"话语权力——对萨义德"东方主义"的反思》，《求是学刊》2003年第4期。

陈永国主编：《翻译与后现代性》，中国人民大学出版社2010年版。

［英］塞缪尔·泰勒·柯尔律治：《老水手行》（中英文），［法］古斯塔夫·多雷插图，杨德豫译，吉林出版集团有限责任公司2015年版。

D

戴安德、姜文涛：《数字人文作为一种方法：西方研究现状及展望》，赵薇译，《山东社会科学》2016年第11期。

［英］达尔文：《物种起源》，周建人等译，商务印书馆2009年版。

［美］大卫·达姆罗什、陈永国等编：《新方向：比较文学与世界文学读本》，北京大学出版社2010年版。

［美］达姆罗什、刘洪涛、尹星主编：《世界文学理论读本》，北京大学出版社2013年版。

［美］丹穆若什：《什么是世界文学?》，查明建等译，北京大学出版社 2015 年版。

［法］丹纳：《艺术哲学》，傅雷译，生活·读书·新知三联书店 2016 年版。

［法］雅克·德里达：《书写与差异》，张宁译，生活·读书·新知三联书店 2001 年版。

［德］安·封·德罗斯特－许尔斯霍夫：《镜中影》（外二首），张玉书译，《世界文学》1995 年第 5 期。

［法］亚历山大·小仲马：《巴黎茶花女遗事》，林纾、王寿昌译，北京联合出版公司 2014 年版。

F

方维规主编：《思想与方法：地方性与普世性之间的世界文学》，北京大学出版社 2017 年版。

方维规：《何谓世界文学》，《文艺研究》2017 年第 1 期。

G

高树博：《弗兰克·莫莱蒂的"世界文学"思想》，《学术交流》2015 年第 1 期。

高树博：《远距离阅读视野下的文类、空间和文学史》，中国社会科学出版社 2016 年版。

［德］歌德：《歌德谈话录》，杨武能译，河北教育出版社 2015 年版。

［德］顾彬：《从语言角度看中国当代文学》，《南京大学学报》2009 年第 2 期。

［德］顾彬：《高行健与莫言：再论中国文学与世界文学的危机》，陶磊译，陈思和、王德威主编：《文学》2013 秋冬卷，上海文艺出版

社 2014 年版。

顾明栋：《汉学主义 东方主义与后殖民主义的替代理论》，张强等译，商务印书馆 2015 年版。

顾明栋：《汉学、汉学主义与东方主义》，《学术月刊》2010 年第 12 期。

郭沫若：《曼衍言》，《创造》季刊第 1 卷第 2 号，1922 年 7 月。

H

［美］韩南：《中国近代小说的兴起》，徐侠译，上海教育出版社 2010 年版。

贺骥：《"世界文学"概念：维兰德首创》，《社会科学》2014 年第 7 期。

［美］黄运特：《跨太平洋位移：20 世纪美国文学中的民族志、翻译和文本间旅行》，陈倩译，江苏人民出版社 2012 年版。

苏珊·霍基：《人文计算的历史》，葛剑钢译，《文化研究》2013 年第 4 期。

胡适编：《胡适文存》1，北京华文出版社 2013 年版。

J

［美］詹姆逊：《詹姆逊文集》，王逢振等译，中国人民大学出版社 2016 年版。

K

［美］柯文：《在中国发现历史 中国中心观在美国的兴起》，林同齐译，社会科学文献出版社 1989 年版。

［美］科恩：《小说与海洋》，陈橙等译，上海译文出版社 2018 年版。

L

［法］勒高夫等主编：《新史学》，姚蒙编译，上海译文出版社 1989 年版。

［意］利玛窦：《耶稣会与天主教进入中国史》，文铮译，商务印书馆 2014 年版。

（唐）李商隐：《玉溪生诗集笺注》，（清）冯浩笺注，蒋凡标点，上海古籍出版社 1998 年版。

梁培炽辑校、标点：《花笺记 会校会评本》，暨南大学出版社 1998 年版。

梁启超编：《新小说》，横滨：新小说社，1902 年。

梁启超：《小说丛话》，《新小说》1903 年第 7 期。

梁启超：《新中国未来记》，广西师范大学出版社 2008 年版。

梁启超：《中国上古史》，商务印书馆 2016 年版。

林凌瀚：《丢落在失／秩序坐标之外：〈好逑传〉作为快感个案的时间性与剧场性》，《清代文学研究集刊》第 4 辑，2011 年。

［美］拉尔夫·林顿：《文化树：世界文化简史》，何道宽译，北京师范大学出版社 2017 年版。

刘慈欣：《诗云》，载姚海军、杨枫主编《中国科幻银河奖作品精选集·肆》，四川文艺出版社 2013 年版。

（唐）刘禹锡：《刘禹锡集笺证》上，瞿蜕园笺证，上海古籍出版社 1989 年版。

刘禾：《跨语际实践 文学、民族文化与被译介的现代性中国，1900—1937》，宋伟杰译，生活·读书·新知三联书店 2014 年版。

刘禾：《帝国的话语政治 从近代中西冲突看现代世界秩序的形成》，杨立华等译，生活·读书·新知三联书店 2014 年版。

柳无忌：《苏曼殊与拜伦"哀希腊"诗——兼论各家中文译本》，《佛山师专学报》1985年第1期。

卢康华、孙景尧：《比较文学导论》，黑龙江人民出版社1984年版。

鲁迅：《鲁迅全集》，人民文学出版社2005年版。

陆扬：《德里达〈巴别塔〉的翻译思想》，《圣经文学研究》2014年第1期。

罗念生著译：《罗念生全集》，上海人民出版社2015年版。

M

《马克思恩格斯文集》第2卷，人民出版社2009年版。

［英］马礼逊编：《华英字典》，大象出版社2008年版。

［德］曼海姆：《意识形态与乌托邦》，李步楼等译，商务印书馆2014年版。

［英］毛姆：《彩色的面纱》，刘宪之译，北京十月文艺出版社1988年版。

［英］萨默塞特·毛姆：《彩色面纱》，梅海译，人民文学出版社2016年版。

孟华主编：《比较文学形象学》，北京大学出版社2001年版。

（清）名教中人编次：《好逑传》，钟夫标点，上海古籍出版社1994版。

［英］托马斯·莫尔：《乌托邦》，戴镏龄译，商务印书馆1982年版。

莫言：《讲故事的人——在诺贝尔文学奖颁奖典礼上的讲演》，《当代作家评论》2013年第1期。

P

［土］奥尔罕·帕慕克：《别样的色彩 关于生活、艺术、书籍与城市》，宗笑飞等译，上海人民出版社2011年版。

Q

钱锺书：《写在人生的边上 人生边上的边上 石语》，生活·读书·新知三联书店 2002 年版。

R

任东升编：《圣经汉译文化研究》，湖北教育出版社 2007 年版。

S

［美］萨义德：《东方学》，王宇根译，生活·读书·新知三联书店 2007 年版。

［美］萨义德：《世界·文本·批评家》，李自修译，生活·读书·新知三联书店 2009 年版。

［日］山田敬三：《鲁迅与儒勒·凡尔纳之间》，《鲁迅研究月刊》2003 年第 6 期。

［美］夏颂：《汤姆斯、粤语地域主义与中国文化外译的肇始》，陈胤全译，载王宏志主编《翻译史研究 2016》，复旦大学出版社 2017 年版。

［荷］斯宾诺莎：《伦理学》，贺麟译，商务印书馆 1997 年版。

［德］奥斯瓦尔德·斯宾格勒：《西方的没落》，齐世荣等译，商务印书馆 2001 年版。

［美］斯皮瓦克：《一门学科之死》，张旭译，北京大学出版社 2014 年版。

［英］斯坦纳：《通天塔 文学翻译理论研究》，庄绎传编译，中国对外翻译出版公司 1987 年版。

孙茂松：《诗歌自动写作刍议》，《数字人文》2020 年第 1 期。

孙宜学主编：《从泰戈尔到莫言 百年东方与西方》，上海三联书店2015年版。

孙建、[挪威]弗洛德·赫兰德编：《跨文化的易卜生》（*Ibsen Across Cultures*），复旦大学出版社2012年版。

T

[印度] 泰戈尔：《飞鸟集》，郑振铎译，人民文学出版社2007年版。

[印度] 泰戈尔：《飞鸟集》，冯唐译，浙江文艺出版社2015年版。

[英] 彼特·汤姆斯：《英国早期汉学家彼特·汤姆斯谈中国诗歌》，蔡乾译，《国际汉学》2016年第4期。

谭载喜：《西方翻译简史》，商务印书馆1991年版。

V

[法] 梵第根：《比较文学论》，戴望舒译，吉林出版集团有限责任公司2010年版。

W

[英] 王尔德：《王尔德全集·评论随笔卷》，杨东霞等译，中国文学出版社2000年版。

王东风：《跨学科的翻译研究》，复旦大学出版社2014年版。

王继权、童炜钢编：《郭沫若年谱》，江苏人民出版社1983年版。

王宁：《翻译研究的文化转向》，清华大学出版社2009年版。

王涛：《什么不是数字人文》，《澳门理工学报》2019年第4期。

王岩等编：《西方史学之路》，黑龙江人民出版社2009年版。

王燕：《〈花笺记〉：第一部中国"史诗"的西行之旅》，《文学评论》2014年第5期。

（清）王尧衢：《古唐诗合解笺注》，致和堂存板，雍正壬子（1732）。

［法］朱儿·威尔恩，《十五小豪杰》，饮冰子（梁启超）、披发生（罗普）译，上海文化出版社1956年版。

［美］韦勒克：《近代文学批评史》第1卷，杨自伍译，上海译文出版社1997年版。

［美］韦努蒂：《译者的隐形 翻译史论》，张景华等译，外语教学与研究出版社2009年版。

［美］伊曼纽尔·沃勒斯坦：《现代世界体系》第1—4卷，郭方等译，社会科学文献出版社2013年版。

［美］巫鸿：《中国古代艺术与建筑中的"纪念碑性"》，李清泉、郑岩译，上海人民出版社2008年版。

［美］巫鸿：《美术史十议》，生活·读书·新知三联书店2016年版。

吴其尧：《庞德与中国文化》，上海外语教育出版社2006年版。

X

［美］奚密：《差异的忧虑：对宇文所安的一个回响》，《中外文化与文论》1997年第2期。

谢天振：《翻译研究新视野》，福建教育出版社2015年版。

谢天振主编：《当代国外翻译理论导读》，南开大学出版社2008年版。

薛汕校订：《花笺记》，文化艺术出版社1985年版。

许正林：《传播理念的核心与边界》，上海三联书店2009年版。

Y

严绍璗、［日］中西进主编：《中日文化交流史大系6 文学卷》，浙江人民出版社1996年版。

姚达兑：《近代文化交涉与比较文学》，中国社会科学出版社2018

年版。

姚达兑：《现代的先声：晚清汉语基督教文学》，中山大学出版社 2018 年版。

叶隽编选：《歌德研究文集》，译林出版社 2014 年版。

（清）叶燮：《原诗笺注》，蒋寅笺注，上海古籍出版社 2014 年版。

尹承东、申宝楼编译：《马尔克斯的心灵世界：与记者对话》，中央编译出版社 2015 年版。

余匡复：《德国文学史》上册，上海外语教育出版社 2013 年版。

［美］宇文所安：《环球影响的忧虑：什么是世界诗？》，文楚安译，《中外文化与文论》1997 年第 2 期。

Z

查良铮译：《穆旦译文集 4 雪莱抒情诗选 布莱克诗选 英国现代诗选》，人民文学出版社 2005 年版。

詹福瑞：《王尧衢〈古唐诗合解〉的宗唐倾向及选诗标准》，《文学遗产》2001 年第 1 期。

张秀奇：《走向辉煌 莫言记录》，山西人民出版社 2013 年版。

张隆溪：《钱锺书谈比较文学与"文学比较"》，《读书》1981 年第 10 期。

张隆溪：《比较文学研究入门》，复旦大学出版社 2009 年版。

张隆溪：《从比较文学到世界文学》，复旦大学出版社 2012 年版。

赵毅衡编选：《"新批评"文集》，百花文艺出版社 2001 年版。

郑振铎：《文学大纲》，共四卷，商务印书馆 1927 年版。

钟心青：《新茶花》，明明学社，光绪三十四年（1908）版。

朱安博、［德］顾彬：《中国文学的"世界化"愿景——德国汉学家顾彬访谈录》，《吉首大学学报》（社会科学版）2017 年第 3 期。

周钧韬、欧阳健主编：《中国通俗小说鉴赏辞典》，南京大学出版社 1993 年版。

周宁：《另一种东方主义：超越后殖民主义文化批判》，《厦门大学学报》（哲学社会科学版）2004 年第 6 期。

二　外语文献

A

Abel-Rémusat, "Hoa-Tsian: Chinese Courtship in Verse," *Journal des Savants*, Feb., 1826.

Alber, Jan., "The Specific Orientalism of Lord Byron's Poetry," *AAA: Arbeiten aus Anglistik und Amerikanistik*, Vol. 38, No. 2, 2013.

Allen, Roger., "The Novella in Arabic: A Study in Fictional Genres," *International Journal of Middle East Studies*, Vol. 18, No. 4, Nov., 1986.

Alexander, W. J., ed., *Select Poems of Shelley*, Boston, Ginn, 1898.

Anderson, Benedict, *Imagined Communities: Reflections on the Origin and Spread of Nationalism*, London: Verso, 1991.

Apter, Emily, *The Translation Zone: A New Comparative Literature*, Princeton, N. J.: Princeton University Press, 2006.

Apter, Emily., *Against World Literature: On the Politics of Untranslatability*, New York: Verso, 2013.

B

Beidao, *The August Sleepwalker*, translated and introduced by Bonnie S. McDougall, London: Anvil Press Poetry Ltd, 1988.

Benjamin, Walter, *Walter Benjamin: Selected Writings*, Volume 1 – 4,

H. Eiland, M. W. Jennings, eds., Cambridge, Mass: the Belknap Press, 2006.

Bowman, Paul, ed., *The Rey Chow Reader*, New York: Columbia University Press, 2010.

C

Cao, Cong, "Chinese Science and the 'Nobel Prize Complex'", *Minerva*, Vol. 42, No. 2, June, 2004.

Chen Shou Yi, "Thomas Percy and His Chinese Studies," in Adrian Hsia, ed., *The Vision of China in the English Literature of the Seventeenth and Eighteenth Centuries*, Hong Kong: The Chinese University Press, 1998.

Cobb, Russell., "The Politics of Literary Prestige: Promoting the Latin American 'Boom' in the Pages of Mundo Nuevo," *A Contra Corriente, A Journal on Social History and Literature in Latin America*, Vol. 5, No. 3, Spring, 2008.

Cohen, Paul A., *Discovering History in China: American Historical Writing on the Recent Chinese Past*, New York: Columbia University Press, 1984.

Cohen, Margaret, *Profane Illumination: Walter Benjamin and the Paris of Surrealist Revolution*, Berkeley: University of California Press, 1993.

Cohen, Margaret, *The Sentimental Education of the Novel*, Princeton: Princeton University Press, 1999.

Cohen, Margaret, *The Novel and the Sea*, Princeton: Princeton University Press, 2010.

D

Damrosch, David, "What Is World Literature," *World Literature Today*,

Vol. 77, No. 1 (Apr. -Jun.) 2003.

Damrosch, David, *What is World Literature*, Princeton, N. J.: Princeton University Press, 2003.

Damrosch, David, et al, ed., *Masters of British Literature*, Volume B, London: Pearson, 2007.

Damrosch, David, ed., *World Literature in Theory*, Chichester, West Sussex: Wiley Blackwell, 2014.

Damrosch, David, "Review of Emily Apter 'Against World Literature: On the Politics of Untranslatability'", *Comparative Literature Studies*, Vol. 51, No. 3, 2014.

Darwin, Charles, *Journal of Researches, into the Natural History and Geology of the Countries Visited During the Voyage of H. M. S. Beagle Round the World*, Second Edition, London: John Murray, Albemarle Street, 1845.

Darwin, Charles, *On the Origin of Species*, London: John Murray, Albemarle Street, 1859.

Davis, John Francis, trans., *Laou-seng-urh*, or "*An Heir in His Old Age.*", London: John Murray, Albemarle-Street, 1817.

Derrida, Jacques, "Des Tours de Babel," trans. by Joseph F. Graham, Jacques Derrida, Psyche, *Inventions of the Other*, Vol. 1, Stanford, CA: Stanford University Press, 2007.

Du Halde, Jean Baptiste, *Description Géographique, Historique, Chronologique, Politique, et Physique de l'Empire de la Chine et de la Tartarie Chinoise*, Paris: Chez P. G. le Mercier, Imprimeur-Libraire, Rue Saint Jacques, au Livre d'Or, 1735.

E

Eckermann, J. P. , *Conversation with Goethe, in the Last Years of his Life*, S. M. Fuller trans. , Boston: Hilliard, Gray, and Co. , 1839.

Eckermann, J. P. , *Conversations of Goethe with Eckermann and Soret*, vol. I & vol. II, John Oxenford trans. , London: Smith, Elder & Co. , 1850.

Eckermann, J. P. , *Conversation with Goethe, in the Last Years of his Life*, S. M. Fuller trans. , Boston and Cambridge: James Munroe and Company, 1852.

Eckermann, J. P. , *Conversations with Goethe*, John Oxenford trans. , London: J. M. Dent & Son Ltd, 1935.

Eckermann, J. P. , *Conversations with Goethe*, Gisela C. O'Brien trans. , New York: Frederick Ungar Publishing Co. , 1964.

Eidous, Marc Antoine, tr. , Percy, Thomas, Wilkinson, James, *Hau-Kiou-choaan: ou L'union Bien Assortie; Roman Chinois*, Paris: Moutardier, 1828.

Eiland, Howard & Michael W. Jennings, *Walter Benjamin: A Critical Life*, Cambridge, Mass: Belknap Press, 2014.

Eric, A. Blackall, *Goethe and the Novel*, Ithaca: Cornell University Press, 1976.

Eoyang, Eugene, *The Transparent Eye: Reflections on Translation, Chinese Literature, and Comparative Poetics*, Honolulu: University of Hawaii Press, 1993.

F

Fan, T. C. , "Percy's Hau Kiou Choaan," *The Review of English Studies*,

Vol. 22, No. 86, Apr., 1946.

Fang Weigui, *Tensions in World Literature*, *Between the Local and the Universal*, Singapore: Palgrave Macmillan, 2018.

Fulford, Tim, and Peter J. Kitson, eds., *Romanticism and Colonialism: Writing and Empire 1780 – 1830*, New York: Cambridge University Press, 1998.

G

Gerould, Daniel Charles, "George Bernard Shaw's Criticism of Ibsen," *Comparative Literature*, Vol. 15, No. 2, Spring, 1963.

Green, Katherine Sobba, *The Courtship Novel, 1740 – 1820: A Feminized Genre*, Lexington, KY: University Press of Kentucky, 1991.

H

Haeckel, Ernst, *The Evolution of Man: A Popular Scientific Study*, Translated from the fifth edition by Joseph McCabe, London: Watts, 1910.

Hanan, Patrick, *Chinese Fiction of the Nineteenth and Early Twentieth Centuries*, New York: Columbia University Press, 2004.

Hippolyte Adolphe Taine, *Histoire de la Littérature Anglaise* (tome 4), Paris: Librairie de L. Hachette, 1863 – 1864.

Huntington, Samuel P., "The Clash of Civilizations?" *Foreign Affairs*, Vol. 72, No. 3, Summer, 1993.

I

Isaacs, Harold R., *Images of Asia: American Views of China and India*, New York: Harper & Row, 1972.

J

Jockers, Matthew L., *Macroanalysis, Digital Methods & Literary History*, Champaign, IL: University of Illinois Press, 2013.

Jones, Andrew, "Chinese Literature in the 'World' Literary Economy," *Modern Chinese Literature*, Vol. 8, No. 1/2, Spring/Fall, 1994.

Jones, William., *Poems Consisting Chiefly of Translations from the Asiatick Languages: to Which are Added Two Essays, I. On the Poetry of the Eastern Nations. II. On the Arts, Commonly Called Imitative*, Oxford: Clarendon Press, 1772.

Jewell, Richard, "The Nobel Prize: History and Canonicity," *The Journal of the Midwest Modern Language Association*, Vol. 33, No. 1, Winter, 2000.

K

Kim, Dong Young, *Understanding Religious Conversion: The Case of Saint Augustine*, Eugene, Oreg: Pickwick Publications, 2012.

Kohn, Hans., "Romanticism and the Rise of German Nationalism," *The Review of Politics*, Volume 12, Issue 4, October 1950.

L

Larson, Wendy, and Richard Kraus, "China's Writers, the Nobel Prize, and the International Politics of Literature," *The Australian Journal of Chinese Affairs*, No. 21, Jan., 1989.

Lee, Gregory, "Reviewed Work: The August Sleepwalker by Bei Dao, Bonnie S. McDougall," *The China Quarterly*, No. 121, Mar., 1990.

Lefevere, André, *Translation, Rewriting and the Manipulation of Literary Fame*, London: Routledge, 1992.

Lovell, Julia, *The Politics of Cultural Capital: China's Quest for A Nobel Prize in Literature*, Honolulu: University of Hawai'i Press, 2006.

M

Maugham, W. Sommerset, *The Painted Veil*, London: WIlliam Heinemann Ltd, 1934.

Marx, Karl, and Friedrich Engels, *The Communist Manifesto*, With an Introduction and Notes by Gareth Stedman Jones, London: Penguin Books, 2002.

More, Sir Thomas, *Cambridge Texts in the History of Political Thought, More: Utopia*, George M. Logan, ed., Robert M. Adams trans., Cambridge: Cambridge University Press, 2003.

Moretti, Franco, *Signs Taken for Wonders: Essays in the Sociology Literary Forms*, London: Verso, 1983.

Moretti, Franco, *The Way of the World: The Bildungsroman in European Culture*, London: Verso, 1987.

Moretti, Franco, *Modern Epic, the World-System from Goethe to García Márquez*, New York: Verso, 1995.

Moretti, Franco, *Atlas of the European Novel 1800–1900*, London: Verso, 1998.

Moretti, Franco, *Graphs, Maps, Trees: Abstract Models for A Literary History*, London: Verso, 2005.

Moretti, Franco, *The Bourgeois: Between History and Literature*, London: Verso, 2013.

Moretti, Franco, ed. , *The Novel*, *Volume 1*: *History*, *Geography*, *and Culture*, Princeton, N. J. : Princeton University Press, 2006.

Moretti, Franco, ed. , *The Novel*, *Volume 2*: *Forms and Themes*. Princeton, N. J. : Princeton University Press, 2006.

Moretti, Franco, dir. *Il Romanzo*, *Vol. 1*, *La Cultura del Romanzo*; *Vol. 2*, *Le Forme*; *Vol. 3*, *Storia e Geografia*; *Vol. 4*, *Temi*, *luoghi*, *eroi*; *Vol. 5*, *Lezioni*, Torino: Einaudi, 2001 – 2003.

Moretti, Franco, *Distant Reading*, London: Verso, 2013.

Morrison, Robert, *A Dictionary of the Chinese Language* (in three parts), Macao, China: Printed at the Honorable East India Company's Press, by P. P. Thoms, 1815 – 1823.

Robert Morrison, *A View of China*, *for Philological Purposes*; *Containing a Sketch of Chinese Chronology*, *Geography*, *Government*, *Religion & Customs*, Macao: Printed at the Honorable the East India Company's Press, By P. P. Thoms, 1817

Mufti, Aamir R. , *Forget English*!: *Orientalisms and World Literatures*, Cambridge, Mass: Harvard University Press, 2016.

N

Nietzsche, Friedrich, *Human*, *All too Human*, R. J. Hollingdale trans. , Cambridge: Cambridge University Press, 1986.

O

O'Bell, Leslie, "Chinese Novels, Scholarly Errors and Goethe's Concept of World Literature, " *Publications of the English Goethe Society*, Vol. 87,

No. 2, 2018, pp. 64 – 80.

Osborne, Harold, ed., *The Oxford Companion to Twentieth Century Art*, Oxford: Oxford University Press, 1981.

Ortiz, Javier, "Bernard Shaw's Ibsenisms," *Revista Alicantina de Estudios Ingleses*, No. 7, Nov., 1994.

Ou, Rong, " 'The King's Job, Vast as Swan-Flight': More on The Sacred Edict in Canto 98 & 99," *Cambridge Journal of China Studies*, Vol. 9, No. 2, 2014.

Owen, Stephen, "The Anxiety of Global Influence: What is World Poetry?" *The New Republic*, Nov. 19, 1990.

Owen, Stephen, edited and translated by, *An Anthology of Chinese Literature, Beginnings to 1911*, New York and London: W. W. Norton & Company, 1996.

P

Percy, Thomas, trans. & ed., *Hao Kiou Choaan or the Pleasing History*, 4 vols, London: Dodsley, 1761.

Première, Jeseph, *Hau Kiou Choaan, Histoire chinoise*, Traduite de l'anglais, Lyon: Chez Benoît Duplain, 1766.

Pound, Ezra, *The Cantos of Ezra Pound*, New York: New Directions, 1996.

Posnett, Hutcheson Macaulay, *Comparative Literature*, London: Kegan Paul, Trench &Co., 1886.

Prendergast, Christopher, et. al., *Debating World Literature*, London: Verso, 2004.

R

Rémusat, Jean Pierre Abel, *Iu-Kiao-Li, ou Les Deux Cousines*, Paris: Libraireie Moutardier, 1826.

Rizal, José, *The Social Cancer, A Complete English Version of Noli Me Tangere from the Spanish*, Translated by Charles Derbyshire, Manila: Philippine Education Company; New York: World Book Company, 1912.

Rowling, J. K., *Harry Potter*, London: Bloomsbury, 2007.

Robert Galbraith (Rowling, J. K.), *The Cuckoo's Calling*, New York: Mulholland Books, 2013.

S

Schormová, Františka Zezuláková, "Forget English!: Orientalism and World Literatures by Aamir R. Mufti," *Twentieth-Century Literature*, Vol. 64, No. 2, 2018.

Steiner, George, *After Babel, Aspects of Language and Translation*, Third Edition, New York: Open Road Integrated Media, 1998.

Spivak, Gayatri Chakravorty, *The Death of A Discipline*, New York: Columbia University Press, 2005.

T

Thoms, Peter Perring, *The Affectionate Pair, or the History of Sung-kin, A Chinese Tale*, Printed for Black, Kingsbury, Parbury, and Allen, 1820.

Thoms, Peter Perring, *Chinese Courtship*, London: Published by Parbury, Allen and Kingsbury, 1824.

Thoms, Peter Perring, *A Dissertation on the Ancient Chinese Vases of the*

Shang Dynasty, *from B. C. 1743 to 1496*, London, 1851.

Thoms, Peter Perring, *The Emperor of China vs. the Queen of England*, London：Warwick-Square, 1853.

U

Untermeyer, Louis, *Robert Frost*, *A Backward Look*, Washington, D. C.：Reference Department, Library of Congress, 1964.

V

Venuti, Lawrence, *The Translator's Invisibility*：*A History of Translation*, London：Routledge, 1995.

Lawrence Venuti, ed., *The Translation Studies Reader*, London：Routledge, 2000.

Verne, Jules, *Deux ans de Vacances*, Bibliothèque d'Éducation et de Récréation J. Hetzel et Cie, 1888.

Verne, Jules, *Adrift in the Pacific*, Anonymous trans., London：Sampson Low Marston Searle & Rivington, 1889.

Verne, Jules, *A Two Years' Vacation*, Anonymous trans., New York：George Munro, 1889.

Verne, Jules, *Adrift in the Pacific*；*the Strange Adventures of A Schoolboy Crew*, Anonymous trans., Boston Daily Globe, from February 22 through March 14, 1890.

ジュウールス・ヴェルヌ（Verne, Jules），「十五少年」，森田思軒訳，博文館1896年版（日语）。

Verne, Jules，［韩］闵濬镐译述：《十五小豪杰》，京城（汉城）：东洋书院1912年版（韩语）。

W

Wallerstein, Immanuel, *The Modern World-System*, I – IV, Berkeley, CA: University of California Press, 2011.

Wang, David Der-wei, *Fin-de-Siecle Splendor: Repressed Modernities of Late Qing Fiction, 1849 – 1911*, Stanford, CA: Stanford University Press, 1997.

Wright, Addison G., "The literary Genre Midrash," *The Catholic Biblical Quarterly*, Vol. 28, No. 2, April, 1966.

Wu Hung, *Monumentality in Early Chinese Art and Architecture*, Stanford: Stanford University Press, 1995.

Y

Yeh, Catherine Vance, *The Chinese Political Novel, Migration of a World Genre*, Cambridge, Mass.: Harvard University Asia Center, 2015.

Z

Zhao, Henry Y. H., *The Uneasy Narrator: Chinese Fiction from the Traditional to the Modern*, Oxford: Oxford University Press, 1995.

三 网页或网络文件地址

诺贝尔文学奖官方通讯:"The Nobel Prize in Literature 1913" http://www.nobelprize.org/nobel_prizes/literature/laureates/1913/ [引用日期:2016.10.15]

诺贝尔文学奖官方通讯:"The Nobel Prize in Literature 1913, Award Ceremony Speech, Presentation Speech by Harald Hjärne, Chairman of the Nobel Committee of the Swedish Academy, on December 10, 1913" http：//www.nobelprize.org/nobel_prizes/literature/laureates/1913/press.html［引用日期：2016.10.15］

诺贝尔文学奖官网关于文学奖评选的说明"Nomination and Selection of Literature Laureates"，请见 https：//www.nobelprize.org/nomination/literature/［引用日期：2018.09.10］

诺贝尔文学奖官网说明"The Nobel Prize in Literature"，请见 https：//www.nobelprize.org/prizes/themes/the-nobel-prize-in-literature-3/［引用日期：2017.10.10］

诺贝尔文学奖官网文件"The Nobel Prize for Literature 2000, Press Release 新闻公报（中文简体）"，请见 https：//assets.nobelprize.org/uploads/2018/06/press-simpl.pdf［引用日期：2017.09.10］

诺贝尔文学奖官网网页"The Nobel Prize in Literature 1982"，请见 http：//www.nobelprize.org/nobel_prizes/literature/laureates/1982/［引用日期：2016.10.15］

诺贝尔文学奖官网网页"The Nobel Prize in Literature 1982, Award Ceremony Speech, Presentation Speech by Professor Lars Gyllensten of the Swedish Academy"，请见 http：//www.nobelprize.org/nobel_prizes/literature/laureates/1982/presentation-speech.html［引用日期：2016.10.15］

诺贝尔文学奖官网文件 http：//www.nobelprize.org/nobel_prizes/literature/laureates/2012/biobibl_ch_simpl.pdf［引用日期：2016.08.15］

《南方周末》2012年12月14日对埃斯普马克的专访稿，"'诺贝尔标准有很多变化'专访诺贝尔奖文学委员会前主席"，请见网址：http：//www.infzm.com/content/83899［引用日期：2018.08.10］

大英博物馆官网，Thomas Phillips 所作"Portrait of Lord Byron in Albanian Dress"：https：//www. bl. uk/collection-items/byron-portrait［引用日期：2018. 12. 15］

Spence，Jonathan D.，"On The Outs in Beijing，" https：//www. nytimes. com/1990/08/12/books/on-the-outs-in-beijing. html［引用日期：2018. 4. 2］

海克尔的生平和学术贡献，请见大英百科全书网络版：https：//www. britannica. com/biography/Ernst-Haeckel［引用日期：2019. 5. 20］

Kathryn Schulz，"What Is Distant Reading."请见 http：//www. nytimes. com/2011/06/26/books/review/the-mechanic-muse-what-is-distant-reading. html［引用日期：2016. 11. 19］

牛津古典学在线（Oxford Classical Dictionary）对"Midrash"的解释：https：//oxfordre. com/classics/view/10. 1093/acrefore/9780199381135. 001. 0001/acrefore-9780199381135-e-4182［引用日期：2018. 07. 20］

未知作者，题为《机器人小冰出版诗集 充其量是个语言游戏?》，来自《扬子晚报》（未知确切的时间），新华网 2017 年 5 月 31 日转载，见 http：//www. xinhuanet. com/book/2017－05/31/c_129621727. htm［引用日期：2017. 12. 12］。

周伟驰：《全球化语境下的诗歌写作与交流》（2017 年 8 月 29 日），请见凤凰网：http：//culture. ifeng. com/a/20170829/51794858_0. shtml［引用日期 2017. 12. 12］

后　　记

　　写作本书的最初想法，始于笔者在中山大学教授的一门课程《世界文学理论导论》。这门课程被列入中大的"核心通识课程"，自2015年开设至今（2019年）也有四年了。来听课的，有修课的，也有不修课的。修课的学生中，文理医工各专业都有，他们中有一些是从医校区、大学城校区赶来南校区上这门课（我在珠海校区也开过一学期这门课）。这些都是非常优秀的学生。我想在此向他们表示我最诚挚的感谢！修这门课的学生，按要求需要参加几次小组讨论，要发表口头报告，写作方面则是要写一篇小书评和一篇课程论文。所谓教学相长，我在这门课上，在备课、课间与学生讨论、课后改作业和改课程论文期间，他们教我的可能要比我教给他们的更多。我在这门课上见到过非常优秀的本科生，我想不论把他们放在哪里应该都不会逊色于他人。这门课我在中文系也开过一次，但效果其实并不比面向全校的核心通识课好。后来我总结出了几种可能的原因，其中一种便是：上核心通识课有其好处，选课学生中有来自不同专业背景的好学生。他们对这门课有兴趣才来，毕竟修这门课的要求并不低，需要阅读很多文章，也需要课堂参与，不是那种可蒙混过关的水课。我将此课中关于"大数据分析"部分的材料发给数学系的学生，关于"进化论"的部分发给生物系和社会学系的学生，将乔克斯（Matthew

L. Jockers）所著《宏观分析：数字方法和文学史》（*Macroanalysis, Digital Methods & Literary History*）一书布置给岭南学院经管系的学生，让他们研读之后来做报告，最终讨论的结果都能给我的课堂和后来的思考提供一些贡献。所以在这里，我要特别感谢他们。此外，可能因为这门课较为"新潮"（前沿），能整合不同的学科，所以我见到来旁听的师友，有来自本校外语学院、社会学院、博雅学院的师生，还有每周从深圳和澳门远道而来的师友。当然，他/她们也给我提了很多意见。在此也一并感谢。

  本书中的有些想法，可以追溯得更早。在 2015 年之前的几年，我陆续接触到这一领域的相关课程和相涉的研究。早在 2011 年，我在哈佛大学访问期间，便修读了几门比较文学、世界文学方面的课程。我得承认 David Damrosch 对我的影响很大。当时我在哈佛听的课较多，阅读材料并没有完全读熟读透，所以有些课是听得半懂不懂的，但这无疑打开了我的视野，让我知道自己的短处，同时也使我在后来多年一直思考此前未弄懂的问题。2014 年，我还参加了哈佛世界文学研究所（Institute for World Literature）在香港举办的一个月暑校。我在听课的同时，不断地将接收到的各种信息进行整合，并用以思考我自己从事的研究——近代以降的中外文学交流。本书的读者可能会发现，书中引用的例子，有许多与我的研究相关。

  本书的正式写作开始于 2015 年的秋季学期。我在备课的同时，一边写作每课的讲义。当时主要是列出大纲，随后陆续写下了大量的札记。自那时开始，我的手机设置了提醒，每日早上醒来，打开手机，便会弹出一条消息提醒我写作本书，到办公室打开电脑则是另一个同样内容的提醒。我深知"日拱一卒""功不唐捐""不积跬步无以至千里"之理，所以提醒自己每天打开文档，多少写一点，不然改改原稿也好。然而，本书的完稿，还是远远地落后于原来写作计划，而且原计划也经过不小的调整，因而书中至少三分之一的内容是我讲的课上所没有的。

全书初稿完成于 2019 年的夏末，后来的修订和定稿则是在我访问北京大学人文社会科学研究院之时。因而，我要感谢北大文研院为我提供了非常"奢侈"的工作环境。2019 年 9 月中旬，笔者在北大文研院做了一场报告，汇报了本书中的一部分内容。彼时同届访学师友给予了我不少修订意见，在此一并感谢。书中部分章节，曾删改发表于《中国比较文学》《文艺理论研究》《中国语言文学研究》《长江学术》《澳门理工学报》等杂志，在此也向相关编辑致谢。出版社编辑刘芳女士的严格审校和耐心指正，益我良多，在此也向她致谢。

书中倘有错漏，责任自然在我，愿有机会再版时修订。读者诸君有以教我，请寄电邮：yaodadui@foxmail.com。

姚达兑

2019 年 11 月 10 日